7.020.—
8-00
*–II

COLECCIÓN POPULAR

117

LA NOVELA DE LA REVOLUCIÓN MEXICANA

Traducción de
JUAN JOSÉ UTRILLA

ADALBERT DESSAU

La novela de la Revolución Mexicana

COLECCIÓN

POPULAR

FONDO DE CULTURA ECONÓMICA

MÉXICO

Primera edición en alemán,	1967
Primera edición en español,	1972
Primera reimpresión,	1973
Segunda reimpresión,	1980
Tercera reimpresión,	1986

Título original:
Der mexikanische Revolutionsroman
©1967, Verlag Rütten & Loening, Berlín

D.R. ©1972, Fondo de Cultura Economica
D.R. ©1986, Fondo de Cultura Economica, S. A. de C. V.
Av. de la Universidad 975; 03100 México, D. F.

ISBN 968-16-0542-X

Impreso en México

LA NOVELA EN EL DESARROLLO DE LAS
LITERATURAS LATINOAMERICANAS MODERNAS

EN CASI todos los países latinoamericanos, el desarrollo social entre las dos guerras mundiales produjo una viva y polifacética actividad literaria que, aparte de la poesía lírica, encontró en la novela su expresión más adecuada. En 1816, con *El periquillo sarniento* de José Joaquín Fernández de Lizardi, la novela latinoamericana surgió en plena lucha por el desarrollo de la sociedad mexicana. Y ya fuese por los esfuerzos de las figuras representativas de una sociedad determinada (Jorge Isaacs, 1837-1895; José de Alencar, 1829-1877), por la pugna en favor de un orden liberal (Domingo Faustino Sarmiento, 1811-1888; Emilio Rabasa, 1856-1930; José López Portillo y Rojas, 1850-1923), o por la crítica a los síntomas de capitalismo que se manifestaban en las capitales y en algunos centros comerciales (Rafael Delgado, 1833-1914; Manuel Gálvez, 1882-1962; Federico Gamboa, 1864-1939), en el siglo XIX ya se había plasmado la novela latinoamericana. Después de recibir el influjo de los modelos europeos, algunos novelistas modernistas o influidos por el modernismo empezaron, por sí mismos, a analizar su medio. Así, los venezolanos Luis Manuel Urbaneja Achelpohl (1874-1937) y Manuel Díaz Rodríguez (1871-1927) tildaron de bárbara e inculta la situación de su patria. En cambio, novelistas modernistas de la región rioplatense retrataron e idealizaron la vida en las haciendas, a fin de establecer la esencia de la cultura nacional. Estos aspectos del modernismo han sido poco estudiados. Así, resulta aislada esta declaración de Hamilton: "El modernismo marca la madurez independiente de la creación literaria de Hispanoamérica, y... es... una consecuencia natural el que el modernismo haya descubierto la tierra americana y sus problemas sociales."[1] Esta observación ha sido confirmada por el hecho de que muchos grandes narradores del siglo xx, como José Eustasio Rivera (1888-1928), Rufino Blanco Fombona (1874-1944), Horacio Quiroga (1878-1937), Ricardo Güiraldes (1886-1927) y otros, indudablemente recibieron la influencia del modernismo y, desde su posición en la sociedad y según las circunstancias, criticaron la situación de su patria o trataron de dar expresión literaria a su concepto de la esencia cultural de su pueblo. Las obras que los autores citados publicaron en la década de los veintes son parte del enorme acervo de la llamada novela criolla que, según Arturo Uslar Pietri, acaso sea "el primer producto genuino de una cultura americana".[2]

Esta novela criolla sigue dos caminos. Algunos de sus autores intentan dar forma y expresión a una esencia cultural de la nación, concebida metafísica y ontológicamente. Para ello ahondan en los diversos estratos de sus respectivos países, a fin de convertirlos en elementos valiosos de esa esencia cultural. En México, las antiguas culturas indígenas o la cultura criolla de la época colonial, respectivamente, se hallan en la base del indianismo o del colonialismo. En las Antillas los elementos africanos de la población, con su cultura folklórica (*Ecué-Yamba-O*, de Alejo Carpentier, 1931), y en Brasil los negros de Bahía (El ciclo de Bahía, de Amado, 1935-1937) o los habitantes de las provincias septentrionales (José Lins do Rêgo, 1901-1957; Graciliano Ramos, 1892-1953). Los escritores de Colombia y Venezuela descubren la esencia de la cultura nacional en los valores telúricos del país (José Eustasio Rivera, 1888-1928; Rómulo Gallegos, 1878-1969) ; otro tanto hace el uruguayo Horacio Quiroga (1878-1937). En cambio, los autores bolivianos hacen resaltar los valores del carácter de su pueblo, íntimamente ligado a determinadas condiciones naturales y socioeconómicas (Fernando Díez de Medina, 1908), tal como ha encontrado su expresión en la mitología de las viejas culturas indígenas. En Guatemala, se vuelve a las leyendas mayas (primeras obras de Miguel Ángel Asturias, 1899). Cierran esta lista de ejemplos que está lejos de ser completa la Argentina y Uruguay, donde, sobre todo en ciertos estratos conservadores, se eleva al gaucho al rango de encarnación de la esencia nacional, debiendo mencionarse en primer lugar *Don Segundo Sombra* (1924), de Ricardo Güiraldes.

Indudablemente, el valor de estos elementos en el ulterior desarrollo ideológico y literario, sobre todo en el de una literatura social, es enormemente variado. Sin embargo, en todos los casos, la metafísica nacional, que es parte integrante de las diversas corrientes, constituye una de las primeras etapas del desarrollo de la conciencia nacional del siglo xx, que en su confrontación con el imperialismo tuvo que despertar de nuevo. En esto radica la importancia duradera de esta literatura, que en parte llega a eclipsar los principios inmediatamente anteriores de la novela social (por ejemplo, la de Manuel Gálvez 1882-1962, y la de Alcides Arguedas, 1879-1946). A fines de los años veintes y comienzos de los treintas esta tendencia empieza a ceder terreno ante el avance de una novelística social y, en parte, socialista. Se robustecen los elementos de crítica social o de protesta.[3] Como insistentemente lo señala Arturo Torres-Rioseco, puede observarse, en mayor grado que nunca, una adecuada representación de los grandes problemas del desarrollo nacional: "La tragedia de América, cuyo escenario es el latifundio, la gomera, la mina, la fábrica, el cañaveral, y cuyos personajes son indios, negros, cholos, zambos, guajiros, huasos, mulatos, irrumpe en la literatura a principios del siglo con un vasto rumor de cataclismo."[4]

Una parte considerable de esta novela tiene por tema

la explotación del peón por el hacendado y, por ello, representa el aspecto antifeudal del movimiento revolucionario. La crítica, en general, no se endereza contra las condiciones de la propiedad como tal, sino contra las formas precapitalistas de explotación; es decir, aquellas que no están fundamentadas directamente en relaciones económicas. En su mayoría, los autores parten de un humanismo liberal que se remonta a la Declaración de los Derechos del Hombre.

El tema de la ciudad, y especialmente el de la explotación del obrero industrial, desempeña en estos libros un papel secundario; en algunos países no se lo menciona siquiera. Las novelas se concentran en las más importantes tareas nacionales del movimiento demoburgués en América Latina: la formación de una conciencia nacional, sobre la base de los propios valores nacionales, y la lucha antifeudal, que en algunos casos (por ejemplo, en *El tungsteno*, 1931, de César Vallejo) se identifica con el antiimperialismo.

La novela criolla influye bastante para que los pueblos latinoamericanos hayan tomado conciencia de sus problemas nacionales. Por ello, se ha hecho acreedora de un sitio destacado en la complicada historia del análisis creador de los problemas de América Latina, que en etapa relativamente tardía, condujo a un desarrollo científico propiamente dicho. Pero, a su vez, el desarrollo de la novela criolla fue determinado decisivamente por esa toma de conciencia —ligada a los movimientos de liberación nacional—, pues la creación artística de la novela presupone la comprensión y crítica de la sociedad. Acerca de la íntima relación entre el desarrollo de la novela y las luchas de liberación nacional, en 1933 escribió Luis Alberto Sánchez: "Por algo, la novela representa un grado de madurez en toda literatura. Para que ella exista es indispensable, además del problema en sí, la posibilidad de captarlo e interpretarlo... Su florecimiento coincidirá sin duda con una nueva etapa libertadora: la que nos emancipe de autocracias exigentes, de oligarquías virreinaticias, y de imperialismos económicos."[5]

La novela de la Revolución Mexicana

La novelística de la Revolución Mexicana fue de gran importancia para el desarrollo de la novela criolla. Se la consideró como modelo en la descripción de los problemas nacionales. Sin embargo, ocupa también una posición especial, ya que en ningún otro país existió la posibilidad y la necesidad de reproducir en el arte la revolución demoburguesa como proceso terminado, y los problemas de su prosecución. Precisamente, esta situación especial determinó que en México fuese más brusco el rompimiento con la tradición de la novelística anterior.

México ocupa un lugar preponderante en la historia de la novela latinoamericana. Su primera novela, *El Periquillo sarniento*, de Lizardi es, al mismo tiempo, la primera novela de América Latina. Esta precedencia puede explicarse por el hecho de que en ninguna otra parte del imperio español, a fines del periodo colonial, se habían formado tantas capas sociales plebeyas como en México, circunstancia que también había de dejar su marca específica en la guerra de independencia. La intención de propugnar una modificación de la sociedad que no se limitara sólo a la independencia del país, es para Lizardi la base de una actitud de crítica social en nombre de la Ilustración, cuyo portavoz había de ser, primero en artículos periodísticos y, cuando éstos fueron prohibidos, en *El Periquillo sarniento*. En esta novela, supuesta confesión autobiográfica de un padre para edificación de sus hijos, se vale del esquema de composición de la novela picaresca y hace que un observador recorra las diversas capas de la sociedad mexicana, las conozca a fondo y haga su crítica.

En cierto sentido, la modalidad de la novela mexicana creada con *El Periquillo sarniento* sigue viva hasta la Revolución. Frecuentemente sin saberlo, también muchos novelistas de la Revolución engrosaron esta corriente. A la zaga de Lizardi surgieron novelas que pretendían combinar la diversión con la enseñanza, para un público plebeyo, y que, como fondo de una trama, a menudo sin importancia, pintaban un vasto cuadro de la realidad mexicana. El punto de vista del autor generalmente era liberal. Esto, por la índole del liberalismo mexicano y el público de tales novelas, significa que era plebeyo y antioligárquico.

Al *Periquillo sarniento* sigue —aunque después de un largo intervalo— la conocida novela de Luis G. Inclán (1816-1875) *Astucia, el jefe de los Hermanos de la Hoja o los charros contrabandistas de la rama* (1865-66), historia de un joven magnánimo que, víctima de la arbitrariedad oligárquica, se une a una de las bandas de contrabandistas de tabaco tan frecuentes en el México de mediados del siglo XIX. Así, "liberado" de las convenciones sociales del México semifeudal, se encuentra capacitado para conocer —como el protagonista del *Periquillo sarniento*— todos los estratos de la sociedad mexicana de su época. La biografía del héroe da ocasión al autor para describir prolijamente estos estratos. Lo mismo hace Manuel Payno (1810-1894) en la novela *Los bandidos de Río Frío* (1889-1891). Aprovecha el muy comentado prendimiento de una gavilla de asaltantes que había hecho peligrosa la carretera entre Puebla y la ciudad de México. Simula escribir una verdadera historia de la banda y, como fondo de una trama que recuerda no poco a Sue y a Dumas *père* (en lo que también sigue a Inclán), pinta un extenso fresco de la sociedad mexicana contemporánea.

Las tres obras citadas muestran la íntima unión de novela (es decir literatura) y crónica (es decir historia), que luego habrá de encontrarse en la novela de la Revolución. Tal unión es característica del género popular de la novela mexicana del siglo XIX, así como el hecho de que muchas de estas obras primero aparecieron en los principales periódicos.

Una variante de la novela mexicana popular del siglo XIX consiste en la descripción novelada de grandes hechos históricos. En esencia, se trata, también en este caso, de representar la vida de México, para lo cual se coloca en primer plano una anécdota sin mayor importancia, y se la relaciona con un suceso bien conocido y de interés general. Los más célebres representantes de este tipo de la novela mexicana son Vicente Riva Palacio (1832-1896) y Juan A. Mateos (1831-1913).

Un puesto de honor ocupa Heriberto Frías (1870-1925), quien puso este estilo novelístico al servicio de la creciente oposición a la dictadura del general Porfirio Díaz, colaborando así para allanar el camino de la Revolución Mexicana. Se hizo célebre, sobre todo, por su novela *Tomóchic* (1893 a 1895), en la cual protesta por el aniquilamiento, presenciado por él, de los habitantes del pueblo indígena Tomóchic, que se habían rebelado ante los desaciertos de las autoridades. Se trata de una crónica con ropaje literario, cuya anécdota se inspira en los modelos del romanticismo popular.

Después del intento, durante la Reforma, de establecer un estado nacional burgués, brotaron nuevas formas novelísticas que aspiraban a analizar y retratar la realidad de México desde un punto de vista teóricamente fundado. A la cabeza de quienes se esforzaron por crear una nueva literatura nacional está Ignacio Manuel Altamirano (1834-1893). Sus obras narrativas, sobre todo las novelas *Clemencia* (1869) y *El Zarco* (escrita en 1888), claramente muestran su decisión de dar una nueva calidad a la novela costumbrista, al colocar a los protagonistas en una situación conflictiva y retratarlos como verdaderos caracteres.

13

Conserva el mismo objetivo: divertir enseñando. Y hace la tradicional pintura de la vida mexicana.

Otro camino siguen Emilio Rabasa (1856-1930) y José López Portillo y Rojas (1850-1923); el primero con su ciclo sobre la vida política de México (*La bola,* 1887; *La gran ciencia,* 1887; *El cuarto poder,* 1888; *Moneda falsa,* 1888), y el segundo con *La parcela* (1898), descripción de la vida en las haciendas. Ambos autores, en contraste con quienes les habían precedido, pertenecen a una burguesía próspera y tratan de superar el atraso feudal de México. Durante la presidencia de Díaz alcanzaron altos cargos —al parecer de buena fe, deseosos de servir a su patria—, sin compartir ni sancionar los crímenes del presidente y su camarilla. Al llegar la Revolución, desconociendo las circunstancias históricas, se unieron a las fuerzas antirrevolucionarias, y a su derrota tuvieron que exiliarse temporalmente.

En *La parcela,* Portillo y Rojas transforma la novela de tipo popular, al concentrarse primordialmente en el análisis del medio. Describe el contraste entre un latifundista moderno, capitalista en lo económico, liberal y civilizado, y otro feudal, bárbaro, atrasado en sus conceptos humanos y económicos. El amor que nace entre los hijos de ambos presta dramatismo y profundidad literaria a este conflicto social. Después de la Revolución, la crítica ha coincidido en señalar que, en provecho de su héroe, el autor ha idealizado la situación de los campesinos. Ello es indudable, pero tal crítica no toma en cuenta que para el autor no se trata de contrastar a los campesinos con el hacendado. Antes bien, el punto focal del autor liberal resulta la antítesis —ya mostrada por Sarmiento—, de civilización y barbarie dentro de las propias clases acomodadas. López Portillo y Rojas propugna la superación de las condiciones sociales mediante un orden burgués, capitalista. El pueblo le interesaba en grado menor. No por ello deja *La parcela* de entroncarse, por su concepción y su técnica, con la tradición de la novela mexicana, donde ocupa un lugar preeminente. Por su composición, planteamiento del conflicto y anécdota, es la más importante novela mexicana anterior a la Revolución.

Las intenciones de Rabasa, en esencia, son idénticas. Pero, como sigue el sencillo esquema biográfico de composición de la novela popular, en su ciclo de cuatro tomos resulta más fácil observar la vigencia de las tradiciones nacionales. Una vez más, la anécdota es una endeble historia de amor, que a veces cede el terreno completamente a las verdaderas finalidades de la novela. Se describen la carrera y la caída de un caudillo y politicastro, que para Rabasa constituye la encarnación de la falta de principios, el subjetivismo y el egoísmo de esos políticos que, para él, han ocasionado el atraso de México. Un joven, que sigue por doquier al padre de su prometida, entra en contacto con la corrupción reinante, de la que forman parte los procedimientos de ese hombre.

A diferencia de Rabasa y de López Portillo y Rojas, otra variante de la descripción y análisis de la realidad mexicana enfoca su crítica en el progreso capitalista propiamente dicho, que empieza a manifestarse. Bajo la influencia del naturalismo, Federico Gamboa (1864-1939) y Rafael Delgado (1853-1914) describen la descomposición y el desarraigo de la pequeña burguesía, en las novelas *Santa* (1903) y *Los parientes ricos* (1902), así como en una sucesión de obras posteriores. Es interesante observar que *La calandria* (1890), la primera novela de Delgado, aún reproduce la extensa descripción costumbrista de la novela popular, que después desaparece casi por completo de sus obras. Como consecuencia de un análisis cada vez más profundo de la progresiva descomposición de la pequeña burguesía encarnada en la descomposición de la familia, Delgado logra una mejor conjugación de conflictos, anécdota y descripción de ambiente, así como una crítica social basada en las

15

teorías naturalistas que, sin embargo —y correspondiendo a su punto de partida—, no consigue abrir ninguna perspectiva.

Finalmente, debe decirse que la novelística popular del siglo XIX siguió viviendo en las condiciones creadas por el inicio del desarrollo capitalista en la capital del país. Ejemplos de ello son *La rumba* (1890), novela de Ángel del Campo (1868-1908), que en el marco de la vida de una pobre muchacha, ofrece una vasta pintura de los suburbios de la ciudad de México, y *Linterna mágica* (1871-72, 1889 a 1890), de José Tomás de Cuéllar (1830-1894), que en sus dos series pinta la vida de la capital al tiempo que hace crítica social. Como se prescinde aquí de toda anécdota, esta colección de relatos constituye uno de los testimonios más fieles de la vida en la ciudad de México durante el último tercio del siglo XIX.

En resumen, puede decirse acerca de la evolución de la novela mexicana en el siglo XIX, que sobre los fundamentos de la novela plebeya y popular creada por Lizardi, se efectuó, en íntima conexión con el desarrollo social de México, un proceso global y único. En su curso, la descripción costumbrista de la vida en el país —lograda mediante un esquema de composición biográfica o autobiográfica, o por medio de una historia de amor más o menos irrelevante— se desarrolló hasta convertirse en descripción crítica de esta vida, según una teoría determinada. A fines de la época de Díaz existían, una al lado de otra, todas estas formas de la narrativa mexicana.[6]

Con la Revolución se interrumpe este desarrollo. La novela de la Revolución Mexicana continúa la novelística de México sobre bases completamente nuevas. Se apoya en la tradición anterior para emprender, en condiciones diferentes, el camino del costumbrismo al realismo "crítico", cuya representación de la sociedad emana de una generalización teórica basada en una concepción del mundo. La crítica (en el sentido más amplio) de la Revolución y el afán de lograr un realismo "crítico" (en el sentido ya indicado) constituyen la problemática artística de la novela de la Revolución Mexicana.[7]

Antes de entrar en el tema, es necesario hacer algunas observaciones sobre el concepto "novela de la Revolución" y las investigaciones efectuadas anteriormente. Por lo general, la crítica literaria considera como novela de la Revolución aquella que describe la fase armada (1910-1917) de la Revolución Mexicana. Si se exceptúan las obras de Mariano Azuela, puede decirse que el desarrollo de la novela de la Revolución, así definida, va desde 1928-29 hasta mediados de la década de los años cuarentas. No obstante, ello no cubre la totalidad de la obra novelítisca motivada por la Revolución y escrita durante los treintas. Junto a las descripciones de la fase armada de la Revolución, surge una serie de novelas que —desde los puntos de vista de las más variadas fuerzas sociales— analizan los problemas relacionados con la prosecución de la Revolución. La definición vigente de la novela de la Revolución excluye esta literatura, y sólo unos pocos extensos estudios hacen notar, incidentalmente, que al lado de la novela de la Revolución se desarrolló una novela revolucionaria.[8]

Esta separación puede justificarse por los temas de los libros. Pero se ha demostrado que ambas vertientes de la novela mexicana de los treintas están estrechamente relacionadas, y hasta coexistieron en la obra de casi todos los autores de importancia, como Mariano Azuela (1873-1952), Martín Luis Guzmán (nacido en 1887), José Rubén Romero (1890-1952), José Mancisidor (1895-1956) y Gregorio López y Fuentes (1897-1967). Una distinción de la obra de estos autores en dos corrientes independientes lleva consigo el peligro de perder de vista la unidad de su obra y —puesto que se trata de los autores más importantes— también la unidad de la novelística mexicana de los años treintas. Como tal procedimiento dificultaría la comprensión de la coherencia esencial del desarrollo de la novela mexicana, la presente obra comprende —inicialmente dentro del marco de una hipótesis de trabajo— la novela social de los años treintas como una unidad designada "novela de la Revolución". Debe analizarse, en consecuencia, hasta qué punto confirma esta idea el análisis del material. Arturo Torres Rioseco,[9] Ernest Richard Moore[10] y Pedro Gringoire[11] ya han considerado de esa manera el material presente.

Las llamadas novelas revolucionarias hasta hoy no han sido investigadas en conjunto. Sólo se las menciona aquí y allá, dentro de estudios de la descripción literaria que tuvo la fase armada de la Revolución Mexicana. Por ende, las observaciones siguientes sólo se refieren a la posición y a los resultados generales de la investigación de esta parte de la novelística mexicana de los treintas. La influencia de la novela de la Revolución sobre el desarrollo de la literatura mexicana se considera positiva. Es unánime la opinión de que la representación sin prejuicios de la realidad mexicana abrió las puertas a una reforma literaria radical. Nadie pone en duda que la novela de la Revolución es de una trascendencia nacional incomparablemente superior a la que alcanzó la novela mexicana durante periodos anteriores de su desarrollo. Lo mismo puede decirse de la forma de la novela de la Revolución. En general, a la descripción de las luchas armadas se le presta mayor atención que a las otras formas de la novela de contenido social de los treintas. Se verifica que tales obras más bien son memorias que verdadera novelística y que carecen bastante de una teoría bien definida, pero que indudablemente han creado un nuevo estilo popular.[12]

En cuanto al mensaje de la novela de la Revolución en su sentido más limitado, varias veces se ha dicho que la mayoría de sus autores se muestran escépticos o aun hostiles ante el movimiento espontáneo de las masas, y que su crítica del desarrollo posrevolucionario parte de puntos de vista liberales. Con frecuencia se encuentra la afirmación de que la novela de la Revolución Mexicana no es revolucionaria. Luis Alberto Sánchez escribió en su historia de la literatura: "La Revolución no ha producido una literatura revolucionaria."[13] Entre los críticos mexicanos, es José Luis Martínez quien más frecuentemente ha sostenido esta opinión.[14]

En México, la novela de la Revolución ha sido considerada conforme a dos criterios opuestos. Por la época de su florecimiento, la crítica literaria se explayó prolijamente sobre cada obra y sobre los problemas del desarrollo de la literatura mexicana, casi siempre en relación con un objetivo concreto: su desenvolvimiento ulterior o su superación. En cada caso, estas críticas llevan las marcas inconfundibles, a veces opuestas, de la ideología de sus autores. Forman, en conjunto, un vivo cuadro de análisis y discusión crítica, que a menudo refleja una luz esclarecedora sobre los problemas tratados. En cambio, las consideraciones generales suelen estimar la novela de la Revolución como algo concluido. Frecuentemente reproducen opiniones de la crítica contemporánea, pero se limitan a una apreciación general, sin tomar muy en cuenta sus múltiples conexiones con la práctica de la literatura y las discusiones ideológicas de la época. Los estudios más valiosos surgieron de José Luis Martínez,[15] José Rojas Garcidueñas[16] y Antonio Magaña-Esquivel.[17]

La mayor parte de los trabajos sobre la novela de la Revolución Mexicana se publicaron en Estados Unidos. En 1935, en un volumen sobre México, apareció el primer estudio general de la novela de la Revolución, debido a la profesora mexicana Berta Gamboa de Camino.[18] Le siguieron los trabajos de Ernest Richard Moore, que se cuentan entre los más sustanciales sobre el tema.[19] La mayoría de los estudios posteriores están en deuda con Moore, cuyos

19

breves artículos, en forma de apuntes, contienen innumerables observaciones que llegan al núcleo mismo de cada problema. El libro más conocido, por ser el de mayor difusión, es el de Rand Morton (1939), que ofrece un compendio general.[20]

Numerosas tesis para doctorado o maestría en artes, presentadas en las universidades de EE. UU., se han referido a algún autor en particular o a temas más generales; pero en su mayoría quedaron sin imprimirse. Varias aparecieron compendiadas.[21]

Un grupo relativamente numeroso está formado por trabajos escritos para la Escuela de Verano de la ciudad de México, por huéspedes norteamericanos. En cambio, son pocos los estudios realizados para obtener un diploma, por estudiantes mexicanos de la Facultad de Filosofía y Letras.

Tienen importancia obras como *Trayectoria de la novela en México* (México, 1951), de Manuel Pedro González, así como una serie de artículos de Arturo Torres-Rioseco.[22] Ambos autores dan valiosas indicaciones para el análisis de la novela de la Revolución Mexicana.

En Alemania Occidental, Hellmuth Petriconi, en su libro *Spanisch-Amerikanische Romane der Gegenwart* (Novelas Hispano-Americanas del presente; Hamburgo 1938; 2ª edición, Hamburgo 1950), aporta información concreta sobre la vida y obra de los autores cuyos libros habían sido traducidos al alemán, y hace un análisis de novelas de Mariano Azuela, Martín Luis Guzmán, Rafael Felipe Muñoz y Gregorio López y Fuentes. Sin embargo, el criterio de selección no se basa en un análisis profundo. En 1953 se realizó en Hamburgo una disertación con el título *Der Begriff "caudillo" und sein Niederschlag in den Romanen der mexikanischen Revolution seit 1910* (El concepto de "caudillo" y su expresión en las novelas de la Revolución Mexicana desde 1910), a cargo de Wolf-Hasso von Maltzahn. El autor no toma el concepto de caudillo de la realidad mexicana,

sino de la tipología de la sociología burguesa, y aprov
la descripción de caudillos en la novela de la Revolución,
principalmente para mostrar y confirmar sus teorías. Por
ello, sus análisis, muy agudos al tratar problemas particu-
lares, a menudo carecen de auténticas referencias con el
tema.

En la República Democrática Alemana se efectuó en 1951
una disertación, a cargo de Helmut Stephan, sobre la novela
de la Revolución Mexicana.[23] El expositor enumeró minu-
ciosamente autores y obras, y se esforzó por analizarlos dentro del contexto social, ideológico y literario de la época.[24]
El autor del presente trabajo publicó, en 1961, un artículo,
*Das Problem des Realismus in den Romanen Mariano
Azuela und die Frage der Originalität der Mexikanischen
Literatur*[25] (El problema del realismo en las novelas de Mariano Azuela y la cuestión de la originalidad de la literatura
mexicana), en el cual investiga algunas particularidades de
la novela de la Revolución Mexicana y de su tradición literaria, en relación con el desarrollo de la sociedad mexicana.

Especial atención merece una breve colección de trabajos
acerca de la novela realista mexicana del siglo xx, publicada en 1960 por el Instituto Gorki de Literatura Universal,
de Moscú.[26] Cada colaborador, desde el punto de vista marxista, examina algunos aspectos de la novela de la Revolución y hace profundos análisis de una serie de obras. En
1964, en el libro de Vera N. Kuteischikova acerca de la
novela latinoamericana en el siglo xx, apareció un artículo
sobre *Los de abajo*, de Mariano Azuela.[27]

Los resultados de la investigación son, pues, una delimitación y descripción del material, así como una serie de análisis de obras literarias. Existen algunas biografías de autores, sumarios y caracterizaciones de sus obras; además, exposiciones generales de las peculiaridades artísticas de la novela de la Revolución. Al lado de la bibliografía de Moore,[28]
la más extensa de su tiempo, hay bibliografías de ciertos

autores en particular,[29] que no sólo contienen las obras de los escritores sino abundantes trabajos de crítica. Los estudios realizados hasta ahora también han establecido los requisitos indispensables para el análisis científico de la novela de la Revolución. Pero este análisis aún está en sus primeros balbuceos. Aparte de las observaciones de la crítica literaria de la época —fundamentales, pero apenas tomadas en cuenta por los investigadores— y de los trabajos de José Luis Martínez, las primeras obras al respecto que se encuentran son las de Arturo Torres-Rioseco y Manuel Pedro González. Entre los trabajos escritos por autores no latinoamericanos se destacan, al lado de las citadas publicaciones soviéticas, los estudios de Stephan y de Moore. Este último, a diferencia de los eruditos soviéticos y de Stephan, tuvo la ventaja de efectuar extensos estudios en el propio México, y de conocer materiales que constituyen una base firme para sus juicios y generalizaciones.

A pesar de contarse con una literatura relativamente rica, toda investigación científica de la novela de la Revolución Mexicana tropezará con una serie de dificultades, pues ciertos problemas hasta ahora han sido poco estudiados. Así, por ejemplo, casi no se ha intentado situar a la novela de la Revolución Mexicana en un marco más general. No se ha hecho un recorrido del desenvolvimiento general de la novela de la Revolución tomando en cuenta su conexión con el desarrollo del movimiento nacional revolucionario de los años treintas. Tampoco se ha hecho gran cosa para determinar el puesto que ocupa la novela revolucionaria dentro de la mucho más vasta literatura revolucionaria.[30]

La investigación de los problemas artísticos de la novela de la Revolución puede aprovechar una serie de hallazgos interesantes, en los trabajos sobre Mariano Azuela,[31] Martín Luis Guzmán,[32] y José Rubén Romero,[33] en tanto que los estudios de conjunto siguen siendo bastante descriptivos.[34] La cuestión del realismo, que tan importante papel desempeñó en la crítica literaria de la época, surge después sólo en los trabajos soviéticos y en los de Stephan y González.

Este estado de la investigación, aquí brevemente esbozado, movió en 1959 a José Rojas Garcidueñas a expresarse de la siguiente manera acerca de los numerosísimos escritos sobre Mariano Azuela, el más importante novelista de la Revolución Mexicana: "...la bibliografía acerca de Azuela es ya muy vasta y, sin embargo, porque los estudios más extensos han sido de tal modo panegíricos o escuetamente bibliográficos y, en cambio, las valoraciones más perspicaces se han hecho solamente en vista de tal o cual novela o de cierto particular aspecto del autor, la realidad es que no hay todavía una crítica profunda y amplia que dé un balance del valor de Azuela en sí mismo y por su repercusión en las letras de México".[35]

Este estado de cosas tiene muchos motivos. Así, por ejemplo, aún no se ha investigado por completo el material bibliográfico. La bibliografía de Moore comprende casi todas las obras aparecidas hasta 1940, y también incluye importantes trabajos de crítica. Sin embargo, esta bibliografía importantísima nunca ha sido puesta al día. Existen bibliografías especializadas sobre Mariano Azuela, Martín Luis Guzmán y José Rubén Romero, pero sobre otros autores, escasean. Las bibliografías disponibles necesitan ser complementadas. Constituyen una valiosa ayuda las bibliografías de la *Revista Hispánica Moderna,* que abarcan los campos español, portugués y latinoamericano, pero no bastan para una investigación detallada. Lo mismo sucede con la documentación que puede obtenerse en el *Handbook of Latin American Studies* y en las *Publications of the Modern Languages' Association of America.*

Otra dificultad, a menudo insuperable, es conseguir algunos materiales. Casi no hay colecciones completas de los textos originales. Por ello, muchos investigadores han tenido que dedicarse a ciertos autores sobre los que ya se habían

23

escrito estudios más o menos extensos. Además, hay escritores que apenas son conocidos fuera de México.[36] Aún más
difícil resulta entrar en contacto con la literatura de segunda
fila, que en gran parte apareció en periódicos y suplementos. Y precisamente estas obras pueden, en muchos casos,
aportar información sobre ciertas relaciones con la vida social de las que no se hace mención en las revistas académicas. La gran masa de los artículos aparecidos en periódicos
y suplementos, en lo que concierne a los años treintas, es casi
imposible de conocer fuera de México.

No menos complicada es la situación en cada uno de los
aspectos que, para un estudio exhaustivo de la novela de la
Revolución, inevitablemente habría que tomar en cuenta. Por
ejemplo, las historias de la Revolución Mexicana casi nunca
pasan del año 1917. Para todo análisis de las condiciones
sociales de los veintes y treintas la investigación depende
de artículos dispersos y una serie de libros especializados.
Casi inexplorada está la ideología revolucionaria, cuyo conocimiento, sin duda, es indispensable para el análisis de cada
obra literaria. También se ha dejado hasta hoy en el olvido
el desarrollo de la crítica literaria durante los treintas; y la
literatura revolucionaria de esta década tampoco se ha investigado en el marco de su tiempo.

Las obras escritas fuera de México se enfrentan, además,
con otra dificultad: la falta de conocimiento de la materia
entre el público.

Objetivo y método de este estudio

La situación descrita es lamentable, tanto por las grandes
tradiciones del pueblo mexicano como por la profunda huella que sobre toda Latinoamérica han dejado la Revolución
Mexicana y su arte. En una época en que la lucha por la
liberación nacional y social de los pueblos latinoamericanos

24

se ha reactivado, debe ser de especial interés una investigación de las complejas relaciones de la novela de la Revolución Mexicana con los procesos sociales y políticos de su
época. Esta obra se propone alcanzar un doble objetivo. Aún
está por verse si corresponde a los hechos la ampliación del
concepto "novela de la Revolución" —ampliación escogida
como hipótesis básica— a toda la novelística de los treintas
relacionada con los acontecimientos sociales. Además, se
debe intentar examinar la novela de la Revolución —así
comprendida— no sólo en su mensaje, sino también desde
el punto de vista de la evolución formal y captar el proceso
de su desarrollo en sus variadas relaciones con el desarrollo
social, ideológico y literario de la Revolución, y también
con las tradiciones literarias del pueblo mexicano.

Para alcanzar estos objetivos es de gran importancia superar —en otros casos, obviar— las mencionadas dificultades. Como no es posible examinar varios cientos de novelas
de la Revolución dentro del marco de un solo libro, habrá
que hacer una selección de las más representativas. Naturalmente, las obras de los autores generalmente reconocidos
como los de mayor importancia ocuparán un amplio espacio.
Pero este círculo aumentará con las obras descriptivas de
los movimientos de masas de los treintas, en los que muy
poco han profundizado las investigaciones efectuadas hasta
hoy. La literatura secundaria, sobre todo la crítica de los
treintas, gracias a las bibliografías existentes y a una revisión de varias revistas importantes, fue examinada más
extensamente de lo que antes se hizo. Además, el autor tuvo
ocasión de consultar directamente a algunos protagonistas.

La situación de la investigación exige analizar con cierta extensión el desarrollo social, ideológico y literario de
México desde 1910 hasta cerca de 1945, sobre todo durante
la década de los treintas. Como el tema de este estudio no
es generalmente conocido, resulta también necesario hacer
ciertas aclaraciones previas.

Las proporciones del material por examinar y los ya citados problemas adicionales no podían dejar de influir sobre el volumen y la construcción de este trabajo. Pareció conveniente ordenar el material —sumamente voluminoso y tan variado que resulta difícil orientarse— de acuerdo con su problemática, y luego hacer un análisis de la vida y obra de cada uno de los escritores más representativos. En las condiciones actuales, no resulta difícil este procedimiento, ya que desde hace algunos años se encuentran en una edición completa[37] las obras de Mariano Azuela, el más destacado representante de la novelística de la Revolución Mexicana, y por lo tanto se las puede analizar sistemáticamente con todo detalle. Además, la parte de la obra de Azuela que preparó y fundó la novela de la Revolución había surgido mucho antes de 1928-1929, por lo que constituye un amplio proceso ya terminado antes del surgimiento de la novela de la Revolución propiamente dicha, proceso que vale la pena examinar porque otros autores repiten en cierto sentido los procedimientos que se pueden observar en la obra de Azuela. Como él también escribió durante el periodo floreciente de la novela de la Revolución y hasta su muerte, ocurrida en 1952, puede decirse que un análisis profundo de su obra se asemeja bastante a un estudio de la novela de la Revolución Mexicana. El presente trabajo se compone de las siguientes partes principales:

1) El marco social, ideológico y literario de la novela de la Revolución Mexicana.

2) Surgimiento de la novela mexicana moderna: Mariano Azuela.

3) Desarrollo de la novela de la Revolución Mexicana de 1928 a 1947.

4) Problemática literaria de la novela de la Revolución Mexicana.

Esta obra no habría podido escribirse sin la posibilidad de efectuar estudios en México y sin el apoyo de amigos y colegas mexicanos. Entre ellos, deseo mencionar especialmente a los señores profesores Ramón García Ruiz e Ignacio Márquez Rodiles, expresidente y secretario general, respectivamente de la Academia Mexicana de la Educación, así como al Sr. José Rojas Garcidueñas, al Prof. Dr. Antonio Castro Leal, al Prof. Miguel Bustos Cerecedo, al Prof. Jorge Fernández Ayala. Quiero dar aquí las gracias a Salvador, Enrique y Manuel Azuela, así como al Ministerio de Enseñanza Superior y Profesional de la República Democrática Alemana y a la Universidad de Rostock, que posibilitaron un viaje de estudio a México, y la compilación de los materiales secundarios indispensables para la obra.

Este libro es la versión abreviada de un trabajo presentado en 1963 para oposición a una cátedra en la Facultad de Filosofía de la Universidad de Rostock.

NOTAS

[1] Charles Hamilton, *Historia de la Literatura Hispanoamericana*. Tomo 2, Nueva York, 1961, p. 113.

[2] Arturo Uslar Pietri, "Afirmación de la novela hispanoamericana", en: *At*, Año 15, 151/1938, p. 3.

[3] Cf. Torres-Rioseco, "La Novela en la América Hispana", en *University of California Publications in Modern Philology*, 2/1941, pp. 210 ss.

[4] *Ibid*, p. 212.

[5] Luis Alberto Sánchez, *América. Novela sin Novelista*. Lima, 1933, pp. 117 ss.

[6] Extensas crónicas del desarrollo de la novela mexicana hacen, entre otros: Fernando Alegría, *Breve historia de la novela hispanoamericana*, 3ª ed., México 1966; Mariano Azuela, "Cien Años de la Novela Mexicana", en *OC*. Tomo 3, México, 1960, pp. 569 a 688; John Brushwood/José Rojas Garcidueñas, *Breve historia de la novela mexicana*. México, 1959; Manuel Pedro González, *La Trayectoria de la novela en México*. México, 1951; Carlos González Peña, *Historia de la Literatura mexicana*, 6ª edición, México, 1958; Antonio Magaña-Esquivel, *La novela de la Revolución*. Tomo I, México, 1964; José Luis Martínez, "La Literatura". En: *México. 50 Años de Revolución*. Tomo 4: "La Cultura", México, 1962, pp. 313-368.

[7] Cf. Emmanuel Carballo, "Del costumbrismo al realismo crítico", en: *Espiral*, 91/1964, pp. 7 a 32. De la crítica de Carballo debe decirse que el proceso al que considera como exclusivamente característico de la novela contemporánea, ya se presenta en un ciclo iniciado antes de 1910 y relativamente cerrado.

[8] Cf. Martínez, "La Literatura", en: *México. 50 Años de Revolución*, tomo 4, pp. 341-343.

[9] Cf. Arturo Torres-Rioseco, *Ensayos sobre literatura iberoamericana*. México, 1953, p. 136.

[10] Cf. Ernest Richard Moore, "The Novel of the Mexican Revolution", en: *ML*, 7/1940, pp. 20, 60.

[11] Cf. Pedro Gringoire, "La Revolución en la novela mexicana", en: *Tl*, 11/1958, pp. 5-7.

[12] Cf. los trabajos de Martínez y Moore ya mencionados en las

notas 6 y 10: a similares conclusiones llegan también: Jaime Delgado, "La Novela Mexicana de la Revolución", en: *CH*, 61/1955, pp. 75-86; Berta Gamboa de Camino, "The Novel of the Mexican Revolution", en *Renascent Mexico*, Ed. H. Herring y W. Weinstock, Nueva York, 1935, pp. 258-274; Beryll Mc-Manus, "La técnica del nuevo realismo en la novela mexicana de la Revolución, en: *Memoria del Cuarto Congreso del Instituto International de Literatura Iberoamericana*. La Habana, 1949, pp. 313-333; F. Rand Morton, *Los novelistas de la Revolución mexicana*, México, 1949.

[13] Luis Alberto Sánchez, *Nueva historia de la literatura americana*. Buenos Aires, 1944, p. 424; Cf. También: Alegría, *Breve historia de la novela hispanoamericana*, p. 144.

[14] Martínez, "La Literatura", en: *México. 50 Años de Revolución*, Tomo 4, p. 336, así como José Luis Martínez, "La Révolution Mexicaine et la littérature", en *NMe*, 19/1959, p. 9.

[15] Martínez, "La Literatura", en: *México. 50 Años de Revolución*, Tomo 4, pp. 313-368.

[16] José Rojas Garcidueñas, en la segunda parte de la obra de Brushwood/Rojas Garcidueñas, *Breve historia de la novela mexicana*.

[17] Magaña-Esquivel, *La novela de la Revolución*. Tomo 1.

[18] Berta Gamboa de Camino, "The Novel of the Mexican Revolution", en *Renascent Mexico*, ed. H. Herring y W. Weinstock, pp. 258-274.

[19] Tenemos en mente las siguientes obras de Moore: "The Novel of the Mexican Revolution", en: *ML*, 7/1940, pp. 20, 60; "Novelists of the Mexican Revolution. Mariano Azuela" en: *ML*, 8/1940; pp. 21-24, 52-61; "Novelists of the Mexican Revolution. Martín Luis Guzmán", en: *ML*, 9/1940, pp. 23-25; "Novelists of the Mexican Revolution. José Rubén Romero", en: *ML*, 10/1940, pp. 21-25; "Novelists of the Mexican Revolution. Gregorio López y Fuentes", en: *ML*, 11/1940, pp. 22-26; "Novelists of the Mexican Revolution. Rafael Muñoz", en: *ML*, 12/1940, pp. 23-25: "Novelists of the Mexican Revolution. Nellie Campobello", en: *ML*, 2/1941, pp. 22-24.

[20] Rand Morton: *Los Novelistas de la Revolución Mexicana*.

[21] Deben citarse aquí: R. A. Castagnaro, "Rubén Romero y The Novel of the Mexican Revolution", en: *Hi*, 36, 1953, pp. 300-304; Bernard M. Dulsey, "The Mexican Revolution as Mirrored in the Novels of Mariano Azuela". En: *MLJ*, 35, 5/1951, pp. 382-386.

[22] Torres-Rioseco, *Ensayos sobre literatura iberoamericana*.

[23] Helmut Stephan, *Der Mexikanische Revolutionsroman*. Diss. Berlín, 1951 (Humboldt Universität).

[24] *Ibid*. pp. 146, 162, 196.

²⁵ Adalbert Dessau, "Das Problem des Realismus in den Romanen Mariano Azuelas und die Frage der Originalität der mexikanischen Literatur", en: *Wissenschaftliche Zeitschrift der Universität Rostock.* Gesellschafts-und Sprachwissenchaftliche Reihe. 10 2, 1961, pp. 279-285.

²⁶ *Meksikanskiĭ realisticheskiĭ roman* xx *veka* ("La novela realista mexicana del siglo xx")_ Moscú. 1960.

·²⁷ V. N. Kuteĭshikova, "'Te, kto vnizu' Mariano Azuèly i romany o meksikanskoĭ revolyutsii" (*Los de Abajo*, de Mariano Azuela y las novelas sobre la Revolución mexicana). En: V. N. Kuteĭshikova, *Roman latinskoĭ Ameriki v* xx *veke* (La Novela Latinoamericana en el siglo xx) Moscú 1964, pp. 51-79.

. ²⁸ Ernest Richard Moore. *Bibliografía de Novelistas de la Revolución Mexicana.* México, 1941. También: Arturo Torres-Rioseco, *Bibliografía de la novela Mexicana.* Cambridge/Mass., 1933; José Luis Martínez, *Literatura Mexicana.* Siglo xx. Tomo 2: *Guías Bibliográficas.* México, 1950.

· ²⁹ Ermilo Abreu Gómez, "Bibliografía de Martín Luis Guzmán". En: *RIB*, 9, 1959, pp. 136-143; Manuel Pedro González, "Bibliografía del novelista Mariano Azuela". En: *RBC*, 48, 1/1941, pp. 50-72; Luis Leal, *Mariano Azuela. Vida y obra.* México, 1961, pp. 135-168, Ernest Richard Moore, "Biografía y bibliografía de don Mariano Azuela". En: *Ab*, 4. 2/1940, pp. 53-62, 3/1940, pp. 50-64; E. R. Moore, "José Rubén Romero. Bibliografía." En: *RHM*, 12. 1-2/1946.

³⁰ Cf. Stephan, *Der mexikanische Revolutionsroman*, p. 240.

³¹ Börje Cederholm. *Elementos de un estilo novelesco. Estudio estilístico-lingüístico de las novelas* Los de abajo *y* Sendas perdidas *de Mariano Azuela.* Tesis del México City College, México 1950: Guillermo Cotton-Thorner, "Mariano Azuela. El poeta en el novelista". En: *ND*, 31, 4/1951, pp. 76-83.

³² Ermilo Abreu Gómez, "Del estilo de Martín Luis Guzmán". En: *Ru*, 10/1939. .

³³ Raúl Arreola Cortés, "José Rubén Romero. Vida y obra." En: *RHM*, 12, 1-2/1946, pp. 7-34.

³⁴ Cf. Nota 12, en la p. 18 de este libro.

³⁵ José Rojas Garcidueñas, en la segunda parte de Brushwood/ Rojas Garcidueñas, *Breve historia de la novela mexicana*, p. 93.

³⁶ De ello parece depender el hecho de que sobre ciertas obras a veces se escribe citando indirectamente. Cf. Alberto Zum Felde, *Índice crítico de la literatura hispanoamericana.* Tomo 2: *la Narrativa*, México, 1959, pp. 210, 211, 296.

³⁷ Mariano Azuela, *Obras Completas.* 3 tomos, México, 1958-1960.

EL MARCO SOCIAL, IDEOLÓGICO Y LITERARIO DE LA NOVELA DE LA REVOLUCIÓN MEXICANA

EL DESARROLLO SOCIAL Y POLÍTICO

Aún no se escribe una historia de la Revolución Mexicana que pudiera considerarse como más o menos definitiva. Esta afirmación acaso resulte sorprendente ante el crecido número de libros sobre ese hecho; sin embargo, una ojeada más detenida hará ver que quien desea escribir sobre dicha Revolución encuentra graves problemas. Las dificultades comienzan al tratar de precisar fechas y periodos. En las declaraciones del Partido Revolucionario Institucional (PRI) y de los más destacados políticos e ideólogos contemporáneos, a menudo se afirma que la Revolución aún está en proceso. Pero falta un estudio general que pase de 1940. La mayor parte de las investigaciones, como la *Breve historia de la Revolución Mexicana,* de Silva Herzog, terminan con la promulgación de la Constitución de Querétaro, en 1917. Una mirada a la bibliografía publicada durante algunos años por la revista *Historia Mexicana* mostrará que la situación es idéntica en lo concerniente a artículos y monografías.

Lo limitado de la literatura disponible dificulta el estudio de los procesos de renovación social que se inician con la fase armada de la Revolución. Además, hasta en últimas fechas, también los trabajos con pretensiones científicas han sido afectados por las opiniones políticas, a veces opuestas, de sus autores. Citaremos brevemente a algunos de los más destacados. El ya mencionado Jesús Silva Herzog[1] es un liberal que desde 1943 analiza los resultados de la Revolución. José Mancisidor en muchos hechos se pone del lado de Carranza. Roberto Blanco Moheno es un apasionado partidario de Cárdenas. El viejo porfirista Jorge Vera Estañol

33

se inclina hacia una unión del liberalismo clásico con el catolicismo.[2] Hay que mencionar aquí algunos estudios escritos en EE. UU., valiosos especialmente para el análisis de la época de Calles y hasta 1934. Las obras de Beals, Brenner y Gruening[3] tienen un carácter general; son testimonio del creciente interés que, a fines de los veintes y principios de los treintas, despertaron los acontecimientos de México entre vastos círculos de EE. UU., y que culminó con la historia de México, de Parkes,[4] primera edición de 1938. Frank Tannenbaum se ocupó especialmente en el problema de la reforma agraria.[5] En México, trató este problema Jesús Silva Herzog[6] en 1959, en una obra fundamental. Para los años de Cárdenas, debe mencionarse la biografía de ese presidente, por William C. Townsend.[7] Entre las interpretaciones marxistas de la época, se cuentan el segundo tomo de *La lucha de clases a través de la historia de México* (México, 1941), de Rafael Ramos Pedrueza, obra que contiene una serie de apreciaciones erróneas, sobre todo acerca del periodo de Cárdenas; el libro, publicado en Moscú, en 1960, *Estudios de la nueva y novísima historia de México*, que analiza los hechos hasta 1945; así como *Abriss der Geschichte beider Amerika* (Esbozo de la historia de las dos Américas, Berlín 1957), de William Zebulon Foster. Obras especializadas, de la pluma de autores marxistas, analizan sobre todo la época de las luchas armadas y el papel del imperialismo en México. Entre éstas, las más importantes son los estudios de Alperovitsch Rudenko y de Katz.[8]

En la situación descrita, se tropieza con grandes dificultades al tratar de presentar y juzgar el desarrollo de México después de 1917. El siguiente esbozo comprenderá un campo de la historia menos trillado; hay que incluir ciertos materiales de difícil acceso. Para evitar —en lo posible— interpretaciones erróneas, la nuestra se apoyará para lo esencial en las fechas y datos más importantes e incontrovertibles.

La Revolución Mexicana primordialmente fue antifeudal y antiimperialista. En ella participaron muy diversas capas sociales, que en distinto grado eran conscientes de sus fines. Madero y Carranza, que durante años fueron los guías políticos de la Revolución, representaban la burguesía industrial mexicana formada bajo el gobierno de Díaz. Ésta trataba de establecer condiciones de libre competencia, mediante modificaciones a la Constitución de 1857, tanto contra el régimen como contra el capital extranjero. Se vio obligada a impugnar el sistema semifeudal del latifundio, a fin de asegurarse la plena libertad de la mano de obra y un mercado interior apropiado.[9]

La mayoría de los generales revolucionarios encumbrados por su capacidad militar procedían de la pequeña burguesía de los estados del norte, que pugnaba por mejores posibilidades para un desarrollo capitalista. Superiores en número a la burguesía representada por Madero y Carranza, e interesados en la liberación económica y política de las masas populares, poseían la ventaja de estar unidos con las masas por su origen y sus condiciones económicas.

Álvaro Obregón, prototipo de estos generales, había sido mecánico en una hacienda y pequeño tratante de ganado,[10] antes de empezar a desempeñar un papel en la política de su localidad bajo Madero, como Presidente Municipal.[11] Plutarco Elías Calles era hijo de un mercader sirio, que se había ganado el pan como arriero. Habiendo ingresado a la oposición contra el régimen de Díaz, tuvo que abandonar su empleo de maestro de escuela. En 1906 hizo labor de agitación, preparando la huelga de Cananea, y durante un tiempo fue hotelero y molinero.[12]

Los ejércitos revolucionarios estaban constituidos principalmente por campesinos. Las razones por las que se habían levantado en armas eran muy diversas en las distintas regiones del país. Así, los indígenas de los estados de Morelos y Guerrero exigían ante todo la devolución de las tierras comunales de que habían sido despojados, y el aniquilamiento del sistema de haciendas. A estos objetivos, esencialmente, se encaminó el movimiento de Zapata. En cambio, los campesinos del norte —sobre todo los criadores de ganado, aunque dependientes de los latifundios—, en muchos casos eran libres productores y comerciantes en pequeño.[13] Representaron un elemento mucho más dinámico que sus compañeros de clase en Morelos. En ello influyeron la cercanía con la frontera de Estados Unidos y el desarrollo de la minería en los estados de Sonora y Chihuahua, que tuvo como consecuencia un fortalecimiento del mercado y una relativamente grande concentración de mineros que hasta hacía poco habían sido campesinos. Entre ellos se había iniciado un proceso de formación ideológica, como lo demuestran las actividades del Partido Liberal y la huelga de Cananea en 1906.[14] En las regiones en que no se habían efectuado mayores modificaciones socioeconómicas, los movimientos revolucionarios campesinos fueron de mucho menor importancia, aun cuando también allí la disminución del poder adquisitivo, iniciada desde fines del siglo xix —a consecuencia, en parte, del incremento en la producción de metales preciosos—, había producido una miseria cada vez mayor.

Prototipos de los campesinos del sur y del norte eran sus respectivos caudillos, Emiliano Zapata y Pancho Villa. Este último, mediante sus resonantes victorias sobre el ejército federal, fue quien más colaboró en el triunfo militar de la Revolución Mexicana. Ambos encarnan un movimiento que —pese a su justificación social, al poder que temporalmente alcanzó y a sus hechos heroicos— estaba condenado a fracasar, por no tener conciencia clara ni de sus medios ni de sus fines. Por ello, la mayor parte de las capas burguesas y pequeñoburguesas se volvió en 1915 hacia la fuerza que

36

prometía edificar un orden nacional burgués:[15] el Constitucionalismo, con su caudillo Venustiano Carranza.

En la primavera de 1913, al levantarse contra Huerta, Carranza se había encontrado en una situación precaria. Luchando prácticamente sin tropas, se había visto obligado a confiar en ejércitos de campesinos que acababan de formarse al principiar el año. Puesto a escoger entre Villa y Obregón, se decidió por el último y formó una liga entre la burguesía de orientación clásicoliberal y los pequeños burgueses radicales, que aspiraban al progreso social.[16] A esta liga se adhirieron, en febrero de 1915, los representantes de la Casa del Obrero Mundial, fundada en 1912, y cuyos Batallones Rojos habían de colaborar de manera decisiva en el aniquilamiento de Villa. Después de que la burguesía y la pequeña burguesía revolucionaria habían derrotado al ejército de Villa, en diciembre de 1916 y enero de 1917, en el Congreso Constituyente de Querétaro surgió entre ellas el inevitable conflicto. Los pequeños burgueses con uniforme de generales revolucionarios, en parte dirigidos por Obregón y representados especialmente por Múgica, infligieron una derrota a Carranza y su bosquejo de una Constitución de tipo clásicoliberal, e impusieron una redacción radical al Artículo 3º (educación popular), al 22 (derecho de propiedad de la nación sobre la riqueza del suelo) y 123 (derechos sociales de los trabajadores).

La presidencia de Obregón (1920-24). Características del desarrollo durante los años veintes

El acuerdo, establecido sobre la Constitución, aseguró por algunos años la muy inestable coalición de la vieja burguesía industrial, que antes fue oposicionista, con la pequeña burguesía revolucionaria. La coalición fue destrozada en las luchas electorales de 1920, cuando Obregón, mediante una asonada militar en la que pereció Carranza, aseguró su triunfo en las elecciones. A partir de entonces, dominó en México una fracción de la burguesía revolucionaria y de la pequeña burguesía que propugnaba un rápido desarrollo capitalista: el llamado Grupo Sonorense, cuyos principales representantes fueron Obregón, Calles y, en un principio, De la Huerta.

No obstante, el poder del Estado se encontraba dividido. Lo militar y lo político estaban en manos del ejército y de sus generales, pero por las condiciones del poder económico poco habían cambiado. Las posiciones del capital extranjero no se habían debilitado. Al contrario, los representantes de las sociedades extranjeras, sobre todo norteamericanas, habían logrado ensanchar sus propiedades mediante compras a precio regalado.[17] Las compañías petroleras pronto se amoldaron a la nueva situación, sobornando a generales y oficiales del ejército revolucionario.[18] Las fuerzas de la sociedad mexicana que predominaron antes de la Revolución no habían sufrido más que por la ruina o la muerte de algunos de sus miembros en la guerra civil. En los años siguientes, la oposición presentada por las fuerzas contrarrevolucionarias fue aprovechada por el imperialismo y, antes que nadie, por los capitalistas norteamericanos. Por lo tanto, todas las luchas internas de México representan también luchas con el imperialismo. En el campo, el sistema de haciendas seguía intacto, pues Carranza prácticamente no había efectuado reparto de tierras. La única modificación importante fue la supresión de los nexos semifeudales, aunque en gran parte era ilusoria. La Iglesia, que se había unido a las fuerzas conservadoras, desde 1923 no cesaba de hacer provocaciones a los gobiernos sucesivos. Tampoco fue afectada la posición de los burgueses agentes de las empresas extranjeras, ni la de los banqueros ligados con ellos. Tras iniciales dificultades, su posición se fortaleció más aún, pues una parte de los enriquecidos "revolucionarios" adoptó un costosísimo tren de vida, y la capital se agrandó rápidamente. Lo mismo puede decirse de la burguesía porfirista. Como muchos generales, desde 1920 empezaron a invertir una parte de sus fortunas ganadas en la Revolución en la industria ligera, ésta absorbió a buena parte de la burguesía y pequeña burguesía revolucionaria.

Ésta es la clave para la comprensión de los acontecimientos ulteriores. El problema decisivo fue la rápida formación de capitales, que tomó la forma de una acumulación *sui generis* hecha de diversas maneras. La más sencilla era el saqueo durante las operaciones militares. Las fortunas así formadas se invirtieron en bienes raíces o, como ya se dijo, en la industria ligera. Una segunda forma fue el soborno, que arreglaba muchos problemas entre competidores o enemigos. La tercera y más importante, la utilización de cargos públicos para beneficio en diversos grados y formas. Mediante este procedimiento, Obregón decidió formarse en su estado de origen, Sonora, un gran latifundio; éste después, por medio del comercio al mayoreo, llegó a constituir un monopolio del garbanzo.[19] Al principio de los treintas, Calles poseía haciendas, fábricas y acciones de compañías aseguradoras.[20] Desde luego, lo más prometedor resultaba un alto cargo público. Ello explica las continuas intrigas, sobre todo entre los generales, y la ambición de muchos de ellos por llegar a la presidencia. A su vez, esto movió a Obregón a "liberar a la patria de sus libertadores",[21] ya mandando "liquidar" a los generales que consideraba peligrosos, ya provocándolos a la rebelión. Superficialmente mirada, esta "liquidación" de muchos viejos revolucionarios parece formar parte de la lucha por el poder entre diferentes personas y grupos. Pero se trató de algo más hondo: las ambiciones de los generales que tomaran parte en la revuelta militar frecuentemente fueron espoleadas por ciertos círculos ligados con el imperialismo, menos interesados en hacer caer a Obregón y su grupo personalmente, que en "liquidar", con

39

su caída, el régimen de la burguesía y pequeña burguesía revolucionarias. Las fronteras, bastante estrechas, que estas capas burguesas revolucionarias encontraron para su propio desarrollo económico, determinaron el carácter de la formación de capitales y, con ello, la pugna por el poder entre los generales. Esto demuestra, al mismo tiempo, que gran parte de la pequeña burguesía había quedado al margen de las posibilidades de desarrollarse.

Cabe preguntarse qué actitud adoptó frente a las masas trabajadoras el grupo representado por Obregón. Con el desenvolvimiento de una nueva burguesía, se abrió una profunda brecha entre tal grupo y las masas, que lo puso ante el peligro de quedar aislado en el terreno político. La nueva burguesía, aún débil, para llevar adelante su lucha contra las fuerzas contrarrevolucionarias, dependía de su unión con las masas laboriosas. Éstas, en los años que siguieron a 1910, habían empezado a cobrar conciencia de su situación como nunca lo hicieran antes, y con ello a formular sus exigencias. Contaban con el apoyo de aquellas fuerzas revolucionarias de la pequeña burguesía que no habían tenido oportunidad de ascender a la nueva clase capitalista, y que criticaban este proceso.

La burguesía posrevolucionaria, guiada por el régimen de Obregón, supo asegurarse el apoyo de las masas sobre todo de los campesinos, en parte armados, al prestar especial atención a la política agraria y al desarrollo de la educación popular, especialmente en el campo. Entre 1921 y 1924 se repartieron más de un millón y medio de hectáreas entre 161 788 campesinos,[22] o sea casi nueve veces la cantidad repartida de 1915 a 1919. A ello debe añadirse la construcción de escuelas rurales en proporción casi nunca vista, que fue saludada con entusiasmo por el campesinado. Esta política rindió dividendos en 1923, cuando Adolfo de la Huerta trató de derrocar a Obregón. Con las tropas leales al gobierno, Obregón pudo derrotar uno tras otro a los ejércitos rebeldes,

40

porque unidades de campesinos armados dificultaron la propagación de la revuelta y fortalecieron la capacidad de combate del presidente.[23] Esto se repitió en 1929, al levantarse en armas el general Gonzalo Escobar.[24]

Mucho más complicada fue la política de Obregón para con la clase obrera. Entre ésta y la burguesía posrevolucionaria había, al mismo tiempo, intereses opuestos y comunes. Estos últimos prevalecieron, ya que la mayoría de los trabajadores prestaban sus servicios a compañías de capital extranjero. En consecuencia, la lucha contra la explotación capitalista fue identificada por ellos con la lucha contra el imperialismo.[25] Obregón dio el primer lugar a lo que había en común y se colocó en cierta forma de parte de los obreros en su pugna contra el imperialismo y la vieja burguesía porfirista. También ayudó a los trabajadores en la solución de algunos problemas sociales, lo que ya le había ganado el apoyo de las masas durante la época de las luchas armadas. Sin embargo, Obregón comprendió las contradicciones existentes y trató de neutralizarlas, para lo cual empezó a influir sobre las organizaciones obreras. Ello puede decirse de la Confederación Regional Obrera Mexicana (CROM) —fundada en 1918 con la colaboración de la American Federation of Labour—, cuyo líder, Luis N. Morones, había pronunciado en el congreso anual de 1919, en Zacatecas, los lemas anticomunistas de la Internacional de Amsterdam y del Partido Laborista Mexicano— fundado por Morones en Zacatecas en 1919, con el exclusivo propósito de apoyar la política de Obregón.[26]

En cuanto a las relaciones de la fracción burguesa y pequeñoburguesa —capitaneada por Obregón con la muy numerosa pequeña burguesía—, puede afirmarse que la doctrina política del presidente seguía los lineamientos del liberalismo, tal como desde 1906 venían representándolo el Partido Liberal y otras instituciones, y cuyas exigencias pueden reducirse a un denominador común: la justicia social.

El propio Obregón definió una vez su doctrina de la siguiente manera: "El socialismo es un ideal supremo que en estos momentos agita a toda la humanidad. El socialismo es un ideal que debemos alentar todos los hombres que subordinamos nuestros intereses personales a los intereses de las colectividades. El socialismo lleva como mira principal tender la mano a los de abajo, para buscar un mayor equilibrio entre el capital y el trabajo, para buscar una distribución más equitativa de los bienes con que la naturaleza dota a la humanidad."[27]

La presidencia de Calles (1924-1928). El intento de edificar un capitalismo nacional

Durante el gobierno de Obregón, había alcanzado cierta estabilidad el predominio de la burguesía y pequeña burguesía revolucionarias, no sólo en la política interior, sino también en la exterior. Calles inició el intento de edificar en México un capitalismo nacional. Ello exigía, en primer lugar, reforzar los nexos con los campesinos. El régimen de Calles duplicó el reparto de tierras en comparación con el periodo de su predecesor,[28] llevó adelante la política educativa,[29] dio armas a los campesinos y apoyó sus organizaciones en la lucha por la tierra. También la contradictoria política obregonista para con la clase obrera se intensificó. Por una parte, el régimen concedió mayores derechos a los trabajadores y aumentó sus salarios, a fin de promover la creación de un mercado interior.[30] Por otra parte, intentó encadenarlos más firmemente a la burguesía posrevolucionaria: el líder sindicalista Morones ingresó en el Gabinete como ministro, lo cual produjo sobre la clase obrera —en muchos sentidos inexperimentada— una impresión tan grande como el establecimiento de relaciones diplomáticas con la Unión Soviética y el envío de agregados laborales a las misiones diplomáticas.

Entre las medidas constructivas de Calles se contó la iniciación de la red de carreteras —con la de la ciudad de México a Puebla—, así como la edificación de presas, destinadas a regular las aguas potables y producir energía eléctrica para el campo. Junto a estos intentos de establecimiento de una infraestructura, el gobierno de Calles aseguró al Estado el predominio sobre el sistema monetario, mediante la fundación del Banco de México. Y, al crear el Banco de Crédito Agrícola, echó las bases para el desarrollo de empresas capitalistas en la agricultura.[31]

El ataque a los latifundios había tenido, ante todo, carácter político. El reparto de tierras no tocó, en época de Calles, como no lo había hecho en la de Obregón, la base económica del sistema latifundista. Hacerlo no hubiera favorecido los intereses de la burguesía nacida de la Revolución, pues sus más destacados representantes se habían apropiado de grandes extensiones de tierra. Su ejemplo fue seguido por funcionarios poco importantes, por lo que la reforma agraria, aunque sin duda repartió tierras entre muchos campesinos, también favoreció el surgimiento de un nuevo género de caciques.[32]

Visto desde el exterior, el régimen de Calles se caracterizó por el conflicto entre la Iglesia y el Estado. El presidente intentó acabar con la enorme influencia ideológica del clero. El fundamento de sus medidas consistió en que, de acuerdo con la Constitución, no se reconocía a la Iglesia como persona jurídica, y ordenó que los sacerdotes se registraran como profesionales. La Iglesia contestó enviando un Entredicho a México, el 1º de agosto de 1926. Ese mismo mes, el arzobispo de México conminó a los católicos a sabotear el comercio y la vida social.[33] Esta "Huelga del Clero" conmovió a grandes masas de la población, sobre todo campesina, y durante un tiempo se convirtió en plataforma común de todas las fuerzas contrarrevolucionarias, cuyas ramificaciones llegaban hasta EE. UU., de donde procedía parte

43

de sus fondos.[34] Poco después surgieron grupos armados, los Cristeros; sus guerrillas desencadenaron una guerra civil, cuyo foco se localizó originalmente en los estados del centro y norte. La lucha fue conducida por ambos bandos con enorme crueldad,[35] lo que colocó al gobierno en situación extremadamente difícil, pues no lograba sofocar la rebelión. Por último, no se le ocurrió otra medida mejor que ordenar la evacuación del centro de las luchas; eso arruinó a miles de campesinos. Las guerras cristeras llegaron a ser una gran carga para el régimen. Como carecían de motivos económicos y de toda meta política, desorientaron a las masas y produjeron mártires innecesarios. Llegaron a ser una plataforma ideal para todo contrarrevolucionario con aspiraciones, y debilitaron la posición de la burguesía posrevolucionaria, la cual, como al mismo tiempo tenía que defenderse del imperialismo, halló allí el principio de su ruina.

A principios de su régimen, Calles intentó fomentar la industria nacional del petróleo,[36] creada por Obregón, y planeó servirse de las disposiciones de la Constitución en favor de la industria petrolera y crear grandes reservas petrolíferas, propiedad del Estado. Al hacerlo, trataba de asegurarse la decisiva fuente de energía del país. Asimismo, era necesario procurar que los monopolios del aceite mineral —que entre 1916 y 1918 se habían consolidado fuertemente— respetaran las leyes del país. El hecho de que los monopolios prácticamente hubiesen erigido un estado dentro del Estado y por medio de sus "guardias blancas" trataran de ahogar en sangre todo intento de resistencia de sus trabajadores, constituía una flagrante violación de la soberanía nacional, que a la larga debía resultar intolerable para la burguesía posrevolucionaria por el descrédito que arrojaba sobre ella. El presidente anunció su intención de someter a prueba aquellas disposiciones según las cuales la Constitución de 1917 no podía tener carácter retrospectivo, que Obregón se había visto obligado a aceptar en 1923 en el Tratado de Bucareli, pues Estados Unidos había fijado tal condición para reconocer oficialmente su gobierno. De hecho, la Ley del Petróleo, de 1925, prolongó en cincuenta años las concesiones ya existentes.[37] Los monopolios aprovecharon las dificultades internas del régimen para someterlo a una presión establecida en toda regla: la producción de petróleo, que en 1921 había alcanzado la cifra sin precedentes de 193 millones de barriles, disminuyó en 1927 a 64 millones[38] y en 1929 a 45 millones.[39] Dadas las condiciones de la cara e infructuosa lucha contra los Cristeros, Calles se encontró al borde de la bancarrota y ante el peligro de una victoria de la contrarrevolución.[40] Trató de defenderse amenazando con la expropiación de los pozos petroleros no explotados hasta el 31 de diciembre de 1926.[41] Los *trusts,* haciendo valer los derechos de propiedad que arrancaron a Obregón, se volvieron hacia el gobierno de EE. UU., cuyo ministro del exterior, Kellog, amenazó con la guerra.[42] Calles tuvo que ceder: en 1927 pidió a la Suprema Corte confirmar las concesiones anteriores a 1917.

El viraje de Calles. La independización de los movimientos revolucionarios de masas. El Partido Nacional Revolucionario (1928-1934)

La capitulación del régimen ante el capital extranjero trajo un cambio de su política para con la clase obrera y las fuerzas pequeñoburguesas. La nueva situación tenía que apartar a la burguesía posrevolucionaria de la clase obrera, así como de las capas pequeñoburguesas, y al mismo tiempo ofrecerla como blanco a los más violentos ataques de los conservadores —que comprendían desde antiguos maderistas de orientación clásicoliberal hasta elementos abiertamente contrarrevolucionarios—. A comienzos de esta época de traición a la

Revolución, se cometieron los asesinatos de los generales Serrano y Gómez,[43] candidatos de la oposición, que al mismo tiempo estaban en contacto con el imperialismo: este hecho hizo sentir por primera vez la crisis en que se hallaba la Revolución hecha gobierno. Después del viraje de Calles, se redoblaron las maquinaciones contrarrevolucionarias. En campos y fábricas entraron en acción las "guardias blancas". Uno de los más claros síntomas de la época fue la muerte de Obregón en 1928, a manos de un pequeño burgués fanatizado. Más tarde ocurrirían atentados contra los presidentes Portes Gil y Ortiz Rubio.

El cambio de la dirección paternalista de la clase obrera y las capas de la pequeña burguesía a un sistema de demagogia, corrupción y terrorismo, motivó que aquéllas comenzaran a separarse de la burguesía posrevolucionaria, a formar organizaciones independientes y a actuar por su propia cuenta. Este proceso se aceleró desde 1929, como consecuencia de la gran crisis económica mundial, que empobreció y radicalizó a las masas y hasta a un sector de la burguesía.[44] Desde 1928 había empezado a disminuir la influencia de la CROM en el movimiento obrero, mientras la Confederación General de Trabajadores (CGT), de tendencias anarquistas —fundada en 1921—, aumentaba el número de sus miembros. De mayor importancia fue el hecho de que, en 1932, las uniones sindicales progresistas, en las cuales colaboraban los comunistas, abandonaron la CROM y fundaron la Confederación General de Obreros y Campesinos de México (CGOCM),[45] que pronto cobró prestigio y, sobre todo, alcanzó gran importancia al pedir unidad de acción de parte de los obreros y los campesinos.

En mayo de 1929, impelido por su ambición personal y sus acólitos reaccionarios, el general Gonzalo Escobar[46] se levantó contra el gobierno, al que oficialmente representaba el presidente interino Portes Gil, pero que en realidad estaba dirigido principalmente por Calles, que dijo haberse retirado "a la vida privada". Con ayuda de los campesinos armados, pronto fue sofocada la rebelión. Pero los salvadores del gobierno no se contentaron con defenderlo, sino que formularon exigencias, y una gran parte apoyó la consigna del Partido Comunista "Todo el poder a los Soviets Campesinos", que en el mismo año, en el mes de mayo también había desempeñado su papel.[47] El gobierno respondió proscribiendo al Partido Comunista y disolviendo a la Liga Nacional Campesina, fundada en 1926. Hubo una serie de asesinatos de líderes campesinos,[48] y en los meses siguientes varios miles de campesinos revolucionarios cayeron víctimas de las "guardias blancas" de los latifundistas.[49]

Por la misma época, las capas pequeñoburguesas empezaron a actuar independientemente en la política. José Vasconcelos encontró incontables partidarios, sobre todo entre los jóvenes intelectuales, al presentarse en 1929 como candidato para las elecciones presidenciales; hizo blanco de sus más enconados ataques a la corrupción y al pervertimiento de la Revolución. Otros grupos proclamaron los ideales de la revolución social, y los más consecuentes se acercaron a la clase obrera.

Todos estos acontecimientos habían hecho madurar una situación que debía poner en peligro el predominio del grupo callista y había de crear también graves problemas al imperialismo. En esta situación Calles se esforzó por asegurar la estabilidad del Estado burgués surgido de la Revolución, creando un partido. En 1929 se fundó el Partido Nacional Revolucionario (PNR), que debía afirmar sobre nuevas bases la coalición de la burguesía posrevolucionaria con las masas trabajadoras, puesta en peligro por el anterior viraje de Calles. El PNR, por encima de estas causas inmediatas, fue la consecuencia de un proceso de varios años, que exigía un cambio radical en los métodos de la dirección política. Por una parte, la nueva burguesía había logrado consolidarse hasta cierto grado —como lo muestra,

47

por ejemplo, la fundación de la Confederación Patronal de la República Mexicana,[50] en 1929—, y para esta nueva situación ya no bastaban los viejos métodos de predominio personal; por otra, desde el estallido de la Revolución, las masas habían despertado a la conciencia política. Empezaron a manifestarse como fuerza organizada y a desarrollar una ideología apropiada para su situación y sus deseos. Ante los problemas que de ello habían de surgir, tampoco bastaban los métodos anteriores de gobierno. Independientemente del viraje de Calles, se hacía necesario fundar un partido que pudiera representar los intereses de la burguesía posrevolucionaria, que había progresado en su formación. Al mismo tiempo, este partido debía defender el papel dirigente de la burguesía frente a las masas populares. Por lo tanto, en primer término debía participar en la creación de una ideología nacional-revolucionaria, de una teoría de la Revolución Mexicana. Además de mezclar las diversas fracciones de la nueva burguesía, especialmente la obregonista y la callista, el PNR tenía dos tareas: neutralizar la incipiente ideología e independencia organizadora de las masas, que pugnaban por llevar la Revolución más allá de la etapa demoburguesa, y restablecer el influjo de la burguesía sobre las masas. Fue éste uno de los grandes problemas de la década de los treintas, pues se trataba de legitimar toda pretensión de mando sobre las masas por medio de un comportamiento revolucionario. Pero, mientras Calles conservara alguna influencia sobre el desarrollo de México, tal cosa era imposible. En cuanto a Calles, precisamente después de su viraje se vio obligado a tratar de conservar el poder aun transcurrido su periodo presidencial. Para ello, se hizo nombrar Jefe Máximo de la Revolución Mexicana y en esta calidad siguió influyendo en la política del gobierno y en la del recién fundado PNR.

En 1929 Portes Gil proscribió al Partido Comunista, y en 1930 rompió las relaciones diplomáticas con la Unión Soviética. Temporalmente, quitó toda influencia a Morones, y con él a la CROM. Al mismo tiempo, mejoró la legislación a fin de ganarse la confianza de la clase obrera, contra la cual iban dirigidas sus otras medidas. El presidente interino Abelardo López Rodríguez acabó por adoptar lemas anticomunistas para sus actos antiobreros. Nada de ello podía dar al PNR un gran prestigio entre las masas. La crisis siguió adelante, y la actuación independiente de las masas cobró mayores proporciones. Lo mismo puede decirse de los campesinos. En la propia burguesía empezó a agitarse la oposición, pues la política de Calles coartaba sus posibilidades de desarrollo y hacía sentir de manera abrumadora las consecuencias de la crisis económica mundial que había empezado a repercutir en todo el mundo. Así surgieron grupos burgueses y pequeñoburgueses que habían de desarrollar, por sí mismos, una ideología cuya creación más bien hubiera correspondido al PNR.

La presidencia de Lázaro Cárdenas (1934-1940). El desarrollo del Movimiento Nacional-Revolucionario

En esta complicada situación, que en algunas regiones del país llegó a lindar con la guerra civil, el 1º de diciembre de 1934 Lázaro Cárdenas tomó posesión de la presidencia de la República. Viejo amigo y hombre de confianza de Calles, entre 1930 y 1931 había sido jefe del PNR,[51] tenía considerable experiencia en los terrenos militar y administrativo, y era un político de tendencias nacionalistas. Representaba a las fuerzas que habían reconocido que sólo podrían alcanzar sus objetivos a través de cambios revolucionarios realizados con el apoyo de las masas populares. Una de sus primeras medidas fue declarar las libertades democráticas, lo que incluía la legalización del Partido Comunista y la liberación de los presos políticos. La consecuencia fue que la clase trabajadora se mostró más activa, tanto en las ciudades como en el campo, y casi siempre contó con el apoyo del presidente. Estos acontecimientos motivaron la fundación, en 1936, de la Confederación de Trabajadores de México (CTM).[52]

En tales circunstancias, Calles declaró en una entrevista de junio de 1935, que las huelgas ponían en peligro la armonía entre las clases, y recomendó al gobierno velar por el orden. La primera respuesta de Cárdenas fue un comunicado de prensa, al que siguió una reforma del Gabinete. Y por fin, el 10 de abril de 1936, deportó a Calles, Morones y otros dos personajes, a Estados Unidos. De esta manera se superó el mayor obstáculo al avance de los procesos revolucionarios demoburgueses, y el régimen recuperó la confianza de las masas, base de la coalición revolucionaria bajo una dirección burguesa.

Las medidas y acontecimientos que siguieron pueden compendiarse brevemente. El gobierno favoreció sistemáticamente la lucha de los obreros,[53] siempre y cuandos sus acciones se dirigieran contra compañías extranjeras y firmas privadas mexicanas. Se nacionalizaron muchas empresas, como la de tranvías de la ciudad de México. Los actos de los sindicatos que, como la huelga ferroviaria, perjudicaban la buena marcha del Estado, fueron combatidos por la fuerza, de diferentes maneras.

La conducta de Cárdenas para con los huelguistas ya había mostrado que el presidente estaba decidido a seguir su propia línea política ante las organizaciones obreras. Ello se manifestó claramente en una sucesión de hechos. Por ejemplo, prefirió el apoyo de intelectuales marxistas sin filiación partidaria al de los dirigentes del Partido Comunista. No restableció las relaciones diplomáticas con la Unión Soviética. En cambio, apoyó la lucha de los campesinos. La reforma agraria cobró un ímpetu que no había tenido hasta entonces. De 1935 a 1940 se repartieron 17 609 139 hectáreas entre

771 640 campesinos, cantidad que supera considerablemente al total de las tierras repartidas entre 1915 y 1934 (10 085 863 hectáreas).[54] Puntos culminantes del movimiento de reforma agraria fueron el reparto de zonas algodoneras de Torreón, Coahuila, en 1936, y el fraccionamiento de las plantaciones de henequén en Yucatán, en 1937. Estas medidas constituyeron el remate de la lucha de clases de los campesinos, al tiempo que también se atacaban las avanzadas del imperialismo y de la contrarrevolución. Con la reforma agraria, la burguesía se aseguró una considerable expansión del mercado interno. Pero no debe perderse de vista el hecho de que ni aun en época de Lázaro Cárdenas se acabó con el latifundismo.

Al lado de la reforma agraria se llevó adelante la reforma escolar. Sobre todo en el campo aumentó el número de escuelas, y se pensó influir de esa manera sobre el desarrollo ideológico y cultural de los campesinos, la mayoría indígena.

Finalmente, Cárdenas consolidó el Estado al sofocar todo intento de oposición al gobierno por parte de los caciques locales, en su mayoría apoyados por grupos contrarrevolucionarios y proimperialistas. El punto culminante de su política fue el establecimiento de las bases más importantes para la expansión económica de la burguesía nacional. Por vía administrativa, se creó una Comisión Federal de Electricidad, y se aceleró la construcción de presas y carreteras. Se nacionalizaron los ferrocarriles. Con ayuda de la Comisión de Fomento Minero, había de crearse una industria minera nacional. Finalmente, el 18 de marzo de 1938, Cárdenas decretó la nacionalización de toda la industria petrolera, después de que largas pugnas sindicales por aumento de salarios no habían producido los resultados deseados, y las compañías llegaron a negarse a obedecer la resolución de la Suprema Corte.

Todas estas medidas dieron al gobierno, y sobre todo al presidente, una inmensa popularidad. Produjeron la impresión de que México había encontrado a un presidente que, consciente de su elevada misión, desde el gobierno haría para las masas la revolución social. No puede dudarse de la posición revolucionaria de Cárdenas, ni de que todas sus medidas fueron adoptadas pensando en la nación en general, por lo que fueron las mismas fuerzas revolucionarias, unidades en su lucha, quienes las hicieron posibles. Pero la principal beneficiada fue la burguesía, que también mostró un interés especial en difundir la idea de creación de un frente revolucionario unido, que llegó hasta a contar con la aprobación del Partido Comunista (aunque después, en 1940, en una reunión extraordinaria, corrigió esta posición). Sin embargo, era demasiado tarde, pues la burguesía explotó la popularidad de Cárdenas y el impulso revolucionario de las masas, no sólo para alcanzar sus objetivos, sino también para lograr recuperar firmemente la dirección de las masas, que desde 1928 se le había escapado de las manos. En 1938, poco después de la nacionalización de la industria petrolera, con la cual se había alcanzado una de las metas más importantes de la burguesía nacional, se llevó a cabo una reorganización del PNR, cuyo nombre se cambió por el de Partido de la Revolución Mexicana (PRM). En esta ocasión, se admitieron en el partido los siguientes "sectores"; el campesino, el obrero, el popular y el militar.[55] Mediante esta confederación de los sectores, en el PRM se formó un vasto frente unido, al tiempo que se limitaba en gran medida la autonomía política de las organizaciones de masas, en favor de la burguesía nacional que, a fin de cuentas, dominaba el PRM.

Por la misma época de la reorganización del PNR, se formuló el lema de la consolidación de la Revolución y de la unidad nacional. Los despojados *trusts* iniciaron toda clase de provocaciones e intentos de coacción contra México. En no pocos aspectos les ayudó el gobierno de Roosevelt, que supo conciliar la "Política de buena vecindad" con manipulaciones del precio de la plata, a fin de poner en aprietos la economía de México. En el país mismo se organizaron las fuerzas contrarrevolucionarias, en proporción alarmante. En 1937 se fundó la Unión Nacional Sinarquista,[56] y en 1939, el conservador Partido Acción Nacional, que enfrentaba al estado de la burguesía nacional la teoría de un orden social cristiano.[57] Pero no debe perderse de vista que el afianzamiento de la Revolución debió traer consigo una pausa en el proceso revolucionario, y precisamente por ello puso en peligro la unidad de las fuerzas revolucionarias: es decir, condujo paulatinamente a la separación de la burguesía y las masas. Ello se mostró claramente en la lucha electoral de 1940. De las filas del PRM habían surgido varios candidatos, entre ellos el general Francisco J. Múgica, que en el Congreso Constituyente de Querétaro fue portavoz de los radicales, y de quien se decía que era aún más consecuente con sus ideas que Cárdenas. Sin embargo, la convención del PRM no designó a Múgica, pese a su enorme popularidad, sino al secretario de la defensa, general Manuel Ávila Camacho, hombre casi desconocido de las masas y de opiniones muy moderadas, por no decir conservadoras. Esta decisión fue tomada cuando el candidato al que apoyaban las fuerzas contrarrevolucionarias, general Juan Andrew Almazán, se valía de todos los medios de propaganda para ganarse a los grupos desilusionados de la Revolución. La situación era sumamente tensa. Los resultados oficiales de la votación dieron la victoria a Ávila Camacho. Almazán afirmó que se había cometido un fraude, lo que creyeron numerosos grupos. Ante las amenazas de guerra civil de las fuerzas contrarrevolucionarias, Ávila Camacho sólo pudo salvarse declarando que era creyente. A la luz de estos acontecimientos, tomó otro cariz el lema de la unidad nacional. Apareció, ante todo, como un ofrecimiento de paz interior y como un intento de evitar nuevas acciones revolucionarias de las masas.

La consolidación del Estado posrevolucionario.
La presidencia de Ávila Camacho (1940-1946)

La presidencia de Ávila Camacho se caracterizó por un considerable retroceso político.[58] Para que las masas no actuaran por su cuenta, se les recordó permanentemente la amenaza del Norte. A partir de 1943, se apeló a su conciencia patriótica, a fin de aumentar la producción de materias primas y alimentos para los aliados. Las ganancias así obtenidas contribuyeron a enriquecer rápidamente a una parte de la burguesía nacional, haciéndola políticamente conservadora. Esta separación de una parte de la nueva burguesía y las masas populares fue simultánea con un acercamiento a sus antiguos enemigos, sobre todo en el terreno ideológico.

Así se efectúa una reconciliación con la Iglesia, y se hicieron concesiones en el dominio de la educación popular, que perdió el carácter radical de los treintas. También en el terreno de la agricultura se manifestó el nuevo curso adoptado por la burguesía posrevolucionaria. De 1941 a 1946 se repartieron 3 335 575 hectáreas entre 114 541 campesinos,[59] lo que, comparado con la era cardenista, representa un retroceso de cerca del 80 por ciento en lo referente a la superficie, y un 86 por ciento en el número de beneficiados, señal de que el reparto de tierras empezaba a orientarse hacia la explotación capitalista.

Todas estas circunstancias movieron en 1943 al economista Jesús Silva Herzog a hablar, en un artículo que provocó no pocas discusiones, de la crisis de la Revolución Mexicana. Ve el punto cardinal de la "crisis desintegradora que nos azota"[60] en el hecho de que ". . .un número considerable de habitantes de las ciudades y de los campos que tal vez forman mayoría, no han aumentado su salario real, no han participado de los beneficios de la obra revolucionaria. En algunas regiones apartadas, hay núcleos de población que viven ahora como vivieron sus antepasados hace 50, 100 o 300 años, sin nutrición apropiada, sin cultura y sin fe en los gobernantes. No se ha hecho lo que se debía y pudo haberse hecho, por falta de probidad, de patriotismo, y por sobra de codicia de no pocos de los encargados de la cosa pública, desde muy arriba hasta muy abajo, desde la ciudad de México y las capitales de los Estados, hasta el más pequeño municipio o centro ejidal. Ya se apunta nuestra opinión: el problema de México es ante todo un problema de honestidad".[61]

Aparentemente, esta crisis muestra ciertas similitudes con el viraje de Calles. Sin embargo, la diferencia radica en que esta vez, tras de grandes éxitos en los terrenos económico y político, la burguesía, aprovechando hábilmente la situación nacional e internacional, se lanzaría a consolidar en lo político las posiciones conquistadas, y a extenderlas a lo económico. La burguesía no capituló, aun cuando en algún caso aislado cedió a la presión política. Esto también significa que, por mucho que se acercara a las fuerzas conservadoras, no había renunciado al poder; por el contrario, en algunos dominios alcanzó lo que en tiempos de Cárdenas no había podido siquiera intentar.

Ello puede decirse especialmente del campo de la cultura, desde la educación popular hasta las bellas artes. La burguesía siguió interesada en el mejoramiento técnico del sistema escolar. El secretario de educación pública, Jaime Torres Bodet, exhortó a todos, en 1946, a exterminar rápidamente el analfabetismo. Al mismo tiempo, se extendió la enseñanza universitaria. La estabilización del Estado burgués lograda en tiempos de Cárdenas permitió también tomar una serie de medidas de importancia para el desarrollo de la cultura nacional. Entre ellas deben mencionarse:

1940: transformación de la Casa de España en El Colegio de México.

1941: comienzo de la publicación de la serie Tierra Firme, en el Fondo de Cultura Económica.

1941: reapertura de la sección del PEN-Club, fundada en 1923.

1942: fundación del Instituto Nacional de Cardiología.

1942: fundación del Seminario de Cultura Mexicana.

1943: publicación del primer tomo de la Colección de Escritores Mexicanos.

1944: comienzo de la publicación de la Biblioteca Enciclopédica Popular.

1945: creación del Premio Nacional de Artes y Ciencias.

Estas realizaciones, desde luego, forman un marco para organizar las cosas. En ello está lo problemático de una parte de las realizaciones del régimen de Ávila Camacho dentro del terreno cultural, pues en las condiciones de un proceso social que iba estancándose hubo que despojar paulatinamente al desarrollo de la cultura del elemento más valioso que lo alimentaba: el pueblo, como en realidad se hizo desde 1947.

Este ejemplo pone de manifiesto que el periodo de Ávila Camacho constituyó una época de transición, en la cual se llevaron adelante, en lo político, económico y cultural, la construcción y la estructuración de México. Ello también se expresó en el cambio de nombre del PRM por el de PRI (Partido Revolucionario Institucional). Sin embargo, la vida del país fue regida cada vez más por la burguesía ahora imperante, que iba alejándose de las masas. A pesar de ciertas enérgicas medidas, empezó a hacerse sentir una crisis del proceso revolucionario que se enseñoreó prácticamente en todos los dominios de la vida del país. La burguesía nacional se dividió en dos fracciones: la arribista, que tenía el poder, y la que permanecía fiel a su credo anterior. De este último círculo, como lo muestra el ejemplo de Silva Herzog, pronto se elevaron voces de protesta, que desde entonces no se han callado. Además, el enriquecimiento de la fracción predominante de la burguesía nacida de la Revolución hizo que toda ella, como clase, se separase de las masas trabajadoras, que cada vez quedaron más apartadas de los frutos del progreso económico y social, y siguieron en la miseria. El hecho de que su reacción a este proceso fuera de profundo desengaño y resignación, y que casi no dieran muestras de querer reanudar la lucha de clases de los treintas, se debe, por una parte, a que el PRI (Partido Revolucionario Institucional) goza de una influencia decisiva sobre las organizaciones de masas[62] y por otra, a que desde 1943 se ha instituido una ley contra la disolución social, que en su época se promulgó para combatir las maquinaciones de los fascistas —y a la que el propio Ávila Camacho no empleó de otra manera—. Pero sus sucesores se han servido de tal ley principalmente como arma en la lucha contra aquellas fuerzas que desean guiar a las masas a emprender la lucha por su cuenta.

Cerramos este capítulo con tres juicios globales de la historia mexicana actual. El Comité Central del Partido Comunista de México declaró en 1962 que "una clase capitalista mexicana se ha desarrollado", la cual sin embargo, "desde 1940 ha vuelto a comprometerse con los imperialistas norteamericanos" y hay una "gran burguesía conciliadora... que ha surgido de la burguesía nacional coludida con la maquinaria del gobierno". Por ello, México "necesita una nueva revolución", una revolución antiimperialista, que también se dirija al asalto de lo que resta del feudalismo.[63]

A principios de la lucha electoral de 1957-1958, el filósofo Leopoldo Zea escribió un artículo con el título *La derecha y la izquierda de la Revolución*, que precisa la línea fundamental de la política de la burguesía mexicana durante las últimas décadas. Entre otras cosas, dice: "No podemos ser ni burgueses ni comunistas, pero sí debemos adoptar un sistema intermedio entre lo uno y lo otro, entre la libertad y el socialismo. Libres, sí, pero sin que esta libertad implique la destrucción de los grupos más débiles de nuestro país; porque lo mismo implicará nuestro debilitamiento y una mayor subordinación a las fuerzas extranjeras que en nombre de esa misma libertad tienden a la subordinación de los más débiles en ese juego que llaman 'libre competencia'. Socialismo, también, pero sólo como una forma de defensa para los grupos más débiles de nuestra nación, en tal forma que la misma no se debilite y pueda resistir los impactos de la libre competencia internacional a que se ve sometida inevitablemente. Un difícil y complicado juego de libertades y controles. Libertades que estimulen nuestro crecimiento y controles que lo fortalezcan. Nuestra burguesía no puede ya crecer, como la gran burguesía occidental, a base de la miseria de los más débiles, porque la miseria de éstos implicará la propia... Este equilibrio entre derecha e izquierda es el que ha tratado de buscar siempre la Revolución. Unas veces, al parecer más inclinada a la derecha, y otras a la izquierda, pero sin llegar a ser plenamente ni la una ni la otra. Unas veces estimulando todos los resortes que impliquen el crecimiento material de nuestro país, pero cuidando aunque sea en un mínimo, de que el mismo no debilite demasiado a las clases llamadas débiles. Otras, estimulando todo lo que represente un trato más justo y mayores ventajas para estos grupos, pero sin que los mismos impliquen un freno para nuestro crecimiento material. Otras, buscando el justo equilibrio entre ese crecimiento y la protección de los más débiles. Pero siempre un ajuste entre la derecha y la izquierda de nuestra Revolución".[64]

Finalmente, citaremos la opinión del ex presidente Emilio Portes Gil, quien, al referirse a la gran época de los treintas, escribió en 1962: "Considero que el régimen revolucionario debe fortalecer, vigorizar, inyectar dinamismo y moralidad a todos los organismos políticos, campesinos, sindicales, magisteriales y del sector popular y, sobre todo, seguir el programa de izquierda, de aspiración socialista; retornar a la mística democrática y social que inspiró a la Revolución en sus primeras décadas... Que se acaben los malos funcionarios, los gobernantes atrabiliarios, los malos líderes. Que se renueven los derechos obreros dentro de una moral estricta y justiciera; que se democraticen los industriales y que se acaben los negociantes de la política..."[65]

NOTAS

[1] Jesús Silva Herzog, *Breve historia de la Revolución mexicana.* 2 tomos, México, 1960.

[2] José Mancisidor, *Historia de la Revolución mexicana.* México, 1958; Roberto Blanco Moheno, *Crónica de la Revolución mexicana.* 3 tomos, México, 1957-1961; Jorge Vera Estañol, *La Revolución mexicana: orígenes y resultados.* México, 1957.

[3] Carleton Beals, *Mexican Maze.* Filadelfia, 1931; Anita Brenner, *Idols behind Altars.* Nueva York, 1929; Ernest H. Gruening, *Mexico and its Heritage.* Nueva York, 1928.

[4] H. P. Parkes, *A History of Mexico.* Boston, 1938 (3ª edición 1960).

[5] Frank Tannenbaum, *The Mexican Agrarian Revolution.* Washington, 1930: Frank Tannenbaum, *Mexico. The Struggle for Peace and Bread.* Nueva York, 1950.

[6] Jesús Silva Herzog, *El agrarismo mexicano y la Reforma Agraria,* México, 1959.

[7] William C. Townsed, *Lázaro Cárdenas. Mexican Democrat.* Ann Arbor, 1952.

[8] M. Al' perovich y B. Rudenko, *Meksikanskaya revolyntsiya 1910-1917 gg. i politika SShA* ("La Revolución mexicana en los años 1910-1917 y la política de los EE. UU.") Moscú, 1958, Friedrich Katz, *Deutschland, Díaz und die mexikanische Revolution. Die deutsche Politik in Mexiko 1870-1920.* Berlín, 1964.

[9] El problema de liberar al hombre trabajador de las cadenas del peonaje fue planteado *eo ipso* por las firmas de capital extranjero, y que desde cerca de 1890 se desarrollaban sobre todo en el norte del país. El aspecto de la liberación del hombre de condiciones de dependencia precapitalistas, en lo esencial no económicas constituye el principal eslabón entre las heterogéneas furezas de la Revolución.

[10] Cf. Djed Bórquez, "El espíritu revolucionario de Obregón". En: Cr. 79/1935, tomo 6, p. 9.

[11] Cf. Roberto Blanco Moheno, *Crónica de la Revolución mexicana.* Tomo 2, México, 1959, p. 13.

[12] Cf. F. Hanighen, *The Secret War.* Nueva York, 1934, p. 113 *ss.,*

así como Djed Bórquez, "Plutarco Elías Calles". En: *Ex*, 28. Octubre de 1957.

[13] Cf. Katz. Deutschland, *Díaz und die mexikanische Revolution*, p. 237 s.

[14] *Ibíd.*, p. 89.

[15] Cf. Robert Quirk. "Liberales y radicales en la Revolución Mexicana." En: *HM*, 2. 1952/53, pp. 503-528.

[16] Cf. Katz, Deutschland, *Díaz und die mexikanische Revolution*, p. 239.

[17] *Ibíd.*, p. 244. Según *Ocrerki noví i noveí istorii Meksiki* ("Estudios de la nueva y la novísima historia de México", Moscú, 1960, p. 346), las inversiones norteamericanas casi se duplicaron de 1913 a 1929.

[18] Cf. *Ibíd.*, p. 315.

[19] Beals, *Mexican Maze*, p. 186.

[20] Cf. Hanighen, *The Secret War*, p. 130.

[21] Cf. Bórquez, "El Espíritu Revolucionario de Obregón". En *Cr.*, 79/1935, p. 11. La frase es de Obregón.

[22] Cf. Silva Herzog, *El agrarismo mexicano y la Reforma Agraria*, pp. 280, 322.

[23] Cf. *Ibíd.*, pp. 310 s.

[24] Cf. Beals, *Mexican Maze*, p. 197, así como Víctor Alba, "Significado del movimiento obrero latinoamericano" (7ª parte). En *Hu*, 2° año, 14/1953, p. 46.

[25] Cf. Katz, *Deutschland, Díaz und die mexikanische Revolution*, p. 84.

[26] Cf. Carlos M. Rama, *Mouvements ouvriers et socialistes. L'Amérique Latine.* París, 1959, p. 171.

[27] Tomado de: Bórquez, "El espíritu revolucionario de Obregón, en *Cr*, 79/1935, p. 13.

[28] De 1925 a 1928 se dividieron más de tres millones de hectáreas entre 300 000 campesinos. Cf. Silva Herzog. *El agrarismo mexicano y la Reforma Agraria*, p. 322.

[29] Hasta el año de 1924 se habían construido 1 044 escuelas rurales; a fines de 1928 ya eran 3 392.

[30] Cf. J. D. Lavín, "Panorama del movimiento económico en México", en: *Hu*, 3er. año, 30/1955, p. 74.

[31] Cf. *Ibíd.*

[32] Beals describe un ejemplo típico (*Mexican Maze*, p. 210 ss.).

[33] Cf. *Ibíd*, pp. 290 ss.

[34] Cf. *Ibíd*, p. 290; sobre las relaciones de los cristeros con EE. UU., Cf. *Ocherki noví i noveíshei istorii Meksiki*, pp. 355 ss.

[35] Cf. Beals, *Mexican Maze,* pp. 312 *ss.*

[36] Cf. Lavín, *Panorama del movimiento económico en México.* En: *Hu,* 3er. año, 30/1955, p. 74.

[37] Cf. Beals, *Mexican Maze,* p. 348.

[38] Cf. Hanighen, *The Secret War,* p. 127.

[39] Cf. Beals, *Mexican Maze,* p. 335.

[40] Toda la peligrosidad del boicot de la producción del monopolio resulta evidente si se considera que en 1922 un 30 %, y en cambio en 1927 sólo el 7 % de los ingresos del Estado procedían de la industria del petróleo (Cf. *Ibid.,* p. 335).

[41] Cf. *Ibid.,* p. 350.

[42] Cf. Hanighen, *The Secret War,* p. 126, así como *Ocherki novoĭ i noveĭsheĭ istorii Meksiki,* pp. 350 *ss.*

[43] Cf. Hanighen, *The Secret War,* p. 127, así como Rafael Ramos Pedrueza, *La lucha de clases a través de la historia de México,* Tomo 2, México, 1941, pp. 313 *ss.*

[44] Acerca de los ya citados primeros pasos para la creación de organizaciones campesinas independientes, véase *Ocherki novoĭ i noveĭsheĭ istorii Meksiki,* pp. 313 *ss.*

[45] Cf. Bernardo Cobos, "El movimiento obrero en México", en: RMT, 3er. año, 1956, p. 48.

[46] Acerca de las relaciones de Escobar con el imperialismo inglés, cf. *Ocherki novoĭ i noveĭsheĭ istorii Meksiki,* pp. 360.

[47] Cf. Blanco Moheno, *Crónica de la Revolución mexicana,* Tomo 3, México, 1961, p. 230.

[48] Cf. Ramos Pedueza, *La lucha de clases a través de la historia de México,* Tomo 2, p. 339.

[49] Mario Gill (Veracruz: "Revolución y extremismo." En: *HM,* 2° año, 1952/53, p. 618-636) habla de más de cinco mil muertos.

[50] Cf. Isaac Guzmán Valdivia, "El movimiento patronal." En: *México. 50 Años de Revolución.* México, 1963, p. 209.

[51] Cf. F. M., "Breve historia del PRI". En: *Hoy,* 23 de noviembre de 1957, pp. 84-90.

[52] Cf. Guadalupe Rivera Marín, "El movimiento obrero". En: *México. 50 Años de Revolución.* México, 1963, p. 196.

[53] Durante el régimen de Cárdenas estuvieron en huelga más de dos millones de obreros (Cf. Alba, "Significado del movimiento obrero latinoamericano" [7ª parte], en: *Hu,* 14/1953, p. 50.

[54] Cf. Silva Herzog, *El agrarismo mexicano y la Reforma Agraria,* pp. 405, 452 y 505.

[55] Cf. F. M. "Breve historia del PRI", en: *Hoy,* 23 de noviembre de 1957, pp. 84-90.

56 Mario Gill trata el tema extensamente (*Sinarquismo. Su origen. Su esencia. Su misión*, México, 1944).

57 Cf. A. Casanova, "Los partidos políticos en la Revolución". En: *Hu*, 2º año, 15/1953, pp. 63-69.

58 Cf. Agustín Cué Cánovas, "Proceso ideológico de la Revolución mexicana". En: *Hu*, 2º año, 15/1953, p. 22.

59 Cf. Silva Herzog, *El agrarismo mexicano y la Reforma Agraria*, p. 452.

60 Jesús Silva Herzog, "La Revolución Mexicana en crisis". En: *CA*, 2º año, 5/1943, p. 55.

61 *Ibid.*, p. 45.

62 Cf. Alba, "Significado del movimiento obrero latinoamericano" (7ª parte), en: *Hu*, 14/1953, p. 51.

63 Tomado de: *ADN*, Servicio Exterior, 4 de septiembre de 1962; en el mismo sentido se expresa el Programa del PC de México para el otoño de 1965 (Cf. "Hacia la revolución democrática de liberación nacional. Programa del Partido Comunista Mexicano". En: *Política*, 6º año, 130/1965, 15 de septiembre de 1965, pp. I-XXI).

64 Leopoldo Zea, "La Derecha y la Izquierda de la Revolución". En: *NA*, 17 de abril de 1957, pp. 5, 9.

65 Emilio Portes Gil, "Sentido y sinsentido de la Revolución mexicana". En: *Ga.*, año, 89/1962.

LA BASE IDEOLÓGICA

UNA OJEADA a la historia de México nos muestra dos momentos decisivos: los años 1927-1928 y el año 1938. En 1927-1928, la fracción de la burguesía posrevolucionaria poseedora del poder dejó de ser guía de su propia clase, así como de los obreros y campesinos. En 1938, la burguesía nacional, después de alcanzar algunos de sus principales objetivos por medio de la lucha popular, recuperó su papel dirigente.

Un acontecimiento como la Revolución Mexicana inevitablemente había de reflejarse de muy diversas maneras sobre la ideología. Para la novela de la Revolución, producida en los treintas resulta decisivo el desarrollo filosófico-ideológico. Su análisis encuentra los mismos obstáculos que el del desarrollo social. El mayor problema consiste en que aquí encontramos, uno junto a otro, dos estratos de filosofía: el de los filósofos académicos y el de los pensadores políticos. La diferencia entre ellos depende del abismo que separa a las clases dominantes de las masas trabajadoras, abismo que sólo puede colmarse cuando en una situación revolucionaria llegan a ponerse de acuerdo o a influirse mutuamente.

La historia de la filosofía académica ya ha sido analizada en obras como la de Samuel Ramos: *Historia de la filosofía en México* (1963). No ha ocurrido lo mismo con los pensadores políticos, que en relación con esta obra son de una importancia mayor, por su directa influencia sobre la práctica política: "...el pensamiento más representativo de América, el que se ha hecho carne y sangre de nuestra raza, no es el que se estudia en las escuelas y universidades, sino el que ha estado en la calle, mezclándose a la acción del hombre".[1]

Si se prescinde del estudio de Víctor Alba *Las ideas sociales contemporáneas en México* (1960), puede decirse que la ideología de las masas laboriosas durante la década de los treintas no ha sido analizada,[2] y sólo muy parcialmente la de fases anteriores de la Revolución y la historia de México. En consecuencia, trataremos de esbozar el proceso de ambas tendencias ideológicas, condicionado por la Revolución y los procesos revolucionarios de los treintas, prestando especial atención a la ideología de las masas revolucionarias. No puede aspirarse a lograr un análisis completo, ante la dificultad de documentación y la índole de este libro. Por ello, el objetivo de este esbozo es sólo captar ciertos rasgos característicos y los puntos determinantes de su desarrollo.

La tradición del liberalismo social

Desde la guerra de Independencia se desarrolló en México una ideología que Morelos resumió en las siguientes palabras: "...que la esclavitud se proscriba para siempre, y lo mismo la distinción de castas, quedando todos iguales y sólo distinguirá a un americano de otro, el vicio o la virtud".[3] Tal es el ideal social de la numerosa e importante clase pequeñoburguesa de la capital y de las provincias, que habrá de perdurar sin modificaciones esenciales hasta la época de la Revolución. En el curso de los años, con la aceptación de las teorías sociales desarrolladas en Europa, se adapta a las condiciones de México en una serie de nuevos conceptos.

Así, bajo la influencia de la Reforma, Nicolás Pizarro (1830-1895), en su novela *El monedero* (1861), presenta

65

una situación social en que todos, gozando de idénticos derechos, trabajan para bien de la comunidad, y a esta sociedad ideal la llama "socialismo".[4] Especialmente después del triunfo sobre la Intervención francesa de 1867 y en relación con el robustecimiento de las tendencias capitalistas, se produjo una considerable actividad ideológica entre los obreros y las capas pequeñoburguesas, amenazadas con la ruina. A partir de 1880, el régimen de Díaz reprimió estas tendencias.

Como consecuencia de la Reforma, se formó también una ideología liberal, caracterizada porque una parte de las fuerzas liberales que pugnaban por un desarrollo capitalista y dependían de que se liberara a los trabajadores de las cadenas semifeudales, se declaró en oposición a la ideología positivista oficial del porfiriato, en pro de las mejoras sociales y el progreso. José Portillo y Rojas, terrateniente liberal, escritor y más tarde ministro de Huerta, formuló así su ideal social: "Los explotadores de las masas revístense con el manto hipócrita del patriotismo y la filantropía; claman que defienden los intereses públicos, y hacen creer al vulgo ignaro que son bienhechores desinteresados, cuando no son en realidad sino los vampiros despiadados de su débil sangre."[5]

Los opositores del régimen de Díaz no pudieron ser reducidos al silencio después de los acontecimientos iniciados alrededor de 1880. Continuamente surgieron periódicos de oposición, que en su mayoría fueron prohibidos, pero pronto volvían a aparecer con otro nombre. El órgano más importante de esta inconformidad fue *Regeneración*, fundado en 1900 por los hermanos Flores Magón.

Durante este tiempo, el pensamiento de las masas siguió siendo esencialmente el mismo. Sin embargo, aprovechando el despertar de la clase obrera, encontraron aceptación ciertas ideas anarquizantes. Ante el desarrollo de esa clase y la creciente necesidad de liberar a los campesinos, los progresistas de la burguesía y pequeña burguesía se inclinaron hacia el liberalismo social. Ello es evidente en el programa del Partido Liberal, adoptado en 1906. Aunque sus dirigentes, los hermanos Flores Magón, eran de tendencias anarquistas, este programa no formulaba, por parte de los trabajadores exigencias políticas, sino tan sólo sociales, al insistir en la liberación de los campesinos y la protección de la pequeña industria.

El Ateneo de la Juventud

En vísperas de la Revolución surge, asimismo, un movimiento intelectual renovador, que —directa e indirectamente— desempeñará un papel considerable en el desarrollo de la ideología de la burguesía nacional: el Ateneo de la Juventud. A diferencia del Partido Liberal, interesado en preparar al pueblo para la acción política, el Ateneo representaba un movimiento de renovación espiritual, cuya manifestación no debía ser la lucha política, sino el gabinete de trabajo. Por lo tanto, su meta no era tanto el desarrollo político como el cultural.

En este terreno algunos miembros del Ateneo influyeron sobre la evolución de los pensadores de la burguesía mexicana. En 1910, en el primer ciclo de conferencias sostenido en México sobre el materialismo dialéctico, el filósofo Antonio Caso se expresó así: "La vida individual y colectiva es la búsqueda de la felicidad absoluta, que nunca se halla, y el hallazgo de *algo mejor*, que se va construyendo cada día. México necesita poseer tres virtudes cardinales para llegar a ser un pueblo fuerte: riqueza, justicia e ilustración... volved los ojos al suelo de México, a los recursos de México, a los hombres de México, a nuestras costumbres y nuestras tradiciones, a nuestras esperanzas y nuestros anhelos, a lo que somos en verdad."[6] Con estas palabras Caso formula el *leimotiv* del desarrollo de la filosofía burguesa en México durante varios decenios.

Los ateneístas adoptaron una actitud antipositivista, que esencialmente debe interpretarse como una reacción contra los efectos del desarrollo capitalista en México, de cuyas consecuencias, disolventes y enajenadoras, deseaban salvar al hombre considerado ontológicamente. En su búsqueda de soluciones se acercaron al espiritualismo bergsoniano y a doctrinas similares.[7] Una consecuencia de este giro al espiritualismo fue la orientación hacia problemas espirituales y culturales. Aquí los ateneístas se mostraron como hijos legítimos de la burguesía nacional y como intelectuales de aquel país que había hecho los mayores progresos entre las naciones latinoamericanas —con excepción de la Argentina— y era el único que podía mostrar, en las artes plásticas y en la literatura, una larga tradición nacional desde los días de la conquista española. En contraste con el arielismo ahistórico de Rodó, los ateneístas no se perdieron en especulaciones sobre la espiritualidad del hombre hispanoamericano, sino que se ocuparon en la tradición cultural de su país, cuya esencia y relación con las realizaciones culturales de otros países trataron de captar. A este esfuerzo se debió la importancia y originalidad del Ateneo, al que mucho debieron las generaciones posteriores.

Dada la posición social e ideológica de los ateneístas, no sorprende que en la investigación del pasado colonial empezaran a buscar la esencia de la cultura mexicana como expresión de la esencia misma de México.

Algunos eruditos y artistas, que tenían posiciones semejantes, empezaron a buscar los principios de la cultura mexicana en la época precolombina y se dedicaron a estudiar la arqueología nacional con una intensidad de la que son testimonios las grandes excavaciones de Teotihuacán, realizadas también durante la fase armada de la Revolución.

La popularización del Liberalismo Social

En el curso de la Revolución Mexicana, las masas populares comenzaron a adquirir cabal conciencia política. En la formulación de los incontables manifiestos y proclamas volvieron a encontrarse las ideas del programa del Partido Liberal. Llegaron a ser una plataforma ideológica común de las masas revolucionarias que, representadas por sus generales —en la mayor parte procedentes de la pequeña burguesía—, con la Constitución de 1917 asestaron un rudo golpe a Carranza.

Además, se desenvuelven otras ideologías revolucionarias. En primer lugar, esto se refiere al movimiento obrero, cuyo desarrollo fue grandemente facilitado por la Revolución y el triunfo de Madero. Así, en 1911 se efectuó en la ciudad de México la primera manifestación del 1º de Mayo,[8] y en 1912 se fundó la Casa del Obrero Mundial. Sus dirigentes eran en gran medida anarquistas. Sin embargo, en las numerosas conferencias y discusiones organizadas por la Casa tomaban parte no pocos intelectuales liberales. Pero la influencia de la Casa no pasó de la capital; en las provincias, los anarquistas habían conquistado algunas posiciones en Puebla y Veracruz. Aunque conservaban cierta independencia ante los otros grupos que participaban en la Revolución, no estaban en condiciones de apreciar adecuadamente los acontecimientos. Prueba de ello es el Pacto de Veracruz que, en 1915, cerraron con Carranza, y por el cual a cambio de simples promesas se comprometieron a combatir contra los campesinos revolucionarios.

Del mismo modo que el movimiento obrero dirigido por los anarquistas, también un grupo de la pequeña burguesía que propagaba un socialismo agrarista, dirigido en gran parte por Díaz Soto y Gama y Pérez Taylor, cayó bajo la influencia de la burguesía y la pequeña burguesía revolucionaria representadas por Obregón. Habían apoyado a

69

Zapata, pero después de su asesinato, ocurrido en 1919, se volvieron hacia Obregón.

Así, la ideología política preponderante de la época de Obregón es esencialmente un liberalismo social, al que a menudo se llama socialismo.[9] Hay dos motivos para ello. En primer lugar, la Revolución de Octubre había causado en México —como en toda América Latina— una profunda impresión sobre las masas. Como también en ellas estaban efectuándose cambios sociales por medio de un levantamiento armado, se sentían unidas con esa Revolución, y se apropiaron de sus lemas, aunque sin comprender siempre su significado. Las masas de trabajadores de la ciudad de México en gran parte estaban bajo la influencia de la burguesía; y como la clase obrera —con excepción de ciertos grupos de Puebla y Veracruz— apenas empezaba a constituir una fuerza política e ideológica independiente, el concepto de socialismo vino a identificarse, simplemente, con el de justicia social. También ello favoreció al grupo obregonista que estaba en el poder, y que, para alcanzar sus objetivos, necesitaba tanto de la alianza con la clase obrera como del papel de dirigente en esta alianza. El frecuente empleo de la palabra "socialismo" —interpretada a la manera pequeñoburguesa— fue, en este sentido, un excelente medio de propaganda.

Sucesores del Ateneo durante los veintes

Durante la fase armada de la Revolución, el Ateneo, de hecho, se había disuelto. Algunos de sus miembros se hallaban en el extranjero, pero otros desempeñaron en México un papel importante. Entre ellos, Antonio Caso y José Vasconcelos. El primero fue profesor de filosofía en la Universidad de México, y guiaba a sus alumnos por las diversas tendencias de la filosofía moderna, entre las cuales consideraba al materialismo dialéctico. Su propia teoría filosófica se basó en la defensa del individuo contra las que él llamaba "tendencias colectivistas de nuestro siglo".[10] José Vasconcelos se hizo célebre principalmente por sus libros *La raza cósmica* (1925) e *Indología* (1927), que durante un tiempo le valieron el renombre de Maestro de la Juventud Americana. En estas obras, presentando la lucha de clases como lucha de razas, proclamaba la creación de una raza universal, como garantía de una sociedad armoniosa y pacífica. Entroncaba así con la metafísica del hombre latinoamericano, cuya mentalidad trató de captar mediante su sensibilidad —hija de una mezcla de razas— ante los valores estéticos y religiosos. Al mismo tiempo, profesaba la teoría del telurismo, sujeción cultural al suelo patrio. Todavía durante los veintes, Vasconcelos agregó la apología de la hispanidad de América Latina, que hizo de él un correligionario de las fuerzas contrarrevolucionarias de México, y después lo llevó a entrar en relaciones con el aparato de propaganda de la España franquista.

La ideología revolucionaria de los treintas.
Recepción, "adaptación" y "crítica" del marxismo

En el desarrollo de México entre 1925 y 1946, hay que distinguir dos etapas. Por una parte, la época de los movimientos revolucionarios de masas y del desenvolvimiento nacional— revolucionario del periodo cardenista; por otra, la época de consolidación del Estado posrevolucionario. A ambas fases corresponden dos ideologías distintas: a la primera, una ideología política, revolucionaria, de lucha de masas; a la segunda, una ontología del carácter nacional mexicano, que excluye la lucha revolucionaria.

La ideología de la primera fase se caracteriza por la asimilación de varios elementos del marxismo. El punto cen-

71

tral es la idea de la lucha de clases, la que debían representar y propagar las fuerzas revolucionarias. No aceptar la lucha de clases habría equivalido a que estas fuerzas renunciaran a sus objetivos sociales. En esta situación está objetivamente fundada la amplia aceptación que en México encontró el marxismo desde comienzos de la época de Calles, pues tampoco las fuerzas burguesas y pequeñoburguesas encontraron otra ideología revolucionaria que hubieran podido abrazar. En este contexto, debe subrayarse que el marxismo es la ideología de la clase obrera revolucionaria, y que, por ende, su aceptación como ideología casi oficial de una coalición demoburguesa no es posible sin alteraciones de su esencia, es decir, de su carácter clasista. Este proceso será expuesto en detalle a continuación.

Mediante la actitud de una gran parte de la intelectualidad, se reforzó la disposición a aceptar el marxismo. Muchos intelectuales revolucionarios, como Gregorio López y Fuentes, Rafael Felipe Muñoz y Baltasar Dromundo, eran periodistas salidos de la pequeña y media burguesía. En rigor, eran verdaderos asalariados del intelecto, y por ello mismo estaban muy cerca del movimiento revolucionario. Y sobre todo, como resultado de la crisis económica mundial, que no dejó de afectar profundamente a los intelectuales, se produjo una radicalización de las capas burguesas y pequeñoburguesas. Un papel importantísimo desempeñaron los maestros, sobre todo los rurales, que por su posición constituían el elemento de enlace entre la burguesía revolucionaria y los campesinos, y por ello estaban en el más íntimo contacto con las masas.

Dentro de la coalición revolucionaria, fue importante la misión que tuvo el desarrollo del movimiento obrero revolucionario, y del Partido Comunista. Éste se fundó en 1920 y, después de superar dificultades iniciales, a partir de 1924 empezó a influir sobre las masas. Los estados de Veracruz y Puebla eran centros del movimiento obrero mexicano, donde la industrialización había empezado relativamente temprano, y donde las tendencias anarquistas eran relativamente fuertes. Aquí, el Partido Comunista logró trabajar primero en conjunto con trabajadores anarquistas, y luego fue la fuerza dirigente de no pocas acciones. Asimismo, pronto empezó a forjar la unidad de obreros y campesinos.

En el desarrollo del Partido Comunista Mexicano desempeñaron un papel importante los intelectuales. Su fuerza más activa fueron durante cierto tiempo, los pintores muralistas, que en gran mayoría ingresaron al Partido, y cuya publicación, *El machete,* en 1924 pasó a ser el órgano oficial de los comunistas. Desde la época de Calles, los maestros constituían la parte más revolucionaria de la intelectualidad, ya que en las aldeas, debido exclusivamente al ascendiente que les daba su profesión, desempeñaban un decisivo papel revolucionario y llevaron a cabo una enorme labor en la organización de las masas campesinas. Muchos de ellos engrosaron las filas del Partido Comunista. Así se explica que, ante la debilidad numérica y en parte también ideológica de la clase obrera mexicana, los intelectuales de origen burgués y pequeñoburgués empezaron a desempeñar un papel importante en el Partido Comunista, aun antes de que se hubiese formado un núcleo dirigente proletario capaz de englobar a aquellos intelectuales de lealtad indudable al Partido. Ello dificultó al Partido Comunista mostrar el carácter del marxismo como ideología de la clase obrera, y contrarrestar el influjo de las adaptaciones pequeñoburguesas del marxismo.

En esta situación, desde luego, intervinieron también otros factores. Entre ellos deben mencionarse en primer lugar, el bajo grado de industrialización de México y el hecho de que la mayoría de los obreros eran hijos de pequeñoburgueses y de campesinos, y por lo tanto no había aún entre ellos todas las condiciones indispensables para la aceptación del marxismo como teoría del proletariado revolucionario. Tampoco debe olvidarse que la Revolución Mexicana fue la primera revolución demoburguesa en un país latinoamericano y presentaba problemas teóricos sin precedentes, para cuya solución no había ejemplos. Estas circunstancias explican cierto dogmatismo, así como la inexactitud, en la valoración del carácter de las clases del gobierno de Cárdenas, corregida sólo en 1940. Mucho debe apreciarse el hecho de que el Partido Comunista de México, pese a estas dificultades, fue consecuente con la unión de la clase obrera y de los campesinos, que realizó en mayor grado que cualquiera otra de las fuerzas que pugnaban por lograr cambios sociales sustanciales.

Por la situación del movimiento obrero mexicano, y sobre todo por el hecho de que también la pequeña burguesía revolucionaria adoptó al marxismo como ideología, se produjeron inevitables deformaciones de ese marxismo. Trataremos aquí las más importantes. Revelador de la posición de la intelectualidad revolucionaria y de su fe en la Revolución como un don hecho a las masas, es el siguiente fragmento de una defensa de los logros de la Revolución, publicada en 1928. Germán List Arzubide, entonces de treinta años, escribió: "...esta voz mía es la voz de una juventud que sin dádivas, sin puestos de significación, sin más arma que su sinceridad y su anhelo, va con la Revolución ardientemente. porque sabe que ella es la justicia hacia el indio, hacia el obrero."[11] Este poeta fue uno de quienes, consecuentes con sus ideales, tomaron parte en las luchas revolucionarias de los años treintas.

Un elemento importante del marxismo, de acuerdo con la idea que se formó la intelectualidad pequeñoburguesa, era el ateísmo. En realidad, muchos intelectuales revolucionarios se valieron del marxismo como arma en su lucha contra la Iglesia, lucha que habían entablado sobre las bases de un racionalismo un tanto anarquizante. Resulta característis-

74

tico lo que, en su artículo *Marxismo es sinónimo de ateísmo,* en 1934 escribió Rosendo Salazar: "El sujeto revolucionario obrero carece de teísmo... El verdadero marxista tiene seguridad sólo en sí mismo; esto es, no confía a ninguna voluntad independiente el sino de su vida; la cual conceptúa innecesitada del auxilio de un Todopoderoso para satisfacer sus anhelos... Marx... no afirmó nada jamás que estuviese en oposición al ateísmo, al concepto ya para entonces universalmente propagado por el anarquismo colectivista de: Ni Dios ni amo."[12] Es obvio que el aspecto ateísta del marxismo ha sido arrancado aquí de su contexto y presentado de manera absoluta, lo cual, dadas las condiciones de México, resultaba sectario y tenía que dificultar grandemente una labor de unión con los campesinos.

Aparte de la teoría materialista del conocimiento, los intelectuales revolucionarios adoptaron sobre todo ciertas partes de la teoría económica del marxismo, y la lucha de clases. El análisis hecho por Marx de la sociedad capitalista sirvió como punto de partida de una acerba crítica al imperialismo norteamericano, que dominaba la mayor parte de la industria mexicana. El antagonismo entre el capital y el trabajo se manifestó así, como antagonismo entre el imperialismo y el pueblo mexicano, al que sencillamente se calificó de nación proletaria. Con ello se eliminaron las diferencias de clase existentes dentro de la sociedad mexicana y se creó un argumento para la formación de un frente unido revolucionario. Así procedieron intelectuales de ideas tan diferentes como Vicente Lombardo Toledano, Alfonso Teja Zabre y Leopoldo Zea.[13]

Todo eso resulta claro si se analiza el concepto sobre el socialismo como objetivo de la lucha de clases, que tenían los intelectuales revolucionarios. Durante la época de Cárdenas, representantes del PNR varias veces afirmaron que deseaban hacer realidad en México el socialismo científico creado por Marx y Engels.[14] A principios de los treintas precedió a estas declaraciones un periodo durante el cual llegó a confundirse el concepto de socialismo con el de justicia social, como lo demuestra el siguiente párrafo: "La Revolución es el socialismo, que pretende la cooperación de todos para todos, el salario proporcionado, la casa higiénica, la escuela común, etc. La Revolución tiene como meta la felicidad de vivir."[15]

Durante el periodo cardenista se multiplicaron las voces que ofrecían una formulación más exacta del concepto "socialismo", lo cual es señal de que entre las masas habían surgido ideas más claras. Parte de estas exposiciones iban de la mano con un deseo de distanciarse del comunismo, lo que, a pesar de todas las fórmulas igualitarias, manifiesta su carácter burgués.[16] Estas definiciones de socialismo fueron tomadas muy en serio por vastos círculos. Lo demuestra nada menos que Jesús Silva Herzog, quien escribió en 1943: "Lo que esperamos... es una democracia socialista... Democracia porque gobernará el pueblo dentro de sistemas políticos perfeccionados e imperará la libertad de pensamiento; socialista, porque habrá concluido la era del mercader y ya no será el lucro el supremo resorte de toda acción y todo propósito; porque la propiedad privada existirá solamente cuando sea, como se dijera hace varias décadas en celebérrima encíclica, fruto del trabajo personal; porque lucharemos para alcanzar como ideal predominante y definitivo la felicidad para todos, compatible con las limitaciones inherentes a la naturaleza del hombre".[17] Tras este concepto de socialismo es fácil reconocer el antiguo liberalismo social. Su presencia a estas alturas se explica por la persistencia de sus bases sociales, las de la pequeña burguesía mexicana, que por una parte trata de salvarse de las consecuencias inevitables del desarrollo capitalista y, por otra, de desplegar sus fuerzas dentro del marco de tal desarrollo. La unión de este concepto pequeñoburgués del socialismo con las ideas del marxismo, hizo que en México se proclamara como meta de su desarrollo la sociedad sin clases. Dadas las circunstancias, eso pareció una exhortación a las fuerzas proletarias para abandonar el punto de vista de su clase, ya que no existían las condiciones económicas ni sociales necesarias para alcanzar semejante objetivo. Así, Baltasar Dromundo escribió sobre las tareas del escritor revolucionario: "No queremos hacer arte proletario; tal cosa sería contradictoria de nuestra posición marxista. Al arte burgués sucederá la expresión cultural de una sociedad sin clases".[18]

Resulta lógico que, dada esta interpretación del marxismo, casi no se hablara de la Revolución socialista ni de la dictadura del proletariado y que, en consecuencia, muy a menudo se mencionara el nombre de Karl Marx, pero casi nunca el de Lenin. Durante los treintas, el marxismo como filosofía fue estudiado intensamente en México, pero, en esencia, se lo consideró como una filosofía entre muchas otras, y de ella se adaptó lo que en un momento dado parecía útil para las metas de la propia clase. Tal hecho explica por qué la elucidación del marxismo como filosofía adquirió un carácter meramente académico. Esto resulta evidente en la colección de artículos *Marxismo y antimarxismo* (1934), publicada por Xavier Icaza, cuyos autores evitan cuidadosamente profundizar en la realidad de México, y se limitan a exponer un sistema filosófico.

Sin embargo, la relación de la burguesía nacional con el marxismo no fue de simple aceptación de ciertos elementos. En su análisis del marxismo, la burguesía nacional se vio impelida a hacer una adaptación, que sus ideólogos presentaron como un verdadero desarrollo, alegando que al hacerlo tomaban en cuenta los últimos descubrimientos de la ciencia. Punto de partida para la revisión del marxismo fue la situación de los burgueses y pequeñoburgueses ante la Revolución, en la cual no sólo veían una necesidad social sino —y esto quizá les interesara más aún— la posibilidad de desarrollar todos los aspectos de su personalidad. Esta actitud comprende aspectos morales y estéticos, considerados subjetivamente, que desempeñaron un papel importante en la revisión del marxismo, pues correspondían a una meta moral subjetiva: incremento de la alegría de vivir, mediante el pleno desenvolvimiento de todas las fuerzas creadoras latentes. Al mismo tiempo se presentaban a mixtificar la contradictoria base económica de tal desarrollo. En su novela *Desbandada*, José Rubén Romero expresa así este anhelo: "Revolución es un noble afán de subir y yo subiré; es esperanza de una vida más justa, y yo me aferro a ella."[19]

A partir de la idea subjetiva del desarrollo, un artículo de Lombardo Toledano, de 1928, proclama las ideas concebidas con este fin: "Somos marxistas; pero estimamos que hay más cosas en el mundo de lo que pensó la filosofía de Marx. Creemos que sin ser alguien, sin tener personalidad, sin trabajar por la elevación de una clase, no se puede contribuir eficazmente a la libertad del mundo."[20] Más explícito aún es Gustavo Ortiz Hernán en una crítica: "El proletario organizado se endurece en la absorción del materialismo histórico y cierra todas las espitas de su sensibilidad a lo que no sea estrictamente utilitario y dinamismo; muy lejos se encuentra de la grácil serenidad de la belleza pura, muy lejos de las cosas sutiles y —López Velarde lo decía— un poco reaccionarias."[21] En estas declaraciones, el anhelo de una realización subjetiva que entre líneas puede percibirse también es importante en una vida bella en el sentido estético; y, pese a tantas generalizaciones sociales, el individuo resulta la categoría esencial y el verdadero sentido de la vida.

Al mismo tiempo, la revisión del marxismo trataba de justificar las aspiraciones de la intelectualidad (y con ella, en el caso de México, de las fuerzas burguesas) al papel dirigente. A este respecto, Menéndez Samara atacó en 1938 el carácter "utilitario" del marxismo, al cual ya criticó Ortiz Hernán y al que otros autores abiertamente tildaron de "burgués". Menéndez Samará habla de un "falso e ignorante militante", de cuya honradez no duda. Trata de justificar indirectamente la revisión del marxismo, cuando escribe: "De aquí la conveniencia de que prediquen los falsos materialistas dialécticos la innecesaridad de revisar teorías y de hacer ciencia."[22] Después de esta evidente pulla a los comunistas, pasa a establecer el papel dirigente del intelectual —o, más bien, del universitario— sobre la siguiente diferenciación de las obras clásicas del marxismo: "...unas, que constituyen la mayoría, además de ser teóricas las escribieron para los estudiosos, los especialistas, los intelectuales, ya que ellos lo eran también... la segunda clase de escritos son para todos".[23] Como la revisión "científica" del marxismo ya había sido exigida en otros pasajes, no sólo ella, sino también el papel dirigente de la intelectualidad sobre las masas queda "justificado" con este argumento.

Toda la revisión del marxismo se orienta hacia la creación de una "mística de la Revolución", que con cada autor toma una forma un tanto diferente, pero que en general mixtifica el servicio que el individuo presta a la sociedad.[24] Ello subraya el carácter humanista de esta mística, pero precisamente la mixtificación de diferencia claramente del marxismo-leninismo.[25] Cronológicamente, la formulación de la mística de la Revolución o, como dice Teja Zabre, la "humanización del marxismo" coincide con una considerable activación del indigenismo.

Así, Teja Zabre publicó en 1936 su *Teoría de la Revolución*, y en enero de 1937 Amabilis terminó el manuscrito de su *Mística de la Revolución Mexicana*. Es decir, poco antes de que el movimiento nacional-revolucionario alcanzara su clímax, ambos libros aparecieron en la época de las grandes acciones de las masas revolucionarias. La formulación de la teoría burguesa de la Revolución, en vísperas de acontecimientos de alta trascendencia histórica, no sólo respondía a una necesidad puramente intelectual, sino que constituía para la burguesía nacional una necesidad política inaplazable.

La filosofía de las obras citadas proclamaba una reactivación del vitalismo. Amabilis se apoya en Einstein, de acuerdo con cuya teoría de la relatividad, del antiguo concepto de materia sólo quedarían las categorías de forma y ritmo,[26] y de acuerdo con esta interpretación declara que la filosofía de Bergson ha sido confirmada por la física moderna:[27] "La teoría bergsoniana del ímpetu vital y las ideas modernas sobre las personalidades colectivas, no están en contradicción con la hipótesis de almas colectivas o aun de un alma universal, de Pitágoras y Platón."[28] Esta afirmación la aprovecha para poner en un equilibrio armónico la relación contradictoria entre el individuo burgués y la sociedad. Si Amabilis sólo hace alusiones al materialismo, Teja Zabre analiza directamente el materialismo dialéctico e histórico, que, como producto del siglo XIX, le parece urgentemente necesitado de renovación: "El método eficaz a la moderna debe ser: primero, sobre la base cartesiana... la dialéctica hegeliana y marxista. Después, estos recursos del siglo XIX, demasiado rectos, rígidos y mecánicos... deben plegarse a la renovación del siglo XX,... deben ennoblecer el materialismo, el mecanismo, el organicismo, el determinismo, el eclecticismo y el pragmatismo, en una síntesis suprema... aprovechar los vislumbres... de Einstein, Broglie, Braggs, Bohr, Maxwell, que... buscan conjuntar en un solo rayo de luz las ideas de Newton y de Huyghens, para llegar a la nueva mecánica ondulatoria. Una solución entre la línea recta y el caos."[29] Fundamentándose en esta afirmación se subraya la importancia de la intuición como medio de conocimiento, para hacer reconocible la plenitud de la vida, que está por encima de las abstracciones de la ciencia matemática,[30] y hacer posible la "perfección de la vida total" mediante la "aprehensión vital".[31] El sentido de esta operación se aclara cuando Amabilis asegura que "la vida es una y la misma en todos los hombres, ricos y pobres",[32] para a continuación sacar las consecuencias finales: "No hay hombre realmente débil, la Vida es infinita, omnipotente, omnisciente... tiene todas las posibilidades y jamás debe permitir que nadie se las limite..."[33] Así, con ayuda de un alma universal tomada del *élan vital* bergsoniano y de otras filosofías espiritualistas, se debe eliminar el problema de los antagonismos de clase: a cada uno le tocan las mismas posibilidades de desarrollo de su personalidad —es decir las semidisfrazadas condiciones económicas de un capitalismo de libre competencia. Consecuente con sus ideas, Amabilis explica que "...la Vida exige del individuo un esfuerzo propio o egoísta para adquirir los elementos constitutivos de su integridad armónica; pero este esfuerzo está limitado... por el medio".[34] En otra parte se expresa una amenaza contra las fuerzas que pudieren obstaculizar tal desarrollo.[35] Ello pone en claro que por sociedad sin clases —a la que se considera como objetivo del desarrollo— debe entenderse una unión nacional, que teóricamente dará a todos la misma oportunidad de participar en la edificación de un capitalismo de libre competencia. Escribe Amabilis: "Entre las grandes transformaciones que la Revolución ha engendrado, tal vez la de perspectivas más fecundas sea la solidaridad nacional que empieza a germinar... y que, aboliendo las diferencias de clases mantenidas por la dictadura, nos aproxima los unos a los otros."[36]

Mucho más complicado es el pensamiento de Teja Zabre. Pero, esencialmente sigue la misma orientación cuando escribe: "El movimiento general de la ciencia va de la interpretación puramente teológica al idealismo clásico, el romanticismo, el materialismo y finalmente la interpretación que busca el apoyo de la biología, no entendida como ciencia natural nada más, sino como 'vitalismo', verdadera ciencia de la vida".[37]

Tomando en consideración este punto de partida, también el desarrollo "científico" que Teja Zabre proclama del socialismo científico hacia un "socialismo biológico, viviente y actual, haciendo su obra con todas las fuerzas humanas, espirituales y materiales",[38] no puede ser más que la igualación de todos los miembros de la sociedad, que Amabilis preconizaba con ayuda de la teoría bergsoniana. Es interesante que Teja Zabre hable de llevar adelante el marxismo de una manera marxista: es decir, creadora.[39] En su justificación del individualismo pequeñoburgués argumenta con todos los factores humanos, y hace propaganda a la "humanización" del marxismo[40] remitiéndose a una expresión de Rosa Luxemburgo contra el dogmatismo. Cuando dice aspirar a hacer una síntesis marxista de todos los nuevos sistemas filosóficos y formas de vida, en las circunstancias de Latinoamérica, ello no significa más que (recurriendo a la ontología de especie latinoamericana desarrollada desde Rodó) el marxismo, que "fluye sobre los pueblos criollos como los vientos del Norte en la atmósfera tropical",[41] debe desarrollarse como "marxismo criollo". En tal proceso, su humanización también debe adaptarse a la esencia humana latinoamericana.[42] Teja Zabre describe cómo debe ser la nueva sociedad: "Las fuerzas productoras... están en condiciones de pasar a manos del proletariado unido, que establecerá un régimen en el que participarán todos los miembros de la sociedad y no solamente como productores, sino como consumidores y gerentes de la riqueza social."[43]

La diferenciación del "proletariado unido", ya esbozada en estas palabras, queda precisada en otro párrafo: "Sociedad sin clases quiere decir, sin las actuales clases, como derrocamiento del Estado quiere decir sin el antiguo Estado. Desde el momento en que se admite la clasificación de técnicos, calificados y no calificados, además de las diferencias inherentes a las distintas formas del trabajo y posiciones en la tarea colectiva, se comprende que nadie puede pensar en la igualdad aparente de los hormigueros."[44] Al personal necesario para la dirección y coordinación estatal o jurídica de la industria y el comercio lo llama "subclase de gran importancia en la repartición de la riqueza y en la orientación de los sistemas políticos".[45] El "proletariado unido", según ello, debe constar de todos los miembros productivos de la sociedad; se trata de una eliminación de las diferencias de clase, que recuerda el socialismo utópico de Saint-Simon y resulta muy apropiado para velar el carácter del naciente capitalismo de Estado mexicano. La revisión del marxismo por representantes de la burguesía nacional demuestra así ser correlativa de la anteriormente citada selección de determinadas ideas y argumentos entre la filosofía de la clase obrera; ambos procesos son la lógica conclusión del hecho de que la burguesía nacional de México se vio compelida a volver a la teoría marxista. Con ello, la burguesía revolucionaria hizo prácticamente imposible a la clase obrera propagar su ideología marxista revolucionaria. En tanto, la burguesía nacional a falta de otras ideologías revolucionarias, echaba mano del marxismo, y al mismo tiempo se aseguraba la dirección ideológica de la coalición revolucionaria.

La revisión sistemática del marxismo representa, hasta cierto grado, un momento decisivo. La burguesía nacional ya no sólo se vale del marxismo como arma contra sus enemigos; para lo futuro, se orienta hacia el vitalismo. Esta línea se seguirá lógicamente, con la adopción por una parte, del historicismo de Ortega y Gasset; por otra, de la contemplación ontológica del carácter nacional mexicano.

La crítica de los treintas a los movimientos revolucionarios partió esencialmente de los representantes de la vieja burguesía, afianzados en el campo del liberalismo clásico. Su posición la ejemplifica Eduardo Pallares, quien en la discusión sobre el marxismo, en 1934, había intentado refutarlo en el terreno de la filosofía, y por esos años escribió en

El Universal una serie de artículos de polémica. Estaban dictados por un anticomunismo ciego, combinado con ideologías surgidas en otras condiciones. La crítica de Pallares es doblemente interesante, porque sus arranques no sólo son de carácter anticomunista, sino también anticapitalista: "¿En qué consiste, pues, el régimen capitalista? En que la estructura y la vida sociales se subordinan a las exigencias de los capitales productores, sean cuales fueren los poseedores de éstos. Cuando un pueblo eleva las necesidades económicas a ideal supremo de su existencia, vive un régimen capitalista, porque exige a todos los individuos sacrifiquen sus libertades y su personalidad al tirano insaciable: el capital. Acontece entonces lo que es propio de la psicología humana: convertir los medios en fines, y elevar lo riqueza a la categoría de fin supremo, cuando no debe ser sino un instrumento de bienestar y no un medio de opresión."[46] En esencia, aquí no se trata más que de una crítica a la irrupción de la reproducción ampliada, que había empezado a desplazar a la reproducción simple, imperante en casi todo el país antes de la Revolución.

A este respecto, Pallares está en el mismo terreno del que brotó la teoría del socialismo elaborada por la pequeña burguesía revolucionaria. La única diferencia consiste en que sus representantes formaban parte de una generación más joven y de una capa social que pugnaba por su expansión económica, en tanto que Pallares pertenecía a una generación mayor y, en su calidad de jurista y escritor, había roto los nexos con esta capa. En ello, su situación se asemeja a la de Azuela. El liberalismo clásico de Pallares corresponde a los estratos de la burguesía mexicana que surgieron en el siglo XIX y que, una vez arriba, defendieron el capitalismo de libre competencia. Por su posición, no dependían de la unión con las masas, sino, por el contrario, a fines del porfiriato empezaron a considerar el comienzo de la organización de los trabajadores como un ataque a sus propios derechos. En consecuencia, el golpe principal de la ofensiva ideológica de esta burguesía prerrevolucionaria se dirige contra la unión de la burguesía nacional y las masas sue, para Pallares, es el principio del "comunismo" y el fin de toda libertad. Furiosamente ataca "las exageraciones, las mentiras e insensateces de Carlos Marx",[47] que, en su opinión, no favorecen al pueblo mexicano, simplemente porque éste no entiende los asuntos tratados.[48] Sus artículos contienen párrafos como éste: "... [las masas] no han dejado de ser lo que han sido a través de los siglos: rebaños conducidos por hábiles pastores para quienes trabajan y sufren, pero de quienes reciben cierto alimento y acomodo".[49]

Lo poco que realmente conocía Pallares de las ideas que tanto odiaba y lo mucho que se basaba en condiciones de México que no habían sido analizadas teóricamente, lo muestra la siguiente observación: "El comunismo es la tiranía organizada de una burocracia fanatizada al servicio de un partido único, que tiene el orgullo de las doctrinas que profesa arraigado de tal extremo, que se cree con derecho para imponerlas por la violencia y la fuerza."[50] Como no podía proponer en serio a las masas organizadas un regreso a la época porfirista, en que carecían de derechos y de toda defensa, optó por la solución de toda la burguesía contrarrevolucionaria de entonces y del PAN: el orden social cristiano.[51] Esta teoría a su vez, se remonta en México hasta las postrimerías del siglo XIX.

La formación de la ideología de la burguesía nacional

Con el análisis hecho hasta aquí, terminamos el esbozo del desarrollo y la confrontación ideológica entre 1928 y 1938. A partir de entonces comienza la formación de la ideología de la burguesía nacional afianzada en sus posiciones. Este proceso sigue dos caminos. Punto de partida del

85

primero es *El perfil del hombre y la cultura en México,* de Samuel Ramos, publicado en 1934. A este libro siguieron numerosos análisis ontológicos del carácter nacional mexicano, que aparecieron en la serie *México y lo mexicano,* así como muchos otros artículos, en los cuales, como en la obra de Ramos, se profundizaba en el carácter del pueblo mexicano, para encontrar una base al desarrollo de la cultura nacional y superar las propias debilidades.

La otra rama de la naciente filosofía de la burguesía nacional partió del historicismo de Ortega y Gasset. Esta corriente fue favorecida por el hecho de que emigró a México un grupo de profesores españoles —entre ellos José Gaos, discípulo de Ortega y Gasset—, que enseñó a la juventud universitaria la nueva filosofía de la burguesía española. Descubrieron una serie de analogías entre el carácter nacional y la filosofía de España y Latinoamérica, lo que movió a Gaos a formular su célebre teoría del pensamiento de lengua española, que presentó como rama autónoma del pensamiento occidental. Sus discípulos mexicanos se le unieron y esbozaron una ontología del ser mexicano. Ésta, a diferencia de la escuela de Ramos, no trata de captar de manera empírica la esencia del mexicano a través del psicoanálisis, sino intenta determinar el carácter nacional por medio de los testimonios espirituales de diversas categorías y épocas, es decir, las realizaciones de la clase culta y representativa del espíritu nacional, y pretende analizarlas sobre la base de categorías existenciales. El modelo de un espíritu nacional creado así debía ser acomodado en el espíritu universal con ayuda del historicismo y las enseñanzas del pensamiento de lengua española y, según la posición de la burguesía nacional, podía relacionarse orgánicamente con las tradiciones del liberalismo social.

Al publicarse en 1934 *El perfil del hombre y la cultura en México,* de Samuel Ramos, el punto de vista del libro —absolutamente independiente de la fundamental tenden-

cia sociopolítica de la ideología de principios de los treintas— no despertó mayor atención. Sólo algunos años después, al estancarse los movimientos de masas, se convirtió
en punto de partida para trabajos posteriores. Las raíces
del pensamiento de Ramos se remontan hasta el periodo de
la formación de la burguesía mexicana, y se hacen visibles
en la discusión de los conceptos del mestizaje y del mexicano.

Los intentos por captar lo esencial del carácter nacional
mexicano y crear así normas positivas para el desarrollo
de una conciencia propia, empezaron a hacerse desde el
siglo XVI, cuando autores como Cervantes de Salazar, Bal-
buena y otros, en contraste con la falta de cultura y la rapacidad de los españoles recién llegados, mostraban la refinada
civilización de los criollos ya establecidos en la Nueva España. En vísperas de la independencia, el ser mexicano,
denominado "criollo" o "americano" fue opuesto conscientemente al español. Decenios más tarde, la ofensiva política de la pequeña burguesía condujo a la transformación
del concepto de lo mexicano. Como aquel estrato principalmente constaba de mestizos, el mestizo y el mestizaje fueron
declarados elementos constitutivos del carácter nacional. Este
proceso se ensanchó en la época de la Reforma y su triunfo.

Con la entrada de capitales extranjeros y el rápido desarrollo de una burguesía comercial y financiera, los ideales
de estas capas se cosmopolitizaron y, en consecuencia, se
devaluaron tanto lo nacional como el mestizaje. Ello no
volvió a cambiar hasta la época del Ateneo de la Juventud.
Como su base social era una burguesía de tendencias nacionalistas, para los ateneístas no resultó básico el mestizaje,
sino que, de acuerdo con su ideal de una civilización de más
refinada cultura, libre de las limitaciones provincianas, parten de la cultura criolla de la época colonial, para elaborar
los elementos constitutivos del carácter nacional.

Éste es el punto de partida de Samuel Ramos, nacido

en 1897, en Zitácuaro (Michoacán) y discípulo de los ateneístas. Se apartó del movimiento de masas y escogió el campo de la burguesía de tendencias nacionalistas, todavía débil numéricamente, pero ya establecida desde antes de la Revolución, y que pronto había mostrado tendencias de élite. En 1957 Ramos caracterizó las circunstancias inmediatas en que se formaron sus opiniones, de la manera siguiente: "... aún por el año de 1930 la inercia del movimiento demoledor no había sido controlada por las fuerzas constructivas y organizadoras".[52] A consecuencia de ello, según Ramos, había existido en aquella época cierto pesimismo con respecto al futuro de México.

En esta situación, Ramos centró el sentido de su libro en lo siguiente: analizar el presente para poder así prever el futuro. Semejante a los ateneístas, vio la esencia de la cultura mexicana en una espiritualidad española trasplantada a América. Y adjudicó a la cultura un papel activo en la vida: "Entendemos por cultura no solamente las obras de la pura actividad espiritual desinteresada de la realidad, sino también otras formas de la acción aplicada a la vida cuando están inspiradas por el espíritu."[53] Esta cultura, a la que Ramos da el nombre de "cultura criolla", habría gozado durante la Colonia de cierta difusión, y desde el siglo XIX habría sido opacada en casi todas las capas de la población mexicana por un falso brillo. Tal idea desempeña un papel determinante en la teoría de Ramos. Con la observación: "Seguramente que los mexicanos no carecían de inteligencia ni de capacidad para mejorar su vida, pero su voluntad se había entumecido en la inercia colonial",[54] afirma el retraso ante las naciones europeas y abre paso a un complejo de inferioridad nacional, al que ya había predisposición por la dependencia de España. La primera parte del *Perfil* investiga principalmente este complejo. Mientras para el burgués, Ramos sólo postula un complejo de inferioridad nacional (motivo de la imitación desenfrenada de todo lo extranjero), para el pueblo también postula un complejo de inferioridad social.

En la oponión de Ramos, las consecuencias de este complejo son la pérdida del sentimiento de integridad nacional y su compensación mediante un exagerado individualismo, que en el siglo XIX se extendió, con fatídicas consecuencias, ocasionando periódicos levantamientos y revoluciones.[55] Este rabioso individualismo, según Ramos, cubre la verdadera naturaleza del mexicano, y la desconfianza engendrada por él es el motivo de que: "Cada hombre, en México, sólo se interesa por los fines inmediatos. Trabaja para hoy y mañana, pero nunca para después... Por lo tanto, ha suprimido de la vida una de sus dimensiones más importantes: el futuro".[56] Aquí se aclara el significado profundo del libro de Ramos: el tipo humano moldeado por la realidad precapitalista es criticado en nombre de una civilización superior, basada en la reproducción ampliada.

Tras la "segunda naturaleza"[57] del mexicano, postulada por él y explicada por complejos de inferioridad, Ramos intenta captar su verdadero carácter, la sustancia de una cultura auténticamente mexicana. Para él, ésta es la cultura criolla, formada durante la época colonial y aún viva en las provincias, como su base considera la religiosidad de los españoles —de hecho, bien problemática—, la cual se habría transfigurado en el curso del tiempo y habría resurgido, desde épocas de Rodó, como el "sentido espiritual de la vida".

Así, mediante la adaptación del catolicismo al espíritu del tiempo, Ramos ha llegado, en principio, al mismo espiritualismo que dos años después también desarrollará, por ejemplo, Teja Zabre con su "revisión del Marxismo sobre la base de los últimos descubrimientos de la ciencia". La única diferencia es que Ramos, como portavoz de una burguesía nacional constituida desde hacía mucho tiempo, cultiva un pensamiento idealista y orientado hacia la cultura, en tanto que Teja Zabre, representante de una burguesía y pequeña burguesía que aún luchaban por su desarrollo, parte de una base materialista y propugna la lucha de clases. Pero la meta de ambos es la misma: un México capitalista.

Después de que Ramos había destacado la espiritualidad como rasgo característico del carácter nacional mexicano, propugna su liberación del complejo de inferioridad, con ayuda de la educación popular, pues "sólo cuando a la comunidad le sea accesible la ilustración media, fluirá por todas sus partes el alma de la minoría culta, y la moverá como el sistema nervioso mueve los miembros de un organismo".[58] Al lado de esta divulgación, se ha de intentar lograr una profundización: "Si queremos dar solidez a nuestra obra espiritual futura, hay que preparar a la juventud en escuelas y universidades mediante una severa educación orientada esencialmente hacia la disciplina de la voluntad y la inteligencia... aprender de la cultura lo que en ella hay de disciplina intelectual y moral."[59] Ello representa prácticamente una reformulación del lema liberal del siglo XIX de que "hay que educar al soberano" (Sarmiento): la investigación científica del carácter mexicano debe poner al descubierto las bases para la adaptación de los componentes apropiados de la cultura europea.[60] La adaptación selectiva le parece a Ramos la posibilidad de desarrollar, en la síntesis de elementos nacionales y universales, una cultura mexicana que evite los dos extremos del nacionalismo y el cosmopolitismo.[61]

Por cultura europeizante y cosmopolita entiende Ramos, en esencia, la imitación de modelos extranjeros, como la que había caracterizado a la actividad cultural de la época porfirista. Más complicada es su crítica del nacionalismo. Atinadamente señala la limitación regionalista inherente al nacionalismo pequeñoburgués, que nunca podría conducir a la formación de una auténtica cultura nacional, ni está en situación de producir cultura en el sentido moderno, surgido con la sociedad burguesa.[62] Hasta el punto en que coloca el tipo de cultura basado en la reproducción ampliada por encima del que corresponde a la reproducción simple, Ramos representa el progreso histórico. Sin embargo, su ataque a los nacionalistas también tiene un aspecto político: "Tal mexicanismo es el que, animado de un resentimiento contra todo lo extranjero, pretende rehacer toda nuestra vida sobre bases distintas a las que ha tenido hasta ahora, como si fuera posible en un momento anular toda la historia."[63]

Aunque en este contexto se trata extensamente del peligro de aislamiento, no debe olvidarse que los nacionalistas —con ello quiere decir los revolucionarios y artistas pequeñoburgueses— representan una capa social directamente ligada a las masas y aspirante a una cultura popular. Así, frente a la cultura de tipo espiritualista, criolla, se erige una que posee otros fundamentos sociales. Por lo tanto, la universalización propagada por Ramos significa, en cierto sentido, una renuncia a elementos y raigambres populares. Sin embargo, está lejos de tener la intención de incorporar elementos de la cultura europea escogidos a ciegas. Reconociendo el carácter antihumano de la sociedad capitalista, Ramos pretende encontrar la fórmula que, por una parte, asegure el progreso y la independencia nacional y, por otra, la integridad humana.[64] Su ideal hace bien visible la situación contradictoria de la burguesía nacional, colocada entre las masas revolucionarias y el influjo del imperialismo. Una valoración general de *El perfil del hombre y la cultura en México* no puede limitarse a determinar la posición del autor y su obra en la época de su aparición: debe observar su contenido clasista y su influencia posterior. Partiendo de la posición de la burguesía nacional ya establecida antes de la Revolución, Ramos identifica la problemática nacional, que es una cuestión de clases, con el desarrollo cultural de la nación como totalidad. En sus observaciones sobre la educación popular, proclama las pretensiones de la burguesía sobre el papel dirigente. No deja dudas de que, al hablar de la cultura nacional que debe crearse, está pensando en una cultura burguesa.

Esto no significa que el libro carezca de elementos progresistas. La burguesía nacional, al tomar el poder, no pone un alto al desarrollo de las fuerzas productivas, sino que promueve su intensivo desenvolvimiento. Acorde con ello, y mientras no surjan complicaciones —que podría causar, por ejemplo, el capital imperialista—, la burguesía nacional afianzada en el poder debe impulsar, por una parte, la transición de la reproducción simple a la reproducción ampliada, con lo que libera, dentro de los límites naturales del capitalismo, la capacidad productiva del hombre. Por otra parte, debe unir un conglomerado de regiones en una nación. Ramos vira hacia este desarrollo.

Si, de acuerdo con Ramos, el dominio de la cultura se extiende más allá de la pura espiritualidad, su existencia resulta asegurada mientras no surjan obstáculos frente al desarrollo de las fuerzas productivas. En consecuencia, al observar Ramos (en 1957) que México dispone de ingenieros y de otros técnicos calificados, llega a la conclusión de que ha madurado un nuevo tipo humano: "El descubrimiento de sus potencialidades que los mexicanos han hecho..., está produciendo un cambio en su mentalidad que se manifiesta por un orgullo y un optimismo que hacen fuerte contraste con los años de la primera mitad del siglo, en que el espíritu mexicano se encontraba deprimido y pesimista, lleno de un sentimiento de inferioridad."[65] En relación con lo mismo, asegura que México está desarrollando una "nacionalidad de tipo superior".[66]

Así, pese a su problemática, la obra de Ramos refleja la situación de la burguesía mexicana y latinoamericana, y conduce su ideología a un nuevo nivel. Desde tiempos de Rodó, la investigación sobre el ser latinoamericano afirma, en principio, que, a diferencia del angloamericano, el hispanoamericano es un tipo contemplativo, no racionalista-utilitario, lo que en esencia equivale a enfrentar dos diferentes etapas del conocimiento: el intuitivo, que corresponde al periodo de la reproducción simple, y el racional, que por doquier llega con la reproducción ampliada. En 1934, Ramos emprende su crítica de esta actitud y sus consecuencias prácticas, que obstaculizan el desenvolvimiento de un orden social capitalista. Vista en perspectiva, esta crítica es el elemento más importante de su obra, en tanto que su programa de limitada industrialización con fines de conservación de la integridad humana pasa por alto las leyes económicas, y por ende resulta utópico.

Así, el hecho de que la obra de Ramos sea punto de partida de incontables estudios después del triunfo de la burguesía nacional y del principio de su expansión económica, resulta bien comprensible. Hay un factor por considerar: la propagación de las enseñanzas de Ramos hasta el momento en que comenzaron a desempeñar un papel en la conciencia pública.

Samuel Ramos era profesor de la Universidad Nacional Autónoma, el primero en ocupar la recién fundada cátedra de historia de la filosofía mexicana. Durante los treintas, la Universidad fue objeto de fogosas polémicas, pues se había mostrado bastante hostil al movimiento revolucionario. Representante de las potencias del intelecto, se consideraba como el centro llamado a indicar el camino e implantar el orden, y confundió el ajuste de cuentas social de los treintas con un ajuste entre diversas capas de cultura. Por ello pudo escribir Agustín Yáñez en 1937: "La Universidad es el paradigma de la revolución; ésta es el fenómeno de aquélla... Quienes se empeñan en acabar o estancar el proceso universitario, tienen interés en que termine o se detenga el proceso revolucionario."[67] Las enseñanzas de Ramos encontraron un suelo fértil en la Universidad, y bajo su influencia creció una generación de jóvenes intelectuales, que ocupó el escenario en la época llamada de consolidación de la Revolución.

Del giro social que se inició en 1938 dependió, asimismo, que los representantes de la pequeña burguesía revolucionaria, defensores de la lucha de clases, fueran desplazados y empezaran a callar. Ello explica que en su lugar súbitamente surgieron los intelectuales de formación académica, y el desarrollo ideológico muy pronto cambió de la esfera de la agitación política al terreno de la discusión académica. No tardaron en aparecer artículos en varias revistas, fieles a la dirección señalada por Ramos. Entre los primeros y más importantes debe contarse el de Agustín Yáñez sobre el *pelado* mexicano, aparecido en 1940. De los libros escritos posteriormente se destacan *Análisis del ser mexicano* (1952), de Emilio Uranga, y *Conciencia y posibilidad del mexicano* (1952), de Leopoldo Zea.

Es interesante observar que el apogeo de esta corriente filosófica coincide con la presidencia de Miguel Alemán (1946-1952), de fundamental importancia para el desarrollo económico del México moderno y que favoreció la creación de aquella "nacionalidad de tipo superior" a la que Ramos considerara constituida en 1957.

Falta analizar la escuela filosófica que actualmente impera en México. Se nutre de las enseñanzas del español José Gaos, y su representante principal es Leopoldo Zea, quien, además de muchos artículos y libros, escribió las importantes obras *El positivismo en México* (1943), *Dos etapas del pensamiento en Hispanoamérica* (1949) y *América en la historia* (1957). Ya se ha expresado que esta filosofía tiene sus raíces en el historicismo de Dilthey, adaptado por Ortega y Gasset. Ello da por resultado que, en comparación con la escuela de Ramos, sus perspectivas sean mucho más amplias, porque no sólo permite a la burguesía llegada al poder justificar su papel de guía de las masas en el aspecto cultural y civilizador, sino desarrollar también una ideología completa que corresponde a su situación y sus necesidades, y de la que sólo constituye una parte la problemática de Ramos y sus discípulos. Como se expresó, Ramos partía, en principio, de la burguesía de tendencias nacionalistas, establecida en el porfiriato, cuya ideología era el liberalismo clásico. Consecuentemente, su idea, según la cual es posible modificarse las circunstancias mediante la educación popular, puede compararse directamente con los planes de Sarmiento de "educar al soberano". Pese a su analogía con el psicoanálisis de Adler, la teoría de Ramos, en cuanto a método, resulta descendiente del siglo XIX. Como ha dicho Emilio Uranga, "...epilogaba una época de México".[68]

El liberalismo clásico corresponde al periodo del capitalismo de libre competencia, es decir premonopolista. Ello significa, primordiamente, dos cosas: es incapaz de resolver el problema del imperialismo tanto como el de la clase obrera. Y como la burguesía nacional del siglo XX se encuentra precisamente entre el imperialismo y la clase obrera, el liberalismo clásico le resulta insuficiente como ideología y sólo es admisible en cierta serie de cuestiones.

De todo ello surge que la burguesía mexicana llegada al poder tenía que forjarse una nueva ideología correspondiente a su complicada posición. La conocida frase de Ortega "Yo soy yo y mi circunstancia" ofrece, en este marco, muy interesantes aspectos. En primer lugar, debe observarse la presuposición de una diferencia fundamental entre el sujeto y el objeto, que permite analizar objetivamente ese objeto. Ello concierne tanto a las ciencias naturales como a las ciencias sociales, que en ciertos dominios tienen una función positiva hasta el momento en que la burguesía nacional en el poder está en condiciones de dirigir el país con provecho para la nación. En cambio, la separación de sujeto y objeto contrasta con una explicación dialéctica del sujeto en sus relaciones con el objeto, es decir, con una consecuente explicación materialista, que en su aplicación a la historia y a la sociedad tendría que poner de manifiesto la relatividad histórica del papel desempeñado por la burguesía nacional llegada al poder.

El solo sujeto, el Yo, se vuelve punto de partida de una visión idealista de la sociedad, que trata aquellos aspectos en donde una contemplación objetiva sobre las bases del análisis de la circunstancia, sería contraria a los intereses de la burguesía mexicana. En la contemplación ontológica del "latinoamericano" y del "mexicano", las diferencias de clase se esconden tras una generalización, nacional o no, lo que permite a la burguesía fundamentar sus aspiraciones a dirigir la sociedad con supuesta responsabilidad nacional. Resulta característico del historicismo de la burguesía mexicana posrevolucionaria el rechazo de la atribución de un carácter absoluto al "hombre", tan propia del liberalismo clásico, y la sustitución de esta generalización por un concepto nacional o latinoamericano igualmente generalizador. Entre el individuo y la sociedad considerada como nación se ven interrelaciones. Aquí se encuentra, como lo declaran los propios filósofos mexicanos, la diferencia fundamental entre sus conceptos y el liberalismo clásico, así como todas las filosofías burguesas de la Europa occidental, sin excluir al existencialismo. Zea escribe: "Nuestra situación no es la de Jean-Paul Sartre. Nuestra filosofía, si ha de ser responsable, no tiene que responder de los mismos compromisos que la filosofía europea".[69] Aún más claramente expresa estas ideas un crítico anónimo, que parcialmente cita a Zea: "Precisa (Zea —A. D.)... que el uso del existencialismo, es sólo... instrumental para captar la realidad del hombre de México, pero no una doctrina a la que se conceda una determinada fe; con lo cual destruye de una buena vez la pretensión snobista de aplicar a México, país en formación y en plena marcha ascensional integradora, una concepción de la existencia y del hombre que corresponde a civilizaciones en decadencia, próximas al aniquilamiento..."[70]

El historicismo nacional de Zea es, por lo tanto, el desarrollo creador de una filosofía nacional de tipo burgués. En su núcleo se halla el análisis del concepto de la libertad. Zea lo despoja del contenido individualista y lo coloca en relación con la sociedad nacional: "El hombre se debe todo a la comunidad... El compromiso no es sólo para recibir bienes, también lo será para recibir males, si éstos llegan. El que vive en comunidad, por este mismo hecho se compromete con ella".[71] Explícitamente combate Zea el tradicional concepto liberal de la libertad: "No la libertad absoluta, no el 'dejar hacer', sino la libertad en situación, la libertad comprometida..."[72]

Esta idea de la libertad comprometida, núcleo de la filosofía de Zea, corresponde en cierto sentido a los ideales del liberalismo social preponderante en la década de los treintas, sólo que mediante la ontología nacional se elimina toda diferencia de clases. Así se supera el liberalismo social, en la filosofía de la burguesía nacional arribada al poder. Sobre la base de la idea de "libertad comprometida", Zea logra dar a la filosofía un radio de acción práctico, y fundir así en una unidad la ideología política de la agitación y la filosofía académica. Esta unidad se refleja claramente en su obra. Dice al respecto: "Nuestra filosofía se prueba en la piedra de toque de la realidad. El bizantinismo, el academismo puro, la 'torre de marfil', parecen ser ajenos a nuestra filosofía. Lo que se debate es la capacidad de 'enseñanza' y de 'acción' para nuestra realidad."[73] El ideal social de esta filosofía tiende a la creación de una justicia social. Con esto, prácticamente se encuentra muy cerca del liberalismo social, al que complementa con pensamientos nacionalistas, como la siguiente observación de González Ramírez: "La Revolución Mexicana ha tenido a la nación como un ser social que requiere integración, con propósitos de evitar que potencias extranjeras la absorban, y que fuerzas interiores anti-sociales la depriman. Así, pues, la integración y la defensa son factores fundamentales en el nacionalismo mexicano."[74] De acuerdo con este concepto, la Revolución Mexicana es valorada como un acto de la justicia histórica, cuyo término no depende tanto del conflicto de clases como de un deseo de libertad inmanente al carácter nacional mexicano.[75]

Si se observa el desarrollo de la ideología en el curso de la Revolución Mexicana, podrá comprobarse que su constante es el liberalismo social, que cada vez fue definido e interpretado de una manera distinta. Después del triunfo de la burguesía nacional, también fue modificado hasta cierto punto.

En 1962, Emilio Uranga juzgó la filosofía del ala burguesa de la Revolución Mexicana —entre cuyos más destacados representantes se cuenta él mismo— de la siguiente manera: "La filosofía del mexicano era expresión de una vigorosa conciencia nacional. Tenía en lo espiritual un sentido semejante al que en lo económico había inspirado la 'expropiación' realizada por Lázaro Cárdenas... La filosofía mexicana de los últimos cincuenta años ha culminado en la creación de un humanismo que estima como el reflejo ideológico más adecuado de las realizaciones de la Revolución Mexicana. Lo que ha sucedido en el tránsito de un régimen feudal a un régimen de incipiente industrialismo y producción capitalista, ha significado para la filosofía la definición de un tipo más humano, de un ser humano con oportunidades para realizar su vida mucho mayores que las que permitía el porfirismo. Este humanismo se ve hoy amenazado por las mismas causas que primero lo promovieron; la burguesía no se identifica ya con el humanismo propiciado por la Revolución Mexicana, sino que pretende suplantarlo con un 'humanismo' importado de las metrópolis de que es dependiente económicamente. De ahí el

98

olvido en que hoy ha caído la llamada 'filosofía del mexicano'... Para esta clase voraz el tema del mexicano, tal y como lo elaboran los filósofos, no tiene ningún sentido, no le brinda apoyo alguno a sus intereses, no le dice nada. No es su tema. De ahí, a mi parecer, que este asunto filosófico, hace apenas algunos años tan floreciente y socorrido, haya desaparecido casi completamente de la atención pública. Piénsese por un momento que este destino de 'extinción' lo comparte con la gran pintura mexicana y más recientemente con el de la novela revolucionaria."[76]

NOTAS

[1] Samuel Ramos, "El pensamiento de América. En: *Un*, 4º año 23/1937, p. 35.

[2] Eli de Gortari, en su artículo "El materialismo dialéctico en México" (En: *FL*, 1954, pp. 90-109), considera el materialismo dialéctico tan sólo como filosofía.

[3] Tomado de: J. Arellano. "El socialismo en el pueblo mexicano". En: *Cr*, 75/1935, tomo 7, pp. 152 *ss*.

[4] Cf. María del Carmen Millán, "Dos Utopías". En: *HM*, 26/1957/58, tomo 7, p. 196.

[5] José López Portillo y Rojas, "John Bright". En: *RNL*, tomo 1, 1889, p. 286.

[6] Tomado de: Víctor Alba, "Las ideas sociales contemporáneas en México". México, 1960, pp. 140, 143.

[7] Cf. Pedro Henríquez Ureña, "La Revolución y la cultura en México". En: *RR*, 15 de mayo de 1925.

[8] Cf. Alba, *Las ideas sociales contemporáneas en México*, p. 127.

[9] Cf. Bórquez, "El Espíritu Revolucionario de Obregón". En: *CR*, 79/1935, p. 13.

[10] Antonio Caso, "Individualismo y colectivismo". En: *RR*, 17 de marzo de 1925.

[11] "El poeta List Arzubide defiende el mando actual de México". En: *RA*, 4 de febrero de 1928, p. 69.

[12] Rosendo Salazar, "Marxismo es sinónimo de ateísmo". En: *CR*, 65/1934, tomo 5, p. 265.

[13] Cf. Vicente Lombardo Toledano, "La doctrina Monroe y el movimiento obrero". En: *RA*, 30 de julio de 1928, p. 381: Alfonso Teja Zabre, *Teoría de la Revolución*. México, 1936, página 95; Leopoldo Zea, "América como conciencia". En: *CA*, 12º año, 1953, página 162.

[14] Cf. Eduardo Pallares, "La democracia de los trabajadores." En: *U*, 19 de julio de 1938, p. 3.

[15] R. García, "Positivismo porfirista ante el socialismo revolucionario". En: *Cr*. 49/1933, tomo 5, p. 6.

[16] Cf. Alfonso Taracena, "¡Socialismo!" En: *U*, 27 de octubre de

1934, p. 3, así como Gregorio López y Fuentes, *Huasteca*, México, 1939, p. 269.

17 Silva Herzog, "La Revolución mexicana en crisis", en: *CA*, 5/1943, p. 53.

18 Baltasar Dromundo, "Problemas del escritor revolucionario. ¿Cuál es el Camino?" En: *Na*, 19. 4. 1935, p. 7.

19 José Rubén Romero, "Desbandada". En: José Rubén Romero, *Obras Completas*. México, 1957, pp. 15 *ss*.

20 Lombardo Toledano, "La doctrina Monroe y el movimiento obrero", en: *RA*, 30 de julio de 1928, p. 381.

21 Gustavo Ortiz Hernán, "Penitenciaría-Niño Perdido". En: *P*, 3/1934, pp. 145 *ss*.

22 A. Menéndez Samará, "El intelectual y el marxismo". En: *Po*, 8 de junio de 1938, p. 5.

23 *Ibid*.

24 Por ejemplo, Mauricio Magdaleno ve la cuestión agraria como el factor decisivo ("Alrededor de la novela mexicana moderna". En: *LP*, 4/1941, tomo 14, p. 2.).

25 Cf. O. Mendoza Carrasco, Mariano Azuela y sus "estampas del pueblo". En: *RR*, 3 de julio de 1938: "...una cosa es practicar el humanismo y otra bien diversa es ensayar el comunismo".

26 Cf. M. Amabilis, *Mística de la Revolución Mexicana*. México, 1937, p. 42.

27 *Ibid*, p. 50.

28 *Ibid*.

29 Teja Zabre, *Teoría de la Revolución*, p. 21.

30 *Ibid*, p. 36.

31 *Ibid*, p. 49.

32 Amabilis, *Mística de la Revolución Mexicana*, p. 64.

33 *Ibid*.

34 *Ibid*., p. 72.

35 *Ibid*., p. 84.

36 *Ibid*., p. 13.

37 Teja Zabre, *Teoría de la Revolución*, p. 139.

38 *Ibid*., p. 92.

39 *Ibid*., p. 99.

40 *Ibid*., p. 171.

41 *Ibid*., p. 173.

42 *Ibid*., p. 179.

43 *Ibid*., p. 8.

44 *Ibid*., pp. 105 *ss*.

45 *Ibid*., p. 109.

[46] Eduardo Pallares, "Crítica del marxismo desde el punto de vista filosófico". En: *Marxismo y antimarxismo*. Editado por Xavier Icaza. México, 1934, pp. 67 ss.

[47] Pallares, "La democracia de los trabajadores", en: *U*, 19 de julio de 1938, p. 3.

[48] *Ibid.*

[49] Eduardo Pallares, "La rebelión de las masas". En: *U*, 30 de octubre de 1934, p. 3.

[50] Pallares, "Crítica del marxismo desde el punto de vista filosófico", en: *Marxismo y antimarxismo*, p. 73.

[51] *Ibid.*, p. 60.

[52] Samuel Ramos, "El mexicano en la segunda mitad del siglo xx". En: *TI*, 11/1957, p. 23.

[53] Samuel Ramos. *El perfil del hombre y la cultura en México*. México, 1934, p. 24.

[54] *Ibid.*, p. 39.

[55] *Ibid.*, p. 18.

[56] *Ibid.*, p. 80.

[57] *Ibid.*, p. 111.

[58] *Ibid.*, p. 121.

[59] *Ibid.*, p. 152.

[60] *Ibid.*, p. 149.

[61] *Ibid.*, p. 132.

[62] *Ibid.*, p. 157.

[63] *Ibid.*, p. 142.

[64] Cf. *Ibid.*, pp. 175 s.

[65] Ramos, "El mexicano en la segunda mitad del siglo xx", en: *TI*, 11/1957, p. 23.

[66] *Ibid.*

[67] A. Yáñez, "Universidad y Revolución". *Un*, 23/1937, t. 4, p. 2.

[68] Emilio Uranga, "El pensamiento filosófico". En: *México. 50 años de Revolución*. Tomo 4: *La cultura*, p. 553.

[69] Leopoldo Zea, *La filosofía como compromiso y otros ensayos*. México, 1952, p. 31.

[70] Leopoldo Zea, "Conciencia y posibilidad del mexicano". En: *Hu*, año I, 2/1952, p. 99.

[71] Zea, *La filosofía como compromiso y otros ensayos*, p. 17.

[72] *Ibid.*, p. 28.

[73] Leopoldo Zea, "La filosofía mexicana". En: *Hu*, 3er. año; 30/1955, p. 211.

[74] M. González Ramírez, "Revolución y nacionalismo". En: *No*, 7, abril de 1959, p. 4.

[75] Cf. Raúl Noriega, "Los mexicanos: análisis y síntesis". En: *ND*, año 33, 1953, p. 62.

[76] Uranga, "El pensamiento filosófico", en: *México. Cincuenta años de Revolución*, tomo 4: *La Cultura*, pp. 553, 524, 554.

LOS FUNDAMENTOS LITERARIOS. LA LITERATURA REVOLUCIONARIA

LAS TENDENCIAS predominantes en la literatura mexicana alrededor de 1910 reaccionaron ante la Revolución de muy diferentes maneras. Pero puede decirse que prácticamente todas se mostraron distantes, y aun hostiles a la Revolución.

Los más destacados representantes del realismo y del modernismo, aunque liberales en su mayoría, creyendo a México amenazado por el fantasma del levantamiento popular y el "caos", se colocaron en el lado del "orden".

Junto a esta literatura oficial hubo una corriente oposicionista, cuya base era un liberalismo ligado a un humanismo pequeñoburgués. A esta corriente pertenecen Heriberto Frías —cuya obra *Tomóchic* ocupa un lugar importante en la historia de la novela mexicana—, el médico Salvador Quevedo y Zubieta —que en su juventud se había destacado combatiendo la dictadura de Porfirio Díaz y en sus posteriores novelas naturalistas pinta la corrupción de la clase gobernante— y, finalmente, Mariano Azuela —cuya obra ocupa un puesto de honor como emanación, en la forma y en el fondo, de la vida provinciana—. Estos autores no tenían ligas con la dictadura, y por ello no abandonaron el país al triunfo de la Revolución, como lo hicieron casi todos los escritores conocidos de la época porfirista. Los lugares que éstos dejaron vacíos con su fuga, fueron ocupados por partidarios de la oposición liberal, quienes después del destierro de Huerta miraban con escepticismo el desarrollo de la Revolución, y en su actitud para con el México posrevolucionario continuaban la tradición de los literatos liberales del porfirismo.[1]

Al lado de las corrientes ya citadas existía una literatura que se había iniciado en los años anteriores a la Revolución, especialmente en el Ateneo de la Juventud. En ella se combinaban representantes de la burguesía nacionalista desarrollada durante el porfiriato, que postulaban un nacionalismo espiritual[2] con base en la filosofía espiritualista de Bergson. El complicado carácter social del movimiento ateneísta, así como el hecho de que sus miembros, como intelectuales, no tomaban parte directa en los procesos económicos, explica por qué ellos preferían el ensayo: debido a su forma no sistemática, era el mejor instrumento para la propagación de sus ideas. Entre los géneros literarios, la poesía lírica, con su subjetividad, era la que más convenía a este movimiento, pero no con la bohemia superficialidad del modernismo, sino antes bien, como González Martínez, enfocada hacia el cultivo de la propia personalidad como medida de los valores humanos.

A pesar de todo, pronto no bastó el ensayo para satisfacer las necesidades causadas por el nuevo enfrentamiento con la realidad mexicana. Ya a principios de los veintes fue sustituido por estudios científicos más profundos, sobre todo los de la llamada generación de los "siete sabios". Así, la poesía lírica quedó como punto de contacto para nuevas generaciones. Siguió desarrollándose después de 1920 en la dirección señalada por González Martínez. Aquí debe mencionarse en primer lugar a Ramón López Velarde.

Los discípulos del Ateneo, formados bajo la influencia de Antonio Caso y predominantes en la Universidad, en parte se dedicaron durante los veintes a profundizar en lo personal y a tratar de lograr universalidad, liberándose de la sustancia nacional, con la cual se sentían tan obligados los ateneístas.[3] Esto es evidente en la definición de la literatura revolucionaria hecha por Bernardo Ortiz de Montellano: "El tema de la Revolución no creará nunca para nosotros la literatura revolucionaria... Lo que logró la Revolución

105

Mexicana con la nueva generación de escritores... fue convencerlos de la existencia de una sensibilidad personal, mientras más personal más genuinamente mexicana, en donde había que ahondar sin retrasarse con la cultura del mundo."[4] Estas frases, escritas en 1930, caracterizan la doctrina de los seguidores del Ateneo, quienes entre 1928 y 1930 se reunieron alrededor de la revista *Contemporáneos* y con este nombre pasaron a la historia de la literatura mexicana. Ante una situación que parecía caótica después del viraje de Calles, la generación de los Contemporáneos intentó retirarse a una esfera de pura espiritualidad. Por ello fue acerbamente criticada por los representantes de la literatura revolucionaria, que se desarrollaba rápidamente.[5] En 1932 se deshizo este grupo, cuya característica unificadora había sido esencialmente el acentuado individualismo de sus miembros.[6]

Sin embargo, el Ateneo siguió teniendo influencia, de otra manera. Sus miembros pronto se volvieron a la tradición de la espiritualidad mexicana, por ellos postulada. Así, los ateneístas se encuentran en el principio de una investigación más profunda de la historia de la literatura mexicana que trasciende la mera representación de los hechos. El análisis de los fundamentos de la cultura mexicana, conocidos durante el periodo colonial, movió a algunos autores —entre ellos Artemio del Valle-Arizpe— a iniciar la descripción preciosista de la vida colonial, fundando la escuela llamada colonialista. Cerca de 1929, una polémica contra su carácter anacrónico pone fin a este movimiento. Después sólo han aparecido obras aisladas en las que puede verse su influencia. El colonialismo fue la forma narrativa adecuada para la actitud de la burguesía nacionalista surgida en el porfiriato. De un artículo de Francisco Monterde se desprende que también fue promovido oficialmente.[7]

Ello caracteriza las corrientes literarias en boga hasta 1928 y 1932. Es evidente que no podían cimentar las bases para

106

un adecuado tratamiento del desarrollo revolucionario de los treintas, y por ello la literatura revolucionaria de esta década tuvo que empezar sobre bases absolutamente nuevas.

Antes de entrar en estos temas, debe aclararse un error muy común, expresado, por ejemplo, en la opinión de Julio Jiménez Rueda, acerca del influjo de la Revolución sobre la literatura mexicana: "Al coincidir con la primera de las guerras universales, que había aislado a nuestro continente del europeo y había interrumpido toda comunicación con el viejo mundo de la cultura occidental, obligó a nuestros poetas a penetrar en el alma de nuestros pueblos y a nuestros novelistas y pintores a darse cuenta de la realidad ambiente que les sirviera de acicate para la creación artística."[8] La evolución de Azuela y el surgimiento del propio Ateneo prueban que desde mucho antes de la primera Guerra Mundial se inició la orientación de la literatura hacia la propia realidad, y que este proceso fue una consecuencia del desenvolvimiento social.

La primera fase

Con la Revolución de 1910 surgió una literatura que expresaba los intereses y las esperanzas del pueblo, y al mismo tiempo procuraba servir de vehículo de agitación. En el periódico *Regeneración* aparecieron, entre 1911 y 1915, narraciones de Ricardo Flores Magón, y en tiempos de Carranza se publicó una gran antología de la poesía revolucionaria. Las colaboraciones de los poetas populares eran de muy diverso valor artístico, pero en su conjunto tenían un mensaje revolucionario.[9]

Sobre la literatura de aquellos años, dice Miguel Bustos Cerecedo: "Después del movimiento social... de 1910, prorrumpen anárquicamente manifestaciones literarias..."[10] Este desarrollo continuó durante los veintes y entre 1923

107

y 1926 alcanzó un punto culminante. Son ejemplos los poemas de Carlos Gutiérrez Cruz publicados en 1923 con el título de *Sangre Roja*.

Al mismo tiempo, unos jóvenes intelectuales de las ciudades de México y Puebla desarrollaron el llamado *estridentismo*. Su punto de partida, de manera análoga a la del surrealismo, es una sublevación de los poetas contra su propia clase. En México, esta rebelión se dirigió muy especialmente contra una enmohecida cultura, tradicionalista, burguesa y oficial. Los poemas del estridentismo, como por ejemplo los del libro *Urbe, superpoema bolchevique*, de Maples Arce, publicado en 1924, cantan en forma casi surrealista el sentimiento de la vida en las grandes ciudades, que está inseparablemente unido a las conquistas de la técnica moderna. A pesar de la sincera rebelión de los estridentistas contra su clase, inicialmente no encontraron eco entre las masas revolucionarias, que no podían comprender ni el sentimiento urbano —imposible de captar para quienes carecieran de un elevado nivel de vida— ni las complicadas formas de esa poesía. Acertadamente dice Carlos Gutiérrez Cruz: "...el arte moderno debe salir del plano superficial y formalista que marcan los futurismos literarios, para penetrar al plano ideológico y emocional en que se desarrolla la lucha de clases sobre la superficie de la tierra. Pretender que el estridentismo sea un reflejo de la revolución social, es aceptar que el Arte debe desempeñar el papel de un espejo de superficie irregular".[11]

La cita está tomada de un artículo publicado en septiembre de 1930. Ya a mediados de la década de los veintes se había dividido el movimiento, al entrar en contacto con el de masas, especialmente de la clase obrera y los campesinos revolucionarios. Algunos de sus miembros, por ejemplo Germán List Arzubide, se habían puesto del lado de las fuerzas revolucionarias. Este desarrollo de una literatura revolucionaria, que corre paralelo al surgimiento del movimiento de masas, también se manifestó ocasionalmente en escritos sobre teoría. Así, Guillermo de Luzuriaga escribió en 1925: "¡Desliteraturicémonos! ¡Despojémonos de toda paja aunque sea dorada!... Bajemos de la torre de marfil en donde nuestra vanidad de artista nos haya vuelto herméticos y, dejando las sordinas, los refinamientos, las exquisiteces [!] quintaesenciadas y las 'discreciones', vayamos a la 'tierra baja' en donde toda una legión de semejantes nuestros desfallecen hambrientos y se agitan y se arrastran, carentes del pan del espíritu, del pan de las ideas... Vayamos a ellos y orientemos su justa rebeldía... El mejoramiento social reclama nuestra cooperación."[12]

Todo ello, entre 1924 y 1925, ante la inquietud causada por la toma de posesión de Calles, movió a la crítica burguesa a ocupar su posición. Así, en marzo de 1925, escribió Antonio Caso: "Esto es la democracia contemporánea: una degradación de la vida superior humana, para impartir a todas las gentes los beneficios de la cultura; mayores posibilidades de expresión extensa y menores realizaciones adecuadas de intensidad profunda..."[13] Aún más claramente se expresa Jiménez Rueda: "Hasta en la lucha de clases los... socialistas se miran en la literatura, con anteojos extranjeros. El tumulto de nuestras ciudades se equipara a Chicago y a nuestros campesinos les falta poco para emborracharse con vodka en vez del tradicional y democrático curado de los llanos de Apam."[14]

El florecimiento

El periodo de mayor importancia en la literatura revolucionaria mexicana empieza en 1927-1928, tras el viraje de Calles. Se caracteriza por el hecho de que la literatura, conscientemente, es empleada como arma en las luchas sociales.[15] Sobre todo entre 1928-1934 puede afirmarse, con Martí

Casanova, que: "Es... sintomático... el hecho extraordinario de que... todas las fuerzas políticas que actúan en
México dicen militar, sin una sola excepción, en el campo
revolucionario, dando, naturalmente, una interpretación propia de la ideología y los principios de la Revolución Mexicana."[16] Fue importante que la población de la capital au-
mentara considerablemente y, mediante su rápida politi-
zación, empezara a desempeñar un papel como potencial
compradora de literatura política. Así, en 1933, Salvador
Novo observó que la venta de libros había cobrado gran
impulso, y que la mayoría de los clientes leían con sumo
interés libros soviéticos o sobre la Unión Soviética.[17]

La literatura revolucionaria que se desarrolló a partir
de 1928 presenta esencialmente las ideas de la pequeña
burguesía; algunos grupos de escritores se aproximaron
temporalmente a la clase obrera y a la ideología marxista.
Ello puede decirse en primer lugar del grupo de Jalapa, cuyo
guía era José Mancisidor, y también, del círculo de jóvenes
intelectuales dirigidos por Muñoz Cota. Algunos de sus
miembros, como Baltasar Dromundo, habían sido en 1929
seguidores de Vasconcelos. Después de que el grupo jalapeño
se trasladó a la capital, en 1935, por iniciativa de Mancisidor se unieron ambos círculos, en la Liga de Escritores y
Artistas Revolucionarios (LEAR), a la que también ingresaron algunos escritores de mayor edad, como Rafael Felipe
Muñoz y José Rubén Romero. Como organización unitaria
de los intelectuales revolucionarios, la LEAR, con su órgano
Frente a Frente, desempeñó un papel importante de 1935
a 1938. Organizó congresos y discusiones sobre los más diversos problemas, y también, mediante viajes al interior,
se esforzó por dar a conocer la literatura, la ideología y
el arte revolucionarios a los obreros, y sobre todo, a los campesinos.

Entre los muchos otros grupos de cuya existencia testimo-
nia la muy viva actividad literaria de los treintas, debe

mencionarse uno de gente de teatro que, bajo la dirección de Mauricio Magdaleno y Juan Bustillo Oro, hizo un serio intento para desarrollar un teatro revolucionario.

Los fundamentos teóricos

Las discusiones teóricas casi sin excepción giraban sobre el postulado del auténtico mensaje y del papel socialmente activo del arte. De allí surgió la consigna de la "socialización del arte". Carlos Gutiérrez Cruz escribió: "...afirmo que el arte debe asumir un papel eminentemente social y que solamente debe ser portador de asuntos y sentimientos interesantes para la colectividad... cuando no está al servicio de ningún sentimiento general o personal sencillamente no es arte; podrá ser ejercicio lingüístico, ensayo literario, hasta filigrana admirable por la maestría con que fue ejecutada, pero si una obra carece de sentimiento, no puede ser obra de arte".[18]

La tesis del carácter social y comprometido del arte recibió una consecuente interpretación revolucionaria por parte de los escritores progresistas. He aquí dos observaciones de Mancisidor, de 1933: "Es natural que ante la soberbia de la pequeña burguesía (usufructuaria en gran parte de la Revolución Mexicana), se vaya creando una nueva conciencia literaria de acuerdo y más en consonancia con la esperanza que palpita en los corazones proletarios."[19] "Aceptando sin regatear que 'la literatura es el Arte de las Artes', confesaremos que ella será revolucionaria y progresiva, en la medida en que contribuya a agrupar a los obreros en la lucha por la Revolución."[20] El más consecuente en la formulación teórica de la literatura revolucionaria es Miguel Bustos Cerecedo, quien en 1938 considera que la función de la literatura se deriva del carácter histórico de la época: "Nuestra literatura... no se acerca todavía a la que pudiéramos llamar esencialmente proletaria; está en estos momentos en su periodo de gestación; es absolutamente combativa, ...respondiendo de esta manera a la lucha entablada con caracteres específicos en nuestros países de economía semicolonial. No podemos decir que sea una literatura eminentemente constructiva, como la que está llevándose a cabo en la URSS, ya que para eso necesitaríamos transformar el régimen económico existente; ni tampoco proletaria, porque es necesario para eso que vivamos en una sociedad donde el proletariado produzca con todas sus características de clase, su propia literatura. Luego entonces, la posición de la literatura mexicana, en la actualidad, está fijada: es puramente revolucionaria, con un sentido de propaganda por ser intrínsecamente combativa en la defensa del credo social de los trabajadores organizados."[21] Sobre la base de esta evaluación, formula así las tareas actuales de la literatura revolucionaria: "Abogamos porque se cree... una literatura... antiimperialista. Literatura que procure y ayude al resurgimiento económico y espiritual del pueblo mexicano. Será producto de la unificación del proletariado con el campesinaje y las demás capas populares que tienen un sentido progresista de la humanidad."[22]

De acuerdo con el carácter del movimiento revolucionario de los años treintas y con la procedencia de la mayoría de los escritores, la mayor parte de estas declaraciones acerca del papel social de la literatura se fundan sobre el concepto pequeñoburgués del socialismo ya citado y su enfrentamiento con un capitalismo considerado casi siempre como individualista. Así, Anita Brenner cita la siguiente declaración de la Unión de Artistas Revolucionarios: "...nuestro primordial objetivo estético es socializar la expresión artística y... eliminar totalmente el individualismo, que es burgués".[23]

Esta confusión de la problemática social que a veces era muy grande, también se manifiesta en el artículo *Sociali-*

zación del arte, escrito por Manuel E. Santiago en 1932, quien describe así la situación social: "La lucha desesperada de los de abajo para llegar a un plano más elevado, ha hecho que se estremezca la hegemonía individualista en un agónico palpitar de apoteosis ante el avance arrollador de las masas que van demarcando nuevos problemas en el pentagrama de la vida mundial."[24] En el mismo texto se lee, acerca del papel de los artistas revolucionarios: "...todos deben orientar su acción a fin de interpretar fielmente la realidad de la hora que estamos viviendo... (el escritor) debe saber llenar su misión en el frente de batalla donde se libra la última jornada por la emancipación y liberación del proletariado universal".[25] Así, simplemente, se afirma que el arte debe llenar una función social, cuya especie y sentido, sin embargo, no se definen con precisión. De acuerdo con fundamentos pequeñoburgueses en la discusión sobre literatura también aparecen los mismos fenómenos que pueden observarse en la ideología revolucionaria. Así, en 1932, Arnulfo Martínez Lavalle definió la nueva literatura con las palabras siguientes: "En la vida social, el fin de la guerra marca el levantamiento hacia la doctrina del 'hombre'."[26] Un artículo escrito en 1935 por Espinosa Bravo —que inevitablemente recuerda las ideas de Teja Zabre— se basa en la decadencia de la literatura europea para afirmar la inhumanidad del capitalismo y definir así la tarea del artista revolucionario: "Los artistas... que no quieren estafar su función social, tienen que humanizar, biologizar, y, por ende, socializar el arte."[27]

Así como esta actitud estaba muy difundida, también hay incontables pruebas de que sus representantes a menudo se distanciaban de las opiniones proletarias.[28] En su búsqueda de modelos para emular, dieron, entre otros, con el francés Henri Poulaille, quien establecía una estricta diferenciación entre literatura obrera y literatura "comunista", y en el obrero sólo veía a quien simplemente trabaja, fuera de las

113

concretas condiciones sociales. Esta teoría representaba un ideal punto de partida para la literatura revolucionaria de tipo pequeñoburgués.[29] Tales conceptos constituyen el polo opuesto de una teoría marxista, como la que, entre otras, defendía Bustos Cerecedo. Sin embargo, correspondía a la situación histórica y a los objetivos inmediatos el que estos conceptos pequeñoburgueses contaran con más partidarios. Adoptaron una actitud en correspondencia exacta con la "mística de la Revolución". En este sentido, José María Benítez exigía del escritor revolucionario "desposeerse de la alegría de la creación desinteresada y sin fin, para sumarse como esfuerzo, modalidad y ritmo, a una causa que, por su magnitud, puede, a la postre, aplastar su personalidad (en el sentido literario de la palabra)".[30] Este concepto del escritor, de mártir y vidente, que se ofrenda al pueblo, determinó asimismo una serie de juicios sobre problemas de la historia de la literatura mexicana.[31]

La situación ideológica que se manifestaba en la discusión literaria, al valorar determinadas obras, a menudo condujo a grandes confusiones, pues los críticos pequeñoburgueses, en la mayoría de los casos, no analizaron el mensaje social, sino que consideraron como revolucionario en sí el hecho de tratar la problemática social. Así, Martínez Lavalle enumera como verdaderos escritores revolucionarios, en confuso desorden, a Barbusse, Kleiber, Remarque, Dwinger, Dos Passos, Lewis, Litner, Gladkov, Leonov, A. Tolstoi, Chen Cheng, Azuela y Muñoz.[32]

Puede observarse que, en cuanto al carácter y la esencia del arte revolucionario, las opiniones divergían bastante; en cambio, respecto a si el arte debe ser "revolucionario" —es decir, tener un contenido social— reinaba absoluta unanimidad, tanto en la crítica a la indiferencia ante los problemas sociales, como en la que mostraron los *Contemporáneos*. En este sentido escribe Jorge Ferretis: "Un poeta genuino es siempre una función social."[33] Y Carlos Gutiérrez Cruz llama a la literatura sin contenido social "...estéril rincón de biblioteca de donde sólo surgen miopías visuales adecuadas para el uso de los anteojos y reumatismos por inacción que hacen necesario el empleo de las muletas".[34] Finalmente, Xavier Icaza tilda a tales escritores de "seres de absurda egolatría, que en medio del fragor de la lucha son capaces de encerrarse en diminuta torre de marfil, entes a quienes se les ha sacado el corazón";[35] Mauricio Magdaleno, refiriéndose claramente a los *Contemporáneos*, niega a tal literatura el derecho de existir.[36] Simultáneamente, autores revolucionarios de diversas tendencias critican la rebelión meramente formal, porque quita a la poesía toda posibilidad de tener repercusiones sociales. Así, en 1930, escribe Carlos Gutiérrez Cruz: "Muchos de nuestros escritores afiliados al movimiento social, han creído que basta con adoptar formas extravagantes, con elaborar metáforas absurdas, para estar a la altura de las necesidades estéticas del presente; pero se equivocan de la manera más lamentable, puesto que toda obra ejecutada para un lector, debe llevar como condición absoluta el ser comprensible para ese lector..."[37] Jesús S. Soto asegura que una rebelión meramente formal inevitablemente conduce al aislamiento social, y no cumple con la misión básica del arte.[38] Estos afanes dejan traslucir un intenso deseo de adoptar las formas populares, así como un radical rompimiento con la tradición de los estilos refinados, especialmente en la poesía. En 1936 dice Daniel Castañeda: "Nuestra poesía de tendencia social... debe ir dirigida directamente a la masa de habla española: concretando..., en particular, a las masas mexicanas; ése es su público. Los otros lectores no le importan, casi debemos considerarlos como no existentes."[39] Ya en 1929 Carlos Gutiérrez Cruz había hablado del rompimiento con la tradición: "...resulta estúpido someter a un criterio formado dentro de la educación y la cultura burguesas una obra de arte consagrada a la liberación de los asalariados, porque como esa obra no encierra una diversión, un placer para el burgués que la lee, éste no le halla las características de la 'obra de arte' que él necesita, y la rechaza negándole todo valor".[40]

En el sentido de estas declaraciones, podría decirse que toda la literatura revolucionaria de los treintas puede llamarse arte de agitación.[41] Más claramente se dijo esto en la revista *Ruta,* donde Álvaro Córdoba escribió sobre la novela *Asonada,* de Mancisidor: "...en verdad, no se trata de conciliar situaciones sociales, sino de conmover y encauzar a la clase trabajadora hacia el triunfo de la revolución proletaria. Una literatura militante, una literatura de clase, funcional y organizada ante las perspectivas históricas del imperialismo, del fachismo [!] y la guerra. ¡He aquí el rubro del arte al servicio de una nueva concepción del mundo!"[42]

En contraste con esta clara toma de posición que puede servir como punto de partida para una literatura realista, los escritores pequeñoburgueses a veces limitan la literatura a ciertas funciones como la pintura edificante e idilizante de la realidad, o aun como un consuelo.[43]

La tesis de la socialización de la literatura, la exigencia de una literatura de contenido social y de agitación, representó la base del frente unido de los escritores revolucionarios. Sin embargo, subsistieron diferencias de opinión, especialmente sobre la actitud de los escritores concretos ante el carácter social y los objetivos de la literatura revolucionaria.

Problemas estéticos

Al lado de la discusión sobre la relevancia social de la literatura, surgió otra discusión acerca del valor estético de la literatura revolucionaria. En un principio, esta discusión se orientó hacia los requerimientos de la Revolución;

pero a partir de 1937-1938, se impusieron criterios abstractos, derivados de las literaturas de los países capitalistas más adelantados y sus normas estéticas. Así como hasta entonces se habían tratado esencialmente problemas de fondo, pasaron entonces a ocupar el primer plano las discusiones de problemas formales. Este viraje coincide con la llamada consolidación de la Revolución y la difusión de las teorías sobre el ser mexicano, a los que corresponde en el terreno de la teoría literaria.

No debe perderse de vista el hecho de que el rompimiento con la tradición, proclamado por los escritores revolucionarios, no sólo constituye un giro radical y la incipiente emancipación literaria de nuevos estratos sociales. La mayoría de los escritores revolucionarios estaba constituida por autodidactos [44] que, procedentes de las clases trabajadoras, reflejaban su tradición y mentalidad. Éstas, a su vez, correspondían a un tipo de vida precapitalista, ligado a las circunstancias de la reproducción simple. Tales condiciones debían repercutir sobre la literatura revolucionaria. Y cuando los grupos pequeñoburgués y proletario de la literatura revolucionaria trataron de superar las condiciones de atraso de México —en la práctica y luego en la creación artística— se encontraron con una serie de contradicciones. Por ello, en 1935 Alvaro Córdoba expresó en la revista *Ruta* sus dudas sobre el valor, como testimonio, de una parte de la literatura revolucionaria.[45] En la misma publicación escribió Mancisidor: "La Revolución Mexicana hasta hace poco no había conseguido sino a duras penas, una literatura de aspecto burgués. El relato, la anécdota en el cuento, la novela o el corrido, carecen por completo de contenido revolucionario."[46] Finalmente, un autor anónimo describe la problemática de la literatura revolucionaria de la siguiente manera: "nuestra literatura debe trasponer ya el último tranco del episodio pintoresco y aplicarse a recoger e interpretar la nueva organización social, la lenta pero segura transformación de las costumbres y el caudal de generosos empeños que están consagrados... a la implantación de sistemas mejores y más justos en todos los órdenes."[47]

Todas estas opiniones son de 1937, y aun anteriores. Tienen en común su crítica al elemento anecdótico de la narrativa de la Revolución. Sin excepción fundamentan su crítica en las prácticas sociales y comprueban que la técnica anecdótica no permite expresar un mensaje profundo, y por lo tanto no está a la altura de los tiempos.

En relación con los esfuerzos por llevar a su perfección la literatura revolucionaria, también se planteó el problema de la universalidad de la literatura mexicana. A este respecto, son de especial importancia algunos trabajos de Ermilo Abreu Gómez, director de la sección literaria de la LEAR, quien como maestro de enseñanza superior tenía extensos conocimientos de literatura española y universal. En 1937 dijo que la causa de la problemática de la literatura mexicana contemporánea era "... la casi insuperable dificultad de asociar en una sola entidad intelectual y sensitiva, al escritor de calidad y al revolucionario de conciencia".[48] A la pregunta de cómo puede resolverse este problema, responde Abreu Gómez en una carta abierta a Alfonso Reyes, publicada en 1933 en varios números de la revista *Crisol*. Toma como punto de partida la división de la literatura mexicana en dos corrientes, nacional y europeizante, a las que define así: "Una falsa civilización de raíces horizontales se desenvuelve sobre las tierras de Indias. El hombre de alma bárbara, ensaya posturas europeas. No advierte... que todo lo que hace es falso y que la voz que dice no sale de su garganta sino de la gran bocina standard que los gringos de todas las latitudes... instalaron sobre la línea del horizonte. En arte como en literatura, en ciencia como en política, vive entonces de espaldas a su razón y a su capacidad... Su universalidad es la universalidad del que no tiene sentido de lo universal."[49] Por ello, la literatura de la Revolución tropieza con la incomprensión del escritor europeizante: "La literatura que logró esta forma fue débil de expresión; no perfiló sus condiciones estéticas, pero fue fecunda para extender las normas del idioma e influir en el pensamiento de la masa. De ahí que fuera vista con menosprecio y aun con atropello por los que cultivaban el modelo europeo y que no querían entender que de aquel acervo irregular partía el nuevo idioma de América."[50] Aprovechando ciertas observaciones de Diego Rivera sobre las fuentes populares de la pintura mexicana moderna, prosigue: "La otra corriente... la positiva, ha sido obra del pueblo, y engloba el total de la producción pura y rica de lo que se ha dado en llamar arte popular. Y lo que Rivera advierte en el campo de la pintura puede repetirse... acerca de la música y de la literatura. Debe, pues, insistirse en la importancia que tiene este acervo de materias primas para elaborar eso que... se denomina: la conciencia nacional."[51] En cuanto a la forma, dice Abreu Gómez: "Es necesario crear la literatura escrita sobre las bases de la literatura hablada."[52] Asimismo, declara que la realidad mexicana y el español que habla el pueblo mexicano deben ser punto de partida para el desarrollo de una nueva literatura. Al definir la Revolución como "una realidad que está haciéndose",[53] expresa su confianza en que la solución de los problemas sociales traerá consigo la desaparición del contraste entre el contenido revolucionario y la calidad literaria: "... si el escritor de hoy quiere la definición de su patria, debe contribuir a organizar ese desequilibrio. Porque es de más razón el desequilibrio del que busca el equilibrio, que el equilibrio del que rehuye la presencia del desequilibrio legítimo".[54]

A la pregunta sobre el valor y la perspectiva de la literatura, revolucionaria de principios de los treinta, responde Abreu Gómez que, aun cuando la limitan los defectos de su estado incipiente, podrá librarse de ellos en la medida en que colabore con las labores sociales de la Revolución. Así se resuelve para él también el problema de la universalidad. Ésta se logra mediante obras que hayan alcanzado la madurez necesaria para entrar en la circulación de la literatura universal. Escribe: "...la única universalidad que interesa una cultura... estriba en crear esa universalidad, haciendo que los valores propios se incorporen al sistema de las culturas del mundo. La universalidad se da, no se recibe".[55] A estas opiniones sobre los temas decisivos de la literatura revolucionaria, sus contradicciones y perspectivas, no queda nada por añadir.

Junto a la discusión acerca de la problemática contradictoria de la literatura de la Revolución, se estudiaron y discutieron las tradiciones de la literatura mexicana, aunque sin llegar a las proporciones de la mucho más caldeada discusión sobre la literatura actual. Es interesante observar que la mayoría de los revolucionarios pequeñoburgueses se colocaron en abierta oposición contra la literatura anterior, cuya sustancia a menudo negaron.[56] A diferencia de ésta actitud simplista, los escritores del grupo de Mancisidor intentaron, sobre todo a fines de los treintas, penetrar en la problemática de la literatura en general y de la literatura mexicana en particular.[57] En 1939 dejó de publicarse la revista *Ruta*, y siguió adelante la disolución de la LEAR, que ya se había iniciado antes. El círculo de escritores que rodeaba a Mancisidor siguió sólido en su núcleo. Pero como el desarrollo literario se llevó adelante en nombre de la neutralización de la literatura revolucionaria, y la estabilización del Estado burgués privó a los escritores revolucionarios de todo eco social, este círculo fue convirtiéndose, de un grupo activo, en una comunidad de hombres con intereses iguales. Otros autores revolucionarios, como Gregorio López y Fuentes, Jorge Ferretis y Baltasar Dromundo, guardaron silencio a partir de los cuarentas. Esta interrupción del desarrollo revolucionario va acompañada por una orientación radicalmente nueva en la literatura mexicana.

El paso de la crítica formal

Lo que por ello debe entenderse lo explica Rubén Salazar Mallén, antiguo miembro del grupo de los Contemporáneos, en un estudio publicado en 1937: "Se caracteriza la novela mexicana por su falta de profundidad, por su insuficiencia para romper la superficie de las cosas."[58] Salazar Mallén expone prolijamente su opinión en un segundo artículo. Partiendo de una comparación con la novela europea del siglo XIX, especialmente la de Stendhal y Dostoiewski, asegura: "En la novela iberoamericana... lo pintoresco reclama siempre el escorzo principal, aunque no se olviden otros tópicos."[59]

Según Salazar Mallén, la razón de este contraste es que el novelista europeo está enraizado en una larga tradición cultural, de la que carece el latinoamericano. "Esta radical diferencia hace que el hombre culto esté más preocupado por su ser interior que el hombre que no es culto. El hombre interior es la fuente del nuevo universo, del cosmos en que la naturaleza no tiene parte ni autoridad, en que sólo el espíritu gobierna."[60]

Esta elucidación resulta interesante por dos razones. En la opinión de Salazar Mallén, la diferencia entre cultura y naturaleza está obviamente orientada hacia un tratamiento meramente psicológico del hombre interior. Pero ello no concilia la oposición cultura-naturaleza, observada por Salazar Mallén, sino que a la tesis "naturaleza" opone la antítesis "cultura". Además, el tratamiento ontológico del concepto "hombre" no reconoce ninguna diferenciación en el terreno social, sino tan sólo en el cultural, y por lo tanto es radicalmente opuesto a la crítica de los escritores revolucionarios. Si se quiere juzgar imparcialmente a Salazar Mallén, debe tenerse en cuenta la fecha de aparición de su estudio: 1937. Es decir, el concepto ontológico del hombre interior de Salazar Mallén coincide con un desarrollo ideológico promovido por la burguesía revolucionaria. Por ello sus ideas encontraron un suelo fértil.

Todavía en febrero de 1937, en la revista *Mexican Life*, un crítico anónimo, al hablar sobre cómo debería representarse en la novela la coalición revolucionaria de las fuerzas progresistas, había observado agudamente: "Nuestra intelectualidad creadora, que como clase proviene de la burguesía de clase media, no puede hablar con autoridad acerca de los sencillos indígenas, y al mismo tiempo es incapaz de hablar sincera y abiertamente acerca de sí misma en la soberbia y ruinosa introspección que ha hecho inmortal el arte de Proust y Dostoiewski."[61] Estas palabras van al fondo de la cuestión: ¿Cómo podría una coalición de fuerzas revolucionarias —que por el momento había pospuesto sus diferencias para luchar por la solución de problemas comunes— ser representada en una literatura realista por autores burgueses? Por otra parte, ante la importancia de los problemas sociales que tenían por resolver su clase y la coalición por ella dirigida, ¿cómo hubieran podido estos autores limitarse a la descripción de su vida interior? De ahí el dilema teórico y práctico de buena parte de la literatura revolucionaria de los años treintas.

El distanciamiento del movimiento revolucionario

En cuanto se alcanzaron los objetivos más importantes de la burguesía nacional, esta contradicción tuvo que deshacerse: la burguesía nacional mexicana y su intelectualidad, llegadas al poder y a cierta madurez, empezaron a representarse a sí mismas. Por ello, es natural que desde 1938 se alcen voces cada vez más insistentes de autores más jóvenes, que critican la literatura revolucionaria, especialmente la novela, y exigen la representación literaria del hombre interior. Resulta característica la opinión de Rafael Solana:

122

"Pero ni Torres Bodet que lucha solo, ni los dos mil novelistas de la Revolución..., 'el establo de Botas', respiran ya un aire puro y saludable. El uno quizá ha dejado demasiado alto... a la poesía, y descuida el llenar sus páginas de valores verdaderamente emocionales, humanos, para los que apenas queda ningún sitio en la vitrina cargada de preciosidad que es cada párrafo. Los otros, incapaces de apartarse un dedo de ese 'Rancho Grande' de las novelas que por su mala fortuna llegó a ser 'Los de abajo'. Nadie tiene el cuidado de investigar una emoción o un sentimiento del pecho humano."[62]

En el problema del hombre interior coincide Solana con Salazar Mallén. No obstante, su crítica a Torres Bodet muestra que, respecto a las relaciones entre cultura y naturaleza, ha llegado más lejos que los *Contemporáneos* y anuncia una crítica a la falta de contenido humano causada por la representación de la vida interior en sí. Como puede verse por las observaciones de otros autores, lo que se trataba de ver representado no era el hombre interior a secas, sino el hombre interior mexicano. Entre quienes al mismo tiempo criticaron a los Contemporáneos y a la literatura de la Revolución, estuvo Xavier Villaurrutia. Resumiendo la situación, dice Octavio Paz: "La literatura mexicana sufre de esta contradicción: la novela sin novelista, el novelista sin novela."[63]

Ello define la posición de tres destacados escritores y la línea principal de la crítica, cada vez más clara, contra la literatura de la Revolución. Partiendo de los mismos fenómenos que habían motivado la crítica de los escritores revolucionarios, en lugar de exigir la integración de la literatura por medio de una consecuente revolución de la sociedad, se proclama una integración sobre los fundamentos del desenvolvimiento subjetivo de los miembros de una burguesía en desarrollo. Ello limitó considerablemente las perspectivas del desenvolvimiento de la literatura mexicana, colocándola en una situación que en 1948, José Luis Martínez describió así: "...pueden encontrarse... señales de un estado letárgico. Los impulsos y tendencias que animaron a la literatura mexicana en los años anteriores a 1940 han sido agotados y su vigencia ha concluido; ningún otro camino, ninguna otra empresa suficientemente incitantes han tomado su lugar; no han surgido personalidades literarias de fuerza creadora y, frente a esa escena cada vez más vacía, todos los elementos exteriores parecen confabulados cuando su actitud no es más que una consecuencia de aquella inercia".[6] Esta demoledora crítica, de la pluma de uno de los más destacados represetantes de la joven generación de escritores y críticos, puede sorprender si se toma en cuenta la febril actividad literaria de México apenas diez años antes pero da en el clavo de la cuestión: el movimiento que pugnó durante un tiempo por desarrollar una literatura burguesa nacional, apenas sobrevivió al régimen de Ávila Camacho.

Al afianzarse en el poder la burguesía nacional, las contradicciones objetivas que la separaban de las masas trabajadoras se manifestaron abiertamente, y debido al curso de desarrollo económico del país, se hacían cada vez más profundas, con la tendencia de convertirse en antagonismos. Una literatura realista y ligada al pueblo hubiese tenido que pasar de la justificación de la Revolución a una crítica de sus resultados. Para ello, hubiese debido ser absolutamente independiente de la burguesía en el poder; pero los intelectuales estaban unidos en gran parte con ella. La consecuencia fue un estrechamiento de las perspectivas de desarrollo. La poesía lírica fue la menos afectada ya que, por su esencia misma, pudo responder a la exigencia de representar al hombre interior, y producir una serie de obras valiosas encabezadas por los poemas de Octavio Paz. El teatro se encontró en circunstancias más difíciles, ante la alternativa de dejarse llevar por el análisis psicológico o hacer crítica

124

ocial. Aparte de Rodolfo Usigli y Rafael Solana, pocos au-
ores han logrado resolver el problema.

La situación de la novela fue especialmente complicada.
La crítica simultánea a los Contemporáneos y a la novela
le la Revolución, complementada por la preponderante ontología del carácter nacional mexicano, sólo dejó libre el
camino hacia la representación de este carácter nacional
dentro de un ambiente que le corresponde. Esta concepción
metafísica, de acuerdo con sus principios, sólo hacía com-
patibles sus temas con la alta categoría literaria si era posible colocar en el centro de la obra a un personaje de una
sola pieza, socialmente relevante, que se desenvolviera en
un ambiente a su medida, poco diferenciado en lo social y
cercano a la naturaleza. Se encontraron tales temas en dos
direcciones: entre los indios y entre la población rural de
la Mesa Central. Ocasionalmente, en la literatura coinciden
ambos grupos.

Sobre estas bases, el desarrollo de la literatura de la Revolución Mexicana puede dividirse en los siguientes periodos:

1) La gradual unión de la literatura con el movimiento
revolucionario de masas: 1920-1928.

2) La participación de la literatura en la lucha de clases
y el desarrollo de una literatura revolucionaria: 1928-1938.

3) La neutralización estética y social de la literatura de
la Revolución: 1938-1947.

NOTAS

[1] Cf. El artículo, notablemente documentado, "La Revolución com los novelistas mexicanos la ven" (en: *L*, 52/1933, tomo 5, pp.] 4, 6 y 7; e *ibid.*, 53/1933, pp. 1-4), así como José Mancisidor: "Raba sa, Azuela y la Revolución". En: *IC*, 6/1956, pp. 22 *ss.*

[2] Cf. Henríquez Ureña, "La Revolución y la Cultura en México" en: *RR*, 16 de marzo de 1925.

[3] Cf. Luis Leal, "Torres Bodet y los Contemporáneos", En: *Hi* año 40, 1957, p. 290.

[4] Bernardo Ortiz de Montellano, "Literatura de la Revolución y li teratura revolucionaria". En: *CO*, 1/1930, p. 80.

[5] Cf. Jesús S. Soto, "Una crisis de literatos". En: *Cr*, 39/1932 Tomo 4, p. 173.

[6] Cf. Leal "Torres Bodet y los Contemporáneos", en *Hi*, 1957, p 293.

[7] Cf. Francisco Monterde, "En torno a "Los de abajo", del docto Mariano Azuela". En: *FL*, Núms. 45-46/1956, p. 267.

[8] Julio Jiménez Rueda, "El Premio Nacional de Literatura". En *RR*, 4 de enero de 1949, p. 4.

[9] El ejemplar (sin título) examinado por este autor se halla er posesión del Prof. Miguel Bustos Cerecedo.

[10] Miguel Bustos Cerecedo en un manuscrito inédito, del año 1938 de una conferencia de la LEAR.

[11] Carlos Gutiérrez Cruz, "Arte lírico y arte social". En: *Cr* 21/1930. Tomo 2, pp. 211 ss.

[12] Guillermo de Luzuriaga, "Dejemos nuestra torre de marfil para ir a la tierra baja". En: *LP*, 1-9/1925, Tomo 4, pp. 94 *ss.*

[13] Antonio Caso, "Pianistas y acróbatas". En: *RR*, 22 de marzo de 1925.

[14] Julio Jiménez Rueda, "El decaimiento de la literatura mexica na". En: *U*, 17 de enero de 1925, p. 3.

[15] Cf. Alba, *Las ideas sociales contemporáneas en Mé*xico, p. 213.

[16] Martín Casanova, "La literatura mexicana y la revolución". En *At*, 6º año, 54/1929, pp. 386 *ss.*

[17] Salvador Novo "Leños, libros y amigos los más viejos, preferi dos". En: *LP*. 3/1933, p. 95.

[18] Carlos Gutiérrez Cruz, "Arte y lucha social". En: *Cr*, 1/1929, Tomo I, pp. 29 ss.

[19] José Mancisidor, "La poesía revolucionaria en México". En: *Ru*, 3/1933, p. 6.

[20] José Mancisidor, "Literatura y Revolución". En: *Ru*, 6/1933, p. 8.

[21] Bustos Cerecedo. Manuscrito inédito del año 1938.

[22] *Ibid.*

[23] Cita tomada de: Brenner, *Idols behind Altars*, p. 255.

[24] Manuel E. Santiago, "Socialización del arte". En: *Co*, 27/1932, Tomo 4, p. 37.

[25] *Ibid.*, pp. 38 ss.

[26] A. Martínez Lavalle, "La verdadera novela revolucionaria". En: *Cr*, 38/1932, Tomo 4, p. 111.

[27] C. A. Espinosa Bravo, "Sentido revolucionario de la poesía nueva". En: *Cr*, 76/1935, tomo 6, p. 235.

[28] Cf. A. Aragón Leiva, "Crisis permanente de las letras mexicanas". En: *Cr*, 65/1934, Tomo 6, p. 304.

[29] Cf. Georges Pillement, "Nueva edad literaria". En: *Cr*, 30/1931, Tomo 3, pp. 455, 458.

[30] José María Benítez, "Los escritores y la Revolución". En: *Cr*, 8/1929, Tomo 1, pp. 109 ss.

[31] Cf. Agustín Yáñez, "Rutas e influencias en 'El Pensador'". En: *LP*, 5/1932, pp. 1-3.

[32] Cf. Martínez Lavalle, "La verdadera novela revolucionaria", en: *Cr*, 38/1932, p. 113.

[33] Jorge Ferretis, "Mariano Azuela". En: *Cr*, 75/1935, Tomo 7, p. 158.

[34] Gutiérrez Cruz, "Arte lírico y arte social", en: *Cr*, 21/1930, p. 212.

[35] Xavier Icaza, *La Revolución mexicana y la literatura*, México, 1934, p. 12.

[36] Cf. Mauricio Magdaleno. "El mundo de Rafael Muñoz". En: *L*, 6° año, 56/1939, p. 8.

[37] Gutiérrez Cruz, "Arte lírico y arte social". En: *Cr*, 21/1930, p. 211.

[38] Cf. Jesús S. Soto, "Arte y revolución". En: *Cr*, 12/1929, Tomo 1, pp. 393 ss.

[39] Daniel Castañeda, "Forma y expresión en la poesía para las masas". En: *Cr*, 81/1936, Tomo 8, p. 33.

[40] Gutiérrez Cruz, "Arte y lucha social". En: *Cr*, 1/1929, página 28.

127

[41] Cf. Dromundo, "Problemas del escritor revolucionario", en: *Na*, 19 de abril de 1935, pp. 1, 4.

[42] Álvaro Córdoba, "Una vieja discusión". En: *Ru*, 2/1935, p. 11.

[43] Cf. Gutiérrez Cruz, "Arte y lucha social", en *Cr*, 1/1929 p. 28, así como Francisco Rojas González, "Sobre la literatura de la postrevolución". En: *Cr*, 65/1934, Tomo 6, p. 308.

[44] Esto fue indicado, entre otros, por Arturo Torres-Rioseco ("La Novela en la América Hispana", en: *University of California Publications in Modern Philology*, 2/1941, p. 236.)

[45] Cf. Córdoba, "Una vieja discusión", en: *Ru*, 2/1935, p. 10.

[46] Mancisidor. "Literatura y Revolución", en: *Ru*, 6/1933, pp. 8 ss.

[47] "Alusiones a la literatura de la Revolución Mexicana". En: *Na*, 17 de noviembre de 1937, suplemento dominical, p. 3.

[48] Ermilo Abreu Gómez, "La tragedia de la literatura revolucionaria". En: *Na*, 4 de septiembre de 1937.

[49] Ermilo Abreu Gómez, "Desbandada". En: *RR*, 4 de febrero de 1934.

[50] Ermilo Abreu Gómez, "Doctrina literaria", III. En: *Cr*, 58/1933, Tomo 5, pp. 233 ss.

[51] Abreu Gómez, "Doctrina literaria". IV. En: *Cr*, 60/1933, Tomo 5, p. 367.

[52] Abreu Gómez, "Doctrina literaria", I. En: *Cr*, 56/1933, Tomo 5, p. 107.

[53] Abreu Gómez, "Doctrina literaria", II, en: *Cr*, 57/1933, Tomo 5, p. 167.

[54] Abreu Gómez, "Doctrina literaria", I, en: *Cr*, 56/1933, p. 110.

[55] *Ibid.*, p. 111.

[56] Cf. Dromundo, "Problemas del escritor revolucionario", en: *Na*, 19 de abril de 1935, pp. 1, 4.

[57] Entre otros, véase los siguientes artículos: Arqueles Vela, "La epopeya y la novela". En: *Ru*, 8/1938, pp. 23-26; C. Ijac, "La crisis de la enseñanza de la literatura en las universidades burguesas". En: *Ru*, 4/1939, pp. 24-34.

[58] Rubén Salazar Mallén. "El miedo al hombre interior en la novela mexicana". En: *LM*, 18/1937, p. 6.

[59] Rubén Salazar Mallén, "La novela iberoamericana". En: *LM*, 16 de abril de 1937, p. 4.

[60] *Ibid.*

[61] "Our creative inteligence, springing as a class from a bourgeois midst, cannot speak with authority about the indigenous underdog, being at the some [!] time incapable of speaking with truth and

candor about itself in the superb and ruinous introspection which has made the art of Proust and Dostojewski deathless". ("The Truth about Mexican Fiction". En: *ML*, 2/ 1927, p. 54).

[62] Rafael Solana, "El dato humano". En: *Po*, 12 de junio de 1938, p. 5.

[63] Octavio Paz, "Invitación a la novela". En: *Ta*, 1er. año, 6/1939 p. 68.

[64] José Luis Martínez, "Situación de la literatura mexicana contemporánea". En: *Problemas literarios*. México 1955, p. 161.

LA FORMACIÓN DE LA NOVELA MEXICANA MODERNA

MARIANO AZUELA

LA IMPORTANCIA DE LAS PROVINCIAS EN EL DESARROLLO DE LA LITERATURA MEXICANA MODERNA

La capital y las provincias

En los comienzos de la literatura mexicana moderna está la fundación del Ateneo de la Juventud, poco antes de estallar la Revolución. Por procedencia y educación de la mayoría de sus miembros, se lo puede considerar una creación de las provincias organizadas en la capital. Después habría de repetirse este proceso. Así, durante la Revolución llegaron a la capital González Martínez, López Velarde y Azuela. Lo mismo hizo la mayoría de los escritores que durante los treintas alcanzaron la celebridad, y aún más recientemente maduraron en las provincias quienes habían de colaborar en el desarrollo de la novela mexicana. Esta relación entre la capital y el interior fue de fundamental significado para la renovación nacional de la literatura mexicana que siguió a la Revolución.

En la época colonial, como sede del virreinato, la ciudad de México fue el centro de la supremacía española, en un país que inmediatamente después de la Conquista ya había mostrado cierta independencia social y cultural. Entre la capital, centro de la administración, y las provincias, portadoras de un desarrollo económico y social hasta cierto punto autóctono, nació una oposición. Mediante el movimiento de independencia, iniciado en las provincias, cesó dicha oposición: la ciudad de México pasó a ser la primera entre las ciudades mexicanas, y se integró a la vida nacional. Esta situación duró varias décadas, hasta que, con la irrupción del imperialismo, durante el porfiriato la ciudad de México se convirtió en centro de una especie de aberración cultural y económica. De nuevo surgió una oposición entre la capital y las provincias. La nación se refugió, por así decirlo, en las provincias, y toda renovación tuvo que partir de ellas. Esta polaridad se refleja claramente en la literatura mexicana. Desde los tiempos del movimiento de la independencia hasta cerca de 1880, no hay gran diferenciación entre la ciudad de México y las provincias. La literatura, surgida al amparo de una unidad orgánica de capital y provincias, se escribe generalmente en la ciudad de México, pero es de interés para toda la nación. Prueba de ello son, en tiempos de la independencia, las obras de José Joaquín Fernández de Lizardi, y en tiempos de la Reforma, entre otras, las obras de Luis G. Inclán y Guillermo Prieto. Sin embargo, con la irrupción del imperialismo, la ciudad de México se convirtió en una metrópoli cosmopolita, centro de "Orden y Progreso", en el sentido de la dictadura porfirista. Muestra visible del "Progreso" fue, por ejemplo, el establecimiento de bancos extranjeros y sociedades industriales, así como la construcción de vías férreas. Menos visibles fueron las modificaciones de la estructura de una parte de la sociedad capitalina, aportadas por este desarrollo. La disolución de ciertos sectores de la pequeña burguesía fue lo más decisivo. La mayoría de los miembros de esa clase se hicieron jornaleros, empleados y, sobre todo, desplazados trabajadores eventuales, mientras unos cuantos lograban encontrar acomodo en el nuevo desarrollo. En el curso de este desenvolvimiento surgieron algunos fenómenos y conflictos nuevos en la ciudad de México. Lo mismo puede verse en la otra

131

cara del lema positivista: el "Orden", ejemplificado en la dictadura porfirista y enriquecido por los elevados ingresos presupuestarios motivados por el "Progreso", se manifiesta en iniciativas culturales que imita del extranjero.

La posición particular de la capital, resultado de la convergencia de "Orden" y "Progreso" en la vida nacional, resulta claramente visible en la literatura. Como en la capital —centro cultural número uno— se concentró la mayor actividad literaria de México, allí se desarrollaron el modernismo y las llamadas novela realista y naturalista. Esta literatura a menudo fue tildada por sus enemigos de burda imitación de modelos extranjeros. Ello sólo en parte es verdad, pues nacida en la capital —ajena a la vida nacional—, no era exclusivamente una imitación de tales modelos sino que surgió en un medio que ya no podía representar —como en años anteriores— a todo el país. Por eso, la auténtica sustancia nacional de México está mejor representada durante la era porfirista por las provincias: de allí brota, asimismo, la renovación literaria. El realismo mexicano alcanza un mayor significado nacional en el momento en que ofrece como tema la vida provinciana. Emilio Rabasa, Heriberto Frías y José López Portillo y Rojas (éste a pesar de las limitaciones motivadas por su posición social), pueden considerarse como los precursores de la renovación nacional de la novela. Pero la auténtica renovación de la novela mexicana no partió de partidarios del porfirismo, como Rabasa y López Portillo y Rojas, sino de un hombre como Azuela. Este típico representante del interior mexicano se oponía resueltamente al régimen de Díaz y tomó parte en la Revolución.

Debe observarse que el movimiento de renovación política, literaria y cultural, inseparable de la Revolución, partió de dos regiones claramente determinables. Aparte del movimiento campesino zapatista, que tenía su centro en el estado de Morelos, el centro de gravedad político y militar de la Revolución se hallaba en el norte, sobre todo en los estados de Coahuila, Chihuahua y Sonora, que durante el periodo porfirista se habían desarrollado con relativa rapidez. Un segundo núcleo, más político que militar, existía en los estados de Puebla y Veracruz. En cambio, los estados de la Mesa Central —Jalisco, Guanajuato, Aguascalientes, Zacatecas y Michoacán—, cuya larga crisis se había hecho más profunda durante la dictadura porfirista, cobraron importancia desde el punto de vista del desarrollo literario. Estas regiones poseían una tradición que se remontaba hasta la época colonial.

La Mesa Central

La Mesa Central abarca los actuales estados de Jalisco, Guanajuato, Aguascalientes, el sudoeste de San Luis Potosí, el sur de Zacatecas y el norte de Michoacán. En la época colonial comprendía, con excepción de Guanajuato y Michoacán, el reino de la Nueva Galicia. Ya en el siglo XVI se desarrolló en Zacatecas la minería, y tras ella la agricultura. A principios del siglo XVII se exploraron las primeras minas también en San Luis Potosí. Las minas de Nueva Galicia eran muy superiores a las de la Mesa Central mexicana. Sin embargo, el florecimiento de toda la Mesa Central se inicia en el siglo XVIII, cuando las medidas adoptadas por el Absolutismo Ilustrado español condujeron a un mayor desarrollo de la minería. La Mesa Central pasó a ser la más importante y próspera región de México.

Los centros mineros necesitaban grandes cantidades de alimentos para la población allí concentrada, como también caballos y especialmente mulas, en cantidades cada vez mayores, para mover las máquinas y como bestias de tiro. El continuo tráfico de mercancías entre las zonas agrícolas y los centros mineros constituyó un activo comercio,[1] cuyas vías más importantes eran las carreteras México–Zacatecas y

Guadalajara–San Luis Potosí, que se cruzaban en Lagos. La creciente prosperidad de la agricultura y la minería se completó con una rica pequeña producción fabril de las ciudades, y favoreció un voluminoso comercio regional y local, dirigido activamente por pequeños empresarios. En consecuencia, al lado de las dos principales clases de la Colonia —terratenientes o dueños de minas y peones—, surgió una muy numerosa capa social de productores artesanales, y, aunque en menor número, agricultores y pequeños comerciantes, que llegó a ser una notable fuerza cultural.[2] Un importante papel desempeñó en ello, sobre todo en el centro de esta región, la homogeneidad étnica debida a la casi total ausencia de población indígna.

Cuando México conquistó su independencia, no poseía ninguna otra región que, ni en lo económico, ni en lo social o cultural, pudiese compararse con la Mesa Central. Sólo allí había una unidad economicocultural que abarcaba estados enteros, y se extendía aún más allá de sus fronteras. Por lo tanto, no es extraño que esta comarca, y especialmente su centro geográfico —las regiones del Bajío y los Altos,[3] colindantes en Lagos de Moreno— fuesen consideradas como núcleo historicocultural del México nuevo, y sus habitantes, una encarnación de la esencia de México tanto en lo bueno como en lo malo.

Los hombres que viven en tal región pueden caracterizarse mediante el concepto del *ranchero*. La palabra designa propiamente al campesino independiente, a diferencia del peón o del hacendado. Por lo general, puede decirse que constituye una capa con determinados rasgos. Como productor o comerciante en pequeño, el ranchero es independiente, y muy consciente de su independencia, especialmente ante los más poderosos. Es de absoluta integridad moral, y en su lealtad se halla uno de los más importante principios de su muy puntilloso código de honor: está dispuesto a sacrificarse tan incondicionalmente por sus amigos, como a perseguir implacablemente a sus enemigos. Su ritmo de producción —que a lo largo de generaciones ha sido casi siempre el mismo, en el ciclo de la reproducción simple—, determina que sea de opiniones tradicionalistas. A menudo es incapaz de comprender el significado social de procedimientos surgidos de su propio concepto de honor. Por ello, se lo puede llevar con relativa facilidad contra sus propios intereses sociales, cuando se tiene un nexo personal con él. La dureza de sus condiciones de vida y las peculiaridades de su manera de ganársela, que en mucho depende de su habilidad personal, origina cierta rudeza —podríamos decir brutalidad— en su conducta, aun contra los miembros de su familia, a la que gobierna con firmeza patriarcal. En lo religioso, es creyente, pero no dogmático, aunque se ha dejado fanatizar con relativa facilidad. En lo cultural, demuestra una capacidad creadora que se desarrolla según los lineamientos tradicionales. Ello se observa tanto en la ornamentación de sus herramientas como en su folklore, épico y musical. Muchos autores ven en este tipo humano —en el que hay artesanos, campesinos y pequeños comerciantes, además de las personas unidas a ellos en lo social y en sus peculiaridades, que oscilan entre la monumentalidad épica y las más rancias limitaciones de un estado social precapitalista— la encarnación del carácter nacional del mexicano y sus complicadas contradicciones.[4]

Dada la importancia que alcanzó la Mesa Central durante las últimas décadas del periodo colonial, es natural que fuera uno de los grandes centros del movimiento de independencia. Así, el 16 de septiembre de 1810, en Dolores (actual estado de Guanajuato), bajo la dirección del cura Hidalgo, se desató la Revolución que terminaría en la independencia. En 1815, Pedro Moreno, un comerciante de Lagos, también inició un levantamiento contra la soberanía española. Al lograr México su independencia, surgieron en la Mesa Central nuevos estados, cuyas capitales (Guanajuato, Aguascalientes, San Luis Potosí, Querétaro y Zacatecas) fueron centros de las más importantes regiones mineras. Con la expulsión de los españoles se manifestó en estas zonas una decadencia cuyas causas principales fueron el desplome del comercio exterior y el descenso de productividad de las minas, que hicieron imposible una restructuración de la ya muy perjudicada agricultura.[5] Siguió un periodo de calma, durante el cual vivieron uno al lado del otro el latifundista y el pequeño productor o comerciante, en principio interesados en el progreso. Por ello, las acaloradas disputas de liberales y conservadores encontraron un eco singular: nunca faltaron avances de los liberales,[6] especialmente en el terreno de la educación popular. Sin embargo, la comarca en general siguió siendo conservadora, porque la Iglesia, el latifundio y las minas, que representaban el mayor poder, y los pequeños comerciantes, presos en el ciclo de la reproducción simple, en parte podían contarse entre las reservas de los conservadores. Las mayores fuerzas del liberalismo estaban integradas por comerciantes e intelectuales. Sin embargo, su posición se debilitó por el retraso económico de la región.

Un ejemplo típico de esa situación es la ciudad de Lagos de Moreno.[7] Fundada en 1563 para dar mayor seguridad a una importante vía, estaba situada en el cruce de las dos carreteras más transitadas y constituía punto de empalme de primer orden. Era la segunda ciudad del estado de Jalisco. Su población en gran parte vivía del comercio, o dependía de él. Ocasionalmente era testigo de avances liberales, como la fundación del Liceo, por obra del padre Guerra, en 1827. Pero, en términos generales, dominaba la ciudad una oligarquía conservadora de terratenientes, comerciantes y dependientes del clero, los que hacían frente a una enconada oposición liberal.[8] En el periodo de la dictadura porfirista se apresuró la decadencia de la región. El avance de la red ferroviaria acabó con su unidad económica. Los ramales norte-sur, que pasaron por Guadalajara, Lagos de Moreno, y San Luis Potosí crearon nuevas relaciones comerciales y se orientaron principalmente a un intercambio de mercancías con la capital. El antiguo eje este-oeste —Guadalajara-Lagos-San Luis Potosí— decayó, y de tal manera perdió importancia que sólo en 1940 quedó completada como carretera moderna. La construcción de la red ferroviaria arruinó en gran parte al comercio menor. No obstante, una pequeña parte de la antigua clase comerciante logró entroncarse con el desarrollo moderno y aprovechar las nuevas posibilidades abiertas para el comercio. Las modificaciones afectaron especialmente al antiguo centro de tráfico, Lagos. En 1882, elementos burgueses intentaron aumentar la importancia de su ciudad, y la propusieron para un nudo ferroviario, en el que se bifurcaría la rama norte-sur y se cruzaría con un ramal oeste-este.[9] Con el fracaso de estos planes, la región quedó sentenciada a la decadencia. Muchísimos habitantes emigraron a la floreciente ciudad industrial de León, en Guanajuato.[10]

Haia 1890 el cantón de Lagos vivía principalmente de sus productos agrícolas y del comercio con ellos. En primer término se hallaban los cultivos tradicionales: maíz, frijol y chile, así como garbanzo. Se los cultivaba en 49 haciendas y 491 ranchos (pequeñas propiedades de campesinos). En una parte de las haciendas, donde había tierras regadas o instalaciones para riego, se producía trigo. Los productos eran comprados por las tradicionales zonas consumidoras: los estados de Zacatecas, San Luis Potosí y Guanajuato. En pequeño volumen, también se había iniciado el comercio con la ciudad de México.

En contraste con la producción, relativamente voluminosa, de determinados bienes agrícolas y el tráfico con ellos, todas las demás ramas de la vida económica se habían desarrollado poco y no parecían dispuestas a despertar. La industria consistía en seis molinos de trigo y tres fábricas de jabón, amenazadas de quiebra. El mercado interior, aparte de los citados productos alimenticios, no había iniciado siquiera su desarrollo.[11]

Las condiciones sociales y políticas de la región estaban determinadas por el marcado contraste económico entre los grandes terratenientes y los campesinos, así como por el número bastante elevado de estos últimos. Su oposición a la oligarquía encontró aliados en los pequeños productores y comerciantes de las ciudades. A causa de la ruina económica de la comarca se inició, como lo demuestran los censos de 1910, una considerable despoblación de numerosos ranchos.

A pesar de todo, las fuerzas interesadas en el progreso económico no estaban fuera de combate. Luchando contra grandes dificultades, una parte de ellas había logrado imponerse. Así, la familia Rincón Gallardo edificó una fábrica de productos textiles, un gran molino y una fundición. La fábrica de textiles empleaba a principios de siglo a varios cientos de trabajadores y fue considerablemente renovada después de que la familia Madero entró a formar parte de la empresa.[12] No obstante, tales obras no podían detener la decadencia de la región, y las estadísticas del periodo porfirista muestran una considerable despoblación de Lagos de Moreno.

Los estados del norte, en cambio, se hallaban en pleno auge. En la Laguna de Torreón surgió una importante comarca algodonera que habría de adquirir celebridad en la fase preparatoria de la Revolución, tanto por un levantamiento de los pequeños productores en Viesca como por la agitación de Francisco I. Madero. En Sonora y Chihuahua se desarrolló la minería por obra de las compañías norteamericanas. Allí estalló en 1906 la huelga de los mineros de Cananea, primer acontecimiento precursor de la Revolución. La producción agrícola aumentó en algunas partes de Chihuahua y Coahuila y especialmente en Sonora donde, por ejemplo, en el Valle del Yaqui se desarrollaron grandes cultivos de cereales y legumbres, cuando se arrojó de allí a los antiguos moradores indígenas. Con excepción de Zapata, los políticos y militares que alcanzaron importancia entre 1910 y 1920 procedían de los estados del norte. Ésta era señal inequívoca de que allí, bajo la dictadura porfirista, habían empezado a desarrollarse una burguesía y una pequeña burguesía que, con el tiempo, habrían de declararse en enconada oposición con la maquinaria estatal centralista de la dictadura, favorecedora de los empresarios extranjeros, por lo que dificulta su propio desarrollo.

Los estados de la Mesa Central vieron agudizarse su crisis por obra de este desarrollo. Por diversos motivos, es importante observar más de cerca el destino del centro de la vieja región comercial y cultural. Otras comarcas lograron desarrollar parcialmente una industria; en Lagos, si prescindimos de las empresas ya mencionadas, no fue éste el caso. Sin embargo, algunos latifundios de la comarca, situados junto a la vía férrea, y una pequeña clase comerciante ansiosa por poseer tierras, que enviaba productos a las ciudades lejanas, logró participar en el nuevo desarrollo. Ello produjo un considerable fortalecimiento de la oligarquía terrateniente de la región, que en parte logró unirse al desarrollo capitalista. En cambio, el desplome de la arriería y de algunos de los oficios relacionados con el viejo tráfico de mercancías, debilitó las bases de las fuerzas liberales y empobreció a una parte considerable de la población. Esta agudización de los contrastes fue combatida por aquella pequeña clase de comerciantes que aspiraba a desenvolverse de acuerdo con las nuevas circunstancias. Débil por su número y situación económica, encontró los principales obstáculos en las fuerzas conservadoras, poderosas económica y políticamente, en el empobrecimiento de grandes partes de la población y en el auge económico del norte, muy dominado por el capital extranjero.

Con todo, la crisis de la comarca de Lagos de Moreno no

139

sólo es una forma agudizada de la crisis de toda la Mesa Central: en muchos aspectos, es paradigma de la crisis en que se encontraba México a fines del periodo porfirista. Una de sus peculiaridades es que se manifiesta en una tierra de tradiciones culturales activas.

La renovación de la literatura mexicana parte de dos movimientos muy diferentes. Un grupo de tendencias universalizantes se reunió durante un tiempo en la capital, alrededor del Ateneo de la Juventud que, según la mayoría de los cronistas, se consideraba el único centro de la renovación. En cambio, el desarrollo literario en la vieja región cultural de la Mesa Central sólo parece haber sido promovido por muy pocas personas completamente aisladas en su medio. Pero un análisis más detenido muestra que había allí muchos círculos locales de literatos y aficionados a la literatura, con los cuales tenían contacto estas personas.[13] Varios círculos poéticos cultivaban el intercambio de ideas y por lo general seguían atentamente los acontecimientos literarios de la capital y del extranjero, principalmente de Francia.

Representantes de este movimiento literario en la Mesa Central que alcanzaron importancia en la historia de la literatura mexicana fueron: en la poesía, Manuel José Othón (1858-1906), de San Luis Potosí, abogado de profesión; Enrique González Martínez (1871-1952), de Guadalajara, médico; Ramón López Velarde (1888-1921), de Jerez, Zacatecas, abogado y profesor de literatura; Francisco González León (1862-1945), importante precursor de López Velarde, de Lagos de Moreno, boticario. En el dominio de la novela, Mariano Azuela (1875-1952), de Lagos de Moreno, médico.[14]

Estos autores procedían de familias de la llamada clase media; en conjunto, son académicos. Como es sabido, Azuela [15] y González Martínez [16] estudiaron porque sus familias así lo querían. De las tres carreras académicas entre las que podía escogerse —sacerdote, abogado o médico— escogieron la que les pareció menos aburrida. González Martínez abandonó su profesión al trasladarse a la ciudad de México; Azuela siguió ejerciendo, sin mayor entusiasmo, también en la capital. López Velarde, al encontrar una oportunidad, cambió la profesión de jurista por la de profesor de literatura. Para estos hijos de la clase media provinciana, para quienes ganarse el pan no significaba un desarrollo de sus posibilidades y anhelos, la creación literaria representó un medio de realizar sus personalidades. Ello determinó su serio, a menudo doloroso conflicto con el mundo circundante, conflicto que de dos maneras influía en sus obras: en cuanto el análisis étnico de un ambiente constituye el objeto de la obra literaria, y en cuanto ellos mismos encarnan, casi integralmente, el tipo del mexicano característico de la Mesa Central. Ello explica por qué en aquella comarca la renovación literaria encontró su punto de partida en forma de un mexicanismo exaltado en la creación artística. En este complicado proceso, maduró la renovación de la novela mexicana en Lagos de Moreno, con la obra de Mariano Azuela.

NOTAS

[1] L. Pérez Verdía *(Historia particular del Estado de Jalisco.* Tomo 1, México, 1951, p. 509) dice que el mercado de San Juan de los Lagos, durante la peregrinación anual, alrededor de 1800 recibía cerca de 100 000 visitantes.

[2] *Ibid.* (p. 483) Acerca de las condiciones de colonización en Nueva Galicia (después de la separación de Zacatecas), se encuentran los siguientes datos: 279 pueblos, 295 haciendas y 3 497 rancherías y ranchos.

[3] Antonio Acevedo Escobedo define al Bajío como "una de las regiones en que la psicología privativa de los habitantes del país encuentra una síntesis cabal". ("Pedro Moreno, el Insurgente". En: *RR*, 2 de junio de 1935).

[4] Esta gente aún hoy es típica de la mayor parte del Estado de Jalisco. Cf. Agustín Yáñez, "Le climat spirituel de l'Etat de Jalisco". En: *NM*, 2/1955, p. 6: "L'Etat de Jalisco ne connaît pas encore cette grande industrie sans entrailles qui abolit la personnalité, aussi bien chez les adultes que chez les jeunes, dépossédés dès leur enfance."

[5] Cf. Alfonso García Ruiz, "Sociogénesis del mexicano". En: *FL*, 45-46/1952, pp. 157 s. El autor llama a la Independencia un "'Movimiento que destruyó nada menos que la fase más adelantada del capitalismo nacional hispanoamericano".

[6] Los avatares de esta pugna pueden observarse particularmente en el Estado de Jalisco, por lo que puede concluirse que los liberales contaban con un fuerte apoyo de los pequeños productores, especialmente en las llanuras y en las pequeñas ciudades. Cf. Pérez Verdía, *Historia particular del Estado de Jaliscc,* T. 3, México, 1952. p. 549.

[7] Cf. *Ibid.*, Tomo I, p. 265.

[8] Hay que recordar al padre Agustín Rivera, uno de los más grandes liberales del cambio de siglo. Los liberales tenían un órgano en el *Defensor del Pueblo,* y en parte también con organizaciones políticas. Cf. Alfonso de Alba. Prólogo a: *Pedro Moreno, el Insurgente,* de Mariano Azuela. 3ª Ed. México, 1949, p. 18.

[9] Cf. Alfonso de Alba, *Antonio Moreno y Oviedo y la Generación de 1903.* México, 1949, p. 116.

10 Información de Alfonso de Alba. Los mismos resultados arrojó el examen de las actas de población de 1910.

11 Cf. Mariano Bárcena, *Ensayo estadístico del Estado de Jalisco*. México, 1888. José Vicente Negrete (*Geografía ilustrada del Estado de Jalisco*. México, 1926) asegura que casi cuarenta años después seguían siendo idénticas las circunstancias descritas por Bárcena.

12 Cf. de Alba, *Antonio Moreno y Oviedo y la generación de 1903*, p. 115. Condujo las negociaciones Gustavo Madero, hermano del que luego sería presidente revolucionario.

13 Cf. Jesús Romero Flores, "El novelista Mariano Azuela y los Escritores Laguenses". En: *Na*, 19 de agosto de 1952, pp. 3, 7. Al principio de este artículo aparece una extensa lista de "bohemias literarias" provincianas, así como de precursores literarios de la Revolución.

14 En el dominio de las artes plásticas podría completarse esta lista con los nombres de los artistas guanajuatenses José Guadalupe Posada y Diego Rivera y del jalisciense José Clemente Orozco.

15 Información de Enrique Azuela.

16 Información del Prof. Ramón S. Bonfil, amigo de González Martínez.

JUVENTUD Y PRIMERAS TENTATIVAS LITERARIAS DE MARIANO AZUELA

Mariano Azuela nació el 1º de enero de 1873 en Lagos de Moreno, hijo primogénito de un comerciante. De su familia se sabe que el abuelo, también comerciante, arreaba recuas por las comarcas del centro y norte de México. Evaristo Azuela, su padre, a los quince años, recibió una mula y algunos pesos para iniciarse en los negocios; a partir de entonces se hizo comerciante, dependiendo sólo de sus fuerzas y capacidad.[1] A fines de la década de los sesentas, don Evaristo se estableció en Lagos de Moreno como comerciante (abarrotero). Se casó con la hija de un arriero con el que tenía relaciones de comercio. El primer vástago de esta pareja fue Mariano. Los negocios de don Evaristo debieron de marchar bien, pues adquirió una tienda mayor y compró un rancho. En esta propiedad se cultivaba principalmente maíz que, según informes de Manuel Azuela, se enviaba por ferrocarril. Evaristo Azuela también se ocupaba en el tráfico a distancia, en las nuevas formas surgidas después de la construcción de la red ferroviaria. Además, había adquirido medios de producción propios. Pertenecía don Evaristo a aquellos dinámicos elementos de la pequeña y media burguesía provinciana que, sobre la base de la libre competencia, se interesaban por el desarrollo de las condiciones capitalistas. Era, pues, adversario de la oligarquía local, conservadora y latifundista. Es interesante observar que, a diferencia de lo que ocurría a su alrededor, el rancho de Azuela (El Ixtle) durante muchos años tuvo un número fijo de habitantes.

Por todo esto, no es extraño que la familia Azuela, ascendente un peldaño en la escala de la jerarquía social, enviara a estudiar a su hijo mayor. Evidentemente, más importaba el estudio como tal que la profesión escogida. De ello es testimonio el hecho de que, tras ser enviado al seminario de Guadalajara, después de pasar por el Instituto Guerra por insinuaciones clericales, no encontró ningún obstáculo cuando, al año siguiente, por su propia voluntad decidió dedicarse al estudio de la medicina. Sin estos detalles sería incomprensible la dinámica social que influyó sobre Azuela y se manifestó en su obra. Así se aclara tanto su desarrollo político antes de la Revolución, como su carácter de ranchero. En lo político, inicialmente se caracterizó por una posición liberal radical, rayana en el jacobinismo, que no podría explicarse tan sólo por su formación racionalista y positivista. Sus raíces deben encontrarse más bien en la consonancia existente entre los factores determinantes de la posición de su familia y la orientación del Instituto Guerra (y, después, de la universidad). Ello puede decirse tanto de la esforzada y consecuente posición de Azuela contra la oligarquía de Lagos, cuanto de su no disimulada aversión al fanatismo fomentado por la Iglesia.[2]

En cuanto a su personalidad, se puede advertir que la estrechez del medio y las limitaciones impuestas por éste al carácter del ranchero, ejercieron influencia sobre su desarrollo.[3] Azuela, que vivía en la ciudad de México desde 1917, nunca se adaptó al ritmo de vida capitalina. Muchos contemporáneos aseguran que evitaba aparecer en público y que no frecuentaba los círculos de escritores, en tanto que entre sus amigos era sumamente abierto y locuaz; y en las vacaciones que anualmente pasaba en el rancho El Ixtle, se desenvolvía con gran soltura entre los vecinos. Lo mismo se dice de sus relaciones con las personas humildes de la colonia Santa María de la ciudad de México. Su marcada desconfianza contra los representantes de la sociedad urbana, está en profundo acuerdo con la íntegra probidad del novelista, con su preferencia por lo auténticamente humano y su horror por la mentira, la adulación y la demagogia.[4]

Otra característica del ranchero es su manera de aferrarse a una opinión formada, y su declarada indiferencia ante la pregunta de si sería objetivamente acertada tal opinión, su "verdad". Al emprender el análisis de las obras de Azuela, será necesario tomar en cuenta estas características, desarrolladas en un medio provinciano y pequeñoburgués, y reafirmadas por un hondo y patriarcal sentido de familia, así como por convicciones teóricas, ya firmes en su primera juventud.

En el camino de Azuela hacia la literatura hay tres etapas de importancia: la atención a las narraciones rancheras en su niñez, los años de estudio en Guadalajara y el círculo de escritores de Lagos en la primera década del siglo xx. Varias veces contó Azuela cómo, siendo niño, seguía atentamente, en la tienda de su padre, las conversaciones de los clientes. Como los interlocutores no se encontraban con gran frecuencia, tales conversaciones consistían principalmente en la narración de aventuras y sucesos. Más rica se volvía la conversación cuando era el abuelo quien narraba las peripecias de sus tiempos de arriero. Salvador Azuela escribe al respecto: "De niño, lo fascinaban los relatos de su abuelo materno, don José María González, famoso en Lagos como conversador, quien había corrido mundo en calidad de propietario de una recua de mulas, en el ejercicio pintoresco y mexicanísimo de la arriería." [5] Estas conversaciones las completaba el joven Azuela con lecturas a hurtadillas, por ejemplo de *Los tres mosqueteros*. En los tiempos de estudiante en Guadalajara, despertaron sus deseos de dedicarse a la actividad literaria. Al lado de compañeros de Lagos de Moreno, especialmente González León, frecuentaba los cafés literarios de la ciudad, y desde una mesa vecina seguía atentamente las conversaciones de escritores célebres, como José López Portillo y Rojas y Victoriano Salado Álvarez.[6] Leía mucho, con preferencia a los novelistas franceses contemporáneos, como Daudet, los Goncourt y otros. Especial impresión le causó Zola, a quien reverenció durante toda su vida. Las teorías seudocientíficas no dejaban de atraer al estudiante de medicina; pero más aún le impresionaba la combativa integridad, plebeya y humanista, del gran escritor. Si bien durante sus años de estudio tuvo Azuela en Zola el ejemplo del poeta íntegro y combatiente, inseparable del hombre sencillo, la formación de su propia personalidad literaria se desarrolló principalmente en Lagos de Moreno, en el grupo de los *farautes*, y en la contemplación del medio en su patria chica, tan característico de la sociedad mexicana.

Los *farautes* [7] eran uno de los numerosos círculos de poetas que, a fines del porfiriato, se encontraban en muchas ciudades de provincia. El vínculo común de sus miembros era el contraste de su preparación académica con la uniformidad y apatía del medio. Las actividades del grupo, fundado alrededor de 1900 por el decisivo impulso de Antonio Moreno y Oviedo, consistían en reuniones mensuales, en las que los miembros presentaban sus trabajos y los sometían a discusión. El grupo entabló, además, relaciones con otros similares de diferentes estados [8] y siguió el desarrollo literario de la capital, así como de Francia. En 1903, los *farautes* organizaron unos juegos florales, en cuya preparación y realización desempeñó Azuela un papel decisivo. Ocasionalmente se publicaba una revista, *Calendas*. En tres tomos en octavo se publicaron, además, con el título de *Ocios literarios*, otras producciones de los miembros del grupo.

Las primeras obras escritas por Azuela en Guadalajara claramente manifiestan la espontaneidad con que escribía, sin preocuparse mucho por problemas de técnica y estilística. Esto cambió en Lagos de Moreno. De sus cartas trasciende su deseo de sobreponerse al asfixiante influjo de un medio uniforme e inculto mediante el contacto con la literatura, a través de la lectura o la creación artística. En sus semblanzas y narraciones se apartó entonces de lo puramente narrativo y prestó cada vez mayor atención a la creación artística. Sobre la intensidad de su anhelo de no asfixiarse en la uniformidad de la vida provinciana, testimonian también sus frecuentes viajes a la ciudad de México, donde asistía a la ópera o a las exposiciones. En cuanto a la posición de Azuela en el círculo de los *farautes*, es importante notar que, como hijo de una de las relativamente pocas familias de comerciantes que habían logrado incorporarse al desarrollo económico, junto con el poeta amigo suyo José Becerra, hasta cierto punto representaba en el grupo al elemento plebeyo. Así, no es sorprendente que hasta el punto en que Azuela entró en oposición con las circunstancias dominantes, también surgieron contradicciones dentro del grupo de poetas.[9] Pero ello no ocurrió sino a fines del periodo porfirista. Hasta entonces aprovechó Azuela la oportunidad de evolucionar en el círculo de los *farautes*, para ser el escritor llamado a iniciar el desarrollo de la novela moderna en México.

Bosquejos e impresiones

Las primeras obras literarias de Azuela, escritas entre 1889 y 1897, son: *Registro, Páginas íntimas, Impresiones de un estudiante*, publicadas en 1896 en el *Gil Blas Cómico*, y *Esbozo*, publicado en 1897. Junto con éstas hay también una ampliación de una de las *Impresiones*, publicada en 1907 en Lagos de Moreno con el título de *María Luisa*.

El *Registro*, que contiene los primeros esfuerzos literarios de Azuela, es una especie de diario íntimo, de unas cuarenta páginas, diecisiete de las cuales escribió en 1889, es decir, cuando tenía dieciséis años. Cerca de la tercera parte es de

1895 a 1897. El joven estudiante hace un balance de sí mismo y escribe: "En mi registro, las curiosidades se archivan junto a los recuerdos más simples, como que sólo me sirve todo para tener mis ocios forzados, que duran más de lo que deseo." [10] En otra parte continúa: "Lo que comenzó por entretenerme ha llegado a interesarme, y hoy me hace cosquillas la pluma en la mano para escribir cualquier cosa..." [11] Tales expresiones denotan cómo empezó Azuela a reflexionar en sus vivencias y a analizarse a sí mismo en su diario, con interesantes observaciones. Ya en edad avanzada había de confirmar esta actitud suya: "...es una tendencia natural en mí observar y escribir mis observaciones..."[12] A falta de otro tipo de diversiones[13] y para "matar el tiempo",[14] muy frecuentemente había emprendido, con algunos amigos, rondas nocturnas que con bastante regularidad terminaban con la compañía de doncellas galantes. El hecho de que en diecisiete páginas se describa nada menos que a diez de tales damas, así como su modo de vida, muestra el gran interés que el joven Azuela debió sentir por aquellas mujeres y el problema de la prostitución. Con frecuencia se encuentran alusiones a sucedidos, observaciones y descubrimientos.[15] Finalmente, deja Azuela de "registrar" ocasionalmente los casos interesantes, para observar sistemáticamente,[16] y empieza a reflexionar en las causas de esas observaciones: "En todo saltan a mis ojos las observaciones, y nunca me explico satisfactoriamente las causas." [17]

Todo ello demuestra que no se trataba para él de reproducir detalles picantes. Más bien, ante el problema de la prostitución con su efecto inmediato de disolución de la familia, y ante el contraste entre el carácter simpático de muchas mujeres retratadas y lo repugnante de su "profesión", debió de reflexionar en la dialéctica de la vida.

Le interesa la relación de ser y parecer, que inicialmente no atribuye al carácter de la sociedad, sino que es para él un problema de modalidad en las mujeres estudiadas, de quienes espera naturalidad y no simulación en el brillo de un decoro que resulta falso y repulsivo. Así, escribe acerca de la muchacha Domitila: "Quedó encantada conmigo, se sintió honrada con mi preferencia y mi paga, y eso, con naturalidad y sencillez, virtudes que voy prefiriendo a muchas otras, porque cada día me parecen más raras." [18] No comprende inicialmente el destino de esta muchacha como consecuencia de las circunstancias sociales, sino como una tragedia personal, y la compadece: "Por inferior que sea su condición y su inteligencia, miro en ella una ilusión desbaratada y una desesperación..." [19]

Interesante resulta la forma abocetada de la representación de tipos femeninos, que en casi todas las descripciones del aspecto exterior, en la narración de su desenvolvimiento y en breves observaciones sobre su carácter, dan la impresión de ser esbozos para futuras elaboraciones más completas, y delatan agudos dones de observador y característico amor al orden.[20] El *Registro* tiene varias anotaciones de 1890; luego se interrumpe, y en 1895 recomienza con la siguiente observación: "Consignaremos en estas hojas... el hecho y el comentario, resuelto como siempre a delinquir ante mí mismo, no obstante el subsiguiente arrepentimiento y el menosprecio que me dejan poco a poco mis debilidades." [21] Las páginas escritas en 1895 y 1896 tratan de dos mujeres: una que precisamente por su depravación lo fascina y lo mueve a envilecerse una y otra vez, y otra, de quien Azuela se cree enamorado y correspondido, sin merecerla verdaderamente; pero por consideración a su familia y a la sociedad, trata de reprimir sus sentimientos. Es evidente que en sus relaciones con estas dos mujeres esencialmente no contempla ya a su medio, sino que se observa a sí mismo y comprueba cómo en algunos casos, con plena conciencia, puede hundirse en la depravación [22] y cómo en otros la víctima inocente es condenada por la sociedad.[23] El cambio de su punto de vista y la vacilación entre la perversidad y un amor ideal pero imposible, colocan a Azuela existencialmente cerca del modernismo —mitad romántico y mitad decadente— de Gutiérrez Nájera. Pero no quedan huellas de esto en la segunda parte del *Registro*.

El desarraigo que puede notarse a través de los elementos del *Registro*, finaliza con el regreso del autor a Lagos de Moreno. Sin embargo, es importante observar que la evolución personal de Azuela había hecho que ya en Guadalajara su obra tuviera ciertos elementos modernistas. Esto puede decirse especialmente de su concepto de la inspiración poética, cuya fuente consideró siempre que eran el dolor y la nostalgia. Ya en 1890 escribía: "La belleza es un reflejo de tantas aspiraciones sin forma y sin nombre que dormitan en lo íntimo de nuestro ser, y despiertan a una voz, a una mirada o a un recuerdo, entristeciéndonos dulcemente como nostalgias de algo perdido."[24] Esta romántica declaración se acentúa en una nota necrológica de 1898 hasta llegar a un grito de desesperación: "¡Oh titán del dolor! Sucumbiste, mártir del destino, perseguido por tristezas infinitas, agobiada tu alma por el sufrimiento... se han borrado las negras desilusiones, el dolor no existe ya."[25] El dualismo que se observa en el *Registro* entre la tendencia a analizar y representar el medio ambiente de manera objetiva y un enfoque inicial subjetivo, en una dolorosa experiencia, caracterizará gran parte de la obra de Azuela.

Mientras trabajaba en la segunda parte del *Registro*, aparecieron en 1896, en la revista *Gil Blas Cómico*, las *Impresiones de un estudiante*, primera obra publicada de Azuela. Se trata de siete bocetos que representan sucedidos de la vida diaria. Por su contenido satírico recuerdan los *Artículos de costumbres* del español Larra, sin que pueda hablarse de una verdadera influencia. La sátira de las *Impresiones* se dirige principalmente contra la tendencia pequeñoburguesa a tratar de aparentar más de lo que se es,[26] y también contra el clero. Es interesante cómo, en el quinto esbozo,

Azuela analiza la cuestión de la injusticia social. Un ejemplo: un hombre que ha matado a otro, a pesar de las circunstancias atenuantes, es condenado a diez años de prisión, mientras que un asesino "de buena familia" sólo debe purgar cuatro años. (La familia del pobre prisionero cae en la mayor miseria, sin que él pueda ver nunca a su hijo.) Así, la injusticia social es captada con preferencia en el terreno de la moral.

Cabe establecer hasta qué punto las primeras tentativas literarias de Azuela se debieron a modelos extranjeros, ya que repetidas veces se ha afirmado que la lectura de las obras de Zola fue su punto de partida. En el *Registro* se remite Azuela, entre otros, a los siguientes escritores: Pérez Galdós, Arsène Houssaye, Murger y Núñez de Arce.[27] La observación de que un tendero por su vestimenta parecía un rentista o un dandy[28] parece deberse a Flaubert; la palabra "abismo" que una y otra vez aparece en la segunda parte del *Registro* difícilmente podría no deberse a Baudelaire o a Gutiérrez Nájera. Se sabe, por posteriores declaraciones de Azuela, que durante sus tiempos de estudiante leyó a los autores franceses y españoles importantes del siglo XIX, y entre ellos a Hugo, Flaubert, los Goncourt, Zola y Daudet. Pero no se abrió voluntariamente a la influencia de determinados escritores: a esta conclusión se llega al buscar similitudes de contenido o de estilo con los autores que leyó. Cuando Azuela dice de los prisioneros que "el instinto les basta para ver en los de afuera a la sociedad, esa sociedad que los ha arrojado de su seno",[29] ello, así como su descripción del prisionero, recuerda a Víctor Hugo. El influjo de Zola puede percibirse cuando en el *Registro* llama a las prostitutas "máquinas carnales"[30] y de una de ellas dice: "...era material para cortesana; sin corazón, como de estatua sus formas; sin alcanzar otra idea que las primitivas: vivir adornada con los despojos conquistados, triunfar de las rivales despertando en ellas envidia".[31] También la descripción de la cárcel como "monstruo que encierra en su seno millares de hombres" [32] puede atribuirse a sus lecturas de Zola.

El siguiente párrafo, tomado del esbozo séptimo, nos ayuda para hacer una clara evaluación del problema: "Trabajaba en un taller de medias y proveía el sustento de su reducida familia. Un día, el hijo del dueño de la fábrica..., guapo, galante, que le hacía cosquillas en la mano, cuando repartía los diarios, al ponerle el dinero, la miraba tenazmente con sus ojazos: un día, sí, se marchó con él. Una bonita casita, un nidito limpiecito, tibio, le arregló su amante. Allí vivieron felices casi un año. Al principio le tuvo cariño, después le amó, y le amó con locura. Ella recordaba con horror, sus nervios se crispaban, sentía calosfrío, aquellos días que vivieron juntos. Cómo gozaba retorciéndose entre sus brazos, apretándolo convulsivamente contra su cuerpo ardiente; confundiendo su aliento, respirando en los labios de su amado." [33] La primera parte narra objetiva y escuetamente, con verbos y sustantivos concretos, la seducción de la enferma. Esta actitud caracteriza las primeras obras narrativas de Azuela, en general. Es su propio estilo. Hugo y Daudet no hubiesen renunciado a servirse de algunos epítetos sentimentales, en tanto que los Goncourt y Zola por lo menos hubiesen mencionado las reacciones nerviosas de la muchacha.[34] Galdós y Pereda, los novelistas españoles más importantes de la época, indudablemente hubiesen empleado atributos. El segundo párrafo muestra cómo imita Azuela a los autores extranjeros. En algunas partes recuerda ciertas fórmulas, que evidentemente le parecieron ejemplares, y las combina con su propio estilo de narrador, o rompe con éste.

Al joven Azuela hay que representarlo como un agudo observador, que se divertía escribiendo. Su conocimiento de la sociedad no pasa de ciertos modestos principios; su narrativa permite reconocer a un objetivo cronista. En la

153

elección de los temas de sus esbozos se muestra tan ecléctico como en la selección de sus lecturas y en la adopción o imitación de elementos estilísticos que le parecen adecuados.

"María Luisa"

El tema de la primera novela es el siguiente: María Luisa se enamora del frívolo estudiante Pancho. Abandona a su madre y lo sigue a una pequeña vivienda, donde durante breve tiempo viven felices. Pero pronto se cansa Pancho del amor de la joven mujer, que llega a parecerle una carga. Se dedica a buscar nuevas aventuras y la abandona. María Luisa cae en el alcoholismo. Más tarde, denunciada por su propia tía, recibe una citación de la policía. Vive de la prostitución durante tres años, hasta que es enviada a un sanatorio, donde morirá.

Esta historia está basada en un hecho real. Azuela fue testigo un día de la visita del médico a una enferma, que antes fue la amante de uno de sus camaradas. El destino de ella y el lacónico dictamen del profesor: "—Tuberculosis, alcoholismo, y ¡la debacle! neumonía—",[35] despertaron su interés. Poco después escribió un boceto, que luego fue extendiéndose hasta llegar a formar la novela *María Luisa*.[36]

Las numerosas debilidades de la obra harían superfluo un análisis más profundo, a no ser porque muestran los principios literarios e importantes características de la técnica novelística de Azuela. Él mismo ha detallado después cómo escribió la novela. El último capítulo, conciso como una receta médica y fundado en el caso concreto, había sido escrito de antemano. Así, tan sólo faltaba escribir la historia previa. Para ello tomó de la realidad a varias personas y hechos para pasarlos directamente al terreno literario. La persona de María Luisa es una mezcla de la mencionada enferma con la hija de la hospedera de Azuela; y el modelo de Pancho fue un estudiante de tercer año de la preparatoria. Por lo tanto, los personajes principales, el curso general de los acontecimientos y el triste final se inspiraron en modelos concretos. Azuela afirma: "Necesité únicamente de cierta habilidad para afocar con verosimilitud, claridad y precisión, ambiente, escenario y personajes." [37]

La actividad del escritor se limitó, pues, a adaptar lo concreto, los materiales tomados de la realidad. A ello se debe la espontaneidad —por no decir falta de plan— con que fue escrita la novela. Hasta el sexto capítulo se concentra la acción en el desarrollo de las relaciones entre Pancho y María Luisa. En el séptimo, aparece súbitamente la historia de las relaciones entre Jesús y Ester, porque "...el autor... sintió que le faltaba el aliento".[38] Después Ester llama la atención de Pancho y despierta los celos de María Luisa. Azuela ha dicho explícitamente que estos sucesos se le ocurrieron conforme escribía.[39] Muy instructivo resulta un análisis de la construcción de los capítulos. Sin excepción, comienzan con una descripción concreta: una persona, un paisaje o un sucedido cotidiano. Los finales de capítulo se caracterizan generalmente por un resumen del punto culminante de la acción, como por ejemplo, la entrega de María Luisa a Pancho al final del sexto capítulo: "Y cayó hermosa y grande, en plena lucha y con el corazón partido." [40] La técnica de Azuela tiende a la sustitución de un movimiento por algo estático, alegórico. Este hecho resulta muy significativo por dos razones. Muestra que el don de Azuela consiste en describir mediante amplios cuadros o narrar acciones en concisos y objetivos resúmenes. Al mismo tiempo, deja claro que en ambas técnicas está atado a la representación de lo concreto, casi incapacitado para describir procesos de la conciencia. De ello se derivan los principales defectos de su novela. Como el desenvolvimiento y la caída de María Luisa, son ante todo, el desarrollo de una conciencia, con semejante técnica narrativa la novela no alcanza su objetivo. Y para darle un contenido psíquico o provocar en el público una reacción emocional, no le queda al autor más que refugiarse en el ya mencionado símbolo.[41] Esta incapacidad de representar procesos internos también explica por qué los puntos culminantes de la novela son completamente exteriores: la entrega de María Luisa a Pancho al final del sexto capítulo y su detención como prostituta al final del capítulo decimoquinto. De los procesos verdaderamente decisivos en la conciencia de la muchacha no se dice nada. Sobre la separación de la madre, tan sólo esto: "¡'Lárgate de aquí! No te reconozco como hija'. Ahogándose en sollozos, con el corazón transido de dolor, salió entre las maldiciones de su madre y el silencio de estupefacción de sus amigos." [42]

Surge la pregunta: ¿qué influencias actúan aquí? A este respecto, resultan ilustrativas las observaciones sobre los principales personajes. De ella se dice en la novela: "¿Quién era María Luisa? Una de tantas flores abiertas en el estercolero, que se levantan esbeltas, húmedas y perfumadas. . ." [43] "Así como al despertar de sus sentidos no había podido resistir la influencia de su raza degenerada, detenida solamente por artificios de educación, al encontrar en el alcohol el remedio de sus penas una vez dado el primer paso, nada ni nadie sería capaz de contenerla; y empujada por la maldita herencia quedaría hundida para siempre." [44]

Frente a esta actitud determinista, tomada de Zola y de las autoridades médicas del tiempo, durante sus estudios, surge una posición fundamentalmente romántica: "María Luisa está a mi derecha pese a su descenso a pecadora: es mi heroína y yo me empeñé en absolverla y presentarla como un ángel, animado por el precedente de Dumas con *La Dama de las Camelias*, el Abate Prévost con *Manon Lescaut* y no agrego más porque formaría una lista interminable".[45] También se manifiestan los principios de una visión realista. Al comparar a la frívola Ester, ya con inclinaciones de cortesana, con María Luisa: "...a un muchacho de dieciocho años el champaña le caería como una bendición del cielo; mientras que el ajenjo era algo demasiado fuerte para un chico inexperimentado como él".[46] Con esta comparación —como en otros párrafos— penetra en el problema psicológico del destino de María Luisa: que ella —de veinticinco años y preocupada por quedarse soltera— está unida a un estudiante sin la suficiente madurez para corresponder a sus sentimientos, y que por ello la abandona.

Si se comparan estos tres aspectos de la observación de personajes con los esbozos del joven Azuela, se hará manifiesto que, en su intento por pintar el destino de una muchacha en el contexto de una novela que aspira a alcanzar una totalidad, en gran parte ha renunciado a su propia, sobria y realista capacidad de observar, en favor de ciertas técnicas románticas y naturalistas. En *María Luisa* se trata, en esencia, del desplome de la familia pequeñoburguesa. Para ello adopta Azuela tres actitudes que en gran parte se excluyen entre sí. Y el romanticismo domina, a pesar de tratarse de un caso auténtico. De allí se infiere que la influencia del naturalismo no es decisiva en *María Luisa*. El fundamento de la novela de Azuela se encuentra, antes bien, en la reacción sentimental ante determinados hechos.

En la confusión de estilos está por encontrarse aquél que realmente pueda considerarse como el del joven Azuela. El segundo capítulo (vida de María Luisa) y el último (María Luisa en el sanatorio) claramente se destacan, por su concisión, sobre el resto de la obra, bastante insípida desde el punto de vista estilístico. Las características del primer estilo de Azuela son particularmente visibles en el capítulo final, que es una forma bien trabajada de la impresión escrita años antes.

En las *Impresiones* se dice: "El profesor se acerca a ella y la hace sentar. La percute, la ausculta y le hace algunas preguntas. La mujer contesta con voz baja, pero con viva-

157

cidad. —¿Usted toma vino, señora? Ella vacila un momento, luego con movimientos de cabeza responde afirmativamente."[47]

En la novela dice el párrafo correspondiente: "El profesor se acercó a ella y la hizo sentar. Percutió y auscultó detenidamente su pecho y su espalda, completó su interrogatorio con algunas preguntas que ella contestaba con voz débil, pero con vivacidad. —¿Usted toma vino, señora? Un ligero carmín subía a sus pálidos carrillos. Vaciló un instante, pero luego, inclinando la cabeza, respondió afirmativamente."[48]

Ambos párrafos muestran un estilo sobrio, que intenta pintar de manera objetiva y escueta un hecho perceptible. Llama la atención que haya renunciado por completo a un requisito obligatorio de la literatura contemporánea, tanto en su antigua dirección como en la del modernismo: a los calificativos floridos. Los adjetivos de Azuela no tienen otra finalidad que mostrar más concretamente el objeto al describir sus peculiaridades. Su estilo no es retórico, lo que, de acuerdo con las normas de la literatura contemporánea, es tanto como decir que no es literario. No sigue determinados modelos, sino sus propios impulsos literarios.[49] Este estilo corresponde, como veremos más adelante, a la manera de expresarse de numerosos estratos del pueblo mexicano.

La comparación de ambas versiones permite apreciar un avance hacia un mayor poder de concreción y una forma de expresión más fluida. Asimismo, puede observarse el cambio del presente al pretérito y, así, la eliminación del aspecto durativo, que colabora para concretar los hechos. La contradicción artística de la novela *María Luisa* se explica porque el tema, que interesaba a Azuela por razones emocionales, resultó demasiado complicado para las posibilidades narrativas del autor y, como lo muestra la confusión de los diversos enfoques al problema, exigió demasiado de la capacidad y los conocimientos del joven novelista.

NOTAS

[1] Información de Manuel Azuela.

[2] Alberto Valenzuela Rodarte *(Historia de la literatura en México*. México, 1961, p. 437) trata de confundir los hechos cuando asegura: "Él creía... que le bastaba su moral laica y no veía que era casi íntegramente católica; porque ya era una vida estructurada en el cristianismo cuando perdió la fe." Ante esta argumentación debe recordarse que Azuela, quien no era ateo, rechazó los últimos sacramentos y dijo a sus hijos: "Ya vinieron a hacerme sus comedias". Cf. F. Azuela Padilla "Una Vida Ejemplar". En: *Gr*, julio de 1952 (Del Archivo de Azuela). Gran importancia a las relaciones de Azuela con la Iglesia atribuye también Salvador Azuela ("De la vida y pensamiento de Mariano Azuela". En: *Un*, 6/1952).

[3] Luis Alberto Sánchez, con toda razón, llama a Azuela "un provinciano cabal" (Luis Alberto Sánchez, *Escritores representativos de América*. Segunda serie, Tomo 1, Madrid, 1963, p. 189.)

[4] Antonio Magaña-Esquivel, quien habla de la independencia y probidad de Azuela (Antonio Magaña-Esquivel, *La novela de la Revolución*. Tomo 1, México, 1964, p. 82).

[5] Salvador Azuela, "De la Vida y Pensamiento de Mariano Azuela", en: *Un*, junio de 1952.

[6] Cf. de Alba, *Antonio Moreno y Oviedo y la generación de 1903*, p. 148.

[7] Para más detalles, véase *Ibid.*, pp. 167 *ss.*

[8] Los farautes tenían correspondencia regular, entre otros, con López Portillo y Rojas, Othón y López Velarde (Cf. *Ibid.*, p. 171).

[9] Acerca de diferencias de opinión sobre política entre los farautes, véase *Ibid.*, p. 168.

[10] *OC* III, 1205 *s.*

[11] *OC* III, 1210.

[12] J. N. Chávez González, artículo de título desconocido en el Archivo de Azuela.

[13] Cf. *OC* III, 1197.

[14] Cf. *OC* III, 1198 1200 *passim.*

[15] Cf. *OC* III, 1200: "...hubo un momento interesante..."; *OC*

III, 1204: "Ya he notado varias veces..."; *OC* III, 1204: "...otra prueba de mi descubrimiento...".

[16] Así, observa acerca de la continuación de unas relaciones que le eran desagradables: "...la curiosidad artística de lo original se sobrepuso a mis rencores..." *(OC* III, 1203).

[17] Cf. *OC* III, 1204.

[18] Cf. *OC* III, 1211.

[19] Cf. *OC* III, 1201.

[20] A este respecto, también Malagamba Uriarte considera la colección de personajes del *Registro* como un importante preparativo del futuro novelista (Cf. A. Malagamba Uriarte, *La novela de Mariano Azuela*. Tesis de maestro. Universidad Iberoamericana. México, 1955, p. 26).

[21] Cf. *OC* III, 1216.

[22] Cf. *OC* III, 1217, 1223, 1227.

[23] Cf. *OC* III, 1226.

[24] Cf. *OC* III, 1215.

[25] Cf. *OC* III, 25.

[26] Cf. *OC* II, 1016, donde Azuela se refiere muy despectivamente a la "manía de aristocracia".

[27] Cf. *OC* III, 1197, 1212, 1213, 1215.

[28] Cf. *OC* III, 1199.

[29] Cf. *OC* II, 1021. Véase también *OC* II, 1022.

[30] Cf. *OC* III, 1200.

[31] Cf. *OC* III, 1221.

[32] Cf. *OC* II, 1021.

[33] Cf. *OC* II, 1027.

[34] A similares conclusiones llegó José María González de Mendoza, "De la Influencia de Zola en la Novela Mexicana". En: *U*, 7, enero de 1953.

[35] Cf. *OC* III, 1013.

[36] Cf. *OC* III, 1013.

[37] Cf. *OC* III, 1019.

[38] Cf. *OC* III, 1031.

[39] Cf. *OC* III, 1033.

[40] Cf. *OC* II, 730.

[41] Para completar lo anterior, citaremos parte del final del segundo capítulo: "Hasta que llegó el día que no pudo más: la mujer se levantó, impetuosa, irresistible. El sexo estalló, majestad triunfante, irradiando en fulgores de amor y de encanto... Y María Luisa triunfó: era fuerte porque era bella. Y Pancho triunfó: era bello porque era fuerte" *(OC* II, 715). Obsérvese cómo el autor, según

la necesidad, recurre al naturalismo de Zola o al romanticismo de Hugo.

[42] Cf. *OC* II, 730.

[43] Cf. *OC* II, 713.

[44] Cf. *OC* II, 745.

[45] Cf. *OC* III, 1034.

[46] Cf. *OC* II, 750.

[47] Cf. *OC* II, 1026.

[48] Cf. *OC* II, 761.

[49] A esta afirmación atribuye gran importancia Manuel Pedro González (*Trayectoria de la novela en México*, p. 123).

LOS TRABAJOS LITERARIOS ANTES DE ESTALLAR LA REVOLUCIÓN

Ideas filosóficas y literarias

En 1899 Azuela volvió a Lagos y abrió un consultorio.[1] En sus ratos libres se dedicó a la literatura. Las tardes pasadas en la casa de Antonio Moreno y Oviedo constituyeron un esfuerzo por librarse de la opresora monotonía del medio, refugiándose en los dominios de lo estético. Así, el 9 de febrero de 1912 escribirá a Luis González Obregón: "Los ocios de la vida de pueblo mortalmente fastidiosa y monótona obliga [!] al menos bien preparado a gastarlos en actividades hasta de hacer novelas..."[2] .En 1903 organizó y dirigió junto con dos amigos, y a pesar de incontables dificultades, los primeros Juegos Florales en Lagos.[3] Aquí fue premiada con un diploma su narración *De mi tierra*.[4]

Esta actividad, puramente literaria para los *farautes* relacionados con las capas superiores de la localidad —como González León, Moreno y Oviedo— para el plebeyo Azuela motivó un intensivo análisis de los problemas sociales de su tierra, en cuyos resultados se fincaron las características de su arte narrativa. Alrededor de 1910 Azuela define su posición de la siguiente manera: "...entramos en un estado social nuevo, joven, anhelante del progreso y enemigo acérrimo de lo caduco".[5] En otro párrafo encontramos: "...en... este periodo mortífero para todo lo vano, todo lo caduco, para todo lo falso, este periodo... en que el... espíritu de crítica... invade todas las inteligencias..., en esta época en que el reinado de la libertad de pensar adquiere su apogeo..., la mentira debe arrancarse dondequiera que esté".[6]

162

Estas palabras rezuman el racionalismo combativo de Azuela. La crítica de circunstancias que él considera injustas o absurdas es el punto de partida de su obra. Asimismo, tal es la causa de su permanente admiración por Émile Zola, cuyo ejemplo cívico, según su hijo Salvador, ya durante los años de Lagos le había impresionado muy profundamente.[7]

La idea de un progreso hacia la libertad fundamentado en la dialéctica del bien y del mal[8] muestra que la cosmovisión de Azuela era un despertar del racionalismo liberal de la época de la Reforma, que con los lemas de Verdad, Libertad, Justicia y Progreso[9] exigía romper las cadenas semifeudales puestas por el latifundio y la Iglesia al desarrollo de un capitalismo de libre competencia, cuyas bases serían principalmente la producción artesanal y el pequeño comercio. Tras el triunfo de la Revolución encabezada por Juárez, la dictadura de Díaz había impedido llevar adelante sus consecuencias lógicas. Y así surgieron en 1910, en el orden del día, las mismas exigencias por parte de las fuerzas pequeñoburguesas que pugnaban por su desarrollo y de la débil burguesía surgida a consecuencia de la Reforma, y cuyo desarrollo se había impedido de mil maneras.

El odio a toda clase de fanatismo, de represión y corrupción, que según Kercheville fue la principal característica del liberalismo de Azuela,[10] domina el pensamiento de una serie de destacadas personalidades de la Revolución. Debe recordarse aquí a Jesús Silva Herzog, de San Luis Potosí, cuyas observaciones sobre la tolerancia y la corrupción en la maquinaria estatal revolucionaria coinciden absolutamente con la opinión de Azuela.[11] González de Mendoza, quien asimismo compartió la formación de Azuela, enjuicia en lo esencial los teoremas ideológicos del autor, cuando escribe: "Si hubiéramos de reducir a un solo rasgo esquemático las características de las obras de Azuela, sería éste: combatió generosa y gallardamente contra la maldad estulta y contra la injusticia... el combate de la inteligencia contra la estupidez... el de la rectitud contra la iniquidad..."[12]

Los límites del racionalismo revolucionario de Azuela quedan bien claros en sus propios escritos. Ve en los diferentes procesos de explotación la depravación física y moral del hombre, y los critica acerbamente. Pero sus causas más profundas pasan inadvertidas para él. Y aunque en la novela *Los fracasados* considera al presente como una época de trabajo, y con el cese de la explotación del hombre por el hombre exige también la prohibición de toda existencia parasitaria, no logra, sin embargo, pasar de una utopía social, cuando al mismo tiempo ataca a la única fuerza que hubiese podido luchar por tales objetivos: la clase obrera organizada. Escribe Azuela: "...no te creas de sus sociedades de socorros mutuos. Todos son unos bribones al igual del señor gordo... ¿El socialismo?, no le hagas caso, es mentira todo lo que te cuenta, lo que pretende es asaltarte el bolsillo".[13] En consecuencia, para Azuela no hay otro remedio que la Revolución,... "la obra de los insignes apóstoles, que... traen la misión de guiar a la humanidad por el sendero de la verdad y la justicia".[14]

Con ello se aclara también la posición de Azuela dentro del movimiento revolucionario. Porque, aun cuando representa conceptos esencialmente liberales, se diferencia de los revolucionarios burgueses por su posición humanitaria y utópica, orientada contra la explotación del hombre por el hombre. El racionalismo liberal resultó una plataforma capaz de unir ideas opuestas, y al menos provisionalmente, hizo posible un avance común. Como médico, Azuela podía defender la ideología liberal sin tener que apoyar al mismo tiempo las metas económicas de las fuerzas que aspiraban a la forma capitalista de explotación. Por lo tanto, su racionalismo se convierte en la base de una utopía social. Pero para el liberalismo de Azuela, impregnado de humanitarismo, no hay ninguna perspectiva, pues el desarrollo tendría que conducir paulatinamente a la liquidación de la pequeña burguesía, y con ello al desplome de su integridad humana. En tales circunstancias, la exigencia de un orden social que vele por la integridad de la persona, indefectiblemente tenía que conducir al autor a adoptar una posición conservadora.

Todo esto puede vislumbrarse en la narración *Lo que se esfuma,* en la que Azuela describe el destino de dos hijos de artesanos, que pierden su integridad por querer ascender en la escala social. La visión del mundo y de la sociedad que tenía Azuela resulta extremadamente complicada y contradictoria. Su racionalismo, fundamentado en un humanismo pequeñoburgués que no tenía perspectivas históricas de realizarse, puede situarse entre el liberalismo clásico de la burguesía mexicana y las ideas del movimiento revolucionario, especialmente influidas por el anarquismo difundido por el Partido Liberal de los hermanos Flores Magón. Tal posición resulta insostenible, a la larga. En vista del incipiente desarrollo del movimiento obrero y en el marco de la oposición de la burguesía, la pequeña burguesía y las clases obreras y campesinas contra la alianza de las fuerzas clericales y conservadoras con el régimen porfirista, las contradicciones de la actitud de Azuela quedan compensadas por sus apasionados ataques contra un orden social que se había hecho anacrónico. Y como Azuela, pese a sus contradicciones, era revolucionario, su actitud ante la sociedad y su visión del mundo fueron el punto de partida de serios esfuerzos por buscar la verdad en el campo de la literatura, y ayudarla a abrirse paso. En un artículo publicado en 1908 pide verdad y humanidad dentro de una literatura inseparable de la vida: "...sentir ...pensar ...transmitir esas vibraciones que eternizan al hombre, que en un brochazo hacen palpitar la vida... ése es el arte".[15] Sin consideración por personas, polemiza Azuela contra los "señores literatoides",[16] representantes de una seudoliteratura ajena a la

165

vida y sujeta a reglas académicas, quienes creen que "... aprender la gramática es llegar al *sumum* del arte, y las sandeces dejan de serlo si logran decirse en cervantino lenguaje".[17]

El anhelo de crear una verdadera literatura parte de la vivencia del medio provinciano que, en su falta de cultura, representa para los intelectuales una "...travesía por el desierto de la vulgaridad",[18] un "...ostracismo de la vil prosa".[19] El ideal artístico de Azuela está caracterizado por las mismas contradicciones que su visión del mundo; tiene ostensibles rasgos románticos. Como ejemplo, baste la siguiente observación: "No es el artista el que debe bajar hasta el vulgo, es éste el que debe aprender a levantar la frente; educarse a no ser vulgo. Ésa es la dura obligación que deben llenar todos aquellos que por sus cualidades especiales están por encima de las multitudes. Tal debe ser su labor en este empuje universal hacia el perfeccionamiento... No importan los refractarios: en su nulidad de percepción todos se nivelan; lo mismo el más testarudo labriego que el sabio percatado." [20]

Tales declaraciones son básicas para comprender el sentido que Azuela tenía del arte. En una época de progreso general (la cita es de 1908) los mejores cerebros tienen, en su opinión, la tarea de guiar a la sociedad. Éste es para él un deber social, y atribuye al arte un papel activo. En el párrafo citado da a entender que el "vulgo" lo constituyen todos los elementos sociales ligados al statu quo precapitalista y que, tal como los mira desde su posición racionalista, vegetan carentes de espíritu, sin reconocer el signo de los tiempos. Dada la situación de la época, ello significa claramente que Azuela se halla en oposición con el orden imperante, y lo ataca con todas sus fuerzas. La aislada oposición de Azuela no deja de tener consecuencias. El escritor se percata dolorosamente de que no despierta ningún eco. Por ello busca el contacto de "...unos cuantos... que...

entienden",[21] y al mismo tiempo ataca con violencia a una sociedad a la que considera bárbara y vulgar. Así, en el esbozo titulado *Loco*, acerca de un músico mendigo, escribe: "Tuvo una mirada de compasión para la turba de vagos que reían como idiotas... En la tonada confusa y monótona esbozábase un aire de amarga tristeza... Y era su soberbia la del que se eleva y flota sobre las multitudes; y era su alegría la del que vive el ensueño que el ignaro vulgo ni siquiera sospecha: soberbia de artista que encontró la frase, adivinó el color, realizó la idea..."[22]

El aislamiento debido a su oposición y agudizado por su actitud pesimista, lleva a Azuela a la idea, ya consagrada por el romanticismo, de que el pensamiento es hijo del dolor, de la penosa sensación de las contradicciones. Por lo tanto, toda actividad del espíritu, especialmente la creación poética, es inseparable del dolor. Tal idea está explícitamente expresada en el boceto *De Aguas-Fuertes*. Esta contradicción entre las aspiraciones de guía social del artista y un sentimiento trágico de la vida que en México tuvo en muchos aspectos sus precursores en los escritores de la Reforma, como Ignacio Ramírez e Ignacio Manuel Altamirano, es típicamente romántica. Al respecto, debe formularse la pregunta de hasta qué punto ha de verse en la posición romántica de Azuela una simple imitación de modelos extranjeros. Si se recuerdan los escritos de sus tiempos de estudiante y sus ideas políticas, surgidas en Lagos, resulta evidente que estas opiniones se debieron a un complicado análisis de las condiciones sociales de su patria chica, y por lo tanto deben bien poco a influencias literarias. Si se toma en consideración que en sus años de Lagos se robusteció la admiración de Azuela por Zola como representante de la verdad en la literatura, y que principalmente siguió los pasos de la literatura francesa entonces novísima, se refuerza esta opinión. Lo mismo puede decirse de las observaciones de Azuela sobre el desarrollo de una literatura unida a la vida. En una crítica de 1907 afirma: "Ahí no hay más de una alma viril que siente la vida y la hace sentir, y ésta es la esencia del arte, sin teorías ni distingos ni petulancias." [23] Estas observaciones son el fundamento de la exigencia de autenticidad en la literatura, que siempre tuvo Azuela. Por ello considera impracticable el camino del modernismo hacia una renovación de la literatura, que trataba de abrirse en la capital: "Edmundo Castillo se revela... como un gran talento... Juveniles y ardientes son sus concepciones, novedosas sus imágenes, brillante la forma y, para todo esto no ha hecho más que dar un mentís solemne a los que creen agotados los asuntos y recurren a *fioriture* de lenguaje, amaneramiento de forma, que descubre la pobreza de su numen, o a conceptos deformes que revelan el desequilibrio de sus facultades. Nada de artificios hay en esta obra, no hay cascabeles ni oro volador, ni misas negras, ni monstruosidades semejantes." [24] Azuela, hijo de la ambiciosa pequeña burguesía provincial, formula en esta observación la exigencia de la autenticidad y novedad de la literatura, con un rechazo indirecto de aquellas novedades literarias que producen los autores de la capital, como Manuel Gutiérrez Nájera, el Duque Job, que en muchas de sus obras se refugió en un mundo irreal de brillos artificiales.

Al referirse en otra parte a la insuficiencia de la crítica literaria mexicana, Azuela se expresa aún con mayor claridad: "Y todo esto reza con lo de provincia, pues si de la capital se quisiera hablar, habría que volver el rostro, porque aquello sí que huele y no a ámbar. Reteniendo, pues, estos conceptos limitados a provincia, hay que confesar que hubo un esfuerzo muy laudable... Manuel Carpio esbozó la más sana labor de depuración en las letras." [25] Aquí habla Azuela inequívocamente en pro de un movimiento de renovación iniciado en provincias y encaminado a la superación de todo lo impuro, lo accesorio, lo retórico, movimiento que precisamente entonces habían puesto en marcha Enrique González Martínez, en Mocorito; Manuel José Othón, en San Luis Potosí, y que, de hecho, también se había iniciado en Lagos de Moreno. Algunas observaciones de Othón y de González Martínez son análogas a las de Azuela. Así, en 1898 escribía Othón: "...los que van al frente de los poetas DE VERDAD, sanos, inspirados y vigorosos, y que se destacan tanto sobre esta tropa de raquíticos y enfermos que se han bautizado con el nombre de modernistas".[26] Y González Martínez tituló un soneto *Tuércele el cuello*... para criticar la superficialidad de un modernismo epigónico. Escribe: "...contra el modernismo ese, fofo y decorativo, era ese soneto".[27]

El comienzo de un movimiento de renovación literaria en provincias es el punto de partida de la trayectoria de Azuela como escritor. En su análisis de la sociedad durante la dictadura porfirista, así como en el estudio de la literatura francesa contemporánea, tenida como ejemplo, se propone crear una literatura que en su forma y fondo corresponda a la realidad mexicana.

En el círculo de los *farautes* pueden encontrarse diversos autores que se esfuerzan de manera similar. El primer tomo de *Ocios literarios,* aparecido en 1905, muestra el influjo del modernismo sobre Becerra y González León, en tanto que Moreno y Oviedo en *Tarde nublosa* ya logra un mensaje propio. En los tomos segundo y tercero (1907, 1909) se muestran aún más influidos por el modernismo los poemas de González León, y Moreno y Oviedo publica una segunda versión de *Tarde nublosa*. El primer tomo contiene de Azuela, entre otras obras, el esbozo *Nochistongo*.

Las narraciones y esbozos

La cronología de las narraciones y esbozos escritos hasta 1910 resulta de la lista de las obras de Azuela (*Obras com-*

169

pletas, tomo 3). Por su estilo pertenecen a dos grupos diferentes. En el primero se tocan temas sociales de diversa índole. Al principio se encuentran *De mi tierra* y *Pinceladas*, de 1903. Azuela comienza con descripciones en la forma de cuadros, pero muy pronto pasa a breves relatos. Las obras de esta clase están emparentadas con las *Impresiones de un estudiante*, escritas en Guadalajara.

El segundo grupo lo forman las descripciones poéticas de ambientes —como *Nochistongo*, de 1905, primero de este grupo—, que recrean un sentimiento de tristeza y melancolía. Azuela da un toque lírico —como en el poema en prosa de los simbolistas— a su estilo, antes concreto y parco, y hace más profundo el mensaje de su obra.

Sus narraciones tratan los temas siguientes: en *Pinceladas* (1903), la historia religiosa de unas viudas beatas. En *De mi tierra* (1903), el hacendado seduce a la novia de un campesino. En *Víctimas de la opulencia* (1904) se representa a una nodriza que por el hijo del patrón tiene que dejar morir a su propio hijo. *En derrota* (1904): un campesino y un mayordomo codician a la misma muchacha; con brutal violencia triunfa el mayordomo. *Lo que se esfuma* (1907) es la historia de dos hijos de artesanos que desean mejorar su situación; la muchacha, casándose con un anciano, entra en posesión de una fortuna, y su antiguo pretendiente, que le había despreciado por una mujer rica, cuando ella hereda los millones del marido vuelve a su lado. *Avichuelos negros* cuenta la historia de una joven pareja que no se ha casado; al hombre, obrero textil tuberculoso, le queda poco tiempo de vida; mujeres beatas lo separan de la muchacha, y muere abandonado.

La serie de estas seis narraciones muestra claramente un desarrollo. *Pinceladas* aún es un cuadro de costumbres, al estilo de las *Impresiones*. También el ataque a lo antinatural de la adoración de la viuda al joven sacerdote sigue la línea de las obras anteriores: "...el fango de este seudomisticismo en que se revuelcan desventuradas neuróticas y malvadas conscientes",[28] y continúa manifestándose la incapacidad de retratar procesos psíquicos.[29] Lo mismo puede decirse de *De mi tierra*. Se narra aquí cómo una muchacha, novia de un labrador, al estar recogiendo leña es sorprendida por una tormenta y busca refugio en una choza miserable. El hacendado, que también se ha protegido de la tempestad en el mismo lugar, seduce a la doncella. Azuela no hace ninguna crítica. No obstante, en la estructura se rompe la descripción estática y el cuadro de costumbres se desarrolla hasta ser una serie de acciones. *Víctimas de la opulencia* (1904) constituye la primera obra de Azuela que contiene una acerba protesta social: "La visión de la eterna injusticia de la vida. El sacrificio del hijo de la gleba en aras del placer del prócer... por el rico y para el rico la madre será peor que la loba..."[30] Este grito, que tanto recuerda a Zola, ataca a la clase dominante, creadora de la injusticia; pero al mismo tiempo expresa Azuela que no comprende el proceder de la pobre madre, y que en su opinión, al haberse acostumbrado a soportar la injusticia, también es cómplice de la muerte de su hijo.

En derrota es el primer trabajo de Azuela en el cual la descripción meramente objetiva se modifica mediante la integración de su punto de vista en la trama. Juan, el campesino que ama a Camila, quien lo ha preferido al hijo del dministrador de la hacienda contigua, se suicida porque su rival secuestra a su novia la noche de la boda. Juan, cuya principal característica es el "ensimismamiento de los que nacieron tristes"[31] no es, sin embargo, un verdadero peón. A este personaje, opaco y meditabundo, lo coloca el autor en la dura sociedad de los rancheros, para caracterizarla mediante el contraste. Es el primero de una larga serie de personajes positivos e infortunados, con cuya ayuda representa el autor el fracaso de lo bueno y del ideal en un mundo de barbarie. Al introducir un personaje positivo, tiene Azuela

171

la oportunidad de evitar los comentarios de autor, característicos del estilo de Zola.

Las dos narraciones publicadas en 1904 constituyen el paso del cuadro costumbrista a la narración, y contribuyen, de manera decisiva, a la formación de la técnica narrativa de Azuela. Mientras que en *De mi tierra* tan sólo un breve epílogo aporta movimiento y perspectiva a la narración, *Víctimas de la opulencia* está construida de otra manera, desde el principio. De los tres fragmentos, uno muestra la miserable habitación en que yace amortajado el hijo de los pobres, en tanto que el segundo conduce al dormitorio del niño rico. La representación es esencialmente descriptiva, y sólo alcanza mayor tensión mediante unos gritos intercalados en el texto. El tercer cuadro contiene la solución del conflicto mostrado en los dos primeros. En su desesperación, la nodriza pretende asfixiar al hijo de los ricos, pero la sola sonrisa del niño basta para impedírselo.

Un progreso considerable representa *En derrota*. La acción no comienza aquí con descripciones de cosas, sino que presenta al personaje principal. En las cuatro escenas siguientes —diálogo entre Juan y Camila, choque de Juan con el desdeñado pretendiente Basilio, boda y secuestro de la novia, suicidio de Juan— se representa una acción, en sus etapas principales, con lo cual logra el autor causar la impresión de una totalidad que aún falta a *Víctimas de la opulencia*. Con ello ha dado el paso decisivo que separa el cuadro costumbrista de la verdadera narración. Azuela debió de comprenderlo, pues inmediatamente después escribió su primera novela, *Los fracasados*, cuyo manuscrito estaba terminado en 1906. En 1907, con *Lo que se esfuma*, vuelve a los temas de la sociedad urbana. Perico, hijo de un artesano, estudia en la ciudad de México. En las vacaciones vuelve a su casa; no se digna reconocer a sus viejos amigos, y trata de relacionarse con los jóvenes ociosos de las familias ricas, hablando mal de su antigua novia Lupe, hija de un carnicero.

El nuevo novio de ésta, Andrés, le pide explicaciones y más tarde hay una violenta disputa, tras de la cual Perico mata alevosamente a Andrés. La presentación de los principales personajes, Perico y Lupe, y la narración de los hechos aquí presentados, que ocurren en una misma tarde, llenan dos capítulos. Se presenta a los dos protagonistas como personas que tratan de ascender y olvidan de dónde provienen. Para ingresar al medio de los ricos están dispuestos a perder la integridad que les dio su propio medio; es decir, a no ser fieles a sí mismos. Ello lo muestra el siguiente capítulo: Lupe, esposa de un viejo millonario, se aburre. A la muerte de su marido, hereda millones y queda libre de toda cadena. En la última escena, avanzan Perico y Lupe hacia el altar para contraer nupcias. En edad, posición social y depravación diríanse creados el uno para la otra... y la burguesía se ha enriquecido con dos dignos representantes.

Lo que se esfuma tiene importancia en cuanto Azuela toma posición ante el problema de la burguesía. Es obvio que considera de una manera esencialmente moral este problema. Riqueza y envilecimiento son para él las carcaterísticas de la burguesía, y el ingreso a esta clase se logra por caminos que no son el económico. Es interesante que Azuela, por una parte, vea el ideal en la posición del artesano (cuya situación en la vida coincide en mucho con su profesión de médico); pero por otra, desde el punto de vista de los intelectuales, critique las limitaciones necesarias del artesano y le recomiende "no salirse de su lugar". Así, dice sobre Perico: "El barrio pobre y sórdido evocaba, con verdad inconfundible, recuerdos de su real persona",[32] y sobre Lupe, enriquecida gracias a su matrimonio: "Pero de tipo diverso de la aventurera capitalina que derrocha vidas y fortunas y en su vicio alcanza su madurez perfecta, ella, humilde flor de fango, añora el calor de su estiércol y la frescura de su charca. El invernadero la enferma y está

173

pálida y está mustia." [33] Aquí se colocan las cosas de cabeza, pues el resto de una salud mental, que salva a Lupe de una completa depravación, le parece al intelectual algo bajo, y lo critica de una manera que denigra la condición artesana, a la que tanto elogia en el resto de la obra.

Acerca de la composición de *Lo que se esfuma* hay que decir que, al representar las decisivas etapas de desarrollo mediante situaciones características, Azuela evade la necesidad de presentar procesos psíquicos, y se salva así de repetir las insuficiencias artísticas que fueron características en *María Luisa*, y presentar una crítica social más auténtica.

En 1909 apareció la última narración de Lagos: *Avichuelos negros*. Esta narración se diferencia de anteriores ataques a la mojigatería en que enfoca el problema en un marco más amplio, colocando la "salvación del alma" en contraposición con el deber de ayudar a los enfermos, y describiendo la grave enfermedad del joven como resultado de una vergonzosa explotación en una hilandería. Así, el ataque de Azuela tiene ahora un fondo más auténtico y un significado social más directo.

Una ojeada a las narraciones de Lagos demuestra que todas están fundamentadas en un compromiso humanista que, *En derrota* y en *Lo que se esfuma*, combate lo inhumano o perverso de las circunstancias sociales en general. En *De mi tierra*, en *Víctimas de la opulencia* y en *Avichuelos negros* se combina este ataque con la crítica a la explotación del hombre por el hombre. Así, todas estas narraciones constituyen una consciente crítica social. En relación con ello hay que examinar también el desarrollo formal. El paso de la narración costumbrista a la crítica obliga a hacer una delimitación consciente. La comparación entre *Pinceladas*, meramente anticlerical y racionalista, y *Avichuelos negros*, con su trasfondo humanista, manifiesta este desarrollo hacia la comprensión y representación de una totalidad narrativa. También pone de relieve cómo Azuela, que ya está convirtiéndose en un revolucionario, deja de ser un diletante narrador de costumbres para ser un auténtico escritor. El desarrollo de la narrativa de Azuela hasta sus primeras novelas es, ante todo, el resultado de un nuevo enfoque ideológico.

Al lado de las narraciones de Lagos se encuentran las descripciones poéticas de ambiente. Azuela escribió la primera en 1905, con el título de *Nochistongo*.[34] Describe cómo va en un tren a través de la planicie, contemplando el paisaje mexicano: "La gasa tenue de la llovizna envuelve en tonos apagados una tarde perfumada de tristeza... ¡Se siente la honda tristeza de la vida!"[35] En la segunda parte narra cómo avanza el tren entre las montañas sobre escarpados precipicios y cómo un derrumbe está a punto de causar una catástrofe. La última frase es la siguiente: "La muerte pasa en un estremecimiento helado."[36] En 1907 aparece la segunda de estas descripciones, *Loco*, retrato de un mendigo músico, ante quien los mirones ríen estúpidamente. Otras descripciones poéticas de ambiente aparecieron en 1908; entre ellas *Brochazos, De paso* y *Del arroyo. Brochazos*, cuya frase inicial es "La fecunda madre está cansada, la madre tierra duerme",[37] pinta la profunda paz del atardecer.

De paso cuenta cómo el narrador, durante una parada del tren, observa a la triste y ensimismada telegrafista y se pregunta: "En qué pensará esa muchacha blonda que parece soñar en cosas idas?... Si yo pudiera saber por qué está triste esa niña blonda. Yo quisiera saberlo, meterme dentro de su corazón, sacar secretos bien ocultos, escudriñarlo todo, saberlo todo."[38]

Finalmente, en *Del arroyo* vuelve a pintar el ambiente del mediodía, pero esta vez en la ciudad. Presenta a un mendigo, encarnación de la tragedia del aislamiento y del odio de la sociedad que lo rodea: "...unos ojos desparramados de vidente, de alucinado, de loco. En aquel brillo de vidrio se descubrió la fiera alegría del megalómano, la alegría inmensamente soberbia del que se siente como un punto perdido en el espacio, pero un punto que es nada y es todo, un punto donde puede caber el odio infinito para todo lo infinito que está arriba, y el desprecio infinito para todo lo infinito que está abajo".[39] Este *pelado* es una figura típica no sólo de México, sino de todos los otros países latinoamericanos. Azuela es de los primeros en hacerlo portavoz de una acerba crítica social.

Las descripciones poéticas ambientales de Azuela recuerdan, por su técnica narrativa, a una serie de posibles modelos: en primer lugar, la lírica de Baudelaire y del Parnaso; el tono de *Loco,* escrito en 1907, no es diferente al del *Albatros* de Baudelaire; *Nochistongo* y otras descripciones de paisajes recuerdan la lírica de Leconte de Lisle. En lo formal, los retratos de ambiente de Azuela inevitablemente recuerdan los poemas en prosa posrománticos creados por Baudelaire. Otros puntos de apoyo serían los llamados por Verlaine *poètes maudits,* quienes, al margen de la sociedad, gustan de criticar la burguesía por boca del *déclassé.* Además, debe pensarse en algunos poetas modernistas, que en la expresión de sus sentimientos elevaron a una categoría estética el paisaje natural y urbano de la provincia mexicana, como Othón y Díaz Mirón.

Sin la menor duda, Azuela conocía a todos estos posibles modelos. La variedad de las posibilidades de orientación y el mexicanismo de sus obras demuestran, sin embargo, que simplemente pudo tratarse de estímulos, desarrollados por él independientemente, sobre la base de sus tendencias personales. Tanto más es esto, cuanto que al mismo tiempo, también González León, en el círculo de los *farautes,* trataba los mismos problemas y elevaba a las provincias a una categoría estética, hasta tal grado que posiblemente llegó a ser punto de partida de las obras poéticas de Ramón López Velarde.

Sobre las críticas formuladas por Azuela y la búsqueda de la naturaleza de las cosas, emprendida y expresada en *De paso,* debe decirse que en sus descripciones de ambiente, creó algo nuevo. Ello merece atención. De su ya mencionado aislamiento Azuela toma la sensación de melancolía y tristeza y le da forma, en la descripción del paisaje mexicano y en el tipo del *pelado.* Por ello, sus estampas son mexicanas en la más íntima esencia. La vivencia directa del medio está en contacto con su amor por lo auténtico y su propensión a describir seres y hechos concretos mediante la utilización de impresiones ópticas no le dejaba otro camino que el de simbolizar sus sensaciones en el marco de ese ambiente. Al lado del mexicanismo interno de nuevo cuño se halla, como logro formal, la sencillez del habla. Ésta da mayor profundidad emocional al estilo sobrio y objetivo de Azuela quien, desde sus principios, renuncia a los florilegios retóricos del romanticismo y las variantes cosmopolitas de los modernistas, y abre así las puertas a un mejor desarrollo de la literatura mexicana. Así, en el campo de la prosa, logra Azuela algo similar a lo que González Martínez, de ascendencia y evolución similares a las suyas, logró en el campo de la poesía lírica.

Si se analiza el desarrollo de las primeras obras de Azuela, puede observarse que su realización decisiva —elevar la realidad mexicana a una nueva categoría estética— se inicia con la narración *En derrota* de 1904. La sigue una serie de cuadros y descripciones poéticas a las que se unen, a partir de 1906, las novelas, hasta que en 1910 la Revolución da a la obra de Azuela una nueva orientación.

Antes de tratar las primeras novelas, debe analizarse el nuevo estilo de Azuela, tomando como ejemplo *En derrota.* La descripción sigue siendo su rasgo principal. Sus características se revelan en la siguiente representación de Juan y Camila: "Como en vivos toques de acuarela, en el fondo de un verde cálido se destacaba la recia silueta blanca de

Juan y la roja y graciosa de Camila. Aquél cogido de la rama de un mezquite, mostrando sus combos músculos bajo su piel quemada por el sol; ella con el cántaro al hombro, enarcando el busto; una redonda cadera echada hacia un lado en esfuerzo de equilibrio, mostraba sus formas gráciles." [40] Este cuadro se caracteriza por su sencillez: las malezas, los árboles y las dos personas lo ocupan por entero. Después puede percibirse que toda descripción se basa en percepciones ópticas: una plenitud de luz, fuertes colores contrastantes entre sí y sencillos contornos que resaltan unos contra otros. Con estos medios orientados hacia la sencillez, prescindiendo de complicaciones en cuanto a mezclas de colores, matices y luces en los contornos, el autor da la impresión de plasticidad y vida. El arte de Azuela, influido en parte por el impresionismo, está ligado a objetos de una sencillez que linda con lo elemental.

El valor expresivo de la descripción depende principalmente de su contenido. Un análisis detallado revelará que las más logradas de Azuela representan sucesos o situaciones comunes que siempre se repiten en la misma forma. Pero, en su carácter cotidiano, al mismo tiempo son universales y típicas, y por su tema mismo contienen un determinado mensaje o una emoción. Así, la técnica de Azuela resulta un costumbrismo desarrollado, y profundamente arraigado en la tradicional narrativa mexicana.

Pero no sólo es capaz de describir con prolijidad: también narra escuetamente situaciones y especialmente movimientos: "...los enviados de Basilio salieron de la casa de Camila con mucho ruido de sables, tintinear de espuelas, ...y piafar de potros". [41] La escena se desarrolla de noche, y así todos esos hechos inquietantes y simultáneos reciben una densidad emocional, presagio de algo ominoso. En la narrativa de Azuela es esencial que su contenido emocional brote directamente del objeto o del ambiente. Esta técnica —que convierte el cuadro de costumbres en símbolo de un proceso mental o revelador de un ambiente, para integrarlo como elemento constitutivo en la trama— es típica de muchas novelas de Azuela.

El mayor problema descriptivo de esta técnica predominantemente costumbrista es el paso de la presentación de situaciones a la acción. Para este efecto, Azuela emplea una técnica que puede analizarse en la escena del rapto de *En derrota*, iniciada con la presentación concreta de la danza el día de la boda. Sigue una descripción del sitio de la danza. Lo concreto va siendo tan sólo insinuado, y así van encauzándose los pensamientos del lector en la dirección indicada por el novelista. Lo impreciso, dulcemente melancólico, es interrumpido brutalmente por la acción. En rápida sucesión se acumulan las impresiones, repetidas mediante verbos perfectivos; se logra el efecto de un gran tumulto y finalmente, cuando todo ha vuelto a la calma, alguien dice que Camila ha sido secuestrada.[42] Se coloca al lector en la situación de uno de los espectadores: percibe en la lectura aquello que contemplaría si desde escasa distancia hubiese estado mirando los festejos nupciales. Una técnica narrativa extremadamente concreta —casi fotográfica— dirigida tan sólo a la percepción objetiva mediante su unión con intensas emociones, se desarrolla hasta ser una auténtica e impresionante descripción literaria. La objetividad de los cuadros se salva de llegar al naturalismo, y crea un realismo *sui generis* que podría llamarse objetivo en cuanto a técnica, pero que, por su contenido en la mayoría de los casos, puede considerarse como crítico. Hay que hacer hincapié en esta variedad del modernismo, surgida en las condiciones de las provincias, y su importancia en el desarrollo artístico de Azuela. Hasta ahora nadie ha analizado este problema; por ello, su creación fue considerada y frecuentemente criticada como naturalismo epigónico o como mero periodismo literario.

Cerraremos este capítulo indicando ciertos elementos de

romanticismo y modernismo en las primeras obras de Mariano Azuela, escritas en Lagos. Como característica romántica, es de especial importancia la idea de la contradicción entre lo natural y lo antinatural. Se encuentra, por ejemplo, en *Lo que se esfuma* y en *Avichuelos negros*. Esta antinomia alcanza una importancia simbólica en *Aires Cuaresmales*, retrato de la atmósfera de un domingo por la mañana. Todo es radiante, hermoso y lleno de vida: la muchacha, el sol, el viento. En resumen, la vida misma. Pero al margen se halla un par de repugnantes viejos lascivos y dos cínicos ebrios, cuyas repulsivas observaciones, sin embargo, no logran empañar la vida triunfante. En cuanto a la influencia del modernismo, junto con la tendencia a detallar una actitud melancólica, debe mencionarse especialmente la inclinación por representar la atmósfera del mediodía. Un paisaje inundado de sol sugiere a Díaz Mirón una dureza implacable y al español Villaespesa, un monótono yermo; Azuela, en cambio dice: "...al mediodía tu hermosura tiene aires de solemnidad de reina...",[43] e invierte así la frase común ligada a este motivo, acuñada por los decadentes.[44] Precisamente esta mezcla de las diversas influencias del romanticismo, del naturalismo, del simbolismo y del modernismo hace destacar el valor propio de la obra de Azuela y muestra lo falso que sería exagerar la importancia en la literatura hispanoamericana de las influencias o la resonancia de la tradición española, con menosprecio por los efectos del impulso surgido de la propia situación social.

Las primeras novelas

Las tres novelas de Azuela anteriores a la Revolución son: *Los fracasados*, escrita en 1906 y publicada en 1908, *Mala yerba*, 1909 y *Sin amor*, escrita en 1910 [45] y publicada en 1912. *Los fracasados* y *Sin amor* son producto de un análisis de la sociedad de Lagos [46] y representan, por una parte el fracaso del idealista en un medio dominado por intereses mezquinos,[47] y por otra, lo que deben pasar quienes se adaptan a tal medio. En *Mala yerba* trata del contraste entre latifundistas y campesinos en un caso de asesinato.

Mientras que el propio Azuela toma partido cuando representa las condiciones de la burguesía, al representar las condiciones agrarias semifeudales es casi un imparcial espectador, y ello le permite lograr una representación más realista que en las otras novelas. En *Mala yerba* intenta —sobre las bases de la teoría naturalista de los casos clínicos—[48] hacer una representación científicamente basada, en tanto que presenta las otras novelas según su teoría de la personalidad.

En las tres obras se encuentra una tensión entre el tema y las opiniones del autor, lo que influye grandemente en el contenido artístico. Como Azuela va logrando un conocimiento cada vez mayor del funcionamiento de la sociedad, en esas novelas se nota un continuo cambio de proporciones entre la interpretación falsificada por estar fundada en una teoría inadecuada, y la representación adecuada, cuya base es el conocimiento directo de la realidad. Un resultado de su progreso cognoscitivo lo fue ya el paso de las narraciones y esbozos, a la novela. Mientras sus narraciones sólo representaban un aspecto parcial del tema, en las novelas, en cambio, logra penetrar mucho más dentro de la esencia de los fenómenos. Él mismo escribe: "Pude vislumbrar aquella sociedad a primera vista tan carente de sentido e informe, como una construcción sólida, lógica y hasta armoniosa." [49]

"Los fracasados"

Azuela conoció mejor la urdimbre de la sociedad provinciana mediante una crisis desatada por un fanático sacerdote de Lagos, en la que participaron todos los estratos sociales y especialmente intervino la burguesía. Es característico en la sed de Azuela por conocer las relaciones internas de los hechos, el que este sucedido lo moviera a escribir *Los fracasados*. Expresa al respecto: "Mi propósito fue concretar un aspecto, un momento de la vida de una población de 12 000 habitantes, aprovechando un suceso excepcionalmente favorable de crisis social. Los choques ideológicos, especialmente políticos y religiosos, quitan muchas caretas y desnudan las almas." [50]

Un sacerdote fanático, apellidado Cabeza de Vaca [51] (en la novela Cabezudo), había excitado a la población de Lagos de Moreno hasta tal punto que ésta organizó una gran procesión, la que despertó enorme inquietud, pues la Constitución de 1857 prohibe todo acto de culto fuera de la iglesia. La burla a la Constitución provocada por Cabeza de Vaca y el eco que encontró en el estado de Jalisco movieron a la oligarquía local a tomar parte. Para que no intervinieran las autoridades, hicieron encarcelar al sacerdote y abiertamente condenaron su conducta. Pero, para no entrar en pugna con la Iglesia, los mismos "liberales" declararon por escrito su arrepentimiento y compraron el perdón del clero mediante "piadosas" donaciones. Este suceso mostró claramente a Azuela el carácter de la "gente fina" de Lagos.

Su indignación fue tal que decidió dar forma literaria al hecho. Pero en lugar de considerar a Cabeza de Vaca como un agitador de las fuerzas conservadoras y clericales que había llegado demasiado lejos y al que éstas provisionalmente tenían que volver la espalda, Azuela lo ve como un "soñador... en la dicha humana... uno de esos raros que ponen su vida al servicio de una causa",[52] y lo muestra en irreconciliable pugna con un medio dominado por intereses egoístas. Como por otra parte no desea justificar a la Iglesia católica, su idea provoca consecuencias desastrosas para la composición de la novela. Azuela se ve obligado a suavizar su juicio sobre el idealismo de Cabezudo, al que llama anacrónico,[53] y en consecuencia lo coloca al lado del nuevo tipo de idealista liberal, el licenciado Reséndez, que es un creyente en la ciencia. Para alcanzar su meta, hace que también Reséndez fracase en ese medio; esto lo obliga a extender la trama hasta el círculo de las familias pudientes, a las que caracteriza en contraste con Reséndez. A esta situación da origen el amor de Reséndez y Consuelo, hija del padre Martínez y una actriz que ha crecido con la familia Amezcua. El padre Martínez, a su vez, es el representante de toda una galería de clérigos que tienen los rasgos de Cabezudo. Así, la trama y composición de *Los fracasados* contienen tantos elementos no adecuados a la realidad, que el realismo de la novela resulta sumamente perjudicado.

"Sin amor"

Diferente es el caso de *Sin amor*. En esta novela se expone la tesis de que un matrimonio por interés debe conducir a la pérdida sustancial de la propia personalidad.

La trama tiene una relevancia social mucho mayor que la de *Los fracasados*, pues la protagonista es hija de una nueva rica de extracción pequeñoburguesa. Todos los anhelos de esta mujer consisten en relacionarse socialmente con las familias ricas del lugar y casar a su hija con el millonario Ramón Torralba. Ana María se opone durante largo tiempo a esos planes, porque nota la diferencia social de ambas familias. Pero finalmente comprende hasta qué punto ha llegado a depender Torralba de ella y por interés se casa con el latifundista. Al cabo de cuatro años, tanto su figura, como su comportamiento y sus opiniones concuerdan por completo con los de este nuevo medio. La primera parte de la novela termina con la participación del compromiso matrimonial y representa principalmente una trama urdida con claros motivos sociales. Ramón ama apasionadamente a Ana María, aunque le deja sentir la diferencia social de sus familias. Ana María está representada como una muchacha natural, viva y graciosa, que por puro sentido común rechaza a Ramón y entra así en conflicto con su propia madre. Aparte de la intención de profundizar en las circunstancias sociales, esta descripción indudablemente tiene por objeto evidenciar el diametral contraste de Ana María en la primera y en la segunda parte. El claro desarrollo de esta idea demuestra que las facultades de Azuela han madurado desde la concepción de *Los fracasados*. No obstante, como Azuela muestra poco interés por la descripción de procesos psicológicos, no resulta muy creíble que Ana María se case con Ramón Torralba por simple interés. Pese a una bien concebida construcción, tampoco triunfa Azuela en la representación del descenso moral de esta hija de un comerciante en maderas que ascendió a millonaria. En contraste con la primera parte, la segunda resulta aburrida. El propio Azuela habría de observar después que la técnica narrativa de *Sin amor* no está muy acorde con la vida, y por ello no volvió a publicar esta novela.[54]

"Mala yerba"

La más lograda de las tres novelas prerrevolucionarias es *Mala yerba*. La motivó un suceso real: "El caso era de fechorías de un hacendado celoso de su caballerango al que asesinó, rematando la hazaña con la joven y bella esposa, causante inocente de la tragedia." [55] Como en *Los fracasados*, el hecho real es presentado al final de la novela casi literalmente: la obra del escritor consiste en profundizar en el medio y componer una trama cuya solución es el caso concreto. En comparación con *Los fracasados*, todas las condiciones del caso resultan mucho más favorables para el buen resultado de la obra. El conflicto especialmente es tan claro que no permite grietas. La trama se refiere al hacendado Julián Andrade,[56] quien corteja a Marcela, hija de campesinos, y la hace su amante. Por celos mata a su rival, un pastor; pero queda impune porque Marcela ante el tribunal no declara contra él. Sin embargo, ella lo abandona. El caballerango Gertrudis se enamora de Marcela, que no corresponde a su amor. Ella se va a la ciudad más cercana, donde pronto es la amante de un ingeniero norteamericano. Allí vuelven a encontrarse Gertrudis y Marcela, y viven juntos durante un tiempo. Julián, celoso de Gertrudis, con promesas lo atrae de nuevo a la hacienda, donde lo asesina. A continuación busca a Marcela, quien, al enterarse del crimen, intenta vengarse; pero sufre un desvanecimiento y Andrade la asesina. Las autoridades cierran la investigación por "falta de pruebas".

Lo típico del caso representado no significa que Azuela haya comprendido claramente la problemática de las condiciones del campo. Antes bien, puede observarse que en *Mala yerba* se cruzan tres conceptos. Azuela no ve la relación entre hacendado y campesinos como de mera explotación, sino como una condición de dependencia basada física y moralmente en la violencia, de lo que como en *Víctimas de la opulencia* hace responsables a ambas partes. Cuando la hija del campesino permite que abusen de ella, para Azuela ello es consecuencia de una depravación racial basada en una sumisión secular.[57] Sin embargo, la realidad se manifiesta brutalmente al autor. En uno de los capítulos menos importantes para la trama en general dice Marcela a las vecinas que ante el jurado no acusó a Julián Andrade por consideración a la familia.[58] En otra parte explica Marcela a Gertrudis por qué se ha entregado a Andrade: "Ya tú sabes que quien manda, manda",[59] y después del proceso rechaza a Julián diciendo: "¿Quién habría de querer a ese desgraciao que no tuvo valor siquiera pa matar por delante al difunto?"[60] Finalmente expone Azuela una tercera interpretación: "La mujer ardiente que provoca conflictos porque en ellos se recrea",[61] "un ejemplar de hembra que acumulaba todas las voluptuosidades del sexo y hacía estremecer la sala entera de lujuria".[62] Este párrafo, con sus tintes naturalistas, concuerda con la interpretación pequeñoburguesa de la mujer como perversa seductora que da al traste con una vida ordenada. No obstante, toda la narración está encaminada a hacer una crítica realista de la vida en las haciendas.

En *Mala yerba* puede apreciarse también la técnica narrativa de las novelas prerrevolucionarias. Con excepción de *Sin amor*, están basadas en un hecho concreto, cuyo proceso quiere narrar Azuela. Con ello se presenta un problema de creación, pues los hechos originarios son material para narraciones, en tanto que la novela aspira a representar una totalidad social o por lo menos una más rica serie de circunstancias. En *Mala yerba* puede apreciarse claramente cómo Azuela, extendiendo la estructura, logra estirar una narración hasta constituir una novela. La obra consta de veintiséis capítulos, breves en general. En cuatro cortos capítulos episódicos se narra la historia del primer asesinato y del inútil proceso. Esta introducción podría constituir por sí misma un cuento. A continuación, viene la trama propiamente dicha. En dos ocasiones consecutivas rechaza Marcela a Julián. Se ensancha inmediatamente el campo de visión de la obra, y el ritmo se hace más lento. En algunos capítulos —como el que contiene conversaciones de los campesinos sobre la cosecha y la planeada represa (capítulo VII) o el referido a una visita de la tía Ponciana a Julián (capítulo XI)— casi llega a estancarse. Descripciones y asuntos marginales frenan el avance de la obra.[63] La introducción de nuevos escenarios y la descripción de nuevos aspectos de la vida campesina sirven para colocar la trama en un marco más extenso. Los otros asuntos retardatarios dan va-

186

riedad a la acción e insinúan la totalidad de la vida. Así, entra en relaciones Marcela con un ingeniero norteamericano que se la lleva a la ciudad vecina; Gertrudis conoce a Mariana y está a punto de casarse con ella; la joven campesina Anselma es entregada por su madre a Julián. Un análisis del tratamiento de la trama mostrará que, al ensanchar Azuela el campo de visión y por medio de hechos retardatarios, quiso alcanzar un paralelismo entre la parte de los amos y la de los campesinos. La trama incluye las siguientes partes, cada una de las cuales, por lo general, comprende cuatro capítulos:

Capítulos 1-4: introducción al conflicto.

Capítulos 5-8: rechazo de Julián, acercamiento a Gertrudis.

Capítulos 9-12: ensanchamiento del panorama con la presentación de los parientes de Julián y de los habitantes del pueblo; el americano se lleva a Marcela.

Capítulos 13-16: elementos retardatarios; relaciones de Gertrudis con Mariana y de Julián con Anselma.

Capítulos 17-20: gran carrera de caballos; Gertrudis encuentra a Marcela en la ciudad; Julián planea su venganza.

Capítulos 21-24: ejecución de la venganza.

Capítulos 25-26: consecuencias de la venganza, asesinato de Marcela.

Esta disposición muestra que Azuela conscientemente profundizó en las partes referidas a una totalidad social y que con el tema del relato llegó a constituir una novela.

Mala yerba frecuentemente es considerada como precursora directa de la novela de la Revolución o como su "pionera" literaria. Sin embargo, ya en 1952 dijo Salvador Azuela que en vísperas de la Revolución toda una serie de escritores se habían vuelto hacia la vida de la provincia.[64] Y J. S. Brushwood, después de una minuciosa investigación, llegó en 1957 a este resultado: "En realidad ni desde el punto de vista de la ideología ni desde el punto del desarrollo novelístico hay en *Los fracasados* ni en *Mala yerba* algo que no pueda encontrarse igualmente en otras obras de la época de Díaz... las primeras novelas de Azuela no fueron clamores en el desierto." [65] Así, las novelas que Azuela escribió en Lagos, de acuerdo con su mensaje se entroncan con una más amplia tradición liberal oposicionista. Además, no es posible probar que por aquellos días estuviese Azuela convencido de la necesidad de una Revolución social.

La técnica narrativa

También las otras dos novelas pretenden hacer un retrato determinado, e intentan seguir una composición consciente. Sin embargo, en *Los fracasados* es ésta demasiado compleja. Y en *Sin amor*, por la descripción de dos situaciones diametralmente opuestas en la primera y la segunda parte de la novela, y ante dos parejas fundamentalmente distintas, el lector se encuentra ante una contradicción, cuya solución debe buscar siguiendo las sugestiones del novelista.

Esta participación del lector, lograda al dar un carácter simbólico a los hechos concretos, diferencia a las novelas de Azuela de toda la literatura realista-naturalista de su época. En esto, la técnica de Azuela es mucho más moderna que la de sus contemporáneos. Con su técnica narrativa, al poner de manifiesto el simbolismo, parece tratar de dar un contenido emocional a sus obras y evitar, al mismo tiempo, la descripción de procesos mentales, para la cual no está capacitado. De ello son prueba las tres novelas. Así, en *Los fracasados*, un engaño del juez —que a Azuela le parece sumamente astuto y en realidad resulta bastante burdo— hace que Reséndez cometa un error que habrá de costarle el puesto.

El interrogatorio de *Mala yerba* también es poco hábil, aunque Azuela explícitamente diga lo contrario. Las escenas de amor entre Reséndez y Consuelo son de las menos felices de *Los fracasados*.

Surge la pregunta: ¿por qué es *Mala yerba* la mejor lograda de las tres novelas prerrevolucionarias? Hay que buscar la respuesta en tres direcciones diferentes. En primer lugar, el tema escogido es tan unívoco que exige una representación fiel a la realidad. En segundo lugar, como lo afirma el propio Azuela, retrata lo natural y genuino. (En el campo aún no se han separado la realidad y las apariencias; así, el autor se libra de la dificultad de representar esta contradicción tan característica de la vida provinciana, que exige la descripción de procesos mentales. La realidad campesina, por el escaso desarrollo de sus figuras, le resulta a Azuela más fácil de retratar. Esto se hace obvio en la transposición del costumbrismo al mundo de la clase superior urbana.) Escenas de salón, paseos por el parque y cuadros similares, que por su naturaleza se prestan a la narración costumbrista, desempeñan un importante papel en *Los fracasados* y en *Sin amor*.

Sin embargo, sólo son apariciones, no esencia. Ésta es, asimismo, la tercera razón por la cual las dos novelas de tema urbano tienen menor fuerza de expresión. En ellas, Azuela se había consagrado a temas que no podía captar por entero ni representar con los medios a su disposición. En consecuencia, la superioridad literaria de *Mala yerba* se debe, esencialmente, a una armonía de tema, conocimientos y recursos literarios.

En resumen, sobre las novelas prerrevolucionarias puede decirse que el paso a la novela —aunque imperfecto— y las diferencias que pueden observarse entre ellas, permiten reconocer una creciente comprensión de las relaciones sociales, así como una mayor potencia literaria. La manifiesta diferencia de calidad entre la representación de la vida en el campo y en la ciudad se explica parcialmente por el hecho de carecer Azuela de nexos con los dos estratos dominantes de la sociedad campesina. Asimismo, las contradicciones de la indiferenciada sociedad del campo resultaban más fáciles de percibir que las de la ciudad. Por ello, también el método literario de Azuela, su técnica narrativa y su estructuración corresponden, precisamente, a esta realidad poco desarrollada.

NOTAS

[1] Los ingresos del consultorio y de algunas propiedades eran escasos, por lo que Azuela trabajó en un sanatorio y como médico municipal, y después al servicio de una compañía de seguros (Cf. Dewey Roscoe Jones. *El doctor Mariano Azuela*, Tesis de maestro. Escuela de Verano. México, 1960, pp. 29 s.).

[2] Según Rafael Heliodoro Valle, "Mi Archivo Maravilloso". En: *Ex*, 4 de mayo de 1956, p. 6. Cf. También Robert E. Luckey, "Mariano Azuela 1873-1952". En: *BA*, año 27, 1953, pp. 368-370.

[3] Cf. "Juegos Florales en Lagos". En: *SLI*, 6 de julio de 1903, p. 306.

[4] Cf. *OC* II, 1033 *ss*.

[5] Mariano Azuela, "Breves consideraciones sobre Iturbide". En: *OC* III, 1281.

[6] Mariano Azuela, "Página suelta". En: *OC* III, 1279. Ante esta inequívoca declaración, debe considerarse relativa la afirmación de Magaña-Esquivel, según la cual las primeras novelas de Azuela se debieron al aburrimiento y no a "prejuicios anti-porfirianos" (Cf. Magaña-Esquivel, *La novela de la Revolución*, p. 93) Mariano Azuela se muestra, antes bien, como un heredero del liberalismo mexicano, de cuyo suelo brotó la oposición burguesa que, dirigida por Francisco Indalecio Madero, combatió al dictador.

[7] Cf. Salvador Azuela a propósito de Emilio Zola, en: *La Prensa de San Antonio*, Tejas, 8 de diciembre de 1952. Según Magaña-Esquivel *(La novela de la Revolución*, p. 92), se aprecia en las primeras novelas de Azuela, una influencia de Balzac, pero sobre ello no hay mucho que decir. Ni en la composición ni en lo relativo a sus conceptos puede comprobarse una dependencia de Balzac.

[8] Cf. *OC* III, 1282: "Es una ley del Progreso el ritmo... y para que haya ritmo se necesitan fuerzas opuestas. La sociedad tiene necesidad de los hombres buenos y de los malos."

[9] Todos estos conceptos se repiten en los escritos prerrevolucionarios de Azuela.

[10] Cf. F. M. Kercheville, "El Liberalismo de Azuela". En: *RI*, 6/1941, Tomo 3, pp. 381-398.

[11] Cf. Jesús Silva Herzog, "¿Comunismo o democracia social?"

En: *CA*, año 19, 1/1960, pp. 18-52; Jesús Silva Herzog, "Tolerancia contra Intolerancia". En: *Hu*, año 1, 1/1952, pp. 14 *s.*

[12] José María González de Mendoza: "Mariano Azuela y lo Mexicano". En: *CA*, año 11, 3/1952.

[13] Mariano Azuela, "Avichuelos Negros". En: *OC* II, 1066.

[14] Mariano Azuela, "En el Album del Doctor Rivera". En: *OC* III, 1242. Todas las ideas expresadas están conformes con la tradición del liberalismo mexicano. Jesús Silva Herzog cita ideas similares de Justo Sierra. (Cf. Jesús Silva Herzog, "Ideas económico-sociales del maestro Justo Sierra".) En: *CA*, Año 22, 4/1963, pp. 69-87.

[15] Mariano Azuela, "Critiquillas". En: *OC* III, 1254.

[16] Cf. *Ibid.*

[17] Cf. *Ibid.*, p. 1253.

[18] Mariano Azuela, "Silueta del arte". En: *OC* III, 1248.

[19] Mariano Azuela, "Impresiones de la ópera". En: *OC* III, 1247.

[20] Azuela, "Silueta del arte". En: *OC* III, 1249.

[21] *Ibid.*, p. 1248.

[22] Mariano Azuela, "Loco". En: *OC* II, 1047.

[23] Mariano Azuela, "Albas y Nublados". En: *OC* III, 1245.

[24] *Ibid.*

[25] Azuela, "Critiquillas". En: *OC* III, 1250.

[26] Jesús Zavala, "Epistolario de Manuel José Othón". En: *RR*, 18 de Agosto de 1935.

[27] E. Brenes, "Conversando con Enrique González Martínez". En: *KFLQ*, Año 1, 1954, p. 49.

[28] *OC* II, 1031.

[29] Cf. *Ibid.*

[30] *OC* II, 1037.

[31] *OC* II, 1043.

[32] *OC* II, 1051.

[33] *OC* II, 1053.

[34] Nombre de un pueblo del Estado de México, situado sobre el ferrocarril México-Ciudad Juárez.

[35] *OC* II, 1053.

[36] *Ibid.*

[37] *OC* II, 1057.

[38] *OC* II, 1060.

[39] *OC* II, 1058.

[40] *OC* II, 1040.

[41] *OÇ* II, 1041.

[42] Cf. *OC* II, 1043 *s.*

[43] Mariano Azuela, "Alma mater". En: *OC* III, 1251.

44 Manuel Pedro González sintetiza esta relación cuando escribe "...el arte de Azuela representa el antimodernismo tanto por la forma como por el espíritu". (González, *Trayectoria de la novela en México*, p. 131). En cambio, Jefferson Rea Spell considera *En Derrota* como una obra de influjo modernista (Jefferson Rea Spell, *Contemporary Spanish-American Fiction*. Chapel Hill 1944, p. 69).

45 Cf. *OC* III, 1064.

46 Cf. *OC* III, 1062: "Estas dos novelas son... el producto de una reacción a un medio al que no pude adaptarme..."

47 Cf. *OC* III, 1050.

48 Cf. *OC* III, 1061: "...*Mala yerba* me interesó como un gran caso clínico".

49 *OC* III, 1049.

50 *OC* III, 1044.

51 El Lic. Alfonso de Alba informó de ese nombre.

52 *OC* I, 66.

53 Cf. *OC* I, 94: "El Cura Cabezudo... había nutrido su cerebro de ciencia medieval y le era imposible... comprender un siglo que había derrocado a Dios para proclamar nuevos dioses: la Verdad y la Justicia, y buscar su salvación en el Trabajo".

54 Cf. *OC* III, 1064.

55 *OC* III, 1061.

56 Según informes de Manuel Azuela y de Alfonso de Alba, en realidad se llamó Zermeño.

57 Cf. *OC* I, 117.

58 Cf. *OC* I, 135.

59 *OC* I, 144.

60 *OC* I, 136 s.

61 *OC* I, 128 s.

62 *OC* I, 129.

63 Esto parece pensar Hashimoto cuando asegura que los únicos defectos de *Mala yerba* son sus digresiones y descripciones. (R. Hashimoto, *La trayectoria literaria de Mariano Azuela*. Tesis de maestro. Escuela de Verano. México, 1953, p. 40).

64 Cf. Salvador Azuela, "El Resurgimiento de la Provincia". En: *U*, 19 de julio de 1952, pp. 3, 22.

65 John S. Brushwood, "La novela mexicana frente al porfirismo". En: *HM*, Tomo 7, 1957-58, p. 400.

LAS PRIMERAS NOVELAS DE LA REVOLUCIÓN

La participación de Azuela en la Revolución

LA REVOLUCIÓN Mexicana representa un punto culminante en la vida y la obra de Azuela. Desde 1908 era un partidario entusiasta de Francisco I. Madero, y por ello se expuso en Lagos, tanto como por la crítica social de sus libros, que en gran parte eran novelas clave. Azuela leía regularmente la revista de oposición *México Nuevo*, así como las publicaciones de Filomeno Mata,[1] y durante la campaña electoral de 1910 se contó entre los más activos propagandistas de Madero.[2] Al ser aprisionado éste, en el verano de 1910, le envió Azuela un manifiesto de solidaridad,[3] y después del "triunfo electoral" de Díaz colgó un retrato de Madero en su ventana, por lo que tuvo que ocultarse durante un tiempo.[4] En su consultorio se reunían frecuentemente los partidarios de la Revolución, para discutir el desarrollo de los acontecimientos. Después fundaron el club "Máximo Serdán".

Salvador Azuela informa que, después de la capitulación de Díaz, en mayo de 1911, su padre —junto con muchos habitantes de Lagos— preparó una entusiasta recepción a Madero. Poco después, en el teatro de la ciudad, pronunció un fogoso discurso, en el que atacó enconadamente a los representantes y aprovechados del régimen porfirista, que de pronto querían hacerse pasar por convencidos maderistas para recibir las riendas en la mano y corromper desde un principio el movimiento renovador.

Elegido jefe político del Cantón de Lagos, tuvo que valerse de la tropa para tomar posesión de su cargo y desalojar al cacique porfirista. Pero pocos meses después debió devolverle el poder, pues renunció a su cargo como protesta contra la política reaccionaria del nuevo gobernador de Jalisco.

El 9 de agosto de 1911 Azuela pronunció un discurso en el club "Máximo Serdán", en el cual expuso las conclusiones que había sacado del proceso revolucionario. Dijo, entre otras cosas: "...la necesidad urgentísima del país no era el cambio de un hombre por otro hombre, sino de un régimen viejo, prostituido y sucio, por uno nuevo, honrado y limpio... Si el pueblo vuelve a su apatía tradicional y deserta desde el principio de la lucha, el caciquismo ha triunfado..."[5] Su experiencia, así como le aislamiento de Madero ante las masas —del que sólo a él puede culparse— y la creciente actividad contrarrevolucionaria, hicieron caer a Azuela en un pesimismo que había de mostrarse cabalmente justificado con el asesinato de Madero en 1913. Tras el triunfo de la contrarrevolución permaneció bajo constante observación, de la que vino a librarlo la caída del régimen huertista en 1914.

Los años que siguieron a 1908 presenciaron el clímax de la vida de Azuela. Su activa participación en la Revolución apresuró y fecundó el proceso de toma de conciencia que ya puede percibirse en las novelas anteriores. Azuela vio cómo, después de la victoria de Madero en mayo de 1911, grandes latifundistas y otros aprovechados del régimen de Díaz súbitamente se "unían" a la Revolución, para conservar su hegemonía en el terreno local. La observación de este proceso cuyo carácter clasista no reconoció, sino que lo atribuyó a causas subjetivas y a la pasividad e incapacidad de Madero, hizo que Azuela sometiera a prueba su propia posición ideológica. Esto se refleja en un extenso diálogo de la narración *Andrés Pérez, maderista*.[6] Puede leerse allí: "La Justicia es una palabra, ¿y qué? La electricidad era ayer el rayo que mata y ahora es la obediente y doméstica fiel de esta pobre rana desnuda. Para domeñar la electricidad han sido necesarios muchos cientos de siglos; para hacer algo efectivo de la palabra Justicia quizás sean precisos muchos millones de siglos... Cuando laboro por un ideal de justicia, no me importa saber si dentro de cien o de un millón de siglos se habrá agotado la especie por la que trabajo. Y porque los hombres han podido pensar así, hemos podido alcanzar una etapa superior a la edad de piedra..." [7]

El resultado de estas reflexiones, su toma de posición en la parte del progreso, tiene una doble importancia en las siguientes obras de Azuela: se libera de las enseñanzas del darwinismo social, que justificaban el *statu quo*, y comienza a conocer mejor las condiciones sociales. Al mismo tiempo, modifica su posición literaria. En retrospectiva había de aclarar: "Desde entonces dejé de ser... el observador sereno e imparcial que me había propuesto en mis cuatro primeras novelas. Ora como testigo, ora como actor en los sucesos... tuve que ser, y lo fui de hecho, un narrador parcial y apasionado." [8] Así, Azuela toma parte en la gran explosión ideológica que se inicia con la Revolución.

"Andrés Pérez, maderista"

Su primera obra de este periodo es la narración *Andrés Pérez, maderista* (1911). En ella describe Azuela cómo un periodista de la ciudad de México, Andrés Pérez, astuto, pero cobarde, oportunista y nihilista, visita al amigo Antonio Reyes en su hacienda para descansar y para evitar al mismo tiempo tener que tomar una posición en algunos acontecimientos políticos. Estando allí le sorprenden las noticias del comienzo de la Revolución. Denunciado por su jefe de redacción, queda Pérez bajo vigilancia policiaca. Antonio Reyes y otros terratenientes, así como campesinos despojados de sus tierras y rancheros abrumados con nuevos impuestos, le ofrecen ayuda, aunque él no cree en el triunfo de la Revolución. Después de que un desconocido ha puesto en sus manos una suma considerable, se decide a huir a Estados Unidos, pero es detenido en la estación. Mientras tanto, la Revolución había triunfado, y ello produce una serie de levantamientos locales. Antonio Reyes se levanta con los campesinos, pero cae en el primer encuentro. Su lugar lo toma su administrador Vicente, quien se apodera de la cabeza del distrito y libera a Pérez. Al mismo tiempo, surgen otros "revolucionarios": los viejos caciques, que consideran a Pérez el "nuevo hombre" y quieren su amistad a cualquier precio. El más corrompido de todos, el coronel Hernández, exige a los campesinos sublevados que fusilen a Vicente, y logra imponerse, pues "nacieron esclavos..., esclavos todavía, esclavos hasta morir... ¡Eternamente esclavos!" [9] Pérez intenta salir del lugar en cuanto le es posible. Pero en camino a la estación, ve las cosas de otra manera y decide visitar a la viuda de su amigo, con quien ya había empezado a flirtear en la hacienda.

En comparación con las novelas anteriores, inmediatamente llama la atención la agresividad con que Azuela toma posición contra los partidarios de la dictadura, corruptores de la Revolución, y contra el intelectual Pérez. El personaje del intelectual corrompido y oportunista aparecerá en casi todas las futuras obras de Azuela como figura negativa.

Dentro de los límites de su teoría, Azuela ha captado los mayores problemas de la etapa maderista de la Revolución. Sus principales representantes son: Vicente, despojado de sus tierras por el coronel Hernández, y el ranchero Romualdo Contreras López, víctima de la injusticia del régimen, quienes se colocan a la cabeza de un movimiento que cunde en todas partes. Antonio Reyes, que pone en marcha el movimiento, es un soñador, y el terrateniente Octavio, un culto y anciano señor que justifica la Revolución como lucha por la justicia.

Azuela no espera de la Revolución más que una justicia social garantizada constitucionalmente y la reparación de los daños causados durante la dictadura. Es decir, sus opiniones permanecen dentro del marco de las ideas liberales, y no es casual que presente a los campesinos productores en pequeño como sus verdaderos exponentes. Objetivamente es correcta, en términos muy generales, la presentación del fracaso de la Revolución en las provincias como obra de las maquinaciones de los caciques. Pero es insuficiente la interpretación que hace Azuela de este fenómeno, que atribuye a una especie de falla de la voluntad por un hábito de servidumbre. No obstante, como *Andrés Pérez, maderista* se concentra en la presentación de un trascendental acontecimiento político, estas limitaciones no resultan de gran peso, y en algunas partes quedan superadas cuando la injusticia a la que combaten los representantes del pueblo revela ser de naturaleza económica.

Además, en *Andrés Pérez, maderista* es importante la integración a la realidad nacional de los hechos que se desarrollan en la tierra del autor. Así como las novelas anteriores pintaban la situación de México, hasta el grado en que la de Lagos era típica de todo el país, así se entabla ahora una relación directa con los acontecimientos que sacuden a toda la nación. Ello ocurre de dos maneras: por una parte, se muestra el desarrollo de la Revolución, de paso o explícitamente, cuyos efectos se reflejan en un sitio que al principio había permanecido tranquilo; por otra, mediante la característica figura de Andrés Pérez, la narración supera los límites de un típico caso aislado para volverse una interpretación directa del destino nacional.

"Los caciques"

Durante la dictadura contrarrevolucionaria de Huerta, Azuela escribe su segunda novela de la Revolución: *Los caciques*, terminada a fines de junio de 1914, poco después de la toma de Zacatecas por la División del Norte de Pancho

Villa.[10] El propio Azuela reconoce la enorme influencia de su experiencia sobre la concepción de esta novela: "Me ufanaba de conocer a los magnates del caciquismo puebelerino, pero a la verdad sólo los había visto de guante blanco. Ahora se me presentaba la ocasión de conocerlos sin adornos ni ropa."[11] Esta experiencia condujo al escritor a comprender la lógica socioeconómica de un sector importante de la sociedad provinciana, y con plena conciencia de los hechos decidió retratarla con medios literarios: "No quise dar la historia de la familia Zutana o Mengana, sino la de una casta imperando en cada centro grande o pequeño, perfectamente organizada e identificable en todas partes por rasgos bien definidos."[12] El contenido de la novela es el siguiente: los caciques son los miembros de la familia Del Llano, grandes comerciantes, cuyo poder se basa en el tráfico de cereales. El jefe de la familia es Ignacio, tan astuto como carente de escrúpulos; su hermana Teresa se encuentra en todas las juntas de caridad; y el hermano menor, el padre Jeremías, ha dado a la familia, por decirlo así, un nexo privado con las potencias celestiales. De paso, convence a las viejas para que leguen sus bienes a los Del Llano. Los empleados de la familia son miembros de diversas uniones y corporaciones y atienden los negocios de su jefe. La acción se desarrolla entre 1910 y 1914 y presenta, en el contexto general de los grandes acontecimientos de la Revolución Mexicana, de qué manera aumentan sus riquezas los caciques en tiempos normales y cómo en tiempos de crisis recurren a los medios más brutales contra todo intento de reducir su poder.

El fondo del tema está formado por una transacción, en que los Del Llano, según los deseos de su difunto padre, "reparten" 15 000 pesos —con ayuda de una complicada especulación con maíz—. Ello no les cuesta un solo centavo. y mediante esta "obra de misericordia" logran un total dominio del mercado y ganan la misma cantidad. Sobre este fondo se desarrolla el verdadero conflicto entre los caciques y los pequeños comerciantes y trabajadores, que se muestran en dos diferentes aspectos. Por una parte, se ve cómo Juan Viñas, un hábil y honrado pequeño comerciante, construye un grupo de casas y espera obtener un fuerte ingreso alquilando ochenta viviendas. Dependiente de los Del Llano como un esclavo, tiene que adquirir con ellos una hipoteca. Al llegar el vencimiento, en toda la ciudad nadie se atreve a prestar dinero a Viñas. Éste debe dirigirse de nuevo a los Del Llano, que a cambio del dinero se adueñan de toda su propiedad. Arruinan así al sumiso y confiado Viñas, quien muere poco después. Además, son presentadas las oposiciones políticas entre los caciques y los pequeños comerciantes y obreros. Los pequeños comerciantes, maderistas organizados en el "Club 20 de Noviembre de 1910", son los representantes políticos de la Revolución, pero su actitud es vacilante. Por una parte, víctimas del monopolio de los caciques, desean la justicia; pero por otra, como dependen económicamente de los Del Llano, temen las consecuencias de sus actos. Y, en una manifestación motivada por el triunfo sobre Díaz, tratan de impedir los "excesos" de las masas ante la casa de los Del Llano. Después retroceden ante las provocaciones de los caciques, y acaban por pactar con ellos, distanciándose así de las fuerzas vivas de la Revolución. Nada los salva de la venganza de sus enemigos, que después del golpe de estado huertista aprovechan toda oportunidad para encarcelar a los miembros del club maderista.

Como de costumbre, en esta trama coloca Azuela a una persona que, según él, comprende y juzga claramente la situación. Mientras que en otras novelas se trata de personajes secundarios —como don Octavio en *Andrés Pérez, maderista*—, el Rodríguez de *Los caciques* se encuentra en el centro del conflicto. Empleado de un comerciante, amigo de la hija de Juan Viñas y simpatizador de la gente sencilla, toma parte en todos los conflictos. Anarquista por convicción, es un firme e irreductible enemigo de los Del Llano, quienes, después del asesinato de Madero, lo mandan matar.

Hasta allí el contenido de las dos primeras partes de la novela, que terminan, respectivamente, con la victoria de Madero y con las represalias después del pronunciamiento de Huerta. La tercera parte muestra a los Del Llano en el clímax de su poder y su riqueza, al estallar en el norte la Revolución Constitucionalista. La novela termina con la ocupación de la ciudad por el ejército revolucionario. Durante el saqueo de la hacienda, los dos huérfanos del arruinado Viñas cogen un recipiente con petróleo y prenden fuego a la nueva casa de los Del Llano.

El mensaje de la novela es bien claro. Se muestra cómo los caciques —clase explotadora— se enriquecen, de la manera más vil, a costa de la miseria y la ruina de otros, y combaten implacablemente toda oposición. El enfrentamiento de los caciques con todo el pueblo sólo puede resolverse con el vencimiento de aquéllos; y esto, cuando la Revolución maderista ha fracasado, lo logra la Revolución Constitucionalista realizada directamente por las masas populares. Dicho más exactamente, lo hace el ejército de Pancho Villa. Si se recuerda que la novela fue terminada poco después de la batalla de Zacatecas, ocurrida el 23 de junio de 1914, cuando la liberación de Lagos era inminente y la etapa militar de la Revolución había prácticamente terminado con el aniquilamiento del ejército federal, se apreciará el verdadero sentido de esta conclusión: Azuela esperaba ansiosamente la entrada de la División del Norte y con ella el aniquilamiento del abominado caciquismo. Así se ponen de manifiesto las ideas y la visión adoptadas por Azuela durante el verano de 1914. La conciencia de que en la vida política se hallan subyacentes problemas económicos se ha concretado sistemáticamente. Azuela representa diferentes capas sociales enzarzadas en una implacable lucha de clases a causa de sus relaciones económicas. Sin embargo, es evidente que la problemática económica representada pertenece exclusivamente a la esfera de la circulación. Así, aunque Azuela ha reconocido en lo esencial las contradicciones sociales de Lagos, no llegó a los motivos de las contradicciones sociales fundamentadas en las condiciones de la propiedad de los medios de producción. No obstante, representó acertadamente la situación de su ciudad natal en los rasgos característicos; la esfera de la producción se limitaba en la ciudad de Lagos —prescindiendo de las hilanderías de algodón— al trabajo manual; en tanto que, como es natural, en la cabeza de distrito de una zona agrícola el comercio desempeñaba el papel más importante, y la produccion se concentraba en las haciendas y ranchos de los alrededores. Características de las limitaciones de la visión de Azuela son las opiniones de Rodríguez. En el principio mismo explica éste a los empleados de los Del Llano lo que es un "negocio": "'el negocio es nuestro trabajo hecho dinero en el bolsillo de ellos'. Eso dicen ya varios millones de seres humanos que por momentos se están dando cuenta de lo que son...".[13] En esta definición es interesante observar que "negocio" y "explotación" se equiparan, pero que la esencia de la explotación es observada superficialmente, pues en otras partes aquellos que de alguna manera trabajan para otros, son llamados "siervos".[14] Rodríguez dice acerca de su condición de subordinado: "Tengo 25 años de servir, yo que odio la servidumbre."[15] En el fondo, la esencia de la explotación se encuentra en que uno trabaja al servicio de otro; este concepto ya se manifestaba en *Astucia* (1865-66) de Inclán[16] y en el *Periquillo sarniento* (1816). Debe observarse, asimismo, que la crítica de Azuela al capitalismo parte de un punto de vista históricamente anticuado. Sin embargo, lo nuevo es la manera como lo relaciona con argumentos de economía política. Otras observaciones muestran que en *Los caciques* se coloca en el terreno del movimiento popular mexicano. Así, en muchas partes fustiga a los caciques y ridiculiza su reacción ante la creciente agitación de las masas en la época de la Revolución maderista: "¡El comunismo —dijo lúgubre el padre Jeremías!".[17] Presenta los recelos de los caciques, tras la caída de Madero, de la manera siguiente: "¿Qué cosa más sencilla para la Porra que asaltarlos a medianoche, agarrotarlos, violar doncellas, semidoncellas y aun desdoncelladas, y luego asesinarles a todos juntos?"[18] Estas citas muestran que Azuela se solidariza con el movimiento popular mexicano y en *Los caciques* adopta el punto de vista a la sazón más progresista. Rodríguez proclama la teoría del estado anarquista: "...el maderismo es ahora la Revolución, y toda revolución... lleva consigo una inspiración de justicia... Supongamos que el maderismo triunfa, que el maderismo se suicida convirtiéndose en gobierno —pues el gobierno no es más que la injusticia reglamentada que todo bribón lleva en el alma... ¿Es ilógico ser hoy maderista y mañana antimaderista?".[19] Como Rodríguez expresa en esta novela las opiniones del autor, esta cita muestra cómo, bajo el impulso de la Revolución, Azuela se había alejado de sus antiguas ideas liberales. Sin embargo, en lo profundo no había abandonado su punto de vista pequeñoburgués, que bien pudo avenirse con el anarquismo y con el movimiento obrero mexicano dominado por el pensamiento del pequeñoburgués proletarizado. Esta línea sigue también la afirmación de que los procedimientos de enriquecimiento y explotación por parte de los Del Llano son de origen extranjero, es decir, no mexicano: "...ustedes no saben ni tienen por qué saber otra definición de la palabra negocio que la que el yanqui les ha enseñado..."[29] Ello parte de la teoría —lógica desde el punto de vista del pequeñoburgués—, de que las formas de explotación capitalista son deformaciones de un sistema que de otra manera sería sano. A ello corresponde la afirmación de Azuela de que Juan Viñas se había labrado una fortuna de cuarenta mil pesos con su propio trabajo, en tanto que los Del Llano hacían sus negocios mediante especulación. La diferencia de clases no consiste para él en la propiedad o no propiedad de los medios de producción, sino en si se trabaja por sí mismo o no. Estas opiniones parecen insinuar que en 1914 Azuela consideraba justificada la lucha de clases, pero que al mismo tiempo veía en el levantamiento popular tan sólo los aspectos destructivos que pinta en la escena final, y no creía que las masas por sí solas pudieran gobernarse,[21] opinión que en el curso posterior de la Revolución pareció confirmarse.

Sobre el desarrollo literario de Azuela

Está por verse hasta qué punto repercuten en el aspecto artístico las ideas que se manifiestan en *Andrés Pérez, maderista* y en *Los caciques*. Lo más notable es que Azuela abandona el costumbrismo.[22] Ambas obras están casi enteramente libres de descripciones, y en cambio narran acontecimientos, en rápida sucesión. La paz al parecer inconmovible en que se desarrollaba la trama de las novelas anteriores, ha sido destruida por el tráfago de la Revolución; las fuerzas motrices que dormían bajo la superficie se han manifestado en un choque revolucionario. Su reconocimiento es decisivo para el desarrollo de la estructura novelística. Así como *Mala yerba* era en esencia una narración hábilmente extendida y *Sin amor* la contraposición de extensas descripciones, así *Los caciques*, por su tema y estructura es realmente una novela, pues el autor presenta las diversas facetas de un gran conflicto social. El descubrimiento de la verdadera urdimbre de los problemas sociales le hace ver la necesidad de renunciar a la representación del mundo de relumbrón de la vida de los salones, así como a los cuadros de costumbres, que en último término sólo pueden abarcar el aspecto natural y concreto de la vida humana, mas no el social. A partir de *Los fracasados* puede verse al respecto un continuo desarrollo, que en *Los caciques* alcanza su clímax realista y revolucionario. Todo ello puede decirse también de la técnica narrativa.

Una trama que avanza rápidamente ya se encuentra en obras anteriores a la Revolución, por ejemplo en *En derrota*. Al desaparecer la descripción, pasa la trama a ser el elemento predominante. Debe observarse que los muy breves capítulos presentan escenas concretas, que suelen contener muy poco movimiento, y casi nunca un choque directo. Obsérvense, por ejemplo, el noveno y el décimo capítulos de la primera parte,[23] que presentan una cena de la familia Del Llano y una sesión de la Junta de Caridad y compárense con descripciones de las novelas anteriores. Azuela renuncia a la pintura de las circunstancias inmediatas. Tan sólo las esboza rápidamente, para volver a la trama de la novela que, naturalmente, en la cena de la familia o en la sesión sólo puede desarrollarse indirectamente en forma de diálogo. También la mayoría de los capítulos constan de diálogos, que reflejan el avance de los hechos novelados y los repiten indirectamente. Aun cuando se describen choques directos, ello ocurre principalmente en forma de un duelo oral, como por ejemplo en la discusión entre Rodríguez y el político de profesión, en el capítulo undécimo de la segunda parte.[24] La característica del estilo descriptivo de Azuela se manifiesta también en el segundo capítulo de la segunda parte,[25] que es de decisiva importancia para el desarrollo de las circunstancias exteriores, donde narra la manifestación después del triunfo de Madero y la elección del nuevo cabildo municipal. Novelistas como Balzac, Zola, Dickens o Tolstoi probablemente hubiesen dedicado muchas páginas a este acontecimiento: Azuela se contenta con media página. Los escritores nombrados hubiesen profundizado, desde el principio de estos hechos, en el carácter de la Revolución maderista; Azuela se conforma con algunas líneas: la multitud grita: "¡Mueran los caciques!", "¡Viva la libertad del pueblo!"; don Timoteo, presidente del "Club 20 de Noviembre de 1910" intenta calmarla: "Moderación, moderación, señores. Todo que sean vivas; pero nada de mueras." [26] La mayor parte se refiere a las reacciones de espanto de los caciques ante la manifestación. Juan Viñas informa sobre el resultado de las elecciones. Tan sólo se menciona a los nuevos miembros del ayuntamiento. "Casimiro Bocadillo, tortas y tostadas, quesadillas de sesos de puerco; Amado Borrego, se rasura, riza y corta el pelo; Fulano de Vaca, segundo trombón de la banda musical..." [27] Con ello queda dicho tanto como en una extensa descripción épica. Se conoce el carácter del nuevo ayuntamiento por sus relaciones con la Revolución (Timoteo es nombrado alcalde), y también se sabe de qué fuerzas sociales se trata. El método de Azuela lo capacita para hacer una descripción realista, no basada en un extenso estudio de las circunstancias, sino en un breve, pero expresivo boceto de los rasgos principales. Para ello también se vale de la sátira (los nombres de los nuevos miembros ponen de manifiesto lo que Azuela quiere dar a entender). Como no se ve obligado a pintarlo todo en detalle, recurre a la repetición indirecta de la totalidad de la acción, en forma de diálogo, lo que da a su novela un carácter excepcionalmente dramático. En algunas partes de *Los fracasados* puede encontrarse esta técnica, que ya en *Mala yerba* desempeña un papel importante, pues ninguna de sus descripciones costumbristas carece de diálogos, con cuya ayuda quedan firmemente arraigados en la composición de la novela. En *Los caciques* se manifiesta aun más claramente esta técnica representativa indirecta, pues aquí se prescinde de toda descripción. Surge la pregunta sobre el origen de esta técnica narrativa, que renuncia a la extensa y épica descripción de las acciones: va tan lejos que sólo ocasionalmente, y en forma de diálogo, se tocan momentos verdaderamente culminantes, como el asesinato de Rodríguez. Su punto de partida se halla en la técnica costumbrista de las primeras obras de Azuela.

La técnica concisa, abocetada, a veces anecdótica y aguda aparece ya en *El Periquillo sarniento* y en otras novelas del siglo XIX, que se destacaron precisamente por su mexicanismo, y porque en los cuadros de costumbres actuaban sus personajes, caracterizados por lo que decían, en tanto que la trama meramente objetiva apenas se describía, sin grandes complicaciones ni adornos. A esta tradición pertenece el estilo de Azuela en *Los caciques*. En comparación con las antiguas novelas mexicanas, que Azuela por entonces apenas conocía, este estilo representa un avance. No sólo muestra anécdotas típicas y crónicas escuetas, sino que con su ayuda presenta la totalidad de un problema social, de tal suerte que casi podría decirse que cada capítulo adquiere el carácter de una escena de drama, insertándose uno en otro y exponiendo la totalidad del problema y de la trama, aunque mucho menos la de los objetos. De esta manera, se emparienta la novela de Azuela con el drama, y aun con la película neorrealista. No es una coincidencia que precisamente sus dos novelas más importantes, *Los caciques* y *Los de abajo*, hayan sido adaptadas a la escena.

En este contexto debe mencionarse otro problema de importancia para la novela moderna: el del desenvolvimiento de los personajes. Sabido es que Azuela carecía del don de representar procesos mentales: por ello no logró presentar de manera convincente el desarrollo de los caracteres de Reséndez en *Los fracasados* y de Ana María en *Sin amor*, porque tuvo que omitir la etapa decisiva del cambio de tales caracteres. Ya en *Mala yerba*, y más aún en *Andrés Pérez, maderista* y en *Los caciques*, ciertos personajes típicos, formados por las condiciones del medio, se ven arrastrados por la dinámica de los acontecimientos a actuar en ciertos conflictos que, por ello, adquieren un carácter más dramático que épico. Si se observa el germen de esta técnica

207

representativa en las primeras narraciones de Azuela, podrá determinarse que tal característica de sus creaciones está enraizada en el estado de cosas en que el autor se formó, perteneciente a determinada clase de la que será miembro durante toda su vida. Como la evolución de un carácter sólo es posible en consonancia con los procesos de desarrollo socioeconómico, el cuño del carácter de Azuela en las novelas aquí estudiadas puede explicarse como expresión de un medio estancado e indiferenciado, tanto en lo político como en lo económico. Tan sólo la Revolución había de crear las condiciones para la destrucción de la vida semifeudal de México y abrir el camino a un desarrollo socioeconómico sobre la base de la reproducción ampliada; tales condiciones ofrecen al desarrollo de los personajes, como norma artística vital de la novela moderna, un campo extenso y variado.

NOTAS

[1] Cf. Salvador Azuela, "De la vida y pensamiento de Mariano Azuela", en: *Un*, 6/1952.

[2] Cf. Salvador Azuela, "Mariano Azuela en la Revolución". En: *U*, 13 de agosto de 1960, pp. 3, 26.

[3] Cf. Salvador Azuela, "De la vida y pensamiento de Mariano Azuela", en: *Un*, 6/1952.

[4] Información de Manuel Azuela.

[5] Según A. Leal Cortés, "Elogio de Mariano Azuela". En: *FL*, 53/1954, p. 255.

[6] Cf. *OC* II, 791 *ss; OC* III, 1070.

[7] *OC* II, 793.

[8] *OC* III, 1070.

[9] *OC* II, 800.

[10] Cf. *OC* III, 1075. Sobre la época en que se desarrolla la novela y sobre su acción hubo dudas durante mucho tiempo. Aún en 1957 situaba Lesley Byrd Simpson (en: Prólogo a *Two Novels of Mexico*. University of California 1957, p. x) la novela en la fase maderista de la Revolución. Valenzuela Rodarte asegura que la novela se desarrolla durante la época de Carranza (Valenzuela Rodarte, *Historia de la Literatura en México*, p. 452).

[11] *OC* III, 1073.

[12] *OC* III, 1074. Por el carácter revolucionario de la novela, Stephan afirma, con razón, que fue escrita antes que *Los de abajo* (Helmut Stephan, *Der mexikanische Revolutionsroman*. Diss. Berlín [Universidad Humboldt], 1951, pp. 131 *ss.*).

[13] *OC* II, 810.

[14] Cf. *OC* II, 844.

[15] *OC* II, 825.

[16] Cf. Luis G. Inclán, *Astucia. El jefe de los hermanos de la Hoja o Los charros contrabandistas de la Rama*. Tomo I, México, 1946, pp. xix *s.*

[17] *OC* II, 825.

[18] *OC* II, 850.

[19] *OC* II, 812.

[20] *OC* II, 809.

[21] Cf. *OC* II, 832.

[22] Es interesante saber que Torres-Rioseco considera este progreso como el abandono de muchas posibilidades de descripción de paisajes en *Andrés Pérez, maderista* (Torres-Rioseco, *Grandes novelistas de la América Hispana,* tomo I, p. 33) Moore considera a *Los caciques* como "a costumbrista sketch" (Ernest Richard Moore, "Novelists of the Mexican Revolution. Mariano Azuela". En: *ML,* 8/1940, p. 23). Malagamba Uriarte hace hincapié en los progresos que pueden observarse en *Los caciques* (Angélica Malagamba Uriarte, *La novela de Mariano Azuela.* Tesis de maestro. Universidad Iberoamericana. México, 1955, pp. 485 *s.*).

[23] Cf. *OC* II, 822 *ss.*

[24] Cf. *OC* II, 842 *s.*

[25] Cf. *OC* II, 830 s.

[26] *OC* II, 830.

[27] *OC* II, 831.

"LOS DE ABAJO"

Cómo se escribió la novela

LA IDEA de escribir sobre los revolucionarios de extracción popular perseguía a Azuela desde hacía tiempo: "Desde que se inició el movimiento con Madero, sentí un gran deseo de convivir con auténticos revolucionarios —no de discurso, sino de rifle— como material humano inestimable para componer un libro..."[1] El deseo de Azuela se realizó después del triunfo de la Revolución Constitucionalista. Después de que Villa tomó Lagos, en julio de 1914, el general revolucionario jalisciense Julián Medina invitó a Azuela a colaborar con él. Aceptó la oferta y, en octubre de 1914, se unió en Irapuato a las tropas de Medina, con el grado de teniente coronel, como médico militar. A fines de noviembre puso Medina en marcha sus unidades y el 14 de diciembre ocupó Guadalajara. En el nuevo régimen tuvo Azuela el puesto de Director de Educación Pública, que desempeñó hasta la ocupación de Guadalajara por las tropas de Carranza, el 19 de enero de 1915. Como el enemigo no siguió avanzando, Medina permaneció varios meses en las cercanías de Guadalajara, y al parecer Azuela pasó la mayor parte de este tiempo en Tepatitlán, y también en Lagos. Después de las derrotas de Villa en Silao y León (3 a 5 de junio de 1915), las tropas de Carranza situadas en Lagos avanzaron hacia Guadalajara, empujando a Medina hacia el sur. Muy poco antes se había hecho cargo Azuela, en Tepatitlán, del coronel Caloca, gravemente herido, y tuvo que abrirse paso para encontrar a las tropas de Villa. Pasó por Cuquío, Moyahua, Juchipila y Calvillo, rumbo a Aguascalientes, donde llegó en la segunda mitad de julio de 1915. Operó allí a Caloca y antes de la entrada del ejército de Obregón en la ciudad, salió para Chihuahua. Allí dejó a Caloca en un hospital.

Desde la entrada de Villa en Lagos, y especialmente durante sus horas de servicio al lado de Medina, Azuela había estado observando atentamente los actos de las tropas revolucionarias, y tomando apuntes. Sobre su trabajo en la primera parte de la novela había de decir en una entrevista: "Empecé a escribir *Los de abajo* en Guadalajara, y después en Tepatitlán. Cuando llegué a Chihuahua ya tenía el material que reuní tomando notas rápidamente..."[2] Cayetano Gómez Peña completa lo anterior: "Durante las noches escribía sus cuartillas y gustaba de oír nuestras opiniones... los poetas José Becerra y Luis Gutiérrez Trillo discutían a veces con el Dr. Azuela sobre determinados pasajes..."[3]

Desde el primer día de servicio al lado de Medina no dejó Azuela de pensar en su obra. De ello son testimonio, entre otras, las siguientes observaciones: "En Guadalajara bauticé al protagonista de mi proyectada novela con el nombre de Demetrio Macías. Me desentendí de Julián Medina, para forjar y manejar con amplia libertad el tipo que se me ocurrió."[4] Pasaba por una pugna interna en su apreciación de la Revolución. En poco tiempo había sufrido un rudo desencanto: "Muy pronto la primitiva y favorable impresión que tenía de sus hombres se fue desvaneciendo en un cuadro de sombrío desencanto y pesar. El espíritu de amor y sacrificio que alentara, con tanto fervor como poca esperanza en el triunfo, a los primeros revolucionarios, había desaparecido... Nadie pensaba ya sino en la mayor tajada del pastel a la vista..."[5] Esta experiencia ya la había tenido Azuela en Irapuato. Las narraciones de otros autores, como John Reed,[6] afirman lo mismo: una gran parte del cuerpo de oficiales villistas consistía en tratantes de ganado, pequeños comerciantes, etc., que en la Revolución veían tanto la consecución de sus fines de clase como su enriquecimiento personal. Azuela percibió este proceso en sus líneas generales, y como no veía ningún contrapeso social contra el surgimiento de una nueva clase explotadora, empezó a dudar de la Revolución y a distanciarse de ella. Esta actitud se trocó en abierto pesimismo, cuando a fines de 1914 comenzaron las hostilidades entre la Convención y Carranza, hostilidades cuyo carácter clasista no reconoció Azuela. Los vencedores de Huerta empezaron a combatir entre sí y finalmente, bajo el peso de los triunfos de Obregón, se deshizo el ejército villista.

En esta situación empezó Azuela en Chihuahua, en 1915, a escribir *Los de abajo*. Una vez terminada la primera de las tres partes, la leyó en un pequeño círculo, y un amigo se ofreció a publicarla en El Paso, Texas.[7] En cuanto estuvo terminada la segunda parte, abandonó Chihuahua, y terminó su obra en noviembre de 1915 "...en la misma imprenta de El Paso del Norte",[8] y, como lo revela el texto, bastante apresuradamente, pues estaba necesitado de dinero. El 20 de diciembre de 1915, las tropas carrancistas de la ciudad fronteriza de Ciudad Juárez tomaron posesión. Inmediatamente después, Azuela salió rumbo a México.

La trama

La novela comienza con la llegada de soldados federales a la casa de Demetrio Macías, en El Limón. Cuando un oficial trata de violar a la mujer de Demetrio, aparece éste y expulsa a los intrusos. Como sabe que han de volver, se va a las montañas en busca de sus compañeros. Unos días después, aniquila a un contingente del ejército federal. Como Macías queda herido, se detienen en un pequeño poblado. Los campesinos los reciben bien, pues el ejército huertista

213

se ha hecho odioso en todas partes, y la población ve como hermanos a los guerrilleros de Macías. Un día es conducido a su presencia un prisionero, que se presenta como Luis Cervantes y pronuncia una serie de trilladas frases "revolucionarias". En realidad, como periodista había vilipendiado con todas sus fuerzas al movimiento popular, y después había ingresado al ejército. Condenado por cobardía a cargar equipajes, descubre su amor a los "desposeídos", y al oír que Villa paga en plata a sus hombres, toma una determinación: pasarse a la Revolución y buscar fortuna. Cervantes cura el pie herido de Macías, ganándose así rápidamente su confianza. Finalmente, cuando unos arrieros le dicen que en Fresnillo se prepara el general Natera para atacar Zacatecas, último baluarte de Huerta, recomienda a Demetrio dirigirse hacia allá a toda prisa. En un principio, el rebelde no se muestra dispuesto a recibir órdenes de otro. Sin embargo, Cervantes insiste en que se trata de un deber revolucionario. Además, de todas maneras deben apresurarse, pues de otro modo llegarán con las manos vacías a su casa y no podrán resarcir a sus mujeres y a sus hijos de los despojos que han sufrido; y, al fin de cuentas, la patria y la familia son los más elevados ideales del hombre. Estos argumentos convencen a todos, y se ponen en marcha. En el camino aumenta en 100 hombres la tropa de Demetrio Macías. Llegan a Fresnillo precisamente en el momento en que Natera avanza para atacar Zacatecas. La partida de Macías se incorpora al ejército revolucionario. Demetrio es ascendido a coronel, y sus soldados fraternizan con los de Natera y participan en la vida del campamento. Con el ataque a Zacatecas, en el que Macías es ascendido a general, termina la primera parte.

La segunda parte comprende desde junio de 1914 hasta la Convención de Aguascalientes, en octubre de ese año. La Revolución ha triunfado. Los soldados de Demetrio entran en más íntimo contacto con dos representantes de la División del Norte. Son el Güero Margarito, un expresidiario, y la Pintada, su soldadera. Dicen a la gente de Demetrio que ha llegado el tiempo de cobrarse todos los peligros y privaciones soportados. En el saqueo se cometen los peores excesos, pero Demetrio se mantiene apartado. Cuando su secretario Cervantes le recomienda irse al extranjero, él lo rechaza. En sus marchas la brigada de Macías llega un día a Moyahua, cuyo cacique denunció antes a Demetrio como maderista. Macías respeta a su familia y sólo hace quemar su casa. En cambio, el Güero Margarito manda atormentar a los prisioneros y estafar a los pobres. Un día Demetrio se acuerda de la muchacha campesina Camila, que lo había atendido hallándose él herido no lejos de Moyahua. Cervantes se ofrece a traerla y la rapta, aprovechando su pasión, para entregarla al general. Por celos, la Pintada mata un día a Camila. Poco después recibe Demetrio Macías la orden de dirigirse a Aguascalientes para participar en la Convención. Con el viaje en tren termina la segunda parte, mientras los generales hablan de lo que han saqueado.

La tercera parte comienza después de la batalla de Celaya, de la que no tenía conocimiento la brigada de Macías. Luis Cervantes, con la fortuna que ha amasado, se encuentra ya en Estados Unidos; Pancracio, el Manteca y el Güero Margarito, los peores criminales, han muerto; los otros recorren el país, temidos por los pocos habitantes de los semiderruidos pueblos. Finalmente, tras la batalla de Celaya, afloran el pesimismo y el desacuerdo. La brigada de Demetrio, como la Revolución misma, se encuentra en su etapa de descomposición. Al volver Demetrio un día a El Limón, su mujer trata de retenerlo. Pero él sigue adelante, aunque ya casi no le encuentra sentido a la Revolución. En el Cañón de Juchipila, donde dos años antes entró por primera vez en batalla contra las tropas federales, su brigada es atacada y destruida por tropas de Carranza. Demetrio cae: "Y al pie de una resquebrajadura enorme y suntuosa como pórtico de vieja catedral, Demetrio Macías, con los ojos fijos para siempre, sigue apuntando con el cañón de su fusil. . ." [9]

Mensaje y composición

Simbólicamente, la trama vuelve en el capítulo final a su punto de partida. El lector debe preguntarse: ¿qué ha traído la Revolución, además de sufrimientos, privaciones, horrores y atroces delitos? Y el final del libro deja las cosas sin respuesta, después de provocar esta pregunta.

La composición de la novela permite determinar que Azuela trata de hacer un análisis de la Revolución en general. Los momentos decisivos han sido observados correctamente: el aniquilamiento del régimen huertista en la batalla de Zacatecas y el desmoronamiento de la Revolución en diversas fracciones, a partir de la Convención de Aguascalientes.

Las fuerzas motrices de la Revolución son, en las tres diversas partes, las siguientes: Demetrio va a las montañas, porque fue denunciado por el cacique. No son problemas económicos los que le mueven a tomar parte en la Revolución. En un párrafo dice: ". . .antes de la revolución tenía yo hasta mi tierra volteada para sembrar, y si no hubiera sido por el choque con don Mónico, el cacique de Moyahua, a estas horas andaría yo con mucha prisa, preparando la yunta para la siembra. . ." [10] Lo mismo puede decirse de Anastasio Montañés. Los otros guerrilleros habían tenido que huir de la policía por delitos comunes. La Codorniz había robado. Venancio había envenenado a su novia, etcétera. Así, como revolucionarios aparecen víctimas de la injusticia y los delincuentes.[11] Como tercer elemento surge el intelectual oportunista que corrompe a los guerrilleros, pero al mismo tiempo despierta su conciencia.

216

Los motivos económicos mencionados por Azuela en *Andrés Pérez, maderista:* el robo de tierras y las dificultades puestas a los pequeños campesinos por los latifundistas, no desempeñan papel alguno en *Los de abajo.* Por ello, la conciencia revolucionaria de los campesinos carece de raíces. La guerrilla de Demetrio es arrastrada por la Revolución y marcada por su posterior desarrollo; pero por sí misma no había hecho nada para hacerla brotar.

Para la guerrilla de Demetrio Macías, la Revolución representa antes que nada un estado de libertad: "Y hacían galopar sus caballos, como si en aquel correr desenfrenado pretendieran posesionarse de toda la tierra. ¿Quién se acordaba ya del severo comandante de la policía...? ¿Quién, del mísero jacal, donde se vivía como esclavo... con la obligación imprescindible de estar de pie antes de salir el sol con la pala y la canasta... para ganarse la olla de atole y el plato de frijoles del día? Cantaban, reían y ululaban, ebrios de sol, de aire y de vida."[12] Azuela introduce así nuevos motivos, que para ninguno de sus héroes, por separado, desempeña papel alguno, pues, aparte de la mención del jefe de la policía, del gendarme y del cacique, que habían obligado a los personajes de la novela a tomar parte en la Revolución, el fragmento citado presenta una apremiante motivación social en el proceder de un círculo de personas que en la novela no participan directamente: los peones.

Esta cita permite reconocer las causas de la problemática de la novela. El intento de dar forma literaria a la Revolución lleva a Azuela a narrar un proceso social sumamente complicado, que no comprende en todos sus aspectos, cuyos nexos íntimos conoce exclusivamente desde la perspectiva de su patria chica, y al que ha tenido ocasión de observar *in extenso.* Tal es la causa de que, por una parte, las observaciones de Azuela den profundidad a la novela, haciendo de ella ocasionalmente un vasto fresco de la Revolución;

por otra parte, sus opiniones tratan de dar una interpretación un tanto limitada de los sucesos.

Las ideas de Azuela no eran opuestas a una verdadera representación de los principios de la Revolución. Por lo tanto, vale la pena examinar más de cerca la primera parte del libro. Al considerar Azuela a las fuerzas de Demetrio Macías como una mezcla de víctimas de la injusticia y de elementos criminales, pero al mismo tiempo como a peones liberados de la tiranía de los hacendados, se conjugan allí el caso excepcional y la regla general. Porque no debe olvidarse que Pancho Villa, por ejemplo, fue durante años el jefe de una banda de proscritos, hasta que la Revolución llegó a legalizar su lucha contra el régimen porfirista, en cierta forma como en el caso de Demetrio Macías.[13]

Combatiendo aisladamente al principio, incontables unidades en conjunto llegaron a formar aquella incontenible ola que barrió toda la república, hizo desplomarse el orden de la dictadura, arrastró consigo a los revolucionarios y colocó en situaciones jamás soñadas a los peones, pastores, tenderos, ferroviarios o maestros de escuela, al unirse a la Revolución.[14] Así, bajo la superficie de la guerra contra la dictadura se desarrolló un continuo proceso de toma de conciencia de los problemas sociales. Y abiertamente se manifestaron, de manera anárquica, aun podría decirse caótica, ciertas tendencias de desarrollo que hasta entonces estuvieron sólo latentes, y por las cuales los dirigentes de la Revolución cada vez mostraron más claramente su afán por transformarse en una clase capitalista. Este proceso del despertar ideológico y del afán de enriquecimiento por caminos ajenos a los sistemas económicos, lo pasaron también las guerrillas de Demetrio Macías.

La integración de la tropa de Macías en la Revolución se presenta de dos formas: el ingreso de Cervantes a la guerrilla y la unión con Natera. Con ello escribe Azuela, en definitiva, la historia de la Revolución en una forma resumida muy adecuada al tema, al presentarla como un hecho dado. Muestra a un pequeño grupo de rebeldes que cobra fuerza dentro de ella. Como inicialmente se trata de este proceso de desarrollo, Azuela no necesita definir desde el principio la esencia de la Revolución; gracias a ello, puede concentrarse esencialmente en una representación formada abiertamente de la vida, sin interpretaciones. Por obra de estas circunstancias, la primera parte de *Los de abajo* resulta una presentación profundamente realista y muy representativa del desarrollo de la Revolución Mexicana.

Después de describir la integración de Macías en la Revolución, no se presenta una definición de ella. Con esto se hacen más profundas las contradicciones de *Los de abajo*. Inmediatamente después del encuentro de Macías con Natera, Azuela describe el encuentro de Cervantes con un viejo conocido suyo, llamado Solís, que le cuenta sus peripecias: "—¡Qué hermosa es la Revolución, aun en su misma barbarie!...— Lástima que lo que falta no sea igual. Hay que esperar... a que no se oigan más disparos que los de las turbas entregadas a las delicias del saqueo; a que resplandezca... la psicología de nuestra raza, condensada en dos palabras: ¡Robar, matar!... ¡Qué chasco!... Si los que venimos a ofrecer... nuestra vida por derribar a un miserable asesino, resultásemos los obreros de un enorme pedestal, donde pudieran levantarse cien o doscientos mil monstruos de la misma especie!... ¡Pueblo sin ideales, pueblo de tiranos!... ¡Lástima de sangre!" [15] En esta interpretación, lo primero que despierta el interés es ver que Azuela aprueba en sí la Revolución.[16] Como levantamiento para liberarse de la opresión y de la explotación, la justifica. Esta opinión da fuerza expresiva a la primera parte de su novela, al tiempo que aclara por qué Azuela vio en la política del régimen posrevolucionario un sistema al servicio de una nueva clase dominante, que surgió al traicionar los ideales de la Revolución. Asimismo, Azuela reconoce cómo esta clase empieza a formarse ya durante la fase armada de la Revolución. En cambio, no alcanza a percibir que se trata de un proceso inevitable ante la apremiante tendencia hacia el capitalismo de la pequeña burguesía conductora de los ejércitos revolucionarios. En cambio, ve en ella la irrupción de las fuerzas internas de una "raza irredenta",[17] cayendo así en una crítica metafísica de la Revolución.

El idealista revolucionario se encontró ante la siguiente alternativa: "...o se convierte... en un bandido igual a ellos, o desaparece de la escena, escondiéndose tras las murallas de un egoísmo impenetrable y feroz".[18] En consonancia con esas ideas Azuela estaba pensando en retirarse a la vida privada antes de hacerse cargo de Caloca en el verano de 1915. Permaneció leal a una Revolución que consideraba infiel a su propia esencia y se entregó a un fatalismo que expresó por boca de Solís: "La Revolución es el huracán, y el hombre que se entrega a ella no es ya el hombre, es la miserable hoja seca arrebatada por el vendaval..."[19] Tras el triunfo de Carranza, la Revolución prácticamente acabó para Azuela, que se retiró a la vida privada. Hizo esto en un momento que exigía tomar una decisión, pues con el triunfo de Carranza se habían echado las bases del proceso de formación de una nueva burguesía en el terreno extraeconómico, por lo cual los revolucionarios tenían que resolverse a seguir este camino o bien a permanecer fieles a los ideales revolucionarios de liberación del pueblo. Al tomar esta determinación tenían que elegir los medios más eficaces. La lucha para llevar adelante la Revolución sólo podía triunfar si lograba unir a las masas populares en grandes organizaciones combativas, y aquí falló el sentido histórico de Azuela. Las organizaciones políticas repugnaban a su mentalidad de ranchero, así como a sus ideas un tanto anarquizantes. Aún más difícil le resultó corregir esta opinión cuando la nueva burguesía, reconociendo agudamente el signo de los tiempos, se encargó de dirigir tales organizaciones y, mediante la demagogia y la corrupción, impidió a las masas luchar de manera efectiva para alcanzar sus objetivos. Azuela confundió las apariencias con lo esencial y decidió luchar individualmente contra una Revolución que, para él, había sido corrompida y desnaturalizada. Pero al hacerlo perdió el contacto con el desarrollo histórico de su país y, cuanto más se agudizaron las recién aparecidas contradicciones, mayor fue su aislamiento. El pesimismo también había de impedirle ver imparcialmente la realidad en sus obras posteriores.

Como también la segunda y la tercera parte de *Los de abajo* fueron escritas sobre las bases de una trágica tensión, contienen, pese a la disminución de su relevancia histórica, el núcleo de un verdadero mensaje. Solís anuncia que el verdadero desenfreno de los instintos no sobrevendrá hasta el fin de los combates. En consecuencia, la segunda parte comienza cuando la Revolución ha triunfado. El lector percibe inmediatamente la repugnancia interna con que Azuela escribe esta parte. Ello puede comprobarse comparando dos descripciones de paisaje. En el segundo capítulo de la primera parte leemos, a propósito de una zona montañosa: "El sol bañaba la altiplanicie en un lago de oro. Hacia la barranca se veían rocas enormes rebanadas; prominencias erizadas como fantásticas cabezas africanas; los pitahayos como dedos anquilosados de colosos; árboles tendidos hacia el fondo del abismo. Y en la aridez de las peñas y de las ramas secas, albeaban las frescas rosas de San Juan como una blanca ofrenda al astro que comenzaba a deslizar sus hilos de oro de roca en roca."[20] En el capítulo quinto de la segunda parte se describe un paisaje muy similar: "Vanse destacando las cordilleras como monstruos alagartados, de angulosa vertebradura; cerros que parecen testas de colosales ídolos aztecas, caras de gigantes, muecas pavorosas y grotescas, que ora hacen sonreír, ora dejan un vago terror, algo como presentimiento de misterio."[21] Como puede verse, en lugar de una majestuosa grandeza aparecen ahora lo horrible y lo grotesco. Ello va de la mano con una "antropomorfosis" antihumana; el autor ha renunciado por completo a la verdadera expresión de la vida, a la luz y al abigarramiento de los colores. Una auténtica descripción de paisaje ha venido a parar en una sarcástica caricatura.

Lo mismo puede decirse del fondo. En la segunda parte de la novela, el primer plano ya no está ocupado por un anhelo natural —y por lo tanto, noble— de libertad y justicia, sino por instintos de pillaje y asesinato. La bestialidad y perversión de la Revolución quedan encarnadas en dos nuevos personajes: la Pintada y el Güero Margarito. Impelen a los otros al mal y dominan la escena. Así, la Pintada incita a los soldados de Demetrio al saqueo: "Llega uno a cualquier parte y no tiene más que escoger la casa que le cuadre y ésa agarra sin pedirle licencia a naiden. Entonces ¿pa quén jue la revolución? ¿Pa los catrines? Si ahora nosotros vamos a ser los meros catrines. . ." [22] Estas enseñanzas caen en un terreno propicio, y pronto comentan los soldados de Demetrio: "La verdá es que yo ya me pagué hasta de más mis sueldos atrasados —dijo la Codorniz mostrando los relojes y anillos de oro que había extraído de la casa cural. Así siquiera pelea uno con gusto —exclamó el Manteca entreverando insolencias entre cada frase—. ¡Ya sabe uno por qué arriesga el cuero!" [23]

A esto se refieren también las discusiones de Cervantes y Demetrio. A primera vista podría parecer ilógica esta duplicación de la tendencia hacia la perversidad, pero se aclara por la metafísica de Azuela sobre la Revolución. Cervantes, como intelectual, es ajeno a la Revolución y participa en ella sólo para enriquecerse. A los ojos de Azuela, Cervantes es un burgués. En cambio, la Pintada y el Güero Margarito encarnan las fuerzas asociales de una "raza irredenta", latentes en el pueblo según el concepto de Azuela. El autor comete el tradicional error de los románticos al encarnar una categoría metafísica en una figura descrita de manera completamente parcial y por lo tanto exagerada y deformada. La errónea concepción de la realidad trae consigo el abandono del principio realista. El escritor comienza a trabajar con figuras alegóricas.

Lo mismo puede decirse del protagonista de la novela. Un ranchero de la frontera entre los estados de Zacatecas y Jalisco llega a encarnar la parte sana del pueblo, la que inició la Revolución para liberarse: por permanecer íntegro durante el periodo de degeneración de la Revolución, tiene que convertirse en su víctima. Al final de la obra, el autor lo hace volver a El Limón, y sostener con su mujer una conversación que ha sido citada muchas veces: "—¿Por qué pelean ya, Demetrio? Demetrio, las cejas muy juntas, toma distraído una piedrecita y la arroja al fondo del cañón. Se mantiene pensativo viendo el desfiladero, y dice: Mira esa piedra cómo ya no se para. . ."[24] El proceso de la Revolución, una vez iniciado, fatalmente tiene que seguir avanzando. Al final de la novela muere Demetrio, precisamente en el mismo sitio en que dos años antes inició su carrera. El pueblo ha realizado la Revolución, pero ésta no le ha traído más que dolor, privaciones y muerte.

El mensaje de *Los de abajo* brota de la metafísica de Azuela acerca de la Revolución. La novela pierde en la misma medida en que la metafísica gana. Las diferencias de composición de las diversas partes pueden considerarse como repercusiones de la interpretación de Azuela sobre la Revolución. La primera parte muestra una trama desarrollada de acuerdo con la lógica de los hechos revolucionarios. Las fuerzas de Demetrio salen de El Limón, por el cañón de Juchipila, hacia Fresnillo, para llegar finalmente a Zacatecas.

La segunda parte, cuya trama está determinada por las peripecias de los movimientos estratégicos, carece de esta claridad. Al principio se describen el sitio y el saqueo de

Zacatecas. A continuación, la brigada de Demetrio pasa por Moyahua, Lacia Tepatitlán. En ambos lugares se cometen nuevos excesos y actos de rapiña. En Tepatitlán reciben Demetrio y su gente la orden de volver a las montañas. Al llegar a Cuquío, los espera la contraorden: Macías debe marchar hacia Lagos, pasando por Tepatitlán, acantonar allí su brigada y seguir solo hacia Aguascalientes, para asistir a la Convención. En camino se perpetran más atrocidades. La brigada se desplaza tres veces entre Cuquío y Tepatitlán. Esta manera de llevar la trama sólo puede atribuirse a falta de un plan determinado. Tampoco en los saqueos, sitios y excesos puede verse ninguna gradación ni extensión de las hostilidades. En la segunda parte, junto con una orientación general, Azuela ha perdido el hilo de la creación artística.

En la tercera parte, las cosas son algo diferentes. El mensaje que Azuela se propone comunicar le obliga a narrar cosas inverosímiles. Demetrio vuelve al punto inicial de la novela, para simbolizar cómo la Revolución se ha transformado en su contrario. Sin embargo, la composición produce impresión de falta de unidad, sobre todo en los primeros cuatro capítulos, que narran una marcha sin objeto ni esperanza, y que fueron escritos con muy deficiente ritmo. Como Azuela escribió la tercera parte ya en la imprenta, estas fallas indudablemente deben imputarse no sólo a motivos ideológicos, sino a una excesiva prisa.[25]

El método artístico

Acerca de la creación de la obra Azuela ha dicho: *"Los de abajo*, como el subtítulo primitivo lo indicaba, es una serie de cuadros y escenas de la Revolución Constitucionalista, débilmente atados por un hilo novelesco. Podría decir que este libro se hizo solo y que mi labor consistió en coleccionar tipos gestos, paisajes y sucedidos, si mi imaginación no me hubiese ayudado a ordenarlos y presentarlos con los relieves y el colorido mayor que me fue dable".[26] Esto significa que Azuela trató de representar a las fuerzas que, en su opinión, tomaban parte en la Revolución. Para ello sólo necesitó compilar el material que le ofrecía la realidad, y retocarlo para llevar su mensaje. Más adelante añade: "La mayor parte de los sucesos narrados los compuse con el material que recogí en conversaciones con revolucionarios de distintas clases y matices, sobre todo de las pláticas entre ellos mismos..."[27] El ensamble de los elementos reales puede notarse en muchas partes. Por ejemplo, en el Cañón de Juchipila presenció Azuela un combate de la brigada de Caloca contra fuerzas carrancistas.[28] Estas imágenes aparecen al principio y al final de la novela. La cueva donde Azuela buscó abrigo de la lluvia de balas y tomó notas para la obra que proyectaba, evidentemente es idéntica a la cueva en que Demetrio y su familia esperan que pase una tormenta.[29]

El método de Azuela puede reconocerse mejor en la pintura de las personas. La Pintada tuvo como modelo a la compañera de cierto general, a la que Azuela conoció en el cañón de Juchipila.[30] Es interesante notar que en la novela se la presenta con las piernas cruzadas, tal como el autor la conoció en la realidad, pero colocada en un lugar diferente. El modelo del Güero Margarito fue un nada simpático camarero del restaurante "Delmónico" de Ciudad Juárez;[31] Azuela lo describe como un "exmesero del Delmónico de Chihuahua".[32] Como evidentemente la maldad de una persona no bastaba para encarnar el mal mismo, el autor hizo más complejo el carácter del Güero, prestándole los rasgos de otras personas a quienes conocía: entre ellas, un malhumorado coronel de la escolta de Medina que, cuando montaba en cólera, se mesaba las barbas,[33] y cierto coronel Galván, invariablemente ebrio, que solía disparar su pistola contra los desprevenidos clientes de restaurantes y bares.[34]

225

En un artículo que aparece en el tercer tomo de las *Obras completas,* detalla Azuela a las personas que fueron modelos de sus personajes. Las figuras femeninas con excepción de la Pintada, son producto de la libre fantasía. Todos los demás personajes tienen un modelo concreto y en ocasiones se completan con rasgos tomados de la realidad.

Por lo demás, el método artístico de *Los de abajo* puede compararse, en gran parte, con el de *Los caciques.* Hay diferencias, pero en última instancia se pueden remitir a la diferencia de mensaje, esto es, al cambio de la esperanza en la desesperación. Ello puede apreciarse sobre todo en la composición. En lugar de entrelazar meras madejas de diferentes tramas, cada una de las cuales representa un determinado conflicto y está de acuerdo con el desarrollo de la Revolución —tal como lo hizo en la realmente novelística composición de *Los caciques*—, en *Los de abajo* pinta el desarrollo de una guerrilla revolucionaria a través de tres etapas de la Revolución. La composición de *Los de abajo* es mucho más sencilla que la de *Los caciques.* En lugar de representar una totalidad social en todos sus aspectos, Azuela la hace reflejarse en el desarrollo de un grupo de hombres y retrocede al principio estructural de un cuento. Se libra así de la necesidad de pintar la Revolución en su esencia, es decir, en sus contradicciones de clase, llegadas al grado de la confrontación armada, y se contenta con presentar las apariencias. Esto puede aplicarse especialmente a la parte bestial de la Revolución, encarnada en las figuras de la Pintada y el Güero Margarito. Paralelamente, presenta, en el caso de Cervantes, una confrontación motivada por cuestiones sociales dentro de la Revolución misma. Este paralelismo queda subrayado mediante la composición, y es clara señal de que Azuela, hasta donde lo permiten sus opiniones, sienta los principios de una composición novelística bifurcada. Pero su mistificación de la Revolución hace que esta estructura diferenciada quede cubierta por la simple estructura de un relato.

De las diferencias de composición surge otra forma de presentación indirecta. Característico de *Los caciques* fue el limitarse a lo concreto, unido a la intención de representar las condiciones de México mediante las circunstancias de una pequeña ciudad de provincia. En *Los de abajo,* todos los fenómenos y hechos que harían imposible valerse de la estructura sencilla, son contados indirectamente.

Lo mismo puede decirse del contexto en que se coloca a la Revolución y por el cual se la explica. Por ejemplo, Demetrio Macías es presentado de la siguiente manera:

I, 320 (Entrada de los soldados en la cabaña de Demetrio): "Un hombre... en cuclillas... Demetrio... Demetrio ciñó la cartuchera..."

I, 321: (Los soldados en la choza de Demetrio, conversan entre sí y con la mujer de Demetrio): "¿Conque aquí es Limón?... ¡La tierra del famoso Demetrio Macías!... —Usted ha de conocer al bandido ése, señora... Yo estuve junto con él en la Penitenciaría de Escobedo..."

I, 323: (Demetrio delibera con su gente sobre lo que debe hacer). "En Moyahua está el cacique..." [35]

I, 346: Demetrio narra a Cervantes toda su historia.

De la misma manera se entera el lector de la historia de Cervantes. Comprende esencialmente tres etapas: Cervantes se presenta a la gente de Demetrio con frases revolucionarias; medita sobre su pasado y su futuro; por medio de Solís, se conoce la actitud que adoptó ante la Revolución. La historia de los hombres de Demetrio queda esbozada en breves trozos de diálogo. En las muchas insinuaciones incluidas principalmente en los capítulos que llevan adelante la trama, se pone de manifiesto lo complicado y contradictorio de la Revolución.

Esta diferenciación, motivada en gran parte por los problemas sociales, que hasta el triunfo de la Revolución mantiene su coherencia en la unidad de la lucha contra Huerta, es presentada por Azuela realistamente en la primera parte. En la segunda, nó aparece como oposición que exprese una nueva forma de la lucha de clases: en lugar de ello, sigue una mistificación que, de manera característica va acompañada con la pérdida de la descripción indirecta. La Pintada aparece y "está allí" sin que se nos den mayores explicaciones. El Güero Margarito se presenta a sí mismo brevemente, pero el hecho de que sea un excamarero iracundo y cruel no explica nada, sino que es sólo un complemento del cuadro pintado por el autor. Aquí se ve claramente cómo se empobrece el método artístico en cuanto el escritor no logra captar todos los fenómenos. Con ello pierde considerable pertinencia el entronque de la trama con la totalidad de la Revolución. A Demetrio, en esencia, le da lo mismo dirigirse a Aguascalientes para patricipar en la Convención, que obedecer cualquier otra orden, pues se ha perdido la armonía entre el desarrollo de la Revolución y el del protagonista. Las cuestiones de la composición y de la representación indirecta permiten observar, en retrospectiva, el desarrollo ideológico-artístico experimentado por Azuela entre *Los caciques* y *Los de abajo*, así como entre las diversas partes de esta última.

De escasa importancia en este contexto, pero de mayor relevancia para las creaciones ulteriores de Azuela, es el problema de su capacidad para representar procesos psicológicos. Ya se indicó que el método de Azuela, que presenta lo concreto y objetivo, sólo deja espacio a la descripción de procesos psicológicos cuando muestra su comienzo o su final, como algo que se revela en el proceder de un personaje, especialmente en sus conversaciones. De allí se infiere que Azuela sólo es capaz de describir estados de la mente y, dado el caso, procesos psíquicos, cuando reconoce la posición y el papel social de un personaje. De otra manera la presentación de caracteres se convierte en caricatura, por culpa del diálogo: ejemplos son la Pintada y el Güero Margarito. Lo mismo puede observarse en posteriores obras de Azuela.

Repercusión y valor

En resumen, *Los de abajo* se caracteriza por un cambio de la confianza a la desesperanza y la amargura por la no comprensión de la dialéctica de la Revolución Mexicana. La aprobación de Azuela a la Revolución, aunada a la incomprensión de su dialéctica, explica la descripción realista lograda en la primera parte de la novela a través de toda clase de medios literarios, así como la superficial representación de la segunda, deformada por los principales tipos negativos y la carencia de una lógica interna. También, el simbolismo de la parte final que, con el regreso del héroe a su punto de partida, vuelve a levantar una trama decaída y la conduce a la trágica escena final, que da a la novela su mensaje de desesperación.

Inevitablemente surge la pregunta: ¿merece *Los de abajo* su fama de novela más importante de la Revolución? El lector atento percibirá todas sus contradicciones: después de la apasionante primera parte, esencialmente realista, sorprenden la falta de profundidad y casi de coherencia de la segunda y la tercera, donde, además se reduce notablemente la tensión. No obstante, al final logra el autor reavivar la emoción y causar un profundo efecto en el lector. La repercusión de *Los de abajo* se basa pues, en la primera parte y en su final. Como es natural, las últimas escenas dejan la impresión más duradera.

Pero, con ello no se decide la cuestión del valor artístico de *Los de abajo,* que depende de una serie de factores, subjetivos y objetivos. Ante todo, debe mencionarse la actitud positiva de Azuela hacia la Revolución y las masas. Por ello el sentimiento trágico que domina la novela —a pesar de todos los errores del autor— al fin de cuentas constituye la tragedia objetiva de la Revolución inconclusa. El pesimismo de la obra se justifica objetivamente. El cambio del realismo a la descripción simbólica constituyó para Azuela la única posibilidad de presentar artísticamente su crítica al curso de la Revolución.

Además, *Los de abajo* es la más vasta pintura literaria de la Revolución. Todas las demás obras constituyen episodios, memorias o representaciones de fenómenos aislados, que ni siquiera intentan referirse a la Revolución en su totalidad. Para valorar el libro también debe tomarse en cuenta que la novela fue escrita bajo el impacto inmediato de los acontecimientos, por un hombre a quien había conmovido profundamente el desarrollo de la Revolución. Azuela logró, sobre todo en las escenas finales, dar una duradera expresión literaria a estas emociones.

Finalmente, debe indicarse que la posición de Azuela lo capacitaba para observar con criterio independiente todos los fenómenos de la Revolución. Esto es importante, pues ninguna de las capas sociales que participaron en la Revolución era capaz de suprimir —como lo anheló Azuela— la explotación del hombre por el hombre. Si Azuela hubiese aunado a su general simpatía por el hombre su apoyo a una de las fuerzas que actuaban en la Revolución, ello inevitablemente le hubiese obligado a la apologética, falseando así la realidad.

Para comprender la resonancia de *Los de abajo* hay que recordar que el libro fue conocido sólo a partir de 1925, y por lo tanto, se lo juzgó desde el punto de vista de una nueva época. Muy pocos críticos intentaron valorar el libro en su momento histórico. El propio Azuela definió su posición ante los acontecimientos narrados con la frase que servía de epígrafe a la primera edición: "Copiosa será la cosecha de la tierra que fue fango y el hierro roturó".[36] Completamente erróneas son, en general, las observaciones de los críticos extranjeros que consideraron a la novela como una crónica auténtica, y por ello expresaron juicios negativos sobre la Revolución.[37] En México, tan sólo la contrarrevolución consideró a *Los de abajo* como una objetiva crónica de horrores. Así, Victoriano Salado Álvarez llamó a los personajes presentados en la novela "patibularios y lombrosianos".[38] En este sentido, nadie ha ido más lejos que Valenzuela Rodarte, quien no vacila en llamar a *Los de abajo* una "exhibición de matones"[39] y termina su crítica con la siguiente frase: "Incendios y robo: gente que va, como en tiempos de Hidalgo, nomás con un costal, a ver qué se pepena en el saqueo."[40]

En la mayoría de los casos, la crítica mexicana cercana a 1930 consideró a la novela como una parcial representación de la Revolución y puso en duda su lugar representativo en el desarrollo general de la novela de la Revolución.[41] A algunos críticos la obra les pareció antirrevolucionaria.[42] En épocas más recientes, otros como Monterde[43] y Martínez,[44] han visto en *Los de abajo* una acertada pintura del carácter nacional mexicano, y han afirmado la importancia de la novela. Una consideración verdaderamente histórica es poco frecuente. Así, por ejemplo, José Alvarado habla de que Demetrio Macías encarna un problema revolucionario que se pierde en el curso de la novela.[45] Mancisidor atribuye los límites de la obra al punto de vista de la capa social de Azuela, y escribe: "Ni Rabasa ni Azuela, dos de los grandes novelistas de nuestra patria... lograron escapar de los límites que la propia clase social de que procedían les fijó. Así la Revolución, o la bola, no fueron obra sino de los Quiñones, los Macías o los curros."[46] El mejor análisis es el de Angélica Malagamba Uriarte quien reconoce las diferencias entre el principio y las partes posteriores de la novela, considera a Macías un típico representante de los campesinos revolucionarios, y analiza el papel del Güero Margarito.[47]

NOTAS

[1] *OC* III, 1080.

[2] Rafael Heliodoro Valle, "Don Mariano Azuela en su Casa de Cristal". En: *RR*, 16 de junio de 1935.

[3] Cayetano Gómez Peña, "Hombres de la Revolución. El doctor Mariano Azuela". En: *D*, 4 de marzo de 1952.

[4] *OC* III, 1080.

[5] *OC* III, 1080.

[6] Cf. Los primeros capítulos de *Insurgent Mexico*, de John Reed. Nueva York, 1914.

[7] Cf. *OC* III, 1087.

[8] *OC* III, 1081.

[9] *OC* I, 418.

[10] *OC* I, 346. Scheines recuerda este hecho cuando dice: "No va a sacrificarse en las tremendas y sangrientas guerrillas por riqueza... sino por defender su independencia, la integridad de su mundo, y su derecho de vivirlo." (Gregorio Scheines, *Novelas rebeldes de América*. Buenos Aires, 1960, p. 16.)

[11] I. V. Vinnitshenko pasa por alta este segundo elemento ("Roman 'Te, kto vnizu' i ego mesto v tvorcheskoĭ èvolyutsii Marĭano Azuèly" ["La novela *Los de abajo* y su sitio en el desarrollo crador de Mariano Azuela"]). En: *Meksikanskiĭ realisticheskiĭ roman* xx *veka*, pp. 64.

[12] *OC I* 352 s.

[13] Por ello se justifica ver en Demetrio Macías "los mejores rasgos del pueblo meicano" ("Roman 'The, kto vnizu' i ego mesto v tvorcheskoĭ èvolyutsii Azuèly". En: *Meksikanskiĭ realisticheskiĭ roman* xx *veka*, p. 73).

[14] La importancia de este hecho puede medirse por lo siguiente: el general villista Rodolfo Fierro había sido ferrocarrilero, Obregón comerciante en ganado, Calles maestro, Cárdenas aprendiz de impresor y trabajador ocasional.

[15] *OC* I, 368.

[16] Acerca de la conversación Cervantes-Solís, dice Azuela en otro sitio (*OC* III, 1081): "Mi situación fue entonces la de Solís en mi novela". Por ello no es procedente considerar a Solís como un te-

meroso revolucionario, como lo hace Vinnítsrenko "Roman 'Te, kto vnizu' i ego mesto v tvorcheskoǐ èvolyutsii Mariǐano Azuèly", en *Meksikanskiǐ realisticheskiǐ roman* XX *veka*, pp. 74-81.

17 *OC* I, 362.

18 *OC* I, 361.

19 *OC* I, 362.

20 *OC* I, 323.

21 *OC* I, 381.

22 *OC* I, 373.

23 *OC* I, 390.

24 *OC* I, 416.

25 Luis Leal ve sólo en la Tercera Parte un cambio en la composición, la pendiente entre derrota y derrota. En su opinión, las dos primeras partes conducen congruentemente a un punto culminante (Luis Leal, *Mariano Azuela.* México, 1961, p. 124). En parte son análogas a las de este capítulo las conclusiones a que llega Seymour Menton ["La estructura épica de *Los de abajo* y un prólogo especulativo", en *Hi*, dic. 1967, pp. 1001-1010].

26 *OC* III, 1078.

27 *OC* III, 1086.

28 Cf. *OC* III, 1087.

29 Cf. *OC*. I, 416.

30 Cf. *OC* III, 1084.

31 Cf. *OC* III, 1033.

32 Cf. *OC* I, 375.

33 Cf. *OC* III, 1083 *s; OC* I, 372.

34 Cf., entre otros, *OC* III, 1083; *OC* I, 372 *s*.

35 *OC* I, 320; *OC* I, 321; *OC* I, 323.

36 Según Francisco Monterde, "En torno a la obra del doctor Azuela". En: *Na*, 13 julio de 1953, suplemento dominical, p. 3.

37 Cf. Francisco Contreras, "Lettres Hispano-américaines". En: *RQ* 1 de mayo de 1930, pp. 740 *s*.; Adolf Disselhoff, Prólogo a: Mariano Azuela, *Die Rotte, Giessen 1930*, p. 7; Carleton Beals, Prólogo a: Mariano Azuela, *The Underdoogs.* Nueva York, 1929, p. XII.

38 Victoriano Salado Álvarez, "Las obras del doctor Azuela". En: *Ex*, 4 de febrero de 1925, p. 5.

39 Valenzuela Rodarte, "Historia de la Literatura en México", p. 429.

40 *Ibid.*, p. 451.

41 Como documentos deben citarse: E. Colín, "Los de abajo". En: *Rasgos.* México 1934, pp. 79-84; Xavier Icaza, *La Revolución Mexicana y la Literatura*, pp. 32 *ss*.; José Mancisidor, "Mi Deuda con

Azuela". En: *Na*, 25 de agosto de 1957, suplemento dominical, p. 3; Gregorio Ortega, Prólogo a: *Los de abajo*. Santiago de Chile, 1930, p. 5.

[42] Últimamente, Magaña-Esquivel se inclina hacia la idea, sostenida por Martínez, de que *Los de abajo* es "adversa a la Revolución", y a la afirmación de que la amargura de Azuela es un misterio (Magaña-Esquivel, *La novela de la Revolución*, pp. 89 s., 97).

[43] Cf. Francisco Monterde, "La Novela Inicial de la Revolución Mexicana". En: *Na*, 3 de agosto de 1958, suplemento dominical, p. 3.

[44] Cf. José Luis Martínez, *Literatura mexicana*. Siglo XX. Tomo I, México, 1949, pp. 41 s.; José Luis Martínez "Las letras patrias". En: *México y la Cultura*. México 1961, p. 413.

[45] Cf. José Alvarado, "La Novela de la Revolución". En: *LP*, 11/1941, p. 3.

[46] "Ni Rabasa ni Azuela, dos de los grandes novelistas de nuestra patria... lograron escapar de los límites que la propia clase social, de que procedían, les fijó. Así la revolución, o la bola, no fueron obra sino de los Quiñones, los Macías o los curros..." (José Mancisidor, "Rabasa, Azuela y la Revolución". En: *IC*, 6/1956, p. 23.

[47] Cf. Malagamba Uriarte, *La novela de Azuela*, pp. 135, 142 s., 147, 150.

EL FINAL DEL CICLO REVOLUCIONARIO

La confrontación de Azuela con los resultados de la Revolución

LAS OBRAS posteriores de Azuela están profundamente influidas por la problemática señalada en el capítulo anterior. Un relato escrito poco después de su vuelta a la patria, en abril de 1916, *El caso López Romero*, lo pone de manifiesto. Está concebido como diario de un intelectual revolucionario, quien, por maderista, pierde su puesto de director de una sucursal de la Casa Singer. Es evidente la simpatía del autor con las masas revolucionarias.[1] El héroe se declara partidario de la Revolución; y lo hace con palabras tomadas de la declaración de Valderrama en la tercera parte de *Los de abajo*: "...amo la revolución como el volcán que irrumpe; al volcán porque es volcán y a la revolución porque es revolución. Pero las piedras que quedan arriba o abajo después del cataclismo ¿qué me importan a mí?"[2]

El curso de los acontecimientos es valorado como en *Los de abajo*. Con la victoria de Carranza, la Revolución ha terminado para Azuela. Éste afirma que, al dar pábulo al surgimiento de una nueva clase explotadora, ha perdido todo sentido para las masas del pueblo. Según Azuela, podría servir de ilustración para un libro titulado: "De cómo nacen y mueren las aristocracias en México."[3] Esta idea es desarrollada en otro relato, *De cómo al fin lloró Juan Pablo*. El fusilamiento del general revolucionario Leocadio Parra, a quién conoció en Jalisco, lo mueve a ajustar las cuentas al carrancismo. Los adeptos de éste habían hecho condenar a Parra por alta traición, en realidad por haberse opuesto a la tendencia de neutralizar las fuerzas revolucionarias. La causa de la rebeldía de Parra era que "en la lógica de mezquite de Juan Pablo no cabrá jamás eso de que después del triunfo de la revolución del pueblo sigan como siempre unos esclavizados a los otros".[4] Cree que los "civilistas" y los "catrines"[5] han robado a las masas los frutos de la Revolución y, mientra espera ser fusilado, se pregunta, con dolorosa perplejidad a quién ha traicionado. Así como Azuela interpretó erróneamente los resultados de la Revolución para las clases dominantes, también los interpretó mal con respecto a las masas laboriosas. Lo manifestó especialmente al no comprender las nuevas formas de la lucha política organizada, a las que durante el resto de sus días llamó demagogia, limitaciones a la libertad y explotación disimulada. Acaso la CROM gobiernista y su dirigente Morones le hayan dado buenos motivos para ello, pero esto no cambia el hecho de que, desde su punto de vista, no comprendió la dinámica de la sociedad posrevolucionaria.

La relación entre literatura y Revolución según Azuela

Muchas declaraciones de Azuela entre 1916 y 1920 muestran que estaba decidido a expresar sus opiniones en sus obras. En un artículo publicado en abril de 1919 con el título de *La novela mexicana,* exige del escritor una confrontación con la realidad y critica acremente a quienes no se interesan por ello. Sarcásticamente comenta: "No hay que esperar nada de los literatos de profesión. ¿Qué saben estas pobres gentes de esas enormes palpitaciones del alma nacional? ... ¿Acaso no es en los momentos de suprema angustia... cuando las lumbreras de nuestros hombres de letras escriben libros que se llaman *Senderos ocultos, La hora del Ticiano, El libro del loco amor?*"[6] Este problema

236

ocupó a Azuela durante años, pues en *Las moscas* y en *Las tribulaciones de una familia decente* presenta a literatos que desde sus torres de marfil contemplan desdeñosamente los sucesos de México y que, en el mejor de los casos, se ocupan en problemas de la época colonial. *La novela mexicana* termina expresando su deseo de que surja un Gorki mexicano capaz de representar en una gran obra la totalidad de la Revolución. Azuela es el único en su época que exige de la novela mexicana la descripción de temas actuales y que —con todas sus limitaciones— la realizó en sus obras. Su tragedia es que, simpatizando con el pueblo y defensor de una verdadera literatura nacional en una época en que todos los escritores estaban contra la representación de la realidad mexicana, zozobra en la contradicción entre su punto de vista, orientado hacia la inmutabilidad moral típica de la pequeña burguesía provinciana y los comienzos del desarrollo de una sociedad burguesa en México, al terminar la Revolución.

"Las moscas"

Todo esto se manifiesta claramente en las tres obras mayores publicadas en 1918: las narraciones *Las moscas* y *Domitilo quiere ser diputado*, y la novela *Las tribulaciones de una familia decente*.

En *Las moscas* se narra el destino de los empleados de gobierno que, después de la batalla de Celaya, huyen de las victoriosas tropas de Obregón. La mayor parte de la acción se desarrolla en Irapuato, cruce de vías férreas, donde se aguarda la entrada de Obregón. El momento está bien escogido: la crisis exigía tomar decisiones. La derrota de Villa era prácticamente segura, y todos aquellos que a fines de 1914 lo habían considerado como el "hombre del futuro" y, oportunistas, se habían unido a él, se hallan ante la necesidad de retractarse de alguna manera. El nuevo "cambio de chaqueta" debe revelar el verdadero carácter de esta capa social. Los personajes principales de la narración son los miembros de la familia Reyes Téllez: Marta, la madre, y sus hijos, la bibliotecaria Matilde, la mecanógrafa Rosita y el profesor Rubén. El medio de "salvación" es muy sencillo: Rubén permanece en Irapuato con un amigo carrancista, para lograr unirse a Obregón; las tres mujeres siguen la retirada de Villa, en espera de la decisión final.

Las circunstancias, las personas y su manera de actuar son típicas. Sin embargo, no se puede considerar a *Las moscas* como un relato realista. Azuela narra el sentimiento de los revolucionarios frente al servilismo de los empleados y funcionarios ante los nuevos "señores": "Los que nunca habíamos vivido de las nóminas del gobierno sentíamos invencible repugnancia por aquel espectáculo que nos parecía de abyección y miseria."[7] A ello hay que agregar que Azuela no establece diferencias entre el típico funcionario del porfirismo, el ex cacique Sinforoso, el abogado Ríos y los profesores y pequeños empleados que en la maquinaria de la dictadura no habían desempeñado ningún papel. Así, incurre en el error de igualar con el mismo rasero a los pequeños y a los realmente poderosos, y de considerarlos como verdaderos representantes de la especie "moscas".

A todo ello hay que agregar un problema artístico. Una toma de decisión es un proceso mental, y, como es sabido, la explicación de tales hechos no es la especialidad de Azuela. Así se vio obligado a presentar ciertos procesos mentales mediante situaciones y conversaciones determinadas. Trató, además, de mostrar un panorama de todas las unidades villistas en retirada, y allí incluye a un médico como figura positiva. Surgen muchas escenas en las que no tiene nada que ver el destino de los Reyes Téllez, y salen de los contornos del relato sin lograr ofrecer un cuadro del conjunto. Además, resulta desfavorable representar a *Las mos-*

cas, a las que Azuela se proponía censurar, en una situación excepcional, que no daba oportunidad para explicar las razones sociales de su conducta. La situación en que se coloca a los personajes sólo permite revelar su bajeza moral. Por todo ello, resultan un tanto rígidos y caricaturescos.

"Domitilo quiere ser diputado"

Mejor lograda es la narración *Domitilo quiere ser diputado.* Don Serapio Alvaradejo, que en largos años de ocupar un puesto público ha amasado una considerable fortuna, desea que su hijo Domitilo ocupe una curul de diputado. Nada se opone a tales deseos, pues el general carrancista Xicoténcatl Robespierre Cebollino, compañero de escuela de Domitilo, se aloja en casa de don Serapio, y éste está seguro de contar con su apoyo. De pronto surgen dificultades al tratar de imponer una contribución a los ricos del lugar. En una carta anónima se advierte a Serapio que, o hace que tal impuesto se reduzca a una cuarta parte, o llegará a manos del general un telegrama en el que, en un momento dado, Serapio enviaba sus felicitaciones a Victoriano Huerta. Serapio sabe que en los siguientes días tendrá que salir del lugar junto con el general, y trata de salvarse prometiendo todos los puestos imaginables al poseedor del telegrama, pues, como él dice, ...con el negocio de los pobres solucionaremos el negocio de los ricos".[8] Sin embargo, el telegrama llega a manos del general porque el escribiente de Serapio trata de extorsionar a su amo para que le permita casarse con su hija. Xicoténcatl Robespierre Cebollino lee el telegrama, rompe a reír a carcajadas y dice a Serapio, que estaba helado de terror: "¡Pero qué rebrutos son sus paisanos, don Serapio" ... ¿Pues qué dirían estos solemnes mentecatos si supieran que yo le serví a Huerta también y que cuando don Porfirio, yo, agente del ministerio pú-

239

blico en Nombre de Dios, hice ahorcar más maderistas que todos los que Huerta, Blanquet y Urrutia juntos hayan podido echarse al plato."[9] La crisis ha pasado. Sin embargo, antes de la feliz conclusión, todos se enteran de que la hija de Serapio ha huido con el escribiente.

El relato se caracteriza por un hábil desarrollo del tema. Sin embargo, el lector tiene la impresión de que los personajes son rígidos y carentes de vida. Esto se explica por el hecho de que Azuela concibió la trama partiendo de ciertas características de Domitilo y especialmente de Serapio, por lo que al final no son verdaderas fuerzas sociales las que causan los acontecimientos, sino tan sólo determinados defectos humanos, lo cual invierte un tanto todas las relaciones.

En tanto que en *Los caciques*, los Del Llano trataban de conservar y mejorar una situación basada en el poderío económico, y son estos intereses sociales los que motivan la maldad y bajeza de esos caciques, en *Domitilo quiere ser diputado* el más inescrupuloso oportunismo ante cualquier situación, expresado por Serapio en la frase "Vivir es adaptarse al medio",[10] es la fuerza principal de la trama, la que mueve las fuerzas del desarrollo social. Se está aquí en presencia de una inversión radical de la escala de valores del autor.

La falta de vida y la impresión de fantoches que producen los personajes Serapio, Cebollino y Domitilo puede limitarse a un problema cognoscitivo. Así, el valor de la obra se reduce por la contradicción entre la concepción metafísica de los personajes y lo típico de las circunstancias. La falsa relación entre contemplación e interpretación de las circunstancias limita la veracidad que el tema pudiera haber dado al relato. El resultado es una mera caricatura; el propio Azuela ha dado esta explicación: ". . . en esos tres breves trabajos puse toda mi pasión, amargura y resentimiento de derrotado. No sólo me afligía mi dura situación económica, sino la derrota total de mi quijotismo; la explotación de la clase humilde seguía como antes y sólo los capataces habían cambiado".[11]

"Las tribulaciones de una familia decente"

Esta novela constituye el final del ciclo de la Revolución. Consta de dos partes: las propias *Tribulaciones de una familia decente*, escritas en forma de autobiografía ficticia y el *Triunfo de Procopio*, en forma de relato objetivo. El tema de la primera parte es el destino de una familia de terratenientes de Zacatecas, que en junio de 1914 huye ante la llegada de los constitucionalistas y en la ciudad de México se empobrece gradualmente, sin perder por ello la fe en la vuelta a sus antiguas posiciones. Esta parte de la novela termina con la entrada de Carranza en la ciudad de México, a principios de 1916. La segunda parte muestra cómo Procopio, el padre de familia, lucha por ganarse el pan mediante su trabajo, y recobra la fuerza moral. Evidentemente, el caso presentado en la primera parte no es excepcional, pero lo problemático de esta novela se hace patente en las posteriores explicaciones de Azuela, que se inclina a considerar el destino del arruinado hacendado Procopio como una especie de redención.[12]

Este hacendado, a quien la Revolución ha liberado de sí mismo y de su papel de explotador, es colocado por Azuela en contraposición con los nuevos ricos del carrancismo.[13] Por eso las proporciones cambian algo en favor de la decaída clase dominante, que es transformada en el verdadero protagonista de la novela; el autor complica aún más la obra al poner su metafísica del dolor como base de la descripción literaria, del destino de Procopio.[14] En su lecho de muerte, en nombre de Azuela, Procopio resume su experiencia de la vida: "Los que buscan la dicha fuera de sí mismos van al fracaso indefectible. Pero para alcanzar el sentido de la vida no hay más que un camino único, el del dolor. Por el dolor se nos revela en toda su verdad nuestra personalidad íntima, y con esa revelación viene aparejada la revelación suprema: el sentido de la vida."[15] Con esta sublimación del trabajo, basada en un sentimiento estoico-trágico de la vida, traza Azuela la raya final bajo el balance de los años de la Revolución.

El punto de vista de Azuela y su afán por dar una validez social general a sus propias experiencias, hacen que incurra en una serie de contradicciones en su creación literaria. Realmente, el caso de un terrateniente venido a menos —tal como se presenta en la segunda parte de la novela— y que, luego, como empleado, llega a sentir una total liberación, no resulta muy típico como comportamiento de latifundistas arruinados. Oscuramente parece convenir en ello el autor: Procopio, educado en el extranjero, había ingresado a la familia Del Prado mediante su matrimonio; y en el círculo de los hacendados era un personaje un tanto excepcional, como lo revelan su conducta humana para con los peones, llena de comprensión social,[16] así como la tranquilidad y ausencia de prejuicios de que hace gala desde el principio de la obra, además de su amor por los libros. A un hombre semejante acaso le parezca una liberación su iniciación de una nueva vida, pero de ninguna manera se lo podrá considerar un típico representante de su clase.

En la composición de la novela se encuentra otra contradicción de graves consecuencias. En tanto que la primera parte representa un aspecto de la Revolución, la segunda constituye una valoración general de la Revolución y sus consecuencias. Este desequilibrio puede explicarse no sólo por una diferencia de profundidad en la visión del autor, sino por un cambio en su manera de pensar. En la primera parte, el lector tiene la impresión de que Azuela, ante todo, trata de presentar algo ridículo. Como en *Las moscas* y en

242

Domitilo quiere ser diputado, en *Las tribulaciones de una familia decente* los personajes representan caracteres atípicos, y resultan caricaturescos. A ello hay que añadir que no se caracterizan por los elementos constitutivos de su ser, sino por simples superficialidades: Agustinita se desmaya a la menor ocasión; Procopio enfurece a su mujer con su calma y su misteriosa sonrisa, sobre todo cuando no está de acuerdo con ella en cuestiones importantes; Francisco José, el hijo que aspira a ser poeta —de los del arte por el arte—, se atiborra de aspirinas en las situaciones críticas, etcétera.

Más problemática aún resulta la segunda parte, donde se trata de narrar la transformación de Procopio dentro del marco general del periodo carrancista. Azuela representa este fenómeno mediante una separación de la familia Vázquez Prado. Agustinita, su hijo Francisco José y —hasta cierto punto— César representan la parte de la familia que no puede ni quiere comprender la nueva situación. El yerno, Pascual, logra unirse a la maquinaria carrancista y hasta llega a ocupar un importante puesto en un ministerio. Aprovechando la situación de los Vázquez Prado, los despoja de sus propiedades. Finalmente, Procopio y su hija Lulú y después también Archibaldo, prometido de ésta superan la situación y encuentran en el trabajo un nuevo sentido de la vida.

La trama, concentrada alrededor del destino de la familia, no deja lugar para motivos sociales, por secundarios que sean, por lo que las causas de los acontecimientos son meras diferencias de carácter. Llega así al extremo cierta esquematización de los caracteres, que ya podía observarse desde *Los de abajo*. Con insuperable monofacetismo, Agustinita es la encarnación de la estupidez, Pascual es el depravado por excelencia y Procopio el ejemplo de bondad y claridad de ideas. Todo llega a caer en el romanticismo, como cuando, en el capítulo séptimo, Pascual felicita a su mujer por su supuesta perversidad, o cuando Procopio se arma de una pistola y las sabias palabras de su hija Lulú le hacen volver al sendero del bien.

La novela resulta un fracaso, porque su mensaje, medido según las circunstancias sociales, es irreal. El conflicto representado tan sólo tiene una motivación subjetiva, y las irregularidades de la composición obligan al autor a esquematizar demasiado.

Con esta novela Azuela termina su ciclo revolucionario. Ante el desarrollo posrevolucionario de México, su actitud es la de un observador resignado, a quien repugnan las nuevas condiciones, y que ya no trata de resolver los problemas existentes mediante la acción social, sino tan sólo por medios individuales y de manera exclusivamente personal.

NOTAS

[1] Cf. *OC* II, 1071.
[2] Cf. *OC* II, 1071.
[3] Cf. *OC* II, 1075.
[4] Cf. *OC* II, 1078.
[5] Cf. *OC* II, 1079.
[6] Cf. *OC* III, 1265. Los libros citados son de González Martínez y aparecieron en 1911.
[7] Cf. *OC* III, 1091.
[8] Cf. *OC* II, 937.
[9] Cf. *OC* II, 948.
[10] Cf. *OC* II, 940.
[11] Cf. *OC* III, 1093.
[12] Cf. *OC* III, 1096 s.
[13] Cf. *OC* III, 1097.
[14] Cf. *OC* III, 1097.
[15] Cf. *OC* I, 565.
[16] Cf. *OC* I, 477.

EL CICLO POSREVOLUCIONARIO

Las siguientes obras de Azuela —*La Malhora* (1923), *El desquite* (1925) y *La luciérnaga* (escrita en 1927, publicada completa por primera vez en 1932)— muestran características que, en varios aspectos, representan un rompimiento con su obra anterior. Resulta nueva la presentación de tomas de conciencia, así como de alucinaciones y complejos de culpa. Por primera vez se vale Azuela del monólogo interno y de la descripción indirecta, siguiendo el modelo de las novelas europeas del periodo de la posguerra. Ambas novedades van junto con la orientación hacia una temática nueva.

El propio Azuela aclara este periodo, al que Monterde llama del "hermetismo", diciendo que el hecho de que la crítica y los escritores nunca prestaran atención a sus novelas lo desanimó de tal manera que decidió hacer concesiones a los métodos literarios que tanto despreciaba, y en adelante, escribir en un "nuevo estilo". Con ello surge la necesidad de analizar las novelas y cuentos "herméticos" y ver si Azuela logró apropiarse de la nueva forma artística y crear obras en un terreno que, a juzgar por sus trabajos anteriores, le era casi desconocido, o si en estas tres obras logró establecer un equilibrio entre su antigua forma narrativa y el nuevo estilo.

"La malhora"

En 1923 apareció el cuento *La malhora*, historia de una joven prostituta llamada Altagracia. Azuela la presenta de quince años, habiendo pasado ya por todas las etapas de la depravación: de todas las muchachas del "Ventarrón" es ella la más arruinada moral y físicamente. Tratando de vengar el asesinato de su padre, cae gravemente herida. En el hospital conoce a la mujer de un médico, que la toma a su cargo. En el segundo capítulo (en forma de monólogo interno) Altagracia está en casa del médico, que es neurótico y creyente en teosofía. El buen trato que recibe y la doctrina teosófica del perdón general no dejan de impresionar a la muchacha. Se cree salvada, y entra al servicio de tres piadosas damas que, habiéndose trasladado de Irapuato a la ciudad de México, después de haber perdido su fortuna en la Revolución, se mantienen de labores de costura. La devoción de las tres damas seduce tanto a Altagracia que pronto empieza a participar en sus prácticas religiosas. Todo va muy bien hasta que, al cabo de cinco años, frente a la iglesia, un domingo, Altagracia se encuentra con la Tapatía —una enemiga de sus tiempos de prostituta—, y tiene con ella una pendencia en público. Las ancianas señoras la despiden inmediatamente, y Altagracia tiene que volver a su antiguo medio, cuyo horror puede ver ahora. Trata entonces de vivir de un trabajo honrado y entra al servicio de un general de la Reforma venido a menos. Pero lo equívoco de su situación la arroja de nuevo al alcoholismo. Y, cuando, al cabo de un mes, vuelven a echarla a la calle por su comportamiento indecoroso, regresa a su antigua profesión, esta vez de lleno. Ardiendo en deseos de venganza, ataca a la Tapatía y a su amante Marcelo con intenciones de matarlos. Sin embargo, después de la primera bofetada, sobreviene algo inesperado: a su rival se le cae la dentadura postiza. Entonces, en lugar de apuñalarla, Altagracia le ofrece un rosario y le pide orar, pues la plegaria es lo único que le queda en el mundo...

Este final sorprendente debe compararse con las conclusiones cargadas de significado simbólico de otras obras de Azuela. El propio autor explica: "...vio clara la verdadera situación de sus enemigos ya viejos y vencidos en la vida y los perdonó con el más profundo desprecio..."[1] Inmediatamente se observa que el cuento trata más bien un "caso clínico" en el sentido del naturalismo, que un reflejo del alma al estilo de Proust o de otros autores europeos que hicieron escuela en la literatura de posguerra. Ello se nota en las descripciones del medio de las prostitutas, en el alcoholismo y en el retorno al viejo medio, determinado por una casualidad. El nuevo psicologismo europeo precisamente acababa de renunciar a los fundamentos seudocientíficos y analizaba, en sus obras más representativas, la conciencia del hombre a quien el desarrollo social no le dejaba otro campo de acción que el autoanálisis. Azuela no comprendió esos nuevos métodos de Europa Occidental.

A pesar de estas limitaciones, puede suponerse que sus descripciones de procesos mentales constituyen principalmente una concesión al gusto literario entonces imperante. En *La malhora* olvida su actitud social para dedicarse a la representación aparentemente objetiva de sucesos carentes de relevancia social. En este cambio de punto de vista y de tema, se encuentra también la ruptura entre el ciclo de la Revolución y las obras del periodo "hermético".

Así pues, se ve que estos intentos de adaptarse a las corrientes literarias constituyen sólo una parte del problema. Es evidente que Azuela trata de describir en *La malhora* un medio completamente nuevo, una vez que había agotado el tema de la Revolución. El breve relato *Paisajes de mi barrio,* escrito en 1920, puede considerarse como precursor de *La malhora.* Para la elección de temas fue de importancia el cambio de ambiente del autor. En la ciudad de México Azuela vivía retirado, atendiendo tan sólo el consultorio y las labores en un hospital. Dado su método literario, es natural que buscara temas que pudiese observar directamente. Por ello, el relato se desarrolla en Tepito, uno de los barrios

248

más pobres y viejos de la capital, donde él mismo vivía.[2]
Si bien las labores de los habitantes de Tepito —si es que
tenían algunas— resultaban imposibles de observar, en cambio uno de los aspectos más llamativos de la vida del barrio
era el continuo ir y venir de los parroquianos de las pul-
querías. Por eso, puede decirse que el pasaje del ciclo revolucionario al periodo "hermético" no sólo fue determinado
por la adopción de ciertas fórmulas literarias, sino, en igual
medida, por el cambio de ambiente.

Como lo muestra *La malhora*, este factor es de importancia para la técnica de Azuela. El primer capítulo contiene
doce páginas, en tanto que los cuatro capítulos siguientes,
donde se narra el destino de Altagracia, comprenden catorce. El primer capítulo podría ser un cuento completo.
Está escrito a la manera de las mejores obras anteriores
de Azuela, y sólo evoca sensaciones concretas, tanto ópticas
como acústicas. Se ve obligado a volver al estilo indirecto
de sus obras anteriores, como lo muestran la referencia
al régimen de Carranza[3] y la narración de los antecedentes
de Altagracia durante un interrogatorio.[4] Desde luego, el
nuevo tema obliga a modificar algunos elementos formales. Esto puede decirse especialmente de las descripciones de
paisajes, como "...un cielo bituminoso como el asfalto mo-
jado de las calles acababa de engullirse al sol";[5] o bien:
"Había dejado de llover, el cielo se despejaba en una inmensa plancha de zinc, la luna subía como pedazo de oblea
y el aire zumbaba en tropelío desenfrenado de saetas".[6]
Con el primer capítulo de *La malhora* logra hacer que su
técnica representativa se base en la reproducción de sensaciones concretas y que, como corresponde al nuevo medio,
resulte más complicada que en sus obras anteriores. En
realidad, logra efectos que, comparados con las obras de
otros autores, pueden considerarse nuevos.

En el cuento *El desquite,* publicado en 1925, más obviamente que en *La malhora,* se vale Azuela de una técnica narrativa modernizante. El tema es el siguiente: Lupe, hija de una de las más antiguas familias de una ciudad de provincia —indudablemente Lagos— rompe con su pretendiente Martín, para casarse con el indígena Blas, apodado Huachichile, hijo de un arriero venido a más. La pareja, bastante desavenida, no tiene hijos, y el matrimonio llega a hacerse una carga insoportable para Lupe. Con objeto de darle en qué ocuparse, Blas lleva entonces a su casa a un pequeño pariente suyo, Ricardo, que en pocos años es un muchacho crecido, y durante la Revolución logra hacerse de una pequeña fortuna. Ricardo concibe el plan de heredar todas las propiedades de Blas. Con este fin, intenta seducir a su madre adoptiva, después de colocar en el jardín a unos "testigos". El plan fracasa, y entonces Ricardo envía a Blas unas cartas anónimas en que acusa a Lupe de haber tenido relaciones sexuales con él. Blas pide cuentas a su mujer y ésta logra persuadirlo de su inocencia. Ambos se retiran entonces a su rancho, donde Blas muere al cabo de pocas semanas. La gente empieza a hablar de asesinato. La propia Lupe relata después a un supuesto narrador cómo murió Blas: "—Yo no hice más que defender mi vida... mi vida y lo que era mío. ¿Comprende usted? Aquello no tenía más que un remedio, quitárselo a mis enemigos. Y no había más que un camino: el alcohol..."[7] Sin embargo, la muerte de Blas no queda sin venganza: Lupe es víctima de alucinaciones, y continuamente ve ante ella los ojos de su "difunto" marido.

También esta narración es naturalista en principio. Sin embargo, no llega a analizar la perturbación de las facultades mentales de Lupe, contentándose con describir sus alucinaciones. Aunque la obra está basada en un caso psiquiátrico, la representación de éste sólo ocupa un fragmento del relato, en el que se narra la muerte del esposo.

Por su forma de presentar las cosas, Azuela realmente intenta crear un procedimiento narrativo moderno. Toda la trama, hasta los dos últimos párrafos, está representada indirectamente, por medio de un supuesto narrador, un médico, quien va entrevistándose con diversas personas, y de cuyas declaraciones va surgiendo gradualmente el conjunto de los hechos. Ocho de los trece capítulos están dedicados a la presentación indirecta de la muerte de Blas. El autor logra esto diestramente, al ir pasando por los meros chismes de los provincianos, hasta llegar a la declaración de la propia Lupe. Como un mosaico va apareciendo, con claridad cada vez mayor, un cuadro completo de lo sucedido.

La influencia de las corrientes europeas modernas se manifiesta hasta en los mínimos detalles técnicos, pero sin desplazar a los elementos tradicionales de la narrativa de Azuela. Por ejemplo, el primer capítulo es la descripción de un viaje en tranvía, en el que se entretejen reminiscencias de la juventud de Lupe y de Martín; es decir, se trata de un relato en dos diferentes niveles de tiempo, que se entrecruzan. Podrían citarse otros ejemplos de una técnica narrativa influida por el surrealismo, pero es interesante observar que Azuela no permanece fiel a la nueva forma literaria. La mayor parte de los capítulos se convierten, en esencia, en cuadros costumbristas, a los que se impone su propio estilo. En *El desquite* es donde llega más lejos su adopción de los nuevos modelos literarios. Pero es interesante observar que Azuela ha esquivado hábilmente toda reproducción de problemas de conciencia, por lo que puede decirse que logró armonizar el "modernismo" literario con su propia técnica narrativa.

Un caso diferente presenta la novela *La luciérnaga,* algunas de cuyas partes aparecieron desde 1927 en diversas revistas. Ya completa, fue publicada en España en 1932, pero puede suponerse que había sido terminada en junio de 1927. Entre *El desquite* y *La luciérnaga* ocurrió un acontecimiento de enorme importancia para Azuela: el "descubrimiento" de *Los de abajo,* ocasionado por una polémica literaria a fines de 1924 y principios de 1925. De la noche a la mañana se convirtió en una estrella literaria de primera magnitud. En poco tiempo, *Los de abajo* era conocido en todo el mundo, y la celebridad de su autor estaba asegurada.

La luciérnaga se divide en cuatro partes. Se refiere al destino de una acaudalada familia que durante la Revolución abandona el pequeño poblado de Cieneguilla para dirigirse a la capital, así como a la lenta degradación de Dionisio, cabeza de la familia, por un sentimiento de culpa que lo lleva al alcoholismo. Azuela coloca estos acontecimientos en mitad del proceso de desarrollo de México, desatado por la Revolución. Las dos primeras partes presentan las repercusiones de la Revolución, y las dos últimas describen los primeros años del régimen de Plutarco Elías Calles, que asumió el poder en diciembre de 1924. Se describen los procesos sociales ocurridos en esta época, tanto en la capital como en el interior, por lo cual puede afirmarse que *La luciérnaga* es la novela más completa que Azuela escribió después de *Los de abajo.* Es de suponer que esta vuelta a los problemas sociales tiene relación con el reconocimiento público del autor después del descubrimiento de *Los de abajo.*

En la primera parte se narra, casi siempre indirectamente, cómo don Bartolo, acomodado burgués de Cieneguilla, lega a sus hijos José María y Dionisio una fortuna que, por recomendación del sagaz José María, es dividida de esta manera: él se queda con las propiedades y el mobiliario, y su hermano recibe quince mil pesos en efectivo. Dionisio considera que tal cantidad le bastará para iniciar un negocio, y con su mujer, Conchita, y sus cuatro hijos, se dirige a la capital para hacer fortuna y dar a sus hijos una educación que no podría ofrecerles en el interior. Pero este ingenuo provinciano ha calculado mal: abandona la apacible y segura atmósfera de la provincia para sumergirse en un medio en que cada uno está decidido a enriquecerse a como dé lugar y a expensas de los demás. Sus quince mil pesos son codiciable presa, tanto para los propietarios de hoteles y restaurantes, que le presentan enormes cuentas, como para incontables "paisanos" que se le acercan para "ayudarlo" en su nueva vida, dispuestos a desplumarlo concienzudamente. Todos los intentos de Dionisio por establecerse fracasan. Un día ocurre un accidente singular: un camión se estrella contra un tranvía repleto de pasajeros; el conductor del camión se fuga, pero a media cuadra se desploma y poco después muere, sin haber recobrado el conocimiento. La familia de Dionisio se entera por los periódicos de que el camión destrozado era el de su propiedad: lo único que les quedaba. Dionisio se da a la bebida y se hunde en una apatía total.

La novela comienza con el accidente. Poco a poco el lector se va enterando de que el propio Dionisio conducía el camión cuando la catástrofe, evidentemente provocada con intención de quitarse la vida. Sin embargo, salió de ella ileso y pudo huir inadvertido. Así, su ebriedad y apatía no sólo son resultado de su infortunio, sino también de un torturante sentimiento de culpa.

Los antecedentes aparecen entremezclados en la trama de la primera parte, para que el lector vaya orientándose poco a poco. El verdadero tema es la ruina de Dionisio, el "eclipse total de su entendimiento y de su voluntad",[8] y la creciente miseria de su familia. Azuela se limita a esbozar las etapas de este camino. Como complemento de la presentación de antecedentes, narra por separado ciertos acontecimientos: el préstamo de cinco pesos por el hombre que había inducido a Dionisio a participar en un negocio de estupefacientes, y el compromiso de la hija, María Cristina, con don Antonio, quien sin que la familia lo sepa es uno de los principales acreedores del padre arruinado. Finalmente, toda la familia vive del cuerpo de la hija y de lo que ocasionalmente puede sustraer. Como de cualquier modo esto resulta mejor que morirse de hambre, los antes orgullosos y dignos provincianos se resignan a su destino.

En la segunda parte, la escena se traslada a Cieneguilla, para presentar al hermano de Dionisio. A ratos en un monólogo interior, a ratos en sueños fantásticos, José María comenta las dos peticiones de ayuda de su hermano: una carta no recibe contestación, y un telegrama en que Dionisio amenazaba con el suicidio tampoco logra conmover a este implacable avaro. Tan sólo al leer en un periódico que María Cristina ha sido asesinada, lega a su hermano en su testamento 2 578.13 pesos, que le había estafado. La inminente muerte de José María da ocasión a ciertas consideraciones sobre su vida. Heredero de la sólida fortuna de su padre, ha resistido los avatares de la Revolución, y hasta ha logrado enriquecerse. Por su disposición, esta segunda parte contrasta con la primera, pues es fundamentalmente el estudio de un carácter. Como casi no se presentan en ella más que procesos psíquicos, no está tan bien lograda como la primera; sólo un atento análisis revela que pretende ser un retrato del avaro provinciano.

En la tercera parte, la narración vuelve a la ciudad de México, poco después de la toma de posesión de Calles. Pronto resulta obvio que Azuela aprovecha cualquier oportunidad para atacar a Calles y su gobierno. La trama es la siguiente: con el dinero heredado de su hermano, Dionisio abre una tienda; pero muy pronto debe cerrarla, porque su ingenuidad lo hace fácil presa de los inspectores, que por esto o lo otro aseguran que ha violado tal o cual reglamento y lo abruman con multas y confiscaciones, para su enriquecimiento personal. Finalmente, multan a Dionisio al encontrarle un bote de gasolina empleado para guardar agua, pues carece de licencia para vender gasolina, y los inspectores consideran que la presencia de la lata es suficiente prueba de su culpabilidad. En esta situación, Dionisio conoce a la Generala, quien le aconseja abrir una pulquería. Según lo acordado, Dionisio pone el dinero y el trabajo, la Generala se encarga de que las autoridades no lleguen a molestar, y el negocio marcha a las mil maravillas. Pero la Generala pone a Dionisio en contacto con algunas figuras del hampa. Indudablemente, estas relaciones tienen un sentido más profudo: por una parte, indican que el régimen callista[9] no es más que el hampa en el poder; por otra, insinúan que durante el periodo "constructivo" de México sólo era posible obtener éxito en complicidad con elementos antisociales.

Azuela no sólo piensa en lograr una trama efectiva, sino en representar un proceso típico: así lo revela el relato de la disolución de la familia de Dionisio. Dinero no falta, pero Dionisio ya no es dueño de sus actos, y se ha aislado de sí mismo y de su familia a tal grado que es incapaz de cuidar de ella. Su hijo Sebastián muere. Entonces, para preservar a sus otros dos hijos de los peligros físicos y morales de la capital, Conchita se va con ellos a Cieneguilla, sin avisar siquiera a su marido. El día de Navidad de ese mismo año la catástrofe alcanza a Dionisio: la Generala abre la caja y desaparece llevándose todo el dinero. Sin familia ni amigos, Dionisio vuelve a caer en la miseria, de la que se creyó salvado al precio de abandonar su personalidad.

En la cuarta parte, el escenario de nuevo es Cieneguilla. Con trabajo mantiene Conchita a su familia, y educa a sus hijos en la escuela católica. Es la época de la agitación cristera, y el fanatismo de los provincianos inicialmente facilita a la familia el regreso a la normalidad, porque éstos creen ver en ella a una aliada contra la política antirreligiosa del gobierno. Pero eso no dura mucho. Conchita, que vivió alejada de esa provinciana estrechez de criterio, ya no puede compartir el fanatismo de los lugareños e inevitablemente se crea un vacío a su alrededor. Esto representa una tragedia, pues ella ha huido de un mundo que hizo de su hija una prostituta y de su hijo miembro de una banda de adolescentes descarriados, y ahora con sus otros hijos ha venido a dar a un medio que la rechaza. En una parte, el torbellino del desarrollo capitalista de la gran ciudad; en la otra, la sociedad provinciana, tranquila y segura, pero no menos hostil por su intolerancia y su fanatismo. Y ella, en medio, arrojada de todas partes.

En Cieneguilla, Conchita se entera por el periódico de que Dionisio, al cometer un delito misterioso, ha sido gravemente herido. Después de luchar consigo misma, decide regresar a él. Al salir Dionisio del hospital, vuelven a encontrarse, y él dice: —"Me *latía* que tendrías que volver..."[10] Tal es el final de la novela.

Como en el caso de *Los de abajo*, el final emotivo de *La luciérnaga* influyó sobre los juicios de los críticos, que en su mayoría lo han considerado como un canto a la fidelidad y la abnegación de la esposa y madre. Sin embargo, tal pensamiento cubre sólo seis de las cien páginas de la novela, sin contar el hecho de que Conchita vuelve a la ciudad de México a compartir la miseria de su marido, y no a vivir con un sujeto degenerado, sacrificando su recobrada libertad, pues Dionisio es exclusivamente víctima. Es infundado suponer que *La luciérnaga* glorifica a la mujer sumisa y abnegada. Semejante interpretación ni siquiera sería aplicable al final, mucho menos a toda la novela, cuyo mensaje se reduciría al mínimo. Antes bien, *La luciérnaga* quiere ser una descripción crítico-realista de la sociedad mexicana de los veintes.

Es sorprendente que Azuela, en su periodo "hermético", haya logrado escribir semejante obra. El hecho decisivo fue que después de *El desquite* se volvió hacia la realidad, en lo que colaboró el tardío pero enorme triunfo de *Los de abajo*. Sin embargo, ello no lo explica todo: debe recordarse que la siguiente novela, *El camarada Pantoja* (1928), no es una obra realista.

Una causa importante del apego de *La luciérnaga* a la realidad es sin duda la simpatía que Azuela siempre tuvo por el hombre del pueblo, y que le servía de norma para juzgar las condiciones sociales de México. Así, en esta novela narra cómo un hombre sencillo, deseoso de asegurar el pan de su familia, resulta víctima de las tendencias capitalistas del México posrevolucionario. Debe insistirse en ello, pues ya en *El camarada Pantoja*, aunque el autor siga fundándose en su humanismo, la realidad está deformada, porque Azuela se introduce en la esfera de la política y no en la del trabajo. Y fracasa, porque no conoce bien este tema. La enconada crítica que en la tercera y la cuarta parte de *La luciérnaga* hace Azuela del régimen de Calles es precursora de su ataque en *El camarada Pantoja*.

La estructura de *La luciérnaga* no es homogénea, sino que, como es frecuente en Azuela, muestra algunas incongruencias, debido a su costumbre de escribir improvisando. Ello puede decirse especialmente de la situación de la segunda parte en el conjunto de la novela, de la diferencia entre las partes primera y tercera, y del final, cargado de una emoción algo ajena al mensaje de la obra. En las partes narrativas e informativas, el estilo es el de las antiguas novelas; en cambio, es más cortado en el monólogo interior, en las fantasías y en las conversaciones sostenidas bajo el influjo del alcohol. Los jirones de pensamiento dificultan un poco la comprensión.

257

Si se analizan las tres obras del periodo "hermético" se verá que Azuela sólo siguió la forma, pero no los tema ni el mensaje de las nuevas corrientes literarias surgida o difundidas en Europa Occidental después de la primer Guerra Mundial. Ello tuvo por consecuencia, junto con l representación del nuevo ambiente de la capital, un resur gimiento de los rasgos del naturalismo y, por otra parte ciertos experimentos de forma. Todo esto puede apreciars ya en *La malhora*, alcanza su punto culminante en *El des quite*, y en *La luciérnaga* vuelve a ser desplazado por un concepción realista, después de que, en 1924-1925, habí sido descubierto *Los de abajo* y la fama de su autor estab bien cimentada.

NOTAS

[1] Carta a Bernard M. Dulsey, el 16 de enero de 1950; citada según: Bernard M. Dulsey, "Azuela Revisited". En: *Hi*, año 35, 951, p. 332.

[2] Al respecto es interesante que Monterde vea en *Rumba*, de ngel de Campo, una precursora de *La malhora*. Francisco Monterde, "La Etapa del hermetismo en la obra del Dr. Mariano Azuela". ;n: *CA*, año 9, 3/1952, p. 287.

[3] Cf. *OC* II, 953.

[4] Cf. *OC* II, 958.

[5] Cf. *OC* II, 951.

[6] Cf. *OC* II, 961.

[7] Cf. *OC* II, 1003.

[8] Cf. *OC* I, 594.

[9] Cf. *OC* I, 636: "... tenemos que trabajar duro, porque si Calles uelta la silla y no nos hemos juntado con medio millón de pesos iquiera, en premio de su atolondramiento, le pongo una bala entre as cejas".

[10] Cf. *OC* I, 667.

EL DESARROLLO DE LA NOVELA DE LA REVOLUCIÓN MEXICANA DE 1928 A 1947

Los antecedentes

LA OBRA de Azuela, especialmente *Los de abajo*, pasó prácticamente inadvertida durante años, por más que no eran difíciles de conseguir. La causa de ello puede atribuirse principalmente a que no había un público adecuado. Los potenciales lectores de Azuela eran sobre todo los trabajadores de las provincias, pero ese medio consta, en gran parte, de analfabetos o semianalfabetos. Además, y con pocas excepciones, la venta de libros estaba bastante mal organizada en el interior. En la capital era mucho mayor el número de amantes de la literatura, pero por su menor interés por la vida provinciana, este público tenía que mostrarse más renuente a aceptar las obras de Azuela. A ello debe añadirse que éste buscó el apoyo y la comprensión de escritores y críticos entre los que prácticamente no había revolucionarios. Porfirianos o, en el mejor de los casos, ateneístas, no comprendieron el valor político ni el literario de esa obra, y por ello no le atribuyeron importancia. A partir de 1916 Azuela se aisló cada vez más de las masas condenándose al olvido. Nada hizo en relación con el movimiento revolucionario de los veintes, que hubiese podido darle fama de escritor revolucionario. Si se prescinde de este último factor, se verá que el infortunio de Azuela era un síntoma de las desfavorables condiciones existentes para el mayor desenvolvimiento de una literatura revolucionaria. Las masas se hallaban al principio de su avance para convertirse en una fuerza política organizada, despertando apenas a la conciencia social, y eran incapaces de apoyar la creación de una literatura revolucionaria. Y casi todos los escritores se mostraban hostiles a la Revolución.[1] El desarrollo de la novela de la Revolución está en estrecha dependencia con el desarrollo de las masas revolucionarias, que entró en una nueva etapa durante la campaña electoral de Calles —quien por entonces representaba un programa nacional consecuente—, y con la lucha contra De la Huerta. A este periodo pertenece el libro de poemas *Sangre roja*, de Gutiérrez Cruz, así como la entrada de una parte de los estridentistas al campo de la Revolución.

La polémica literaria a mediados de los veintes y el descubrimiento de "Los de abajo"

En la literatura narrativa puede observarse, desde principios de los veintes, un aumento constante de obras de contenido revolucionario,[2] que en su mayoría aparecieron en los periódicos. El asesinato de Pancho Villa, ocurrido el 20 de julio de 1923, al recrudecerse los conflictos sociales, dio origen a una serie de memorias de la Revolución, de las que deben mencionarse *Memorias de Pancho Villa*, publicadas por Rafael F. Muñoz en 1923, y *Pancho Villa, una vida de romance y de tragedia*, de Teodoro Torres, publicado en 1924. En el terreno de la historia ganó considerablemente la Revolución como tema literario. Un punto culminante de este proceso lo representó, en 1924 y 1925, el "descubrimiento" de Mariano Azuela.

La discusión comenzó el 20 de noviembre de 1924, cuando el crítico progresista José Corral Rigan verificó la influencia de la Revolución sobre la literatura, y escribió: "La Revolución tiene un gran pintor: Diego Rivera. Un gran poeta: Maples Arce. Un futuro gran novelista: Mariano Azuela, cuando escriba la novela de la revolución."[3] En el mismo sentido habló en diciembre de 1924 Gregorio Ortega.[4] El 20 de diciembre le contestó Julio Jiménez Rueda. Siguió una viva polémica entre Jiménez Rueda y Salado Álvarez por un bando, y Francisco Monterde, Ortega y varios escritores jóvenes, por el otro. Pero debe decirse, de acuerdo con Englekirk,[5] que el debate no se desató por el artículo de Jiménez Rueda, sino por las manifestaciones optimistas de Corral Rigan. Jiménez Rueda admitió que la literatura mexicana hasta entonces había imitado, sin duda, los modelos del extranjero, pero teniendo, al menos, chispazos de genio y de originalidad; en cambio, ni siquiera eso podía alegarse en favor de la literatura actual: "Pero hoy... hasta el tipo de hombre que piensa ha degenerado... Es que ahora suele encontrarse el éxito, más que en los puntos de la pluma, en las complicadas artes del tocador."[6] Tras este ataque a la literatura contemporánea encastillada en su "torre de marfil", pregunta Jiménez Rueda cuál es la causa de que, después de catorce años de Revolución, "no haya aparecido la obra poética, narrativa y trágica que sea compendio y cifra de las agitaciones del pueblo en todo ese periodo de cruenta guerra civil, apasionada pugna de intereses... El pueblo ha arrastrado su miseria ante nosotros sin merecer tan siquiera un breve instante de contemplación".[7] En el curso de la polémica, Jiménez Rueda también la emprendió violentamente contra la "literatura social", asegurando que sólo chillaba por llamar la atención del público.[8] En otro párrafo asegura: "Hasta en la lucha de clases, los... socialistas se miran en la literatura con anteojos extranjeros. El tumulto de nuestras ciudades se equipara a Chicago y a nuestros campesinos les falta poco para emborracharse con vodka en vez del tradicional y democrático curado de los llanos de Apam."[9] El "afeminamiento" de los literatos indiferentes a todo lo social coincide, según Jiménez Rueda, con la "decadencia" de la literatura, motiada por la intrusión de un arte político, al que tilda de falsificador de la esencia nacional. Es clara la intención de sta crítica: no debe olvidarse que los artículos de Jiménez Rueda aparecieron el 20 de diciembre de 1924, el 17 de nero de 1925 y el 26 de enero del mismo año; es decir, cuando más alarmadas estaban las fuerzas conservadoras por la toma del gobierno por parte de Calles.

El primer artículo de Jiménez Rueda encontró respuesta de Francisco Monterde, quien ya en 1919 y 1920 había llamado la atención general sobre las obras de Azuela, y que a propósito del ciclo revolucionario había manifestado: "Estas obras que se escribieron sin duda en el fragor de los combates o bajo la depresión de las persecuciones, revelan cierto descuido en su factura; pero sin dejar por ello de ser cuadros de una creación vigorosa de sociólogo y artista."[10] Y afirma que hay muchos buenos escritores mexicanos, entre ellos Azuela, cuyas obras son desconocidas: "Quienes busquen el reflejo fiel... de nuestras últimas revoluciones tienen que acudir a sus páginas... es el novelista mexicano de la revolución, el que echa de menos Jiménez Rueda en la primera parte de su artículo."[11] Monterde se explaya sobre las circunstancias que, en su opinión, motivan que buenos libros mexicanos carezcan de lectores. Según él, la causa principal es la falta de una buena crítica literaria.[12]

Con esta conclusión, a la que también llega Torres-Rioseco,[13] queda dilucidada una cuestión importante: la de la orientación ideológica del público y del escritor. Sin embargo, tan difundida opinión pronto encontró opositores, entre ellos Victoriano Salado Álvarez, el escritor crítico y liberal de tiempos de la dictadura, quien trató de llevar ad absurdum las afirmaciones de Monterde. En un extenso artículo afirmó terminantemente que no existía una novela mexicana moderna: "Para quince años vamos de bailoteo revolucionario, y no veo todavía al primer literato impregnado en las opiniones y en las tendencias de los tiempos actuales."[14] Al siguiente día le respondió Monterde, atacando la superficialidad y el servilismo de los críticos literarios mexicanos, entre ellos ". . . personas tan ilustradas como don Victoriano Salado Álvarez",[15] que no se enteraban siquiera de la existencia de un libro tan excelente y tan raro como *Los de abajo*. En otro artículo Monterde abandonó su cometido y atacó indirectamente el punto de vista social de los críticos conservadores: "Los sesudos críticos citados por el señor Salado Álvarez, los que forman la élite, el grupo selecto de 'los de arriba', en nuestra mal llamada 'república de las letras', callaron entonces insensibes y desdeñosos, haciéndose los desentendidos y contribuyendo con su lamentable desidia, a mantener esa conjuración del silencio que hace un vacío injusto en torno de una obra buena."[16] Con esto, la discusión acerca de Azuela y de la literatura mexicana moderna entró en una nueva etapa: los contendientes no se limitaron ya a un fenómeno meramente literario, sino que tomaron partido, en pro o en contra de la Revolución.

Una vez agotados los argumentos literarios, Jiménez Rueda se había explayado ya sobre problemas políticos. En la segunda etapa de la discusión, ocupó su lugar Salado Álvarez, quien negó la existencia de una literatura revolucionaria pues, por una parte, la Revolución no era sino una empresa caótica y demagógica que debía repugnar al escritor y hacerle volver a toda prisa a su torre de marfil, y por otra, la literatura revolucionaria que se leía en los grupitos de intelectuales no era revolucionaria, precisamente porque el pueblo no la leía.[17] Salado Álvarez pretende encontrar la causa de esto en la perversión de la Revolución Mexicana, a la que demagógicamente compara con la Revolución de Octubre, ya entonces muy comentada en México: "Curiosos son en verdad estos revolucionarios rusos. No ha faltado barbilindo mexicano que les encuentre semejanza con los nuestros, que en verdad se les parecen tanto como la "rara avis in terror [!] nigroque similima cygno [!]" se parece a cualquiera otra ave o cuadrúpedo ignorado. Aquí ha faltado todo lo que ha sobrado allá: el espíritu de sacrificio, el desinterés, la buena fe, el aura mística."[18] En otras palabras, según él, no hay en México ninguna literatura revolucionaria porque no hay revolucionarios. Tras dejar esto en claro, Salado Álvarez pasa a negar el carácter revolucionario de *Los de abajo*: dando rienda suelta a su odio a la Revolución, llama "patibularios y lombrosianos"[19] a los personajes de la novela, para terminar diciendo: "...esta novela no es revolucionaria porque abomina de la revolución, ni es reaccionaria porque no añora ningún pasado y porque la reacción se llamaba Francisco Villa cuando la obra se escribió. Es neta y francamente nihilista: si alguna enseñanza se desprendiera de ella... sería que el movimiento ha sido vano, que los famosos revolucionarios conscientes o de buena fe no existieron o están arrepentidos de su obra y detestándola más que sus propios enemigos".[20] Al parecer, Salado Álvarez no quedó satisfecho con ello, pues se empeñó entonces en "demostrar" que el libro de Azuela ni aun era literatura: "...quiero insistir en algo que dije a Azuela desde que conocí su primer rasguño literario. Sus obras no están bien escritas; no sólo tienen concordancias gallegas, inútiles repeticiones, faltas garrafales de estilo; carecen hasta de ortografía, de la ortografía elemental que se aprende en tercer año de primaria... No hay obra duradera en forma descuidada... y con mala ortografía".[21] Con ello queda "liquidado" Azuela, y Salado Álvarez se quita la máscara: donde no puede decir abiertamente que se opone a la representación de la Revolución y a toda literatura revolucionaria, echa mano del tradicional argumento de todos los reaccionarios en cuestiones literarias: el opositor no sabe escribir y su obra no es literatura sino, en el mejor de los casos, documentación.[22]

Tras el ataque frontal de Salado Álvarez a las obras de Azuela, el asunto se ventiló abiertamente, en su verdadero contenido social, provocando una decidida respuesta de los intelectuales y escritores progresistas. Pocos días después de aparecer el artículo de Salado Álvarez, Carlos Noriega Hope, convertido en portavoz de las fuerzas de avanzada, llamó a las cosas por su nombre: "Diríase que existe un afán oculto de oscurecer al doctor Azuela, hasta hoy alejado de los corrillos literarios del porfirismo."[23] A continuación habla del impulso aún bastante espontáneo de la juventud, hacia la creación de una literatura actual. Por ello, saluda la obra de Azuela, a la que los viejos pasan por alto, y cuya fuerza de expresión tratan de negar atribuyéndole incompetencia.[24] Los jóvenes no se quedaron cruzados de brazos, y derrotaron a sus oponentes al publicar las obras de Azuela en *El Universal Ilustrado*, dándolas a conocer así al gran público.[25] Desde fines de enero de 1925, antes del gran ataque de Salado Álvarez, que así resultó una especie de acción defensiva, apareció *Los de abajo*; en febrero se publicó *Mala yerba* y en julio y agosto, respectivamente, *El desquite* y una parte de *La malhora*.[26]

En 1927 los estridentistas publicaron en Jalapa *Los de abajo* en forma de libro. El mismo año se publicaron en Madrid dos ediciones, en 1929 una en Buenos Aires, en 1930 otra en Madrid.[27] El triunfo de *Los de abajo* continuó con sus traducciones al inglés (Nueva York, 1929 y Londres, 1930), al francés (1929 y 1930) y al alemán (1930). Azuela se había abierto paso y la literatura de la Revolución había conseguido su primer triunfo. El "descubrimiento" de Azuela no se debió a una casual disputa entre eruditos; es resultado de un proceso lógico, y constituye un paso decisivo hacia el establecimiento de la novela de la Revolución Mexicana.

La publicación de *Los de abajo* en *El Universal Gráfico* dejó una huella permanente en los jóvenes intelectuales que buscaban una nueva literatura mexicana. Explícitamente lo dijo Víctor O. Moya en una nota necrológica sobre Azuela:

"...en *Los de abajo* estaba reflejada con notable exactitud toda la vida del mexicano con sus personajes vivos... Los patriarcas, rancheros y peones que había conocido, revivían en las páginas del libro y, por primera vez, se realizó el milagro de fundir la vida real con la literatura. Después presté la obra a mis amigos que... la recibieron con frialdad. No conocían la vida de provincia y aquellos rancheros les resultaban tan extraños como los piratas de Malasia. Aquello me desconcertó y más aún cuando varias personas mayores, de reconocido buen gusto, comentaron desdeñosamente *Los de abajo* como una obra de 'pelados' y hablaban con entusiasmo de Lorrain... y otros 'diabólicos' entonces muy de moda".[28]

Una serie de novelistas de la Revolución quedaron tan impresionados por la lectura de *Los de abajo*, que empezaron a dar forma literaria a sus recuerdos. José Rubén Romero conoció la obra en Barcelona, en 1930, y luego declaró que los personajes y acontecimientos narrados "me sirvieron de acicate para decidirme a escribir todas las cosas que yo llevaba dentro".[29] Su admiración por Azuela llegó tan lejos que exclamó: "¡Oh, si yo hubiera escrito *Los de abajo!*"[30] Mancisidor atribuye tanta importancia al descubrimiento de *Los de abajo* que escribió: "La aparición de Azuela, en la novelística nacional, constituyó un punto de partida. *Los de abajo* vinieron a revelar al mundo todo, la existencia de un México que siempre le fue ignorado."[31] "Nosotros, los novelistas llamados 'de la Revolución', podemos decir que todos procedemos de *Los de abajo*, de Mariano Azuela, aunque algunos, como yo, hayamos procurado apartarnos de la 'línea' que el novelista jalisciense empleó para la creación de la más representativa de sus obras."[32] Esta opinión, varias veces expresada por Mancisidor,[33] predomina en las obras de crítica e historia de la novela de la Revolución Mexicana,[34] pero da motivo a discusiones.

Así, Francisco Monterde escribe: "Como la novela *Los*

de abajo empezó a ser ampliamente conocida en 1925, la novela de la revolución se desarrolló... en el segundo cuarto del siglo actual." [35] Ello es querer explicar el surgimiento de una corriente literaria por una serie de hechos casuales, y considerar el descubrimiento de *Los de abajo* —cuya causa principal fue la agudización cada vez mayor de las contradicciones sociales— como una afortunada eventualidad. También se ha manifestado una tendencia a ver la publicación de la obra de Azuela como el principio del desarrollo de la novela de la Revolución. En contra de esta teoría está el hecho decisivo de que antes de 1928 no se inicia una continua tradición novelística. Se demostrará que la novela de la Revolución corresponde, ante todo, a ciertas necesidades sociales, pero que algunos de sus autores se inspiraron en *Los de abajo* conocida desde 1925. Así José Luis Martínez se refiere a la "producción de las llamadas novelas de la Revolución, que viene en cierta manera del descubrimiento de *Los de abajo* de Mariano Azuela".[36] El descubrimiento de esta novela no inició el desarrollo de la novela de la Revolución, sino que es el producto más importante de sus antecedentes inmediatos. Como dice Luis Alberto Sánchez, la novela surge "cuando los sucesos subsecuentes al estallido de 1910 toman forma y entran en pugna con sus propios principios".[37]

Los folletines literarios como precursores de la novela de la Revolución

Entre los antecesores de la novela de la Revolución Mexicana desempeñan un papel importante algunos de los periódicos que mostraron interés por divulgar la cultura. Ello tiene importancia literaria, pues muestra un creciente interés del público, y allana el camino a cierta corriente de la novela de la Revolución.

Como es sabido, durante los veintes —especialmente bajo el régimen de Calles—, la ciudad de México se desarrolló rápidamente y registró un notable aumento de población. La gran emigración procedente de las provincias y la progresiva proletarización de las masas influyeron sobre la prensa. Ya en 1925 había observado Francisco Carreño un desenvolvimiento cuantitativo de la novela corta, que en gran medida atribuía a la labor del director de *El Universal Ilustrado*, Carlos Noriega. Hope.[38] Este progreso siguió adelante. *El Universal Ilustrado* fomentó enérgicamente la publicación de relatos sobre las luchas armadas, y *El Nacional* exhortó por igual a escritores y legos a escribir sobre el tema. El general Urquizo fue uno de los que acudieron al llamado, y en forma episódica publicó en ese periódico sus recuerdos de guerra.[39] Desde 1927 empezó a escribir Rafael Felipe Muñoz una historia semanal sobre la Revolución, que aparecía en *El Universal;* en su mayor parte, después se publicaron reunidas y algunas pasaron a formar parte de una novela. En 1928 aparecieron en *El Universal* las memorias de Martín Luis Guzmán, que poco después fueron publicadas en un libro, con el título de *El águila y la serpiente.*

Al lado de estas memorias, que aparecieron en forma de folletín, surgió otra forma de publicación literaria, orientada hacia la reproducción de la vida actual. Diariamente aparecía en *El Gráfico* la "novela real de la vida diaria", de López y Fuentes. En estos relatos se tomaban distintas posiciones ante los problemas políticos del día, y los largos años que contó con la preferencia del público prueban que los intereses político-literarios de las masas estaban desenvolviéndose.

Sin embargo, la condición más importante para el desarrollo de la novela de la Revolución era la anuencia del escritor a adoptar en su obra una actitud firme ante los problemas sociales del presente. Al principio, esta toma de posición no fue muy aparente; pero se manifestó inmediatamente cuando ocurrieron los asesinatos de Gómez y Serrano a fines de 1927, y en ocasión de las luchas de clases motivadas por el viraje de Calles. Al proponerse dar expresión a los conflictos de la actualidad, los escritores de México encontraron una serie de circunstancias que les facilitaron su labor: en el gran público existía un marcado interés por la Revolución y por los problemas del presente. Empezó a crearse una nueva relación entre el escritor y el público. Los fundamentos de una tradición literaria estaban ya presentes en la obra del gran precursor y fundador de la novela de la Revolución Mexicana Mariano Azuela.

NOTAS

[1] Cf. Victoriano Salado Álvarez, "La literatura revolucionaria rusa según Trotzki y la literatura revolucionaria mexicana". En: *Ex*, 31 de enero de 1925; Victoriano Salado Álvarez, "¿Existe una literatura Mexicana Moderna?" En: *Ex*, 12 de enero de 1925.

[2] Cf. W. M. Langford, "The Short Story in Mexico". En: *KFLQ*, año I, 1954, pp. 52-59.

[3] José Corral Rigan, "La influencia de la Revolución en nuestra literatura". En: *UI*, 20 de noviembre de 1924.

[4] Cf. Gregorio Ortega, artículo sobre Azuela en el *Universal Ilustrado*, 24 de diciembre (Archivo de Azuela).

[5] Cf. John E. Englekirk, "The 'Discovery' of *Los de abajo*". En: *Hi*, año 18, 1935, pp. 53-62.

[6] Julio Jiménez Rueda, "El Afeminamiento en la Literatura Mexicana". En: *UI*, 20. 12, 1924.

[7] *Ibid.*

[8] Cf. Julio Jiménez Rueda, "La simulación del talento". En: *U*, 26 de enero de 1925, p. 2.

[9] Julio Jiménez Rueda, "El Decaimiento de la Literatura Mexicana". En: *U*, 17 de enero de 1925.

[10] Francisco Monterde, artículo sobre Azuela. En: *B*, año I 21/ 1919, pp. 2 *s*.

[11] Francisco Monterde, "¿Existe una literatura mexicana viril?" En: *U*, 25 de diciembre de 1924.

[12] Cf. *Ibid.*

[13] Cf. Arturo Torres-Rioseco, "Grandes Novelistas de la América Hispana", tomo I, p. 9.

[14] Salado Álvarez, "¿Existe una literatura mexicana moderna?" En: *Ex*, 12 de enero de 1925.

[15] Francisco Monterde, "Críticos en Receso y Escritores *Desesperanzados*". En: *U*, 13 de enero de 1925.

[16] Francisco Monterde, "Los de arriba y *Los de abajo*". En: *U*, 2 de febrero de 1925.

[17] Cf. Salado Álvarez, "La literatura revolucionaria rusa según Trotzki y la literatura revolucionaria mexicana", en: *Ex*, 31 de

enero de 1925; Salado Álvarez. "¿Existe una literatura mexicana moderna?", en: *Ex*, 12 de enero de 1925.

[18] Salado Álvarez, "La literatura revolucionaria rusa según Trotzki, y la literatura revolucionaria mexicana", en: *Ex*, 31 de enero de 1925.

[19] Cf. Victoriano Salado Álvarez, "Las Obras del Dr. Azuela", en: *Ex*, 4 de febrero de 1925.

[20] *Ibid*.

[21] *Ibid*.

[22] Cf. *Ibid*.

[23] Carlos Noriega Hope, *Los de abajo, el Dr Mariano Azuela y la crítica de punto y coma*". En: *U*, 10 de febrero de 1925.

[24] Cf. *Ibid*.

[25] Cf. Englekirk, "The Discovery of *Los de abajo*", en: *Hi*, año 18, 1935, pp. 53-62.

[26] Cf. *Ibid*.

[27] Según A. de la Villa ("Mariano Azuela en España". En: *No*, 3 de marzo de 1952) Francisco A. de Icaza había tratado en 1911 de dar a conocer a Azuela, y ya había encontrado un editor. El proyecto no se llevó a cabo por la disolución de la editorial y la partida de Icaza.

[28] Víctor O. Moya, "Mariano Azuela". En: *Revista Arte*, 2 de marzo de 1952.

[29] José Rubén Romero, *Don Mariano Azuela o el Triunfo de la Provincia*.

[30] *Ibid*.

[31] José Mancisidor, "Mi Deuda con Azuela". En: *Na*, 25 de agosto de 1957, suplemento dominical, p. 3.

[32] *Ibid*.

[33] Cf. José Mancisidor, "Rabasa, Azuela y la Revolución", En: *IC*, 6/1956, p. 22; José Mancisidor, *Historia de la revolución mexicana*, p. 273.

[34] De las muy numerosas contribuciones nombraremos: Chávez, "La novela mexicana de Lizardi a Azuela". En: *Na*, 5 de febrero de 1950, suplemento dominical, pp. 1 s.; José María González de Mendoza, "Prólogo a *Mala yerba*". En: *Un*, año IV, 20/1937, p. 15; Torres-Rioseco, *Grandes novelistas de la América Hispana*, Tomo I, p. 10; J. A. Valente, "La Revolución mejicana y el descubrimiento de *Los de abajo*". En: *Ins*, año X, 11/1955, p. 3; Disselhoff, prólogo a: *Mariano Azuela, Die Rotte*, p. 11.

[35] Francisco Monterde/Guillermo Díaz Plaja, *Historia de la literatura española y mexicana*. México, 1955, p. 585. Aún más lejos

que estos autores llega Stephan (*Der Mexikanische Revolutionsroman*, pp. 46, 96). Se refiere a una escuela de Azuela, la que combinó lo mismo el corrido que los esfuerzos del Ateneo de la Juventud.

36 José Luis Martínez, "La Obra de Martín Luis Guzmán". En: *U*, año I, 8/1947, p. 5.

37 Luis Alberto Sánchez, *Proceso y contenido de la novela hispanoamericana*. Madrid 1953, p. 517.

38 Cf. Francisco Carreño, "Novela corta y noveladores en México". Parte II. En: *B*, 2/1925, Tomo I, pp. 8 ss.

39 Cf. Luis Leal, *La Revolución mexicana y el cuento*. En: *E*. Valadés/Luis Leal, *La Revolución y las letras*. México, 1960, p. 105.

EL VIRAJE DE CALLES Y LA EXPLOSIÓN LIBERAL

EL DESENVOLVIMIENTO de la novela de la Revolución, que era una forma de la contienda social, tuvo su origen directo en el asesinato de los generales Serrano y Gómez, en el otoño de 1927. En una entrevista de 1946 dijo Azuela: "Suceden los asesinatos de Serrano y los suyos y escribo 'El camarada Pantoja'; lo escribo porque ésa es la impresión que yo sentí entonces."[1] A ello debe añadirse que Azuela acababa de terminar La luciérnaga, en que intentaba hacer una apreciación objetiva de la situación social. En cambio, El camarada Pantoja, escrito en un estado de enorme excitación, es un libelo que sólo años después fue publicado, en una versión menos violenta. De Guzmán es sabido que deseaba escribir una trilogía sobre los cambios sociales de México. En Madrid se enteró de los asesinatos, modificó sus planes y empezó a trabajar en el segundo tomo de la trilogía, el que pronto publicó con el título de La sombra del Caudillo.[2]

"La sombra del Caudillo", de Martín Luis Guzmán

El libro apareció en Madrid en 1929, y sólo en 1938 pudo publicarse en México. Ya Moore había notado que se trataba de una novela clave.[3] Sin embargo, sus identificaciones no siempre son atinadas, pues relaciona el libro exclusivamente con los sucesos de 1927. En cambio, Phipps Honck, en un artículo escrito en 1941, afirmaba que Guzmán había empleado —sin grandes modificaciones— elementos auténticos de la época de la contrarrevolución delahuertista de 1923 y de la lucha electoral de 1927. Según Phipps Honck,[4] prácticamente todos los personajes son auténticos, incluso el diputado Axkaná González, quien como representante de una Liga Revolucionaria de Estudiantes entronca con los vasconcelistas de 1929, y, único hombre culto en un mundo de barbarie y egoísmo, desesperadamente trata de realizar sus ideales. Así, Obregón está representado en la figura del caudillo, el general Serrano en la del ministro de guerra, Aguirre, y Plutarco Elías Calles en la del ministro de gobernación, Jiménez. En la novela se narra una serie de hechos auténticos, casi exactamente como ocurrieron. El mejor ejemplo es el asesinato de Aguirre (Serrano), que de hecho, se cometió en la carretera México-Cuernavaca y en la novela en la carretera México-Toluca, pero que en lo demás se ciñe tan estrictamente a la realidad que diríase que Guzmán incluyó en sus libros, casi sin modificación, las noticias de los periódicos que llegaban a sus manos. Su novela es muy extensa y su tendencia puede colegirse por el título mismo: en México no puede desarrollarse la democracia, pues la vida política está dominada, por una parte, por un caudillo y, por la otra por egoístas intereses de partido disfrazados tras parrafadas demagógicas. Debe notarse que el caudillo no combate a un candidato progresista, sino al representante de un grupo de despiadados hombres de negocios. Lo mismo puede decirse del candidato del gobierno, Jiménez (Calles), quien pese a su decantado odio a los latifundistas, se ha apropiado enormes extensiones de terreno. Con ello, la novela critica, en primer lugar, la demagogia y la corrupción reinantes en los grupos de la burguesía posrevolucionaria en el poder y, con menor acrimonia, la dictadura personal del caudillo.

El hecho de que Guzmán, a pesar de todo, tome como punto de partida de su relato el terror desatado por una dictadura con motivo de unas elecciones, cuya víctima es

275

Aguirre, al que él mismo ha presentado como un hombre corrompidísimo (en realidad, Serrano estaba en relación con los monopolios petroleros), es prueba de lo liberal de su postura. Considera a todos los problemas sociales del país resumidos en el gran problema de una libertad abstracta, que a su vez queda limitada a una "libre elección" la cual debe asegurar que el Estado ejerza aquella función administrativa concedida por el liberalismo. Así, cuando Calles, después de su viraje y separándose de las masas, intervino en las elecciones de 1927, provocó una verdadera explosión liberal —que muy pronto encontró expresión en la literatura— cuyos argumentos coinciden en términos generales con los del Partido Antirreeleccionista dirigido por Vito Alessio Robles.

Si la reacción literaria de Guzmán ante los asesinatos de Serrano y Gómez muestra tendencias casi contrarrevolucionarias, fundamentadas en un liberalismo clásico, ello no quiere decir necesariamente que tal fuera el mensaje que trató de divulgar. Antes bien, la concepción de Axkaná González parece indicar que Guzmán intentó contraponer un político que le parece movido por instintos, y por lo tanto bárbaro, con el político pensante orientado hacia ciertos principios, que detesta el abuso demagógico so pretexto de las necesidades del pueblo. Como el propio Guzmán lo ha confesado en *El águila y la serpiente*, esta relación con las masas es puramente abstracta y sentimental, y no está basada en un verdadero análisis de las circunstancias. Por ello no sorprende que, a pesar de su punto de partida, subjetivamente humanista, la crítica de Guzmán al predominio de la burguesía creada en la Revolución, por su similitud con la ideología liberal tuviera que resultar —en aquellos momentos— esencialmente favorable a las fuerzas reaccionarias.

Otro tanto puede decirse de Mariano Azuela. Ya los últimos capítulos de *La luciérnaga*, terminada en 1927, contenían un violento ataque al régimen de Calles. Sin embargo, es revelador que haya sido la cuestión del sufragio efectivo que tanto le interesaba, la que en adelante dio una nueva orientación a su obra.[5] Más experimentado que Guzmán como novelista, y en muchos aspectos más cercano a las masas, Azuela evitó una representación directa de los hechos de 1927. Así, pudo representar con más libertad la increíble corrupción de los últimos tiempos del callismo. Y precisamente porque Azuela no está ligado por ningún hecho concreto, su *Camarada Pantoja* resulta un libelo que contiene una serie de fuertes diatribas. El mismo Azuela ha explicado prolijamente la diferencia entre *La luciérnaga* y *El camarada Pantoja*. Para comprender no sólo su propio desarrollo, sino también la "explosión" de la novela de la Revolución, resulta de gran importancia esta apreciación: "Engreído en mi vocación de reportero imaginario de algún periódico imaginario, súbitamente fui forzado a suspender mis aficiones. Fue ello la serie de asesinatos en frío que culminaron con los del padre Pro, del general Serrano, y de multitud de católicos y políticos desafectos al régimen de Plutarco Elías Calles... el desprecio absoluto a la opinión pública... levantó un clamor de espanto y de indignación que en México no se había oído desde los asesinatos monstruosos de don Francisco I. Madero y don José María Pino Suárez."[6] Azuela se siente de nuevo como en la fase decisiva de la Revolución, en una situación que rechaza toda mesura y exige una abierta toma de posición.

Según la mencionada declaración de Azuela —y otras—,[7] *El camarada Pantoja* fue escrito en 1928, pero permaneció inédito hasta 1937. Poco después, probablemente en 1929 o 1930 fue escrito *San Gabriel de Valdivias*, que criticaba el sistema agrario de Calles, y que no fue publicado hasta 1938, en Santiago de Chile. Este largo lapso no es usual para Azuela. Deben recordarse sus principios, declarados en 1930: "¿Para qué escribir obras que no he de publicar inmediatamente? No me interesa que aparezcan después de mi muerte, cuando no pueda convencerme de su acción." [8] En 1935, hablando sobre estas dos novelas, dijo Azuela a Rafael Heliodoro Valle: "...tengo dos novelas más, una de tema obrero, que no se puede publicar todavía, otra que se llamará *Campesinos*".[9] Sólo puede pensarse que la publicación de *El camarada Pantoja* inicialmente fue aplazada por motivos políticos, lo que para Azuela significó no sólo la pérdida de su "acción", sino también del sentido mismo de su actividad creadora. Por ello decidió volverse hacia un pasado glorioso,[10] y escribió *Pedro Moreno, el Insurgente*, novela biográfica de la época de la Independencia, que apareció en 1933. En 1935 la siguió *Precursores*, colección de tres biografías de célebres asaltantes y bandidos del siglo XIX. Sobre el sentido del libro, Azuela no deja la menor duda: "Me interesa el tipo como todo lo que es auténtico en la misma medida que sufro cuanto la civilización enmascara... hablo del bandolero auténtico que nunca se traicionó, del que tiene su final en la horca. El otro, el que llega a una posición brillante en la sociedad y aun logra dejar su nombre glorioso en los bronces y mármoles nacionales, me atrae apenas como cualquier otra de las sabandijas de Dios."[11] Ello es inequívoco: Azuela desea representar a los precursores de los señores, llegados al poder por la Revolución, y comparar lo que considera su bajeza con la integridad personal de los bandidos del siglo XIX. Al volverse hacia la historia, confronta también el presente. Por la dirección de su ataque, las cuatro obras mencionadas pueden considerarse como integrantes de un ciclo anticallista, sin duda heterogéneo por su temática, pero homogéneo en su inequívoca toma de posición.

Acerca del discutido *Camarada Pantoja* ha dicho el propio Azuela: "El resultado fue algo tan confuso, violento, enrevesado y disforme que hice un paquete con todo y lo guardé en una gaveta. Pasaron muchos años y cuando entregué esos papeles a mi editor para una novela que se llama *El camarada Pantoja* tuve la certidumbre de haberle entregado un traje viejo con muchos agujeros, remiendos y zurcidos." [12] Esta apreciación resulta absolutamente corroborada por la lectura de la novela.

El "Camarada Pantoja es presentado al principio de la novela como operario de La Consolidada, conocedor de la cuestión obrera', miembro de la CROM y devoto ferviente de los líderes millonarios." [13] Pantoja da asilo en su casa al perseguido general Calderas y, al volver a encontrarlo, su fortuna está hecha: el general lo coloca inicialmente como *soplón* al servicio de la policía obregonista, después llega a oficial a las órdenes del general Lechuga y hace carrera persiguiendo cristeros. Comienza como capitán, y poco después lo encontramos teniente coronel. Por la ciega sumisión a sus superiores, lo nombran diputado, y participa en todos los asuntos turbios de la burguesía posrevolucionaria. Finalmente llega a gobernador de Zacatecas. su mujer, a quien él debe su carrera, asesina a su amante, pero queda impune. Quien haya conocido las maquinaciones de Morones y de su camarilla no dudará de la verosimilitud de la carrera de Pantoja; pero Morones fue un representante típico sólo de una parte de los hombres de la Revolución, quienes, por sus contradicciones, no podían ser retratados en un solo personaje. Por ello, la presentación de Pantoja como representante típico del periodo de Calles es una generalización excesiva de un aspecto parcial de las cosas, con grave detrimento de la verdad.[14]

En la concepción del protagonista se encuentra ya el

germen de una serie de defectos; el esquema de la composición hace surgir nuevos problemas. La situación descrita es excesivamente complicada para lo que se puede abarcar en un relato, y continuamente obliga a Azuela a violentar la composición de su obra. Como ejemplo, baste la descripción del viaje en tren de la cohorte obregonista: ocupa veinticuatro páginas —casi una cuarta parte del libro— y el autor la aprovecha para hacer más personal la situación de los protagonistas; por ejemplo, un pasajero define a uno de sus correligionarios de la siguiente manera: "Pacheco es uno de los más valiosos elementos de la Revolución. Hace cinco años no tenía un petate en que dormir y hoy no da su capital por cinco millones de pesos".[15] En la misma situación, otro pasajero conversa con un médico acerca de la Revolución y ambos tratan de hacer de ella un juicio objetivo: evidentemente, Azuela expone sus propias ideas. Así, el viajero dice: "El salvaje civilizado es cien mil veces peor que el salvaje en bruto."[16] Esta afirmación queda confirmada por una oportuna comparación entre Villa y los amos posrevolucionarios,[17] que coincide con las ideas de la mencionada introducción a *Precursores*. Muestra que ya para 1928 Azuela había perdido por completo la fe que antes tuvo en el futuro de la Revolución. Su opinión de los revolucionarios, sostenida en *Precursores*, tiene relación con su predilección por todo lo no adulterado. De allí brotó su creación del viejo maestro Francisco, quien educó a Pantoja. Francisco sigue siendo fiel a sí mismo. Es incorruptible, y no se deja engañar por las frases "revolucionarias" de su antiguo discípulo.

Así, desde un punto de vista precapitalista, Azuela ataca la separación de ser y apariencia determinada por el enajenamiento capitalista. Pese a sus intenciones humanistas, debe perder toda perspectiva, tanto más cuando, de manera típica en un liberal, sólo representa en *El camarada Pantoja* aquello que el liberalismo considera como la parte pública de la vida, "el aspecto político-social de los acontecimientos de nuestra patria",[18] pero no los verdaderos fundamentos de la vida del hombre, que radicando en su trabajo, según la opinión liberal son asunto privado, y no tema para la literatura.

Por todo ello, la forma narrativa no puede atribuirse exclusivamente a causas políticas, pues en *El camarada Pantoja* hay pasajes como el siguiente: "...el burgués será por mucho tiempo aún el tipo ideal al que tienden como una cuerda los deseos de todo aquel que por primera vez en su vida se puso un pantalón y un saco de casimir inglés. Si hay alguno de tus compañeros que, pudiendo habitar un palacio, come y duerme como tú comías y dormías hace dos años, ése tiene derecho de gritar: '¡Mueran los burgueses!'... Los demás, ¡farsantes!"[19] Azuela reconoce que el tipo de vida que defiende ha desaparecido irremisiblemente, pero no ve ninguna otra perspectiva, y ello lo desazona. Su libro está lleno de contradicciones internas, la mayor de las cuales es la que existe entre su cosmovisión orientada hacia la defensa de condiciones precapitalistas y el desarrollo de México iniciado por la Revolución.[20] Esto aparta a Azuela del desarrollo de la Revolución y, sobre todo, de la clase obrera surgida con el desarrollo capitalista, contra la cual tiene los mismos prejuicios que los capitalistas liberales.[21] En segundo lugar, hay una oposición entre la valoración meramente liberal de la política de Calles y del protagonista de la novela, y ciertas opiniones más generales que, al menos parcialmente, se refieren al avance del capitalismo y a la complicada problemática de la Revolución. En tercer lugar, hay el problema del método de Azuela, con fundamentos muy distintos de la realidad que se propone reproducir.[22]

Sobre el sentido de esta obra ha escrito Azuela: "En esta novela se pretende mostrar una de las numerosas lacras de nuestro estado social de hoy. El líder agrarista, tipo inferior, ambicioso y amoral, ha venido a suceder al cacique y al terrateniente, con defectos incomparablemente mayores. Sin respeto alguno a la vida, no sólo despoja a los trabajadores del fruto de su trabajo, sino que dispone de sus propias vidas con absoluta impunidad." [23] En la novela, el autor se esfuerza por captar toda la problemática de la vida en el campo después de la Revolución. Su héroe es el joven Ciriaco Campos, quien después de un largo servicio militar vuelve cargado de experiencia a su pueblo natal, San Gabriel de Valdivias, donde en su ausencia se llevó a cabo la reforma agraria. La nueva situación creada está en el centro de la trama.

La hacienda San Gabriel de Valdivias ha sido dividida por el líder agrarista Saturnino Quintana, jefe de un grupo de "fuereños" que en la reforma agraria se despacharon bien. Quintana ha hecho construir una presa y un camino, por lo que el pueblo, antes apartado, se comunica hoy con la carretera y con el mercado. Así, pues, hay que registrar ciertos progresos. Sin embargo las metas de Quintana consisten en aprovechar su poder —es miembro del PNR, fundado en 1929, y jefe de un grupo de agraristas armados, los "fuereños"— para desarrollar una gran empresa capitalista, con todos los adelantos técnicos y científicos, y para ello debe despojar a los indígenas de las tierras que acaban de adjudicárseles. La novela representa el vasto conflicto que ello desata. Los opositores con Ciriaco Campos y Saturnino Quintana, representantes de los campesinos allí radicados y de los agraristas forasteros, respectivamente. Una riña entre ellos, causada por motivos personales, hace estallar abiertamente el conflicto social. En el curso de éste, los campesinos sufren considerables pérdidas, pero finalmente triunfan gracias al apoyo de Gonzalo Pérez, coronel del ejército federal. Entonces este hombre, sin el voto de los campesinos, resulta "su diputado", en sustitución del difunto Quintana: ellos han vencido, pero es seguro que lo pasado con Quintana no tardará en repetirse. La trama de esta novela está basada en el problema central de la reforma agraria mexicana: la cuestión de quién resulta favorecido con ella. Azuela valoró perfectamente sus perspectivas al ver que a la larga, la beneficiaria de esta reforma tenía que ser una nueva burguesía que, aprovechando su posición, estaba entonces constituyéndose. Y relacionó este proceso con el problema de la tecnología en la producción agrícola. En ninguna de sus novelas escritas después de 1927 volvió a crear una trama tan realista, tan bien fundada en los más importantes problemas y pugnas sociales y en las actividades básicas de la producción. Cierto es que en ningún otro caso podía apreciar tan claramente una problemática como en los conflictos del campo: en ningún otro caso podía fundamentar su ataque al desarrollo del capitalismo en una realidad captada por la directa observación de su problemática.

Su ataque se dirige contra los agraristas, cuyos líderes —en su opinión— sólo tratan de enriquecerse a través de la reforma agraria. Pero ello sólo constituye un aspecto del agrarismo, pues las ligas de campesinos, armadas, eran en parte organizaciones independientes, dirigidas por verdaderos representantes de su clase. Así lo que la novela reproduce es sólo la mitad de la verdad sobre el agrarismo de principios de los treintas. Por aquella época, Azuela seguía atentamente el desarrollo de México; por lo tanto, su desconocimiento del movimiento campesino independiente debe atribuirse al enfoque del autor. El desarrollo ulterior vino a confirmar en gran parte los pronósticos pesimistas de Azuela, pero en la época en que fue escrito *San Gabriel de Valdivias* surgió un movimiento de masas que se fijó como meta la continuación democrática de la Revolución. Y, con todo el realismo crítico de su novela, Azuela no prestó el menor apoyo a este movimiento; sin embargo, conforme se iba después consolidando el ala burguesa de la Revolución, más penetrante resultaba la crítica de esta novela.

Una observación más detenida muestra que esta descripción parcial del agrarismo contiene una serie de errores, pues el desarrollo criticado por Azuela brotó de una dinámica propia de la sociedad rural y no de elementos extraños a ella. En este punto Azuela sigue sus opiniones ya conocidas que le hacen odiar el capitalismo, y desconoce en parte la realidad. Un pequeño detalle resulta revelador de su actitud: en la descripción de una fiesta, critica de la siguiente manera la enajenación extranjerizante de tradiciones mexicanas: "Al blanco de nuestra manta criolla sustituye el azul sucio de esas telas gringas que los abajeños han puesto de moda. A las pecheras de cuero, esos horribles sweaters color de rata, a los botones de concha y de hueso, esas hebillas y broches de latón amarillo".[24]

La posición adoptada por Azuela en *San Gabriel* se comprende mejor si se recuerda su teoría de la necesidad. Su ideal de la revolución agraria hubiese sido que se creara un gran número de libres productores en pequeño. Por esta razón critica al viejo latifundista don Carlos y a su hijo Arturo, quienes siguen viviendo en una parte de su antigua propiedad y representan la enorme distancia que hay entre los campesinos libres y su antiguo amo. Y por esta misma razón no aceptan los campesinos la proposición de alianza con una banda de cristeros que de pronto les hace el viejo sacerdote, a cuyo séquito se une temporalmente Arturo. Por todo ello es tan importante el papel que en el pueblo desempeñan dos personajes positivos: don Marto y el profesor. Del primero, viejo campesino maderista, sabemos que "Don Marto... tenía dos solares de tierra, una casita de adobes, dos novillos de segundo año y una yegua tordilla. Pero cuando Madero... descolgó el fusil, ensilló la yegua y se fue al cerro."[25] Como consejero de Ciriaco, don Marto desempeña un papel importante y representa la continuidad revolucionaria tal como, en su aspecto negativo, la había presentado Azuela en otra parte, al comparar a Calles con Victoriano Huerta.

También don Ramón, el profesor, había sido maderista. Luego, desengañado, se había apartado de la Revolución, y había caído en desgracia después del levantamiento delahuertista.[26] Invariablemente ebrio, no cesaba de hablar a los campesinos de su situación, para terminar con las siguientes palabras: "¡Hermano campesino, acabaste con el hacendado; ahora te falta acabar con el líder!"[27]

La concepción de este personaje permite comprender la actitud de Azuela frente al movimiento revolucionario de masas. Como es sabido, los maestros de escuela desempeñaron un papel importante en el campo, como organizadores del movimiento y de la lucha campesinos, y podía suponerse que uno de ellos inspiró a Azuela el personaje de don Ramón. Sin embargo, el hecho de que éste sea un viejo maderista indica que no es así. En realidad, más se parece a los personajes idealizados de las primeras obras de Azuela —especialmente al Rodríguez de *Los caciques*— que a un maestro rural revolucionario. A pesar de todo, esta limitación no impidió a Azuela reconocer a temprana hora el problema del capitalismo en el campo, a lo que sin duda contribuyó el hecho de que allí el carácter íntimo de éste le resultó más evidente que en el caso de la industrialización, y que no se veía obligado a tratar la "cuestión obrera", que desde su época laguense no había comprendido.

Una comparación con novelas anteriores revelará que Azuela se aferra a sus posiciones, pero que el desarrollo del tema le facilita un considerable progreso artístico. *San Gabriel de Valdivias* no es un cuento extendido como *Mala yerba*, ni un relato largo como *El camarada Pantoja*, sino

285

una auténtica novela destinada a reproducir una totalidad compleja. Esto ya se evidencia en el número de personajes enfrentados a diversos problemas sociales. Entre los habitantes del pueblo debe mencionarse a don Marto y don Ramón. Además, hay que añadir al padre de Ciriaco, el viejo Dámaso Campos, quien ha llegado a comprender que ahora es poseedor de un pedazo de tierra, pero que por lo demás sigue ligado a la época prerrevolucionaria; en cambio, su hijo Ciriaco adquirió experiencia como soldado, está libre de nexos sentimentales con el pasado, y por su mayor conocimiento del mundo es reconocido como dirigente por los jóvenes campesinos. En el otro bando se hallan los representantes de los antiguos amos, don Carlos y su hijo Arturo, así como el viejo sacerdote, un hombre bueno interiormente, que no sabe muy bien a qué negra reacción sirve. Finalmente, están allí Quintana, representado como un elemento asocial, y su no menos corrompida "banda" de agraristas, a los que debe añadirse el hábil demagogo Gonzalo Pérez.

Es indudable que todos estos personajes son más bien caracteres representativos, pero su número mismo resulta indicador de las modificaciones sufridas por la vieja estructura social de la campiña. La profunda diferenciación social trae consigo la complicación de la estructura narrativa, como corresponde a una novela.

Sobre la posición que *San Gabriel de Valdivias* ocupa entre las obras de Azuela, debe decirse que en el medio de su tierra, que no fue mayormente sacudida por las incipientes luchas de clases, permitió al poeta hacer un retorno a la actitud revolucionaria de sus primeras obras, capacitándolo sobre estas bases para describir adecuadamente la nueva realidad en forma narrativa más desarrollada.

Como las otras dos obras del ciclo anticallista no son novelas, su análisis debe limitarse a lo anteriormente expuesto. En tanto que en *Pedro Moreno, el Insurgente,* queda encarnado el ideal azuelano del revolucionario, en *Pre-*

cursores se representan aquellos asaltantes y bandidos que, en opinión del autor, fueron los antecesores de quienes llegaron al poder mediante la Revolución. Esta metafísica de la historia está fundamentada en las complicaciones internas que fueron consecuencia de la guerra de Independencia. Al mismo tiempo, intenta demostrar que aún serán necesarios muchos esfuerzos antes de que el pueblo mexicano esté maduro para una democracia que se asemeje a los ideales de Azuela.

Guzmán y Azuela no son los únicos antiguos revolucionarios liberales que protestaron por el desarrollo del país fomentado por Calles, porque opinaron que se estaba traicionando a la Revolución. En 1931 se publicó la novela *El señor diputado,* de Diego Arenas Guzmán. El autor trata de representar cómo, ya en la época de las luchas armadas, se echaron las bases para la situación reinante. Describe cómo fracasa el heroico y honrado revolucionario Carlos Macías, y cómo un sujeto asocial, Felipe Orozco, aprovecha su posición de oficial del ejército revolucionario para enriquecerse desvergonzadamente. Y termina su carrera como diputado del Congreso Nacional. Desde lo alto de la tribuna del Parlamento declara: "...aquí sólo debemos tener cabida quienes hayamos ofrendado nuestra sangre, nuestro sacrificio, nuestro heroísmo a la sagrada causa de la Revolución..."[28] El mensaje de esta novela resume claramente la posición de la crítica liberal a los resultados de la Revolución: los mide con la vara político-moral de los principios del liberalismo, pasa por alto los procesos socioeconómicos desatados por el nacimiento de una nueva burguesía por encima de las funciones militares y la maquinaria del Estado, y afirma que los altos principios de la Revolución han sido traicionados por los nuevos señores. Pese a su probidad subjetiva, esta crítica no penetra en lo íntimo de la problemática histórica de México y sirve de plataforma a los críticos de la Revolución.

NOTAS

[1] Según: J. M. de Moia, "Panorama de la novela en México". Parte I. En: *Hoy*, 29 de junio de 1946, p. 47.

[2] Cf. Ernest Richard Moore, "Novelists of the Mexican Revolution. Martín Luis Guzmán". En: *ML*, 9/1940, p. 23.

[3] Cf. *Ibid.*, p. 25.

[4] Cf. E. Phipps Honck, "Las obras novelescas de Martín Luis Guzmán". En: *RI*, 5/1941, Tomo III, pp. 146 s.

[5] Ante las explicaciones de Azuela no resulta aceptable la opinión expresada por Luis Leal (*Mariano Azuela*, p. 61), en el sentido de que su dedicación a los temas políticos y el abandono del estilo hermético acaso pudieran atribuirse al deseo de contar con un mayor público.

[6] *OC* III, 1101.

[7] Cf. *OC* III, 1101 s.

[8] Según: Gregorio Ortega, "Una Hora con Mariano Azuela". En: *RR*, 30 de noviembre de 1930, p. 21.

[9] Según: Rafael Heliodoro Valle, "Don Mariano Azuela en su Casa de Cristal", en: *RR*, 16 de junio de 1935.

[10] Cf. *OC* III, 1102.

[11] *OC* III, 336.

[12] *OC* III, 1101.

[13] *OC* I, 669.

[14] Por ello, no es posible convenir con Stephan cuando afirma que *El camarada Pantoja* está al mismo nivel de *Los de abajo* (Stephan, *Der mexikanische Revolutionsroman*, p. 145).

[15] *OC* I, 702.

[16] *OC* I, 705.

[17] Cf. *OC* I, 706 s.

[18] Según Ortega, "Una hora con Mariano Azuela", en: *RR*, 30 de noviembre de 1930, p. 20.

[19] *OC* I, 746.

[20] Cf. José Mancisidor. "Rabasa, Azuela y la Revolución", en: *IC*, 6/1956, p. 23; Maurice Halperin, "The Social Background of Contemporary Mexican Literature". En: *PMLA*, 3/1940, tomo 40, p. 87 s.

²¹ A este respecto, compárense el mensaje de *El camarada Pantoja* con las declaraciones de E. Pallares, citadas en esta obra, sobre *La rebelión de las masas.*

²² Las incongruencias de composición de la novela han sido criticadas entre otros, por: C. A. Tyre, "Mariano Azuela. El camarada Pantoja". En: *BA,* año XII, 1938, p. 361; Jacobo Dalevuelta, "Mariano Azuela, *El camarada Pantoja*". En: *U,* 17 de noviembre de 1937.

²³ Según Moore, "Novelists of the Mexican Revolution. Mariano Azuela". En: *ML,* 8/1940, p. 60.

²⁴ *OC* I, 793 s. Para la apreciación de la obra es importante recordar que antes de la Revolución había en el Municipio de Lagos de Moreno 20 haciendas y 200 ranchos, y por ello la masa de la población campesina quedó en una relación con las modificaciones revolucionarias de las formas de propiedad totalmente distinta de las de las zonas casi exclusivamente dominadas por las haciendas. Azuela acaso haya compartido una actitud conservadora de los rancheros y su temor por sus pequeñas propiedades; tanto más cuanto que, como informa Negrete, hasta 1926 en el Municipio de Lagos sólo se había efectuado una repartición de tierras en el pueblo de Buenavista. (José Vicente Negrete, *Geografía ilustrada del Estado de Jalisco,* México 1926, p. 88.)

²⁵ *OC* I, 788.

²⁶ Cf. *OC* I, 784 ss.

²⁷ *OC* I, 783.

²⁸ Según Magaña-Esquivel, *La novela de la Revolución,* p. 168; los comentarios sobre *El señor Diputado* son del propio Magaña-Esquivel, pues el libro no se consiguió.

LA CONTRARREVOLUCIÓN EN LA NOVELA

AL LADO de los viejos maderistas había un grupo relativa
mente pequeño de escritores, que alrededor de 1930 abra
zaron abiertamente el partido de la contrarrevolución, des
pués de haber tomado parte activa en las guerras de lo
cristeros. En él se destacan principalmente dos autores: e
sacerdote David G. Ramírez (que con el seudónimo de Jorge
Gram en 1929 escribió la novela *Héctor* y en 1935 public
otra obra de este género, *Jahel*) y Fernando Robles (u
terrateniente del estado de Guanajuato, cuya novela *L
virgen de los cristeros*, escrita en Montevideo en 1931 y
1932, fue publicada en Buenos Aires en 1934).

"Héctor" de Jorge Gram

La primera edición de *Héctor* de Jorge Gram, con el sub
título de *La novela mexicana*, fue publicada en 1930. Sa
Antonio, Texas, aparece como lugar de la edición, pero e
el prólogo de la sexta edición aparecida en 1953, se dic
que en realidad, el libro fue impreso en México.[1] Las pre
tensiones de exclusividad del subtítulo se repiten en otra
partes. Por ejemplo al final del libro se expresa: "...todo
o casi todos los acontecimientos... fueron una palpitante
realidad en otras fechas, otros lugares y con otros nombre
de actores".[2] Lo que hay de cierto en ello puede verificarl
cualquier lector medianamente informado. A principios d
febrero de 1927, un grupo de cristeros asaltó el tren Mé
xico-Guadalajara y perpetró con los viajeros una terrible

arnicería. Esta "proeza" es presentada por Gram como taque a un tren de municiones, que puso al borde de la errota a las tropas del gobierno.[3] La más primitiva oposi- ión de negros y blancos caracteriza todo el libro: frente a la "pestilencia callista", los "genízaros" del ejército federal - la "gente no santa",[4] aparecen los más puros ángeles: Héctor, al que se compara con el héroe homérico, su novia —después su mujer— Consuelo, que en la ciudad de Zaca- ecas, ocupada por las tropas del gobierno, hace verdaderos prodigios de valor y abnegación; rancheros, sacerdotes, etc. No hay nada que los cristeros no puedan lograr, en tanto que las tropas del gobierno huyen cobardemente a la menor oportunidad; Héctor, en cambio, a la cabeza de un puñado de héroes, se enfrenta a diez mil hombres. Hay escenas de un romanticismo trasnochado que bien podría rivalizar con el de un Dumas père o un Sue, como una boda en una iglesia subterránea o la proeza de desenganchar desde un caballo un vagón de un tren que viajaba a 80 kilómetros por hora.

El libro contiene incitaciones indirectas al asesinato, como por ejemplo, la siguiente escena en un confesionario (!): "Padre, yo me alegro en extremo cuando sé que éstos son derrotados; cuando sé que caen muchos heridos y muchos muertos... Yo siento grande gozo cuando los hacen añi- cos... ¿Es esto pecado? —¡No, hija mía; no es pecado! No es el odio al prójimo lo que te mueve, es el odio al mal lo que te anima."[5]

Pero como los cristeros, a pesar de las descripciones de Gram, no ganaron la guerra, porque el gobierno norteame- ricano se había entendido con Calles y no accedió a efectuar la intervención que le pedían los emisarios "cristianos", tampoco falta el mito de la "puñalada por la espalda", con- cebido para explotar los sentimientos anticapitalistas y anti- nortemericanos del pueblo mexicano: "Hay un egoísmo criminal que nos está sangrando más que los fusiles de Calles;... Los ricos no han cumplido con el deber de la caridad. Prefieren dar dinero a Calle para que nos mate a nosotros. Los católicos americanos se niegan a tendernos la mano..."[6] Ello basta para revelar la clase de propaganda antirrevolucionaria que Gram divulga a través de su "literatura".

"La Virgen de los Cristeros", de Fernando Robles

En muchos aspectos es diferente *La virgen de los cristeros*, de Robles. El autor procedía de una vieja familia de mineros y generales del estado de Guanajuato. En 1927, junto con unos campesinos, empuñó las armas después de que en ese año le había sido incautada una parte de sus bienes. Al principio, Robles combatió contra el gobierno por sus propios medios. Durante un tiempo se unió a los cristeros, y finalmente partió al exilio.[7]

La virgen de los cristeros contiene muchos rasgos autobiográficos. Sin embargo, en el centro de la trama se encuentra un idilio romántico: el amor del héroe rebelde con una joven, Carmen, quien, como Consuelo, es miembro de unas organizaciones católicas y hace verdaderos portentos de valor y abnegación en pro de los cristeros.

La diferencia entre las dos obras depende, principalmente, de que Robles no es cristero por encima de todas las cosas. Su héroe, Carlos, conservador hasta la médula y, como su novia, miembro de una vieja y respetada familia, es creyente y enemigo de la persecución religiosa del régimen de Calles. Sin embargo, al ver a los cristeros en acción, se aparta de ellos, horrorizado. Es significativo el hecho de que esta repulsa sea motivada por el ataque de los cristeros a un tren que iba de Guadalajara a Colima, donde Carmen es mortalmente herida. La muerte de su amada y la degeneración del levantamiento cristero en una absurda guerra de guerrillas, determinan a Carlos a partir al exilio.

Como el ataque de los cristeros al tren de Guadalajara también tiene gran importancia en otras obras no contrarrevolucionarias, como *Los cristeros*, de Anda, puede suponerse que a su vez Robles está refiriéndose en el final de su libro a este espantoso crimen.

A pesar de todo, Robles está mucho más lejos de los viejos maderistas que de Gram. Su libro indudablemente tiene mayor valor literario que *Héctor*, porque está escrito con probidad personal. Sin embargo, por sus características, es una novela tan decimonónica como *Héctor*, sobre todo por la importancia decisiva de la historia de amor. Ello diferencia decisivamente a las novelas contrarrevolucionarias de todas las novelas de la Revolución. Por lo tanto, carecen de importancia para el desarrollo de la novela moderna.

El destino de *Héctor* y de *La virgen de los cristeros* fue el siguiente: el falaz libelo de Gram alcanzó su sexta edición en 1953 (debe tomarse en cuenta que siempre fue publicado en ediciones baratas). Probablemente es, entre las novelas mexicanas de los últimos decenios, la que mayor difusión ha alcanzado, con la posible excepción de *Los de abajo*. La novela de Robles, más verdadera (y que por ello ha sido rechazada por bandas de fanáticos), ha tenido mucho menos difusión. Fuera de la primera edición, aparecida en la Argentina, se sabía, antes de 1950, que en 1939 se había publicado otra edición. Sólo en 1959 apareció, en la serie Populibros, una gran tirada de 25 000 ejemplares. Evidentemente, los editores pensaron que el melodrama religioso prometido por el título constituiría un buen negocio.

La historia de estas pubicaciones revela una intención de la propaganda contrarrevolucionaria efectuada en forma de novela: influir intensivamente sobre un numeroso público pequeñoburgués y campesino, de tendencias religiosas, mediante obras que constituyan una abierta falsificación de la verdad. Tales obras en lo artístico están en un nivel muy primitivo, pero saben explotar una ingenua credulidad en lo auténtico de los hechos narrados "literariamente" Esta actividad no quedó limitada a los comienzos de lo treintas, sino que siguió adelante en épocas posteriores. E 1935 apareció *Jahel*, de Gram, y en 1942 otro ejemplo repre sentativo: *Un país en el fango*, de Blanca Lydia Trejo.

Este libro forma parte de la campaña emprendida contra el sistema educativo en la época del presidente Manuel Ávila Camacho, que en realidad, condujo a la abolición de la educación socialista decretada en 1934 y, entre otras cosas. suprimió la coeducación. La autora cita extensamente la conocida entrevista concedida por el presidente en septiem bre de 1940, en la que se declaró creyente,[8] diciendo que consideraba a su régimen como una época de regeneración.[9] Sin embargo, subraya que el "tópico de la escuela... yace intacto, quizá porque los cerebros mejor cultivados temen perder una posición política o económica enemistándose con los hombres del poder".[10]

Todo esto muestra el sentido del libro. Tras la andanada contra la educación socialista se oculta un ataque general a la Revolución —y especialmente a la obra de Lázaro Cár denas— instigado por un anticomunismo primitivo. Este mensaje va envuelto en una mal urdida trama, en que se pretende narrar el destino de una mujer educada cristia namente en el México "comunista" de la era de Cárdenas.

En el principio mismo del libro, la autora ataca a la coeducación. Mediante el casual empleo de la palabra "coha bitación" en lugar de coeducación, despierta en el lector la asociación de promiscuidad,[11] para presentar de esta ma nera la educación en común de los niños como escuela de la depravación moral, y atacarla como núcleo de la edu cación "comunista". Según la autora, la idea es educar a los niños en el desenfreno sexual,[12] cuyos frutos pronto se manifestarían en un rápido aumento de la criminalidad infantil.[13] Aquí intercala la observación de que la Revolu ción no ha hecho nada por los niños.[14] Insinuando que se trata de verdaderas aberraciones, trata de movilizar los sentimientos humanitarios del lector contra la Revolución, a la que tilda de "comunista". Similar es su crítica a la supuesta degradación de la mujer en la era cardenista. La heroína, que por necesidad se ve obligada a aceptar un puesto de maestra, es obligada a inscribirse en el Partido Comunista.[15] Su directora, entonces, la hace llegar a las manos de un funcionario, que la prostituye.[16] Como si no bastara con esto, va a dar a un prostíbulo, dirigido por emigrantes españoles, que antes sirvieron de espías al Komintern, en Barcelona, y que —siempre según la autora— fueron traídos a México por el régimen de Cárdenas especialmente para atentar contra el carácter nacional.[17] Todo ello pone en claro el método de la autora: con sus mentiras trata de despertar un sentido tradicionalista de la familia, evocando el fantasma de su supuesta disolución, que según ella va junto con el aniquilamiento de todos los valores nacionales.

Después de esto, no sorprende que la autora haga de la problemática central de su libelo una crítica global a la Revolución. Afirma que ésta en un principio representó el afán de justicia del pueblo, pero que muy pronto se infiltraron elementos extranjeros —desde luego "comunistas"—[18] y que por ello la Constitución de 1917, con su Artículo tercero sobre la educación, representa una "puñalada staliniana".[19] Así, los "comunistas" se apoderaron de México, ocupando el lugar de los antiguos explotadores del pueblo. El Banco de Crédito Ejidal, creado por Cárdenas, es comparado con los órganos del periodo porfirista. La autora no vacila en evocar la sombra del héroe popular Zapata para azuzar a los campesinos contra las instituciones creadas por el régimen cardenista.[20] Al mismo nivel están los ataques contra la presunta alineación sistemática del ser mexicano. Lo primero que la recién graduada maestra oye acerca de la coeducación son lemas de incondicional apoyo a la Unión Soviética.[21] Los denuestos al Partido Comunista culminan con la afirmación de que en una escuela se quemó la bandera mexicana y se explicó a los maestros que la patria de todos los trabajadores es "Rusia", por amor a la cual tienen que traicionar a su propia patria, México.[22] La autora no duda en citar nombres: como organizaciones comunistas menciona a la CTM, entonces dirigida por Lombardo Toledano, y a la CTAL.[23] El principal organizador de los sistemáticos atentados al ser mexicano mediante la inmigración de extranjeros, en su mayoría españoles, es Narciso Bassols,[24] el Secretario de Educación del régimen de Cárdenas. Y el mentor espiritual de los "comunistas" que atentan contra la educación popular, es el "camarada" List Arzubide.[25] Casi huelga decir que en realidad ninguna de las personas mencionadas perteneció nunca al Partido Comunista Mexicano.

Comparado con *Un país en el fango*, hasta *Héctor* de Gram parece una obra maestra. Por todo ello, el libro de Blanca Lydia Trejo no merecería siquiera ser mencionado en un estudio sobre literatura, de no ser porque revela las tácticas de la contrarrevolución: hacer llegar a las masas, bajo el disfraz de la literatura, sus consignas y calumnias.

NOTAS

[1] Cf. Brushwood/Rojas Garcidueñas, *Breve historia de la novela mexicana*, p. 109.

[2] Jorge Gram, *Héctor*, 2ª edición. San Antonio, Tejas, 1934, p. 149.

[3] *Ibid.*, p. 148.

[4] *Ibid.*, pp. 125; 129.

[5] *Ibid.*, p. 135.

[6] *Ibid.*, p. 148.

[7] Cf. Fernando Robles, *La virgen de los cristeros.* México, 1959, pp. 277 ss.

[8] Cf. Blanca Lydia Trejo, *Un país en el fango.* México, 1942, p. 9 s.

[9] Cf. *Ibid.*, pp. 193 ss.

[10] *Ibid.*, p. 7.

[11] Cf. *Ibid.*, p. 23 s.

[12] Cf. *Ibid.*, pp. 96 s, 168.

[13] Cf. *Ibid.*, p. 217.

[14] Cf. *Ibid.*, p. 151.

[15] Cf. *Ibid.*, p. 89.

[16] Cf. *Ibid.*, pp. 99 ss.

[17] Cf. *Ibid.*, pp. 160 ss.

[18] Cf. *Ibid.*, pp. 74 s.

[19] Cf. *Ibid.*, p. 75.

[20] Cf. *Ibid.*, p. 172.

[21] Cf. *Ibid.*, p. 92.

[22] Cf. *Ibid.*, p. 132 ss.

[23] Cf. *Ibid.*, p. 74 s.

[24] Cf. *Ibid.*, p. 160.

[25] Cf. *Ibid.*, p. 132.

PRINCIPIOS DE UNA NOVELA DE TENDENCIAS PROLETARIAS REVOLUCIONARIAS

Los AÑOS transcurridos entre el viraje de Calles y la fundación de la CTM, en 1936, constituyen uno de los periodos más importantes de la historia del movimiento obrero mexicano, que gradualmente fue liberándose del paternalismo del régimen. En esa época se separó de la CROM, gobernada por líderes corrompidos, lo que le dio una independencia que muy pronto empezó a reflejarse en sus acciones.

Sobre estos fundamentos surgió de pronto una literatura revolucionaria de tendencias proletarias, que produjo una serie de novelas. De ellas, obviamente, se imprimió sólo una parte. En 1930, el periódico *El Nacional* organizó un concurso de novelas revolucionarias, al que fueron enviados más de sesenta manuscritos.[1] Aun la novela galardonada, *Chimeneas*, de Ortiz Hernán, sólo pudo publicarse en 1937.

Como el número de los libros escritos no es el de los publicados, algunos de ellos son difíciles de conseguir y no aparecen ni siquiera en bibliografías. Por ello, el estudio de este género se limitará a las siguientes obras: *Chimeneas*, de Gustavo Ortiz Hernán (el manuscrito data de 1930), *La ciudad roja*, de José Mancisidor (publicada en 1932), y *Mezclilla*, de Francisco Sarquís (sin fecha; según Moore, apareció en 1933).[2] Llama la atención el hecho de que estas obras aparecieron relativamente pronto y que no se encuentran novelas de este género entre 1933 y 1938. Sin afirmar por ello que en este quinquenio no apareció ni una sola obra semejante, puede explicarse esto por el hecho de que durante el periodo de Lázaro Cárdenas, la política del régimen abrió a la intelectualidad pequeñoburguesa otras puertas, que no conducían a la alianza con la clase obrera, la cual luchaba con sus propias fuerzas. Por ello la literatura de estos años lleva el signo del frente unitario revolucionario, orientada desde el gobierno.

"Chimeneas", de Gustavo Ortiz Hernán

Chimeneas se desarrolla entre 1915 y 1919, en la capital.[3] El protagonista es el empleado de contabilidad Germán Gutiérrez. El tema es la confrontación del protagonista con su medio y consigo mismo, así como su orientación hacia la clase obrera. Germán Gutiérrez trabaja en la fábrica de hilados y tejidos de Aurelio Cambrón & Co. Explotado prácticamente como los obreros, está sin embargo alejado de ellos por su trabajo en la empresa y por proceder de una familia pequeñoburguesa. Los patrones llegan a enviarlo en una misión de confianza a San Luis Potosí, para salvar mediante triquiñuelas legales las propiedades de Cambrón, amenazadas por la reforma agraria. Poco después de su regreso, estalla en la fábrica una huelga, a la que Gutiérrez, enterado de los hechos, apoya. Ni siquiera las diferencias con su familia logran desviarlo. Traba amistad con algunos obreros —especialmente con Chicho Hernández—, y llega a formar parte de la directiva del recién constituido sindicato. El creciente contacto con los obreros hace ver a Germán más claramente lo vacío y falso del mundo pequeñoburgués. Se esfuerza por ser cada vez más como un obrero: un hombre digno y sencillo, libre de las hipocresías de los burgueses. Este deseo llega a su cabal realización después de un duro encuentro entre obreros y soldados. Gutiérrez va a dar a la cárcel junto con los trabajadores, pero al lado de Chicho, logra escapar y llegar al estado de Morelos, donde luchan los campesinos de Zapata. Durante un com-

bate se encuentran con los revolucionarios. Germán Gutiérrez corre entusiasmado hacia ellos, y una bala perdida
lo alcanza. Chicho espera un poco y luego avanza con pre-
caución hacia los zapatistas.

La novela de Ortiz Hernán (nacido en la capital en 1907)
en muchos respectos está encadenada al estridentismo. Así comenta el autor la visita de su héroe al *Volador* (una especie
de "mercado de las pulgas") : "Pobres académicos laurea-
dos, cargados de erudición como de sal el burro de la
fábula, que pasan la vida añorando historias marchitas;
hasta que un día descubren que se les ha enmohecido la dentadura. Esta clase de gente no comprenderá jamás la belleza
nueva. No han dejado de ser interesantes la vida de los
pájaros y las rosas. Pero madurada en hilos de telégrafo,
ha llegado a las ciudades otra palabra." [4] Esta declaración
de un nuevo sentido vital poco después se concreta más en
una descripción del atardecer en una gran ciudad: "El aire
venía cargado de pólvora y de canciones, de las trincheras
de la Revolución; venía cargado de la vida exasperante de
los obreros, doblegados en las grandes urbes, por las ocho
horas de labor. Pero el viento atrapó también cosas bellas;
había pasado entre las piernas de las muchachas, había
retachado en los ventanales de edificios esbeltos, había sopor-
tado el peso de los aviones..." [5] Se expresa aquí el sentido
vital del habitante de la gran ciudad, quien consciente de
su modernidad, ataca al romanticismo en la poesía. Indirectamente se esboza un programa poético: "La época vive
de *standards*. Los actos fallidos son deprimentes; y nada
falla con mayor frecuencia que un super-hombre; a la hora
de ponerse los calcetines o de lavarse los dientes, no hay
elegancia posible. Ser vulgar es el atributo más loable del
hombre actual. Estamos fastidiados de los hombres de excepción." [6]

Es claro que la actitud expresada en el programa literario y en el sentimiento vital también se refleja de otros

modos en *Chimeneas.* En la cárcel se aclaran las ideas de Germán Gutiérrez sobre su deseo de ser como los trabajadores: "Germán ciertamente quisiera ser como los indios [el autor piensa en los obreros]. Odiar es un acto mecánico, una reacción instintiva. Todos los débiles pueden hacerlo. Para lo que se necesita ser fuerte es para despreciar. Éste es el vigor que envidia Germán..."[7] En estas palabras se ve claramente que el autor clama porque el protagonista pequeñoburgués recupere la integridad que perdió durante el desarrollo capitalista, por la vuelta a la unidad de esencia y de apariencia, mediante una reintegración a la comunidad de los obreros del individuo aislado.

Después Ortiz Hernán se vuelve hacia el movimiento nacional democrático, al que ya en 1934 caracterizaba con estas palabras: "En efecto, todos nosotros vivimos demasiado zoológicamente, apegados, en una exacta apariencia de ostras, al peñasco que quisimos o que nos fue dable aprovechar. El burgués no tiene tiempo sino para amontonar sus cifras... El proletario ciego está limitado por el oscuro bofetón cotidiano de su propia pena: vive a la sordina, ebrio. El proletario organizado se endurece en la absorción del materialismo histórico y cierra todas las espitas de su sensibilidad a lo que no sea estrictamente utilitario y dinámico."[8] Las contradicciones que caracterizan *Chimeneas* deben considerarse en relación con la situación social de la época en que surgió la novela. Al respecto, lo que predomina es el afán de acercarse a la clase obrera, por lo que puede verse que Ortiz Hernán percibió un problema que había de ser decisivo para el futuro de la Revolución.

Comprendiendo una gran verdad histórica, trata en una sucesión de problemas sociales importantes, como el del líder. Y en la persona de Elpidio Acosta presenta un perfecto ejemplo del líder voraz e inescrupuloso y del burócrata de los sindicatos de la CROM. Al mismo tiempo, trata de presentar en una relación más íntima los dos aspectos más importantes de la vida social de México: el problema del trabajador de la industria y el del campesino. De paso, pinta el tipo del nuevo cacique "revolucionario".

"La ciudad roja", de José Mancisidor

La ciudad roja, novela de José Mancisidor fue publicada en 1932. Su autor nació en Veracruz, en 1895. Hijo de un trabajador —su padre era lector en una fábrica de cigarros, esto lo puso en diferentes contactos con las ideas sociales.[9] En 1914 terminó Mancisidor su preparación para maquinista de barco, en las instalaciones portuarias del fuerte de San Juan de Ulúa, que al mismo tiempo servía de cárcel para presos políticos, a algunos de los cuales conoció. En 1914, cuando la marina de guerra norteamericana ocupó Veracruz, Mancisidor ingresó al ejército;[10] en noviembre de ese año volvió, con las tropas de Heriberto Jara, a su ciudad natal. En 1920, ya con el grado de coronel, se retiró de las fuerzas armadas. De 1924 a 1930 se dedicó a la política y después a la enseñanza y a la literatura. A partir de 1935, desempeñó un papel de importancia como presidente de la LEAR.

Su primera novela, *La asonada,* apareció en 1931. Trata sobre el levantamiento del general Escobar, en 1929. Escrita en forma de autobiografía ficticia presenta el balance que el protagonista hace de su vida: y llega a la conclusión de que semejantes movimientos armados no sirven para resolver los problemas sociales, sino, si acaso, para mejorar la posición de los generales que los promueven, y la de sus amigos. Los revolucionarios sinceros sólo sacan decepciones de tales actos. La verdadera solución de los problemas sociales debe buscarse en la lucha de las masas populares. Mancisidor prescinde de exterioridades y no se detiene en detalles; su novela se concentra en el análisis del pronunciamiento militar, para presentarlo como forma inadecuada de la lucha política. Todo ello le valió grandes elogios.[11]

La continuación lógica de *La asonada* es la novela *La ciudad roja*. Trata de la gran huelga de los inquilinos de Veracruz[12] (marzo-julio de 1920), que tuvo importancia en la historia del movimiento obrero mexicano. El libro sigue, en términos generales, los acontecimientos de 1920. Pero Mancisidor se preocupa menos por presentarlos que por poner en claro cuáles son las formas de la lucha política más adecuadas a la situación actual, y cuáles son las principales tareas por cumplir. La huelga de inquilinos sirve sólo como fondo. Y cuando Mancisidor esboza su desarrollo a grandes rasgos, no se ciñe mayormente a los hechos de aquella pugna.

El protagonista y casi único personaje de *La ciudad roja* es el estibador Juan Manuel, quien en el segundo capítulo habla en un mitin, denuncia la explotación capitalista y enardece a los arrendatarios allí reunidos, indignados por el desahucio de una familia, pidiéndoles que se organicen. Así lo hacen, y el sindicato de inquilinos pronto empieza a hacerse oír por medio de letreros y manifestaciones. El resultado es que, en otro intento de desahucio, los inquilinos unidos presentan una poderosa resistencia. Juan Manuel es detenido durante la noche y llevado ante el general al mando de las tropas, quien le exige que disuelva el sindicato de inquilinos. En esta situación, Juan Manuel comprende que no es suficiente la lucha contra los retoños de la explotación capitalista, sino que se debe conquistar el poder, para combatir eficazmente todos los abusos. Comprende también que para llegar allí hay que recorrer un largo camino, lleno de obstáculos. Y decide comunicar esta nueva e importante determinación al sindicato de inquilinos. Aunque al principio no logra imponerse a las corrientes reformistas, finalmente convence a las masas para iniciar un vasto movimiento de unificación. Y en una gran manifestación organizada por él, cantando la Internacional, cae bajo las balas de los soldados.

El hecho de que, junto con las masas que juegan el papel de un protagonista anónimo, Juan Manuel sea el único personaje, requiere una explicación. Se lo presenta en tres aspectos básicos de su actividad: adquiriendo experiencia en la lucha política, reflexionando profundamente sobre los problemas y haciendo labor de agitación. Por ello, en *La ciudad roja* mucho se habla, se discute y se reflexiona, en tanto que la acción desempeña un papel secundario. Si volvemos a *La asonada* veremos que también en esta primera novela de Mancisidor, el protagonista no hace más que vivir y meditar.[13] Como ambas novelas surgieron inmediatamente una después de la otra, puede suponerse que fueron escritas durante un periodo de intensa meditación del autor, quien resolvió impartir sus conocimientos a un vasto público. Mancisidor repetidamente coloca a sus héroes en la tribuna o les confiere el papel de liberadores.[14] En eso a veces trasluce su propia situación, de transición ideológica. Esta manera de presentar a su protagonista requiere una excepcional capacidad literaria. Sobre la base de otras novelas de Mancisidor puede afirmarse que tiene la tendencia a hacer extensas descripciones, que opacan el relato vívido.[15] Pero las parrafadas de retórica no resultan muy efectivas como representación literaria: por ello *La ciudad roja* deja la impresión de un tratado, antes que de una descripción, conmovedora o entusiasta.[16] Otra debilidad de la novela es la falta de conflictos en los acontecimientos que narra. De esta manera, el personaje principal no es más que una idealizada figura sin vida.

Por todo ello, la trama de *La ciudad roja* casi no sale del dominio de las ideas. Y no sorprende que también el paso de Mancisidor al marxismo se limite a la teoría. De ello son testimonio sus trabajos literarios, como *Frontera junto al mar*, o sus obras científicas, como su *Historia de la*

Revolución mexicana, en que incondicionalmente se pone de parte de Carranza. Los casos de Ortiz Hernán y Mancisidor son prueba de que el avance del movimiento obrero revolucionario ejerció gran atracción sobre los escritores progresistas. Movió a Mancisidor a hacer una clara profesión de fe marxista. Como tal, *La ciudad roja* tuvo gran importancia en la época de su publicación, porque propagó la teoría marxista, sobre todo en los círculos de la intelectualidad revolucionaria.

"Mezclilla", de Francisco Sarquís

En conceptos semejantes está basada *Mezclilla,* de Francisco Sarquís. Pero este libro tiene mayores cualidades literarias. De su autor casi nada se sabe. En la bibliografía de Moore aparecen tan sólo los títulos del libro de cuentos *Grito* y de la novela *Mezclilla.*[17] Julia Hernández dice: "Nació en Veracruz, tal vez. El apellido hace suponer que tenga un origen sirio-libanés." [18]

Mezclilla se desarrolla en Jalapa, en la fábrica de productos textiles San Blas, cerca de la ciudad. El tema es la lucha de los comunistas y el desarrollo de un sindicato independiente. La época abarca probablemente, el final del periodo callista. Los primeros capítulos introducen al lector en el problema decisivo: la confrontación con la CROM y con su lema de unidad, que se obtendría a expensas de la autonomía. Como las diferencias de concepto se deben sobre todo a la posición frente al gobierno como encarnación institucional de la Revolución, el primer capítulo ofrece la oportunidad de hacer un juicio general de la Revolución, de indicar la totalidad del tema y de ir iniciando la trama. Después, se presentan los protagonistas. Manuel Velasco, el jefe del grupo comunisa, pone en claro oportunamente la política del partido. Con un mitin se presenta el grupo, que ataca enconadamente a la CROM (a la que aquí se llama FOM) y a su corrompido líder Porones (= Morones).[19] Su juicio sobre la Revolución Mexicana es el siguiente: "La Revolución Mexicana sólo ha sido un continuo levantamiento de armas y no ha formado más que nuevos ricos al amparo de la ignorancia popular."[20] Después de esta inequívoca exposición, interviene la policía para detener al orador, mientras los otros comunistas deben huir. Con la entrada de Cruz a la cárcel y el ingreso de los miembros del grupo al personal de la fábrica de San Blas, se inicia para los comunistas una nueva fase: la vida en común con las masas y la agitación política.

En la cárcel, Cruz hace labor de agitación y logra sacar de su letargo a los detenidos. Éstos unen sus fuerzas y un día matan a uno de los más perversos vigilantes. Cruz es enviado a México, convicto de agitación. En el camino logra hacer meditar al sargento encargado de la vigilancia, un asesino de la peor especie. Sus compañeros que quedaron en prisión, dirigidos por Pedro Arriola —el más ardiente partidario de Cruz— organizan una fuga, que cuesta la vida a muchos presos, policías y civiles extraños a los hechos, pero devuelve a algunos la libertad. Arriola logra llegar a San Blas, donde se reúne con los compañeros de lucha de Cruz. Éste muere en la ciudad de México, de tuberculosis. En San Blas, los comunistas habían encontrado a los obreros sin experiencia política y totalmente desorganizados. Se ponen en contacto con ellos y, mediante paciente propaganda, van logrando ganar, primero a los jóvenes, y finalmente a todo el personal. Particularmente se distingue la comunista Estela por su labor entre las mujeres. Como el administrador de la fábrica, don Francisco, simpatiza con los obreros, no hay gran obstáculo para organizar a los trabajadores de San Blas.

Sin embargo, a la FOM le disgusta la labor de los comunistas, y envía al recién fundado Sindicato de Trabajadores de San Blas un ultimátum, en el que exige la expulsión de los comunistas. Los obreros responden que han decidido unirse a la organización independiente CSUM. Después de este fracaso, la FOM intenta expulsar a todo el personal de San Blas, para adueñarse de la fábrica. Tras una sangrienta lucha entre trabajadores, interviene la policía. Pero, en lugar de perseguir a los provocadores de la FOM, trata de detener al comunista Carrión, quien huye y es muerto a tiros.

Además, la policía inculpa del asesinato a un miembro de la CSUM de Orizaba, llamado Reyes, y le obliga a trabajar entre los obreros de San Blas, en calidad de espía y agente provocador. Poco después de ingresar en el sindicato, culpa de todo a los comunistas. Cuando es detenido el secretario general, Manuel Velasco, es Reyes quien ocupa su puesto, sin haber sido elegido. Se gana la confianza de los obreros al convocar a una manifestación para pedir la libertad de Velasco, y después intenta persuadirlos de capitular. Entonces, Arriola lo desenmascara ante los obreros, que lo detienen y lo llevan a los tanques del agua, donde se encuentran con el ejército que intentaba ocupar los edificios. Reyes es el primero en caer. Tras él, uno a uno, sucumben los trabajadores, hasta que las tropas ocupan la fábrica. La joven comunista Estela, una de las últimas víctimas, sube a una roca, se arranca las vestimentas ensangrentadas y luego, acribillada a tiros, se arroja al vacío.

A esta trama se han añadido algunos capítulos para mostrar cómo, gracias a la labor de los comunistas, cambia la vida de los trabajadores de San Blas. Por ejemplo, se presenta una discusión sobre la igualdad de derechos de la mujer, las actividades de Estela como profesora de los hijos de los obreros, un improvisado juicio a la mujer de un obrero y la lucha contra el alcoholismo.

En muchos aspectos el capítulo más interesante es *La Revolución*: en él se describe la pugna entre ambos sexos por la igualdad de derechos de la mujer. Debe notarse que aquí, a diferencia del estilo del resto del libro, el autor se vale de medios costumbristas. Un muy vivo diálogo cubre varias páginas. Con excepción del citado capítulo, el libro no se apoya en la descripción de hábitos y charlas, sino que está encaminado a convencer al lector, mediante la penetrante presentación de la lucha de los comunistas. Sarquís trata su tema de una manera sencilla, a veces escueta, pero siempre aguda.

La trama de la novela incluye los principales problemas de la labor de los comunistas entre los miembros de la fábrica: el contacto con las masas y la lucha contra las organizaciones revisionistas, subordinadas al gobierno, contra los ardides de los órganos del Estado y contra agentes y traidores. Sin embargo, hay un defecto: se presenta esta lucha sólo en su aspecto político. Como Francisco, el administrador, protege a los trabajadores, el libro no trata el problema central de la lucha del movimiento obrero independiente, que es la lucha contra toda forma de explotación, y especialmente contra el capitalismo. Así, Sarquís anticipa, hasta cierto punto, una nueva sociedad, que no hubiese pasado por una Revolución.

En la novela de Sarquís puede percibirse la influencia de la literatura europea de su época, sobre todo la de la progresista de Francia. El naturalismo de Zola se trasluce en el capítulo *Cópula,* en el que se describe cómo Estela, dejándose arrastrar por una súbita pasión, se entrega a don Francisco, aunque no lo ama. Más importante acaso sea la influencia de Victor Hugo, que también se encuentra, de manera interesante, en *Frontera junto al mar,* de Mancisidor. El contrahecho Pedro Arriola, que desempeña un papel un tanto misterioso, aparentemente tuvo su modelo en Quasimodo. Asimismo, las ideas liberadoras de Cruz recuerdan a Victor Hugo.

En resumen, puede decirse que el desarrollo de un movimiento obrero independiente —que cobró energía después del viraje de Calles— atrajo a su bando a una serie de intelectuales revolucionarios, algunas de cuyas obras constituyen interesantes principios de una novela proletaria. Ninguna de las tres obras analizadas puede considerarse como obra del realismo socialista. Pero todas muestran ricos elementos de una literatura proletaria, cuyo surgimiento expresan, basado en la lucha de clases de México en que desempeñó un papel directivo la clase obrera. Acaso lo más correcto sea llamar a las obras analizadas novelas revolucionarias de tendencia proletaria.

NOTAS

[1] Cf. Texto correspondiente a: Gustavo Ortiz Hernán, *Chimeneas*, México, 1937.

[2] Cf. Moore, *Bibliografía de novelistas de la Revolución mexicana*, p. 71.

[3] Cf. Ortiz Hernán, *Chimeneas*, p. 10.

[4] *Ibid.*, pp. 179 s.

[5] *Ibid.*, p. 168.

[6] *Ibid.*

[7] *Ibid.*, p. 218.

[8] Gustavo Ortiz Hernán, "Penitenciaría-Niño Perdido". En: *LP*, 3/1934, pp. 145 s.

[9] Rand Morton, *Los novelistas de la Revolución mexicana*, p. 172.

[10] Cf. G. Ferrer de Mendiolea, "El polígrafo José Mancisidor". En: *Na*, 17 de abril de 1957.

[11] Una declaración anónima: "...José Mancisidor ha logrado construir la mejor novela mexicana de nuestros últimos veinte años" (En: *L*, año IV, No. 42, 10 de enero de 1932, p. 4.)

[12] Cf. Gill, Veracruz: "Revolución y Extremismo", en: *HM*, 1952/53, pp. 618-636.

[13] Lo abstracto de este proceso espiritual lo pone de manifiesto: I. A. Terteryan, "Put' Jose Mansisidora" en *Meksikanskiĭ realisticheskiĭ roman* xx *veka*.

[14] Cf. José Mancisidor. *La ciudad roja*. Novela Proletaria. Jalapa 1932, pp. 39, 53, 54.

[15] Cf. *Ibid.*, p. 31.

[16] Cf. I. A. Terteryan, "Put' Jose Mansisidora", en *Meksikanskiĭ realiticheskiĭ roman* xx *veka*, p. 140.

[17] Tampoco Manuel Pedro González hace más que mencionarlo (González, *Trayectoria de la novela en México*, p. 404).

[18] Julia Hernández, *Novelista y cuentista de la Revolución*. México, 1960, p. 153.

[19] Cf. Francisco Sarquís, *Mezclilla*, Jalapa O. J., p. 406.

[20] *Ibid.*, pp. 50 s.

LA NOVELA REVOLUCIONARIA EN EL PERIODO DEL MOVIMIENTO NACIONAL-REVOLUCIONARIO

En LOS años anteriores a la toma de posesión de Lázaro Cárdenas y la formación del movimiento de unidad nacional-revolucionaria, la clase obrera no era la única fuerza revolucionaria, pero sí la más consecuente con sus ideales. Por ello, podía ejercer una gran atracción sobre los intelectuales progresistas. Al ahondarse la crisis política del país y empeorar rápidamente la situación de extensas capas pequeñoburguesas por efecto de la crisis económica mundial, que también afectó a ciertas partes de la burguesía posrevolucionaria, todo este panorama cambió. Las fuerzas pequeñoburguesas radicalizadas lograron neutralizar hasta cierto punto la influencia de la clase obrera sobre los intelectuales. Este movimiento finalmente se impuso, cuando el gobierno tomó la Revolución como bandera y se encargó de su orientación. Tales hechos se reflejan claramente en el desarrollo de la novela mexicana.

Xavier Icaza

Las obras de Xavier Icaza surgieron durante estos dos periodos de la historia de México. El autor nació en 1892. Hijo de una familia de terratenientes del estado de Durango, estudió derecho y desde principios de los veintes se dedicó a la literatura. Todavía en 1924 consideraba a la Revolución como obra de revoltosos llenos de odio y de envidia: de ello es prueba su relato *La hacienda,* que forma parte del volumen *Gente mexicana.*

Sin embargo, poco después se pasó al bando de los escritores revolucionarios. En 1926, con el título *Magnavoz 1926. Discurso mexicano* publicó una obra vanguardista —que no podría clasificarse dentro del marco habitual de los géneros— en que analizaba los problemas de su patria. En una serie de trozos de conversaciones inconexas opone entre sí las más diversas teorías: indigenismo burgués, vasconcelismo, fascismo y marxismo-leninismo. De tal manera formula esta pregunta: ¿Cuál será el futuro de México? En breves comentarios explica que el pueblo permanece indiferente ante estas discusiones, mientras que en los círculos gubernamentales cada vez es mayor la corrupción.

Magnavoz 1926 termina con las palabras siguientes: "México se purifica en una hoguera. De ella sabrá salir triunfante y puro." [1] Este romántico optimismo contrasta notablemente con la posición que aún dos años antes mantenía Icaza ante la Revolución. Sin embargo, sólo ve asegurado el futuro de México porque confía en su joven élite intelectual. Icaza nunca pudo superar esta actitud, ni siquiera en su época más progresista, cuando dio lecciones de derecho en la Universidad Obrera, dirigida por Lombardo Toledano, y envió colaboraciones al periódico de éste.

En 1928 apareció *Panchito Chapopote*, con el subtítulo *Retablo tropical o relación de un extraordinario sucedido de la heroica Veracruz*. En este libro Icaza trata de profundizar más en la complicada realidad del México Revolucionario. Es uno de los primeros en abordar el tema del petróleo. Narra la historia de Panchito Chapopote, [2] un pobre campesino que de la noche a la mañana se enriqueció al vender sus parcelas, donde se ha encontrado petróleo. En esta trama, presentada a ratos directamente, a ratos mediante narraciones y reminiscencias, también aparecen escenas de 1914 y 1915, cuando Carranza se hallaba en Veracruz. Icaza revela cómo en los manifiestos revolucionarios se disfrazan ambiciones personales, tras los eternos lemas de

312

lucha por el bien del pueblo. Éste por cierto, adivina todas estas maquinaciones y comenta lacónicamente: "¡Quiere ser presidente!"[3] A quienes lo adulan y lo cortejan responde: "El pueblo: ¿Hablaban de mí? No me molesten. Déjenme descansar."[4] Así, mientras el pueblo indiferente baila la rumba, a sus espaldas se lucha por el petróleo y por el poder.

Es interesante el método narrativo con el que Icaza trata su tema tan sólo en noventa y cuatro páginas de letra bastante grande. Como en *Magnavoz 1926*, se alinean breves y concisas frases y trozos de conversación, de modo que manifiestan claramente su contraste y lo irreconciliable de las contradicciones existentes. Se dice tan sólo lo indispensable y a veces se logra una sátira magistral. En el libro *Trayectoria*, publicado en 1936, Icaza logra desarrollar más aún el contenido y su técnica narrativa. Aquí, en unas ochenta páginas, no sólo tratar de hacer un análisis del estado de cosas de México en relación con la situación internacional, sino que, además, enfoca las bases históricas de las contradicciones fundamentales del país y los anteriores intentos por resolverlas.

El análisis de estos hechos complejos se coloca al servicio del desarrollo de un frente de unidad nacional-revolucionaria. Así, el líder dice: "¡Que se armen campesinos y obreros para garantizar el reparto de tierras, defender su disfrute y hacer efectivos el mejoramiento de la clase trabajadora y sus derechos!... ¡Que se unan campesinos y obreros! ¡Que se unan en un único frente inconmovible y limpio!"[5] Tras estas demandas de acción revolucionaria se halla una meta social que Icaza formula de esta manera: "La Izquierda... A edificar un Méjico mejor, un mundo nuevo, una sociedad amplia y comprensiva, sin barreras ni clases, donde pueda vivirse limpiamente."[6] Este objetivo no es otro que el del liberalismo social, que, como ya se dijo, había adoptado en aquellos años algunas teorías y lemas del marxismo.

Otros escritores revolucionarios de extracción pequeñoburguesa apoyaron directamente al régimen de Cárdenas,
a quien consideraban como el llamado a alcanzar las metas
de la Revolución. Ello puede decirse especialmente del grupo
En Marcha. Su más destacado representante es Enrique
Othón Díaz, que se dio a conocer con las novelas *Protesta*
(1937) y *SFZ 33. Escuela. La novela de un maestro* (1938
y 1940). Al aparecer *Protesta* en 1937, ya había publicado
los relatos *La espera* (1935) y *La montaña virgen* (1936);
en esta última exponía la dura vida de los indígenas. En 1936
envió *Protesta* a un concurso literario de la Secretaría de
Educación Pública, donde obtuvo un premio.

En este libro Othón Díaz hace el interesante intento de
presentar en seis capítulos los aspectos esenciales de la lucha
de los trabajadores mexicanos. Dos hermanos son los protagonistas de la novela. Uno de ellos es el dirigente de los
campesinos en su lucha por la tierra, y el otro se coloca al
frente de un grupo de obreros, que exigen justas condiciones de trabajo y respeto por las leyes. En los tres primeros
capítulos se expone el problema campesino y se muestran
las condiciones difíciles en que deben luchar los campesinos contra las intrigas de los terratenientes, los errores de la
administración y los cristeros y las guardias blancas. Los
tres capítulos sobre la lucha de los trabajadores de la industria se refieren al desempleo, la escasez de habitaciones y
los desahucios, la explotación y carencia de derechos de los
obreros, y, finalmente, su lucha exitosa contra los empresarios y sus guardias de asalto, en la que están respaldados
por el gobierno. El estilo del autor es breve y conciso: en
poco espacio logra decir mucho, aunque la plétora de detalles haga del relato más bien un reportaje y no se alcance
una expresión artística muy profunda.

Dos procesos tan complicados como la lucha de los cam-

pesinos y la de los obreros sólo pueden tratarse muy con-
centradamente en seis capítulos. Por eso, el libro tiene que
resultar un tanto superficial. Prueba de ello son la relativa
falta de conflictos auténticos en las contiendas descritas,
así como la poca profundidad con que trata los caracteres.
Sin embargo, las causas de estas debilidades no son simplemente literarias. Especialmente la falta de conflictos de la
trama se debe a motivos ideológicos: la fe del autor en que
el gobierno impondrá "desde arriba" un orden justo en
cuanto se entere de sus deficiencias.

Más sustancia literaria contiene *SFZ 33. Escuela.* La novela está presentada en forma de autobiografía ficticia de
un maestro rural. Indudablemente el propio autor ha vivido
gran parte de lo que narra en su libro sobre la época anterior a la toma de posesión por Cárdenas. Así, la personalidad y el destino del supuesto narrador, el lugar de la
acción, el conflicto representado y el curso de la historia
de México de 1926 a 1936, dan a la novela —de 383 páginas— aquella unidad que no tenía *Protesta.* El narrador
justifica de esta manera sus opiniones literarias: "No exa-
gero ni deformo ni abulto los hechos... Mas si en la relación de éstos y otros subsecuentes, se advierte calor de
exaltación y un cierto barniz de poesía, culpa es de haberlos
padecido en mi carne." [7] En este punto se nace necesario
precisar la actitud social del supuesto narrador, y por tanto,
del autor. El protagonista dice del ideal de su vida: "Vivir
es ante todo y sobre todo, realizarse con pasión." [8] Poco
después, Othón Díaz le hace hablar sobre el sentido y la
tarea de la Revolución: "Es necesario que sepan que existen dos clases de hombres: los que explotan y los explotados... Hay una tarea concreta que realizar; debemos hacer
una realidad la lucha de clases... Necesitamos destruir un
mundo, para crear otro;... para establecer el reinado universal de la Verdad y el Amor." [9] Este programa político
corresponde, punto por punto, a la tendencia general en la

segunda parte de los años treintas, de mezclar ideas y conceptos del marxismo con lemas del liberalismo social. Dentro de esta posición, Othón Díaz resulta un partidario consecuente de la Revolución. Por todo ello, ve en el magisterio una misión social que no se limita al hecho de enseñar.[10]

En su novela presenta la evolución del protagonista, un joven que en 1926 andaba en busca de trabajo, y que en 1936 es ya un líder campesino que, después de vencer mil dificultades, logra la repartición de las tierras de una hacienda. En la elección del tema el autor ha tomado en cuenta una de las características del proceso revolucionario de la época: el importante papel de los maestros en el desarrollo del movimiento campesino. Con esta novela, Othón Díaz levanta al maestro revolucionario, a quien con toda justicia llama "apóstol y líder social",[11] un digno monumento.

El maestro rural constituye el eslabón entre las fuerzas revolucionarias de la ciudad y el campesinado. Por lo tanto, en ambos medios desempeñó un gran papel, y ello es importante para el análisis de *SFZ 33*. El tema es, desde un principio, revolucionario en sí, por lo que el punto de vista del autor no puede perjudicar mucho la correcta evaluación del tema, ni la descripción realista. El libro alcanzó una enorme significación política, como lo prueba el hecho de que en varios años fue nuevamente editado.

Sobre la trama no hay mucho que decir. Narra los incontables obstáculos que el joven maestro debe superar. Los más importantes son colocados por el intrigante y despiadado sacerdote, el astuto comerciante y alcalde Chon Domínguez, el hacendado y la corrompida administración provinciana, así como la invencible desconfianza de los indígenas ante el hombre de la ciudad, de quien suponen que tiene un pacto con el demonio. Othón Díaz no se detiene en contemplaciones y describe prolijamente todos estos hechos y personajes, especialmente al sacerdote, quien finalmente incita a una banda de terroristas a asesinar brutalmente a la mujer del protagonista y al indígena que la acompaña. Las intrigas del cura están representadas con mayor violencia que otros hechos, es verdad; pero ello se debe a que el clero fue el principal enemigo de la escuela rural.

El conjunto del libro tiene la forma de un sencillo y escueto reportaje, interrumpido frecuentemente por muy vívidos diálogos en el dialecto local. Las partes informativas no tienen grandes pretensiones literarias, y en ellas se aprecia que el autor, tomando en cuenta un principio de selección del contenido, simplemente reproduce lo que ha vivido y presenciado. El resultado de este sencillo procedimiento es que su narración no logra alcanzar gran efecto literario y que por ello, muchas partes de la novela conmueven al lector mucho menos de lo que hubiesen podido hacerlo. Acaso se deba a que, pese a la prolija descripción de obstáculos y hechos repugnantes, frecuentemente se tiene la impresión de que la trama transcurre un tanto falta de conflictos.

Raúl Carrancá y Trujillo

Junto a Enrique Othón Díaz debe mencionarse a Raúl Carrancá y Trujillo, cuya novela ¡Camaradas!, escrita en 1936, fue premiada en un concurso literario de la Secretaría de Educación Pública. Ya en 1932 Carrancá y Trujillo había dedicado la novela Pérez al entonces casi desconocido López y Fuentes. En ella narraba la historia de un político que se había "embarcado" con el candidato perdedor, y por ello sucumbía en las intrigas políticas.

Su novela ¡Camaradas!, publicada en 1938, se refiere a la lucha de los trabajadores por salarios justos. Carrancá y Trujillo le puso el siguiente epígrafe: "No ser copistas de la realidad —que está ahí para que la veamos—, sino sus intérpretes; no fotógrafos, sino pintores; no historiadores, sino poetas." [12] En términos generales, ¿cómo interpreta el autor el proceso revolucionario? Va más lejos que Othón Díaz: no son cartas las que informan a su héroe del estado de cosas, sino, directamente, el *Manifiesto Comunista*. Ello no le impide ver el problema de la revolución y de la sociedad sin clases de la manera siguiente: "Si los hombres fuéramos más inteligentes nos ahorraríamos muchos de estos sufrimientos. Falta está haciendo un Napoleón de la paz social. Un genio estratega que sea capaz de enrolar a los hombres todos, quieran o no, al servicio de una sociedad nueva." [13] En otras dos partes del libro se espera al "nuevo Napoleón" como a un Salvador, [14] y en otra ocasión el autor llama a su héroe un "santo socialista". [15] El lector se entera de su concepto de ese salvador de la sociedad por las siguientes palabras: "Lo mejor que ha dado la Revolución es este tipo de hombres que se duelen sinceramente del dolor ajeno y que sacrifican hasta su bienestar doméstico por luchar al lado de los oprimidos." [16] A su manera, Carrancá y Trujillo es un representante de la revolución tan consecuente como Othón Díaz.

¡Camaradas! es el supuesto monólogo de un obrero impresor no organizado, a quien los jefes tratan de indisponer con los miembros del sindicato, que luchan por un contrato colectivo. No se deja engañar, lo que le causa grandes dificultades: el patrón, en venganza, lo hace encarcelar. Al quedarse sin trabajo, lo apoyan sus compañeros organizados, quienes también le dan a leer el *Manifiesto Comunista*. Comprende entonces lo que significa la solaridad y la unidad en el trabajo, e ingresa al sindicato.

Como la novela de Othón Díaz, también *¡Camaradas!*, hace propaganda al movimiento de unidad nacional-revolucionario. Se presenta como ejemplar la evolución del protagonista. Para adoctrinar políticamente al lector, se insertan grandes parrafadas del *Manifiesto Comunista*. El hecho de limitarse a un problema permite al autor presentar una cuestión decisiva de manera tal que casi no se advierten las particularidades de su posición.

La elección de la forma del monólogo lo obliga a prescindir de medios tan valiosos como la descripción y, especialmente, el diálogo. Agotándose paulatinamente en reflexiones, el libro representa, sin embargo, un intento interesante de representación psicológica. Pero, en términos generales, no pasa de ser una obra cerebral.

Gregorio López y Fuentes

Gregorio López y Fuentes nació en 1897 en una hacienda del estado de Veracruz.[17] Sus antepasados fueron agricultores y comerciantes de la clase media que, desde varias generaciones, vivían en su propiedad. Después de estudiar para ser maestro, López y Fuentes volvió en 1914 a la casa paterna. Posteriormente participó en la defensa de Veracruz contra Estados Unidos, y durante un tiempo perteneció al ejército carrancista. En 1924 se radicó definitivamente en la ciudad de México. Poco después era periodista del *Universal Gráfico* para el que escribió diariamente durante cinco años, una historia corta basada en hechos auténticos, con el título de *Novela diaria de la vida real*. Desde 1928 fue director del *Universal Gráfico* y hasta mediados de la década de los cincuentas dirigió *El Universal*, uno de los mayores diarios de México. Murió en 1967.

Con excepción de algunas obras de juventud, la actividad literaria de López y Fuentes empieza en 1931, con la novela *Campamento*, y termina en 1951, con *Milpa, potrero y monte*. No es posible analizar aquí en detalle las diez novelas escritas entre 1931 y 1951, ni el tomo de obras cortas *Cuentos campesinos de México*. Sólo se intentará determinar la posición de López y Fuentes en el desarrollo global de la novela de la Revolución, así como en la contienda social de los treintas.

Para sus libros escogió los siguientes temas: la fase armada de la Revolución, representada en los acontecimientos que ocurren una noche en un campamento del ejército: tal es el contenido de *Campamento*, publicado en 1931; la revolución campesina de Zapata, en *Tierra* (1932). La dialéctica de la Revolución en *Mi General* (1933), donde se narra el destino de un comerciante en ganado que llega a general, sólo para verse enredado en intrigas políticas que le hacen perder la posición, para al final volver a su pueblo natal y su antigua profesión.

La vida del campesino indígena constituye el tema de *El indio* (1935). Esta novela valió a López y Fuentes en 1935 el Premio Nacional de Literatura.

En *Arrieros* (1937) describe la vida de los arrieros de la Huasteca veracruzana, condenados a la ruina por el avance de las vías de comunicación. *Huasteca* (1939) es la historia del petróleo de México, desde su descubrimiento hasta su nacionalización, en 1938, así como las devastadoras consecuencias de la industrialización.

En *Acomodaticio, novela de un político de convicciones* (1943), López y Fuentes presenta a un político decidido a todo con tal de "hacer carrera". *Los peregrinos inmóviles* (1944) es la simbólica historia de una tribu indígena y sus internas diferencias, además de la lenta desaparición de sus costumbres, como alegoría sobre la historia de México. *Entresuelo* (1948) cuenta la ruina de una familia pequeñoburguesa emigrada de la provincia a la capital. *Milpa, potrero y monte* (1951) narra la emigración de familias de campesinos arruinados a las ciudades o al extranjero.

Esta elección de temas resulta significativa, por varios motivos. Con excepción de *Mi general*, las seis primeras novelas muestran una clara tendencia a representar temas concretos, en tanto que *Acomodaticio, Entresuelo* y *Milpa, potrero y monte* presentan problemas sociales, surgidos a consecuencia del proceso revolucionario.

Desde luego, también los temas de las primeras novelas son de naturaleza social; pero en ellos la dialéctica de los problemas y su complicado reflejo en la conciencia humana quedan encubiertos por el interés en los fenómenos objetivos, o bien, como en *Tierra,* los opaca el curso de los acontecimientos. Como lógica consecuencia, en todas estas novelas se encuentra un acendrado costumbrismo, que en *Arrieros* llega a ser el elemento principal. Libre de él, hasta cierto punto, está sólo *Mi general,* supuesta reflexión del protagonista sobre su vida. Esta novela, que presenta la problemática social de la Revolución en el contradictorio destino de su protagonista, también es, por lo que se refiere a composición, la obra con mayor unidad en todo el grupo. Las otras, sea por el final o por la trama *(Tierra),* o por el relato autobiográfico del narrador *(Arrieros, Huasteca),* se mantienen unidas de una manera artificiosa o se descomponen en cuadros y elementos independientes entre sí *(Campamento, El indio).*

La crítica ha creído encontrar las causas del costumbrismo en López y Fuentes ante todo en su actividad periodística.[18] Realmente, sus descripciones tienen cierta similitud con reportajes. Pero, debe decirse que los elementos costumbristas también aparecen en otros autores y que el propio López y Fuentes ha escrito novelas donde el costumbrismo desempeña un papel insignificante. Los temas siempre son de absoluta actualidad. Ello pudo decirse ya de sus primeras novelas, que se deben considerar como intentos bastante interesantes de captar una realidad social que iba complicándose cada vez más.

Campamento apareció en una época en que la transcripción literaria de vivencias de la fase armada de la Revolución constituía casi una moda. Si se compara la novela con memorias de muy diversa calidad y con la representación novelada de sucesos más o menos auténticos, llama la atención la sorprendente independencia del autor, que no puede explicarse únicamente por su experiencia periodística. Antes bien, su intento de hacer una reproducción objetiva se debe a su afán por tomar una posición ideológica ante la compleja fase bélica de la Revolución. No trata de presentarla tal como la ha vivido, sino de captar su significado histórico. Así, López y Fuentes escribió su primera novela para participar en una discusión sobre el carácter de la lucha armada —que en gran parte se trasladó a la literatura— y se esfuerza por reproducir los fenómenos característicos de la campaña revolucionaria. Por ello, las tropas revolucionarias dormidas, en su novela, se agrandan no sólo por un contingente del ejército federal de Huerta, sino también por unos guerrilleros cuyo cabecilla había sido caballerango y por sus propios medios llegó al mando. Este personaje es presentado como brutal y carente de disciplina, en tanto que el general al mando de las tropas es un prodigio de imparcialidad y sangre fría. Sabedor siempre de lo que debe hacerse, evidentemente encarna el ideal que el autor tenía del dirigente revolucionario. Prueba de ello es también la presencia de una figura contrastante: el soldado que —requisito obligado en esta clase de novelas— juega a la "ruleta rusa" y pierde la vida: "Para él un valor consciente era un valor condicional." [19]

López y Fuentes reivindica una revolución que esté consciente de su significado, y la encarna en la persona del general: es decir, en el dirigente. Esto hace que *Campamento* se diferencie de las otras descripciones de las luchas armadas, que en su mayoría tienen por tema las acciones de los campesinos del norte de México y sus jefes, y que tan pronto admiran el levantamiento popular como se horrorizan de su crueldad y su caótica manifestación. Obviamente, López y Fuentes rechaza esta forma de levantamiento.

Por eso la novela debe considerarse más programática que histórica. El libro fue escrito en un momento en que las masas revolucionarias empezaban a liberarse del paternalismo del gobierno y sus portavoces. La defensa que López y Fuentes hace del orden en la Revolución se dirige potencialmente contra este fenómeno, y está relacionada con el intento de dar a la coalición revolucionaria, que se disolvía, un nuevo órgano director: el PNR. Para ello, dos veces aparece en la novela un agitador; pero los soldados se aburren de sus discursos, a los que consideran palabrería sin fundamento. También ello está en relación con los acontecimientos de 1930 y 1931. Como puede verse, López y Fuentes comienza su carrera de novelista abordando conscientemente problemas de actualidad. Al hacerlo, se coloca de parte del ala revolucionaria de la burguesía, y se hace portavoz de sus pretensiones de orientación social.

Tierra, asimismo, se desarrolla en la época de las luchas armadas. Trata del movimiento zapatista, pero el autor se interesa mucho más por la cuestión agraria que por la problemática de la fase bélica. Así, la trama se limita a lo que pasa en un pueblo. En unos cuantos capítulos se establece la relación de estos acontecimientos con el desarrollo general de la Revolución. Los hechos bélicos de los zapatistas no se presentan de un modo favorable: esto lo demuestra la descripción de la indisciplina general de sus hombres y la escena en el prostíbulo durante la ocupación de la capital, así como el insensato tiroteo provocado por Eufemio Zapata en un pueblo.[20]

A diferencia de la Revolución en el Norte, el movimiento representado en *Tierra* se centró exclusivamente en el reparto agrario, que aquí es la única causa del conflicto. En esta orientación hacia la problemática social, podría verse un progreso del autor; sin embargo, la representación negativa de la lucha armada y su meta —la conquista del poder—, por importante que fuera, representa una reducción de la problemática social a la cuestión agraria. El autor considera que ésta puede resolverse en el marco de una revolución demoburguesa. Pero, el reparto de las tierras sobre la base de las leyes agrarias de Carranza representó de hecho una medida que no iba encaminada, en lo mínimo, contra los intereses de la burguesía revolucionaria. Por el contrario, ésta la realizó invariablemente para alcanzar sus propias metas y para llevar a la práctica una política de alianza con los campesinos.

Tal estrechez de miras constituye sólo una parte del problema. La otra es que López y Fuentes se remite a una de las más vivas tradiciones de la Revolución y presenta a Zapata como héroe popular. Así, pese a lo limitado de sus perspectivas, López y Fuentes respalda la demanda de una revolución agraria y de un nuevo impulso de la Revolución. Por ello, *Tierra* es testimonio de una actividad revolucionaria que también había llegado a diferentes grupos de la burguesía.

La crítica a los resultados de la Revolución es aún más manifiesta en *Mi general*. Con este libro, López y Fuentes se vuelve hacia el tema de la situación política en el México posrevolucionario, que ya había sido tratado por otros escritores. Lo nuevo es que presenta este proceso en su repercusión sobre el carácter de un hombre criado con la integridad del campesino, dándole la forma de una autobiografía crítica. Ello da a la novela una manifiesta unidad, al tiempo que la libera de la supuesta objetividad de las dos obras anteriores. Con la orientación hacia una reproducción directa de la problemática actual, surge un nuevo concepto en la obra de López y Fuentes: el rechazo a la ciudad porque enajena al hombre. El general ha conocido este proceso, y lo analiza prolijamente. Arruinado por completo, decide volver a su pueblo y a su antigua ocupación: esto le permitirá llevar una vida modesta, pero honrada e íntegra.

Después de que las tres primeras novelas de López y Fuentes apenas fueron advertidas por la crítica,[21] *El indio* valió a su autor, junto con el Premio Nacional de Literatura de 1935, una súbita celebridad. Pero este libro no representa ningún avance artístico sobre sus predecesores. También en la obra se analiza un tema de gran actualidad, que desde hacía tiempo interesaba al autor.[22]

La novela presenta la vida de los indígenas, con sus tradiciones y costumbres, que se conservan desde varias generaciones, así como su explotación y opresión a manos de los extranjeros, los latifundistas y el clero. La Revolución se efectuó a sus expensas, pero apenas mejoró en algo su vida. En general, fueron engañados por políticos seudorrevolucionarios, que supieron aprovecharse de ellos. Como *Mi general,* también *El indio* constituye una crítica a los resultados de la Revolución, que esta vez no son medidos con la vara de un solo hombre, sino con la de decenas de millares de aborígenes.

La publicación de *El indio* fue casi simultánea con la toma de posesión de Cárdenas, y coincidió con los lemas de propaganda oficial sobre la redención de la raza o redención del indio. Así, el libro tuvo una repercusión considerable. El alcance de sus ideas, que presentan los problemas sociales como etnológicos, puede desprenderse de las observaciones de Muricio Magdaleno,[23] quien revela idéntica tendencia en su novela *El resplandor* (1937), literariamente muy superior. Magdaleno escribe: "Toda auténtica revolución produce una mística. La mística de la Revolución Mexicana se refiere a la tierra como sujeto trascendental y capital de nuestro significado de pueblo. La tierra es el héroe profundo de la novela actual en México." A ello corresponde también un exaltado panegírico de López y Fuentes.[24]

El gran éxito de *El indio* se debe en gran parte a que López y Fuentes abraza el mito político de la Revolución, como un año después Teja Zabre haría suyo el ontológico, en su *Teoría de la Revolución.*[25] La mixtificación de los problemas se esboza con el telurismo e indigenismo entonces en boga en toda la América Latina. Ello explica por qué un enemigo político del régimen cardenista, como el ex-contemporáneo Rubén Salazar Mallén, ve en *El indio* el "...presentimiento de un porvenir desconocido, aunque secretamente ansiado... fe en el misterio", aunque rechace la tesis política de la novela.[26]

Las cualidades literarias del libro son inferiores a las ideológicas. La composición es desorganizada, en parte porque quiere hacer una crítica del olvido en que la Revolución tiene a los indios, y porque quiere representar sus costumbres y tradiciones. Con los recursos del costumbrismo, trata de pintar no sólo un estado patriarcal, sino también características etnográficas. Esto produce un predominio de la objetividad, causante de que a veces se pierda toda referencia social con el presente.[27]

Al parecer, la metafísica nacional de *El indio* y el rechazo del desarrollo capitalista —ya manifestado oportunamente en *Mi general*— movieron a López y Fuentes a analizar más detenidamente el carácter del mexicano. Esto le hizo dar con el tema de los arrieros, que representan uno de los más típicos fenómenos sociales del México tradicional, ya condenado a desaparecer. Este material ofrece condiciones sumamente desfavorables para la trama de una novela, lo cual explica que *Arrieros* sea la novela de López y Fuentes que contiene más rasgos costumbristas. Allí, hasta el deseo de llevar un mensaje se pierde entre las descripcions de los objetos.

Como se ve, López y Fuentes se hallaba en cuanto a sus conceptos, en un callejón sin salida, cuando en 1938 fue nacionalizado el petróleo. Vinculado desde la época de *Campamento* con el PNR, y casi considerado el novelista oficial desde *El indio*, abordó este tema y en 1939 publicó la novela *Huasteca*, el más deficiente de sus libros escritos durante los treintas. El fracaso no sólo se debe a que el tema es mucho más complicado que el de todas las novelas anteriores: la causa principal es que López y Fuentes, con su ideología enemiga del capitalismo y al mismo tiempo conservadora en principio, tiene que confrontar abiertamente al capitalismo. En consecuencia, la novela resulta heterogénea, con una parte de representación meramente objetiva (el desarrollo de la industria petrolera desde principios del siglo), y la trama propiamente dicha (la desintegración de la familia, que al vender sus tierras se hace inmensamente rica, pero cuyos miembros han perdido la integridad de su vida campesina y han sucumbido a la fiebre del oro, a tal grado que los dos hijos se hacen enemigos mortales por una herencia, hasta terminar empobrecidos y tener que ganarse la vida en la ciudad). La típica historia pequeñoburguesa, con todos los detalles de rigor (como el del individuo que enciende cigarrillos con billetes de cien pesos), termina con la expropiación petrolera realizada por Cárdenas. El capítulo final describe una exultante manifestación popular. Sin embargo, habrá quien pregunte qué provecho aportará a México esta medida, si el petróleo causa tantos males a los hombres. Ello significa que el autor no ha alcanzado su meta: glorificar la expropiación petrolera. La falta de perspectivas le ha hecho concebir erróneamente tanto la forma como el fondo de la novela.

Por la época en que López y Fuentes sufrió este revés, empezó a consolidarse el régimen, y al mismo tiempo se manifestó una nueva orientación en la literatura mexicana. El hecho de que López y Fuentes a fines de los treintas dejara de ser un novelista representativo, tiene causas muy diversas.

Cuando en 1943, después de cuatro años de silencio, volvió con *Acomodaticio*, el desarrollo de la novela ya lo había dejado atrás,[28] y nunca pudo volver a ponerse al día. También el proceso social había dejado atrás al autor, quien, si algún día creyó que en interés del pueblo la Revolución se llevaría a cabo desde un centro director, tuvo ahora que ver cómo este centro, desde 1938, consolidaba esa Revolución en interés de la burguesía. Por ello, en las últimas novelas de López y Fuentes —con excepción de *Los peregrinos inmóviles*— puede apreciarse una orientación hacia la crítica de los problemas sociales, lo que da nuevas características a su obra. Pero, dentro de la corriente de la literatura mexicana, estas novelas sólo representan un vástago de la novela de la Revolución: por ello no se las analizará en este libro.

En resumen, de las novelas de Gregorio López y Fuentes puede decirse que las escritas antes de 1935, cuando él aún no pretendía analizar las consecuencias del capitalismo sobre el desarrollo del hombre, representan intentos de captar el sentido histórico de la Revolución —que cobraba nuevos ímpetus— desde un punto de vista cercano al del PNR.[29] En cuanto a la forma, si bien es indudable la influencia de su actividad periodística sobre su estilo, su método literario no debe atribuirse exclusivamente a esta causa subjetiva. Si se compara la composición de las cuatro primeras novelas, se verá que cada una tiene sus particularidades: esto demuestra que en cada ocasión el autor trató de dominar su material y buscó un método adecuado para la realidad que se proponía representar.[30] A partir de ello, debe contemplarse su costumbrismo dentro del marco histórico. El método de López y Fuentes puede situarse así, como resultado de la lucha por captar una nueva realidad, ante la cual resultaban insuficientes los métodos de representación costumbrista, surgidos de las antiguas circunstancias.

Jorge Ferretis

Entre los novelistas más conocidos de la Revolución, es Jorge Ferretis el que mejor puede compararse con López y

Fuentes.[31] Además de varios libros de cuentos, escribió las novelas *Tierra calliente, Los que sólo saben pensar* y *Cuando engorda el Quijote*. Ferretis nació en 1902, en el estado de San Luis Potosí. Después de largos años de periodismo, desde 1937 se dedicó a la política. Durante un tiempo fue diputado y después secretario del presidente Ruiz Cortines.[32]

Acerca de su producción literaria ha dicho él mismo: "...como en mi *Tierra caliente*, persisto en mi propósito de injertar novelas con páginas de ensayo".[33] La primera obra literaria de Ferretis es *Tierra caliente. Los que sólo saben pensar*, publicado en 1935, es un ensayo presentado en forma de novela, sobre la solución de los grandes problemas de México. Su protagonista llega al siguiente resultado: "...El problema nuestro no consistía en desarrollar las riquezas del país, sino por el contrario, consistía en no enriquecerlo. No miserable; modesto." [34] La leyenda narrada en el cuarto capítulo, titulado *Los hombres sin oro*, acerca de una isla que debe su felicidad a la ausencia de miseria, lograda enterrando los tesoros, ilustra aquella opinión del protagonista: México necesita un bienestar modesto para todos, y su fundamento debe ser la pequeña producción agrícola. Ferretis deja bien claro que, en su opinión, la causa de todos los males es el rédito y con él la reproducción ampliada. Se coloca así del lado de algunas teorías socialistas pequeñoburguesas muy en boga en aquel tiempo.[35]

El protagonista, un profesor de literatura, llega a un pueblo tropical como comandante del ejército revolucionario y, herido, debe quedarse en la casa de un comerciante. Durante la campaña se había convencido de que la realidad distaba mucho de coincidir con sus conceptos idealistas: esta revelación resulta el punto de partida de profundas consideraciones. Observando la existencia de los lugareños, que viven despreocupadamente, sin grandes novedades y libres de la carga de sus dolorosas reflexiones, después de largas luchas internas llega a la conclusión antes citada y se dedica a difundir sus ideas como predicador ambulante. Sin embargo, poco después muere mordido por una serpiente.

Como las meditaciones no pueden estructurar la trama de una novela, el autor se vale del recurso de hacer surgir otra realidad en los pensamientos de su protagonista. Lo hace de una manera relativamente sencilla: fantasías febriles y sueños eróticos brotados por el choque de la continencia con los anhelos insatisfechos le ofrecen la posibilidad de disimular la ausencia de una verdadera trama. El hecho de que se trata, ante todo, del "repuesto" de una trama, se pone de manifiesto en la forma del relato. Los primeros capítulos de la novela —para derivar el tema de la realidad— contienen una serie de descripciones, destinadas a reflejar percepciones sensoriales, que colocan la obra a la altura de las mejores novelas de la Revolución. Lo cerebral se impone posteriormente.

Si no se toman en cuenta las obras posteriores de Ferretis, no resulta claro el mensaje de esta novela. En cambio, analizando su segunda novela, *Cuando engorda el Quijote*, puede verse que también en su primer libro Ferretis rechaza las ideas abstractas basadas en sistemas filosóficos extranjeros y sin ninguna relación con México, y propone una ideología que, surgida de la realidad mexicana, le corresponda y pueda servirle. Cuando el protagonista ha llegado a esta conclusión, está cumplida la misión de la novela. Consecuentemente, pero de manera un tanto violenta, el autor lo hace morir.

El segundo libro de Ferretis fue escrito en 1937. El autor lo precede de su profesión de fe, en una introducción titulada *Fondo*. En ella se presenta así a la Revolución: "1910 Ésta era una revolución. Ésta era una revolución fermentada con analfabetos... y usufructuada por ladrones".[36] Después de este rechazo total de la Revolución de 1910, Ferretis se declara partidario de otra revolución, que lleva fecha 1936, de la cual dice: "Ésta era una revolución, que sigue siéndolo." [37] Esta nueva, segunda revolución mexicana se caracteriza, en opinión del autor, por su posición entre el comunismo y el fascismo: "...diferenciándose de comunismo en que no niega la propiedad privada; ¡pero! diferenciándose de fascismo en que la desampara y hasta la agrede en su aspecto de enorme propiedad..." [38]

La novela es una supuesta autobiografía del protagonista, Ángel Mallén. La composición del libro, separado en seis capítulos, revela las intenciones del autor. El primer capítulo, *Un muchacho,* narra la niñez del protagonista, hijo de un agricultor que vive en un pequeño pueblo de provincia. El segundo, *El huracán,* trata de los primeros años de la Revolución, a la que presenta como caótica sucesión de crueldades y absurdos. En el tercero, *Entre apóstoles rampantes,* se presenta al México de 1918 a 1920, como víctima de una gigantesca invasión de "Salvadores del Pueblo", que no son sino demagogos disfrazados. En el cuarto, *El mejicano,* el protagonista, que después de la caída de Carranza debió emigrar a Estados Unidos, tiene oportunidad de conocer el capitalismo moderno y la enajenación del hombre. El quinto, *Matar,* contiene un pequeño entreacto en México, a donde Ángel vuelve por una corta temporada, a la muerte de su madre. Describe las actividades políticas del protagonista y un viaje a Venezuela, donde participa en un levantamiento contra el dictador Gómez. Después de establecerse definitivamente en su patria, se gana el pan como trabajador en una fábrica de cigarros, y participa en la oposición al régimen de Calles. En el último capítulo, *Hoy,* Mallén se une a los obreros para combatir a los burócratas sindicales coludidos con el enemigo y enriquecidos en sus puestos. En una batalla sindical es mortalmente herido.

Esta distribución sigue con bastante exactitud el curso de la historia de México. Además, en sus dos viajes al extranjero, el protagonista conoce los dos extremos ante los

331

cuales se encuentra México: el capitalismo altamente desarrollado de Estados Unidos y la dictadura desenfrenada, tradicional en América Latina; finalmente, propone un camino que considera propio y mexicano.

Ferretis no es el único escritor que ha descrito la trayectoria de un intelectual hacia el pueblo y la Revolución. Por el contrario, esta clase de novela desempeñó un papel de relativa importancia durante los treintas por toda América Latina. Mencionemos, entre otras, *Asonada*, de Mancisidor, en México, y *Fiebre*, de Otero Silva, en Venezuela. Una comparación con estas dos novelas nos capacitará para captar mejor el punto de partida de Ferretis. Las tres obras tienen en común que sus protagonistas pasan por muy diversas experiencias. Pero, mientras Mancisidor y especialmente Otero Silva, colocan a sus protagonistas en los más opuestos medios sociales de sus respectivas patrias, y les hacen conocer todas las formas de revolución (desde el pronunciamiento militar hasta el auténtico movimiento social), en cambio Ángel Mallén recorre más bien el Continente Americano que la sociedad de México. Como resultado, sus experiencias son bien diferentes. Los protagonistas de Mancisidor y de Otero Silva hacen acopio de experiencias políticas; Ángel Mallén, en cambio, de humanas y morales. Así, las escenas que se desarrollan en Estados Unidos sirven a Ferretis para hacer de nuevo ciertas comparaciones de psicología de los pueblos, y contraponer el utilitarismo de los yanquis a la capacidad de los mexicanos de entusiasmarse por altos ideales. Lleva las cosas a tal extremo, que en un mismo párrafo exalta las cualidades morales de los conquistadores españoles y pide la presencia de un santo "rojo".[39] Aparte de estas comparaciones las experiencias del autor se limitan a la esfera de la vida personal: prácticamente todas tienen que ver con el amor. En tanto que otros autores critican la brutalidad de la Revolución representando principalmente fusilamientos y asesinatos, Ferretis

332

presenta la violación de la hermana del protagonista. Como ejemplos de la crueldad del régimen de Gómez en Venezuela, describe la castración de los prisioneros y la violación de las prisioneras. Las vivencias de Mallén se concentran en una esfera humana y subjetiva.

La influencia del movimiento Nacional-Revolucionario sobre el desarrollo de la novela de la Revolución

El desarrollo de la novela de la Revolución en las condiciones del movimiento de unidad revolucionario-democrático, orientado por la burguesía, puede resumirse de la siguiente manera: ya desde antes de que surgiera este movimiento de unidad, en 1931 escribía López y Fuentes novelas en que apremiaba a crearlo. En 1935, al empezar a hacerse realidad el frente de unidad, gracias a su novela *El indio* se convierte, durante cierto tiempo, en su novelista casi oficial. Simultáneamente se inició un vigoroso desarrollo de la novela representativa de este movimiento. Othón Díaz y Carrancá y Trujillo representan la lucha activa de las masas populares por el mejoramiento de sus condiciones de vida, en tanto que Ferretis muestra la trayectoria del intelectual hacia el bando de este movimiento revolucionario.

Desde luego, las obras de estos cuatro autores no constituyen la totalidad de las novelas de la Revolución escritas bajo el influjo del movimiento de unidad nacional-revolucionario. Se han escogido para mostrar que los autores más representativos trataban de seguir con gran precisión el desarrollo de las confrontaciones sociales de aquellos años. Hasta donde puede verse, la motivación de esta diversa actividad literaria se remite continuamente a una confrontación con la problemática y dialéctica de la Revolución, que cada vez fue más complicada durante los treintas. Gran número de las novelas entonces escritas brotaron de un afán de claridad y de autodeterminación.[40] En muchos casos como en el grupo de novelas que hemos estudiado, se trató de colaborar, mediante obras literarias y desde diferentes puntos de vista, en el esclarecimiento y la solución de estos problemas sociales. El movimiento de las masas revolucionarias atrajo, por lo menos durante un tiempo, a muchos escritores que ya gozaban de cierta celebridad, como José Mancisidor y Mauricio Magdaleno.

Magdaleno, nacido en Zacatecas, en 1906, publicó tres dramas revolucionarios en 1933. En sus novelas presenta los más diversos problemas, algunos de los cuales no tienen relación alguna con la Revolución. A diferencia de casi todos los novelistas de la Revolución, aspira a pintar caracteres, según los modelos de Huxley y de Faulkner,[41] y aplica sus ideas a la creación de típicos personajes mexicanos.

En 1937 publicó la novela *El resplandor*, en que trata el mismo problema presentado en *El indio*, de López y Fuentes. En comparación con éste, se destacan en la novela de Magdaleno la armonía de la composición y la ausencia de elementos costumbristas. Considera el problema del indio antes que nada como problema del campesino, y lo trata, por ello, como una cuestión social. Su libro es mucho más realista que el de López y Fuentes.[42]

El movimiento de unidad nacional democrático produjo similares efectos sobre Mancisidor. Después de surgir en 1932 con *La ciudad roja*, se dedicó desde 1935 a la LEAR, cuya existencia se debió en gran parte a su actividad. Esperaba así ganar para la Revolución más extensos círculos de la intelectualidad, y en una serie de folletos popularizó las ideas revolucionarias. En 1941 apareció su autobiografía *En la rosa de los vientos*, planeada desde hacía largo tiempo y galardonada el año anterior. En ella rinde homenaje a los héroes de las luchas revolucionarias, y al mismo tiempo exhorta a continuar la lucha unitaria. Partiendo del ala izquierda de la intelectualidad, se dedica a plasmar las tradiciones nacionales. Para ello escribe en los años siguientes incontables publicaciones sobre personalidades históricas, así como su *Historia de la Revolución Mexicana*, que se publicó en 1958.

NOTAS

[1] Xavier Icaza. *Magnavoz 1926. Farsa.* Jalapa 1926, p. 47.

[2] "Chapopote" es la palabra indígena para petróleo.

[3] Xavier Icaza, *Panchito Chapopote. Retablo tropical o relato de un extraordinario sucedido de la heroica Veracruz.* México, 1928 p. 73.

[4] *Ibid.,* p. 83.

[5] Xavier Icaza, *Trayectoria.* México, 1936, pp. 64 s.

[6] *Ibid.,* p. 62.

[7] Enrique Othón Díaz, *SF2 33. Escuela. La novela de un maestro.* 2ª Ed. México, S. A., p. 118.

[8] *Ibid.*

[9] *Ibid.,* p. 302.

[10] Cf. *Ibid.,* p. 315.

[11] Cf. *Ibid.,* p. 9.

[12] Raúl Carrancá y Trujillo, *¡Camaradas!* México, 1938, p. 5.

[13] *Ibid.,* p. 85.

[14] Cf. *Ibid.,* p. 84, s.

[15] *Ibid.,* p. 84.

[16] *Ibid.*

[17] Estos datos se basan en gran parte en Ernest Richard Moore, "Novelists of the Mexican Revolution. Gregorio López y Fuentes". En: *ML,* 11/1940.

[18] Cf. *Ibid.,* así como Manuel Pedro González, "Apostillas en Torno a dos Novelas Mexicanas Recientes". En: *RI,* año I, 1939, p. 131. Octavio Gabino Barreda, "Gregorio López y Fuentes. Huasteca". En: *LM,* 15 de julio de 1939, p. 4.

[19] Gregorio López y Fuentes, *Campamento.* Novela Mexicana. Madrid 1931, p. 25.

[20] Cf. Gregorio López y Fuentes. *Tierra. La revolución agraria en México.* México, 1933, capítulos XVIII y XXII.

[21] Cf. C. Rodríguez-Chang, "Gregorio López y Fuentes y la temática india". En: *Na,* 20 de julio de 1956, suplemento dominical, pp. 8, s.

[22] Cf. Rafael Heliodoro Valle, "López y Fuentes y su Discreta Ambición". En: *RR,* 19 de enero de 1936.

23 Mauricio Magdaleno, "Alrededor de la Novela Mexicana Moderna". En: *LP*, 4/1941, Tomo 14, p. 2.

24 Cf. *Ibid.*, p. 10. A ello parece deberse que también Magaña Esquivel diga: "¿Acaso no es... la intuición de la corriente indigenista la que viene a dar sentido y fundamentación a la novela de la Revolución?", y una este problema a la confrontación entre Indigenismo y Nacionalismo (Magaña-Esquivel, *La novela de la Revolución*, p. 120). Empero, debe decirse que antes de *El indio*, la novela de la Revolución, sobre todo en sus obras más destacadas, encontró su sentido en la historia de México y en la posición de sus autores.

25 Petriconi asegura que López y Fuentes está del lado del PNR, y hace paralelos entre partes de la novela y discursos de la campaña electoral de Cárdenas (Hellmuth Petriconi, *Spanisch-amerikanische Romane der Gegenwart*. Hamburgo, 1950, p. 17).

26 Rubén Salazar Mallén, "El Indio. Novela de López y Fuentes". En: *At*, año 13, 1936, No. 127, pp. 98 s.

27 Cf. Torres-Rioseco, *La novela en la América hispana*". University of California Publications in Modern Philology, 2/1941, p. 238.

28 Cf. Alí Chumacero, "Gregorio López y Fuentes". En: *LM*, 15 de septiembre de 1943, pp. 1, s.

29 Cf. Torres-Rioseco, *Grandes novelistas de la América hispana*. Tomo I, p. 238; Arturo Torres-Rioseco, "De la Novela en México". En: Torres-Rioseco, *Ensayos sobre literatura iberoamericana*, p. 135.

30 Cf. Celestino Herrera Frimont, "La arriería en la novela mexicana". En: *LM*, 12/1937, p. 7.

31 Cf. Rand Morton, *Los novelistas de la Revolución mexicana*, p. 216.

32 Cf. Salvador de la Cruz, "Novelistas iberoamericanos". En: *LP*, 3/1955, p. 13.

33 Según: Celestino Herrera Frimont, "El Sur quema. De Jorge Ferretis". En: *LM*, 1° de julio de 1937, p. 5.

34 Jorge Ferretis, *Tierra Caliente. Los que sólo saben pensar*. Madrid, 1935, p. 211.

35 V. N. Kuteishkova no define exactamente la base social de esta crítica que muchos novelistas de la Revolución formulan frente al capitalismo (V. N. Kuteĭshikova, "Formirovanie i osobennosti realizma v meksikanskoĭ literature" ["El surgimiento y las características del realismo en la literatura mexicana"] En: *Meksikanskiĭ realistichenskiĭ roman* xx *veka*, p. 55.

36 Jorge Ferretis, *Cuando engorda el Quijote*. México, 1937, p. 7.

37 *Ibid.*, p. 12.

[38] *Ibid.*, p. 8.

[39] *Ibid.*, p. 260.

[40] Característica de este intensivo análisis es la siguiente motivación: "¿Por qué no escribes tu vida de revolucionario? Porque resultaría una burla de lo que la mayoría ha tomado en serio". (Salvador Pruneda, *Huellas*, México, 1936, p. 12).

[41] Cf. Ruth Stanton, "The Realism of Mauricio Magdaleno". En: *Hi*, año 22, 1939, pp. 346, s.

[42] Rand Morton afirma que desde el punto de vista formal, *El resplandor* es la mejor novela revolucionaria (Rand Morton, *Los novelistas de la Revolución mexicana*, p. 212).

MEMORIAS Y HECHOS NOVELADOS

POR VARIADAS que sean las corrientes ya examinadas, no integran más de la mitad de la producción global de la novela de la Revolución. El resto no puede clasificarse en los grupos señalados, ni por su tema ni por la intención de su mensaje ni por su método narrativo. Estas novelas que examinaremos tratan de sucesos concretos, en su mayoría de la época de la confrontación armada. Los autores dependen en parte de la fuerza de expresión de los hechos retratados, y a veces el mensaje no es sino el terror con que un hombre culto contempla determinadas formas y fenómenos de la lucha revolucionaria. El método representativo con frecuencia es el de las memorias, o el de la objetiva y escueta narración de lo presenciado. Cronológicamente este numeroso grupo no puede separarse con precisión de las otras novelas de la Revolución. Las obras aparecieron durante toda la época examinada, pero su mayor florecimiento fue entre 1928 y 1933.

"El águila y la serpiente" y "Memorias de Pancho Villa" de Martín Luis Guzmán

Martín Luis Guzmán escribió en Madrid *El águila y la serpiente*. Las dos primeras ediciones del libro aparecieron en España. Probablemente influyó en la elección del título Blasco Ibáñez, quien en un prólogo escrito en París, en 1920, para su libro *El militarismo mexicano*, anunciaba una nueva obra titulada *El águila y la serpiente*, que nunca llegó a aparecer.[1] La obra de Guzmán es una autobiografía, pero a diferencia de las demás memorias, no narra ininterrumpidamente la vida del autor, sino que en orden cronológico representa, unos al lado de otros, los episodios vividos por él. *El águila y la serpiente* resulta así un gran libro de estampas de la Revolución, que presenta a sus más destacadas personalidades en situaciones características o decisivas. Comprende desde 1913 —cuando Guzmán, huyendo de Huerta, se dirigió a Cuba y Estados Unidos— hasta principios de 1915 —al desplomarse el gobierno reconocido por la Convención de Aguascalientes, y emigrar nuevamente Guzmán a Estados Unidos—.

Lo dicho anteriormente haría superflua toda indicación del contenido de la obra. En diversas ocasiones se ha planteado la pregunta del género a que pertenece. Ya en 1928 decía Torres Bodet que el libro no constituía una novela, ni una historia de la Revolución, ni un libro de memorias.[2] Desde el punto de vista de la literatura comparada es interesante la indicación de Torres Bodet, según la cual el estilo de Guzmán sigue la escuela de La Bruyère y de Vauvenargues.[3] Efectivamente, la mayor parte de *El águila y la serpiente* está constituida por retratos de destacados o característicos representantes de la Revolución, la esencia de la cual trata de captar Guzmán. También podría llamarse al libro una galería de "caracteres" revolucionarios. Pero sería completamente erróneo hablar de una imitación consciente de los autores franceses citados. Mejor puede decirse de la obra de Guzmán lo que ya se dijo de la técnica literaria de Azuela. La analogía con La Bruyère surge de una lejana similitud de las situaciones en que escribieron los autores, y de las que quisieron representar. Azuela y Guzmán aprovechan las dos principales posibilidades de retratar una situación semejante: el cuadro costumbrista o el retrato. El uno muestra los característicos fenómenos sociales, y el otro a sus típicos representantes. Ambos autores se encuentran ante una sociedad aún poco diferenciada, que precisamente en la Revolución empieza a resquebrajarse.

Es interesante observar que los capítulos más impresionantes de *El águila y la serpiente* no son aquellos que representan los más importantes sucesos o personas, como por ejemplo Carranza y su encumbramiento. (Tales capítulos eran indispensables para no dejar la obra inconclusa.) Las verdaderas joyas son los párrafos sobre Villa o la representación del baño de sangre ordenado por Urbina, y escenas similares. En principio, el estilo representativo de Guzmán es como el de otros narradores; pero con la diferencia de que él parte de las personas y los otros, del tema. En consecuencia, se valen de métodos diferentes. Fundamentalmente, a Guzmán le interesa la descripción de caracteres. Por lo tanto, su estilo es conciso y orientado a poner de manifiesto el rasgo característico. Penetra bajo la superficie de los hechos y trata de lograr cierta abstracción. Su estilo es más intelectualizado y, en muchos aspectos, más literario que el de Azuela, igualmente conciso, pero tendiente a hacer una representación viva de la superficie perceptible a simple vista.[4] Así como el método de Azuela, también la representativa de Guzmán cuenta con precursores en la literatura mexicana: por ejemplo, los cuadros de costumbres.[5]

Las diferencias entre Guzmán y Azuela son, ante todo, una cuestión de método. En cambio, la cosmovisión de ambos es prácticamente la misma. Como Azuela, Guzmán saludó el levantamiento constitucionalista, desconfió de Carranza y se sintió atraído hacia las masas revolucionarias, a las que, en cambio, no entendió por completo. Como Azuela, finalmente se apartó de la coalición revolucionaria que se disgregaba después de su victoria sobre Huerta.

Ya se hizo referencia en otro lugar a *La sombra del caudillo*. Una comparación de esta novela con *El águila y la serpiente* muestra con claridad cuán difícil resultaba a Guzmán apartarse de la realidad vivida y urdir libremente una trama literaria. En la época cardenista Guzmán volvió a

México y concibió el plan de escribir una historia de la Revolución Mexicana.[6] Cuando recopilaba materiales, cayó en sus manos el archivo de Pancho Villa, y modificó sus planes. Entre 1938 y 1940 publicó los cuatro tomos de *Memorias de Pancho Villa,* que comprenden la vida del protagonista hasta la caída de Carranza en la Convención de Aguascalientes. La edición de 1960 cuenta con un nuevo quinto tomo, que abarca hasta la víspera de las batallas de Silao y León. Planea escribir tres tomos más. Para la primera parte de su obra se valió principalmente de apuntes de Villa, así como de sus documentos militares. Después se confió a sus propias experiencias y observaciones.

Las *Memorias de Pancho Villa* han sido escritas como si Villa fuese su autor. Con gran destreza, Guzmán ha imitado la sencilla y llana prosa de una relación del puño y letra de protagonista, y al mismo tiempo da a entender que el presunto autor escribió tales memorias pensando en la posteridad. Así Guzmán puede imitar la manera de expresarse de Villa sin verse obligado a dar a su vocabulario aquella truculenta fuerza de expresión que seguramente tenía una conversación normal entre Villa y sus compadres y que inevitablemente hubiese dado a las memorias un toque de exotismo.[7]

Es interesante observar que Guzmán toma ante su héroe una actitud diferente de la adoptada en *El águila y la serpiente.* En esta obra, Villa no es presentado en forma abiertamente negativa, sino que el cultivado intelectual burgués observa su impulsividad y sus caprichos con cierto alejamiento. En cambio, en las *Memorias* aparece un sencillo héroe popular, que nunca olvida el sentido de su misión social y que, a diferencia de otros, siempre permanece fiel a los ideales sociales de la Revolución.[8] En lo subjetivo tal cosa es cierta, como lo muestra cualquier comparación con las *Memorias de Pancho Villa* de Muñoz, publicadas en 1923. Pero igualmente justificado estaba el distanciamiento de

Guzmán en *El águila y la serpiente*. En la oposición entre la lealtad revolucionaria de Villa y su impulsividad e ignorancia de los problemas más profundos, se manifiesta gran parte de la tragedia de las luchas armadas de la Revolución Mexicana. El lector, con gran interés, se pregunta cómo resolverá Guzmán este problema en los tomos 6º a 8º.

Huelga resumir el contenido de las *Memorias*. En cambio, surge la pregunta de qué ha movido a Guzmán a emprender esta obra y, sobre todo, a hacer una justa apreciación de los rasgos positivos de Villa. A este respecto, sólo pueden hacerse conjeturas en relación con la situación general de la época. Ya se indicó que por 1935-1936 la burguesía mexicana inició un análisis de las tradiciones nacionales, que en gran parte eran también las suyas propias. Ello puede decirse especialmente de la Revolución, cuya historia quería escribir Guzmán, y cuyo problema más intrincado es Villa, pues sus hazañas militares constituyen el cordón umbilical que definitivamente unió a la burguesía mexicana con la historia. Sin Villa sería inimaginable el triunfo de la Revolución.

Ahora bien, durante los treintas, cuando las masas populares exigían cada vez más enérgicamente que se llevara adelante la Revolución, tan clara como problemática era la procedencia de la burguesía dominante gracias a una Revolución que aún se hallaba presente en todos los recuerdos. Esto hacía imposible argumentar en alguna forma, y por principio, contra la Revolución. Así pues, hubo que justificar el levantamiento popular al que se había llegado por un oscuro anhelo de justicia social, y aclarar al mismo tiempo que —después de un periodo de traición a la Revolución— esta meta seguía siendo la misma del gobierno bajo la dirección de hombres desinteresados. También estaba íntimamente ligado con ello el análisis de Villa. Madero, asesinado por la contrarrevolución, por lo menos en parte había sido cupable de su destino, y sólo se le podía ensalzar como mártir. Carranza, con su política ajena al pueblo y más tarde hostil a él (a pesar de su actitud nacionalista como representante de la Revolución), resultaba tan poco idóneo como Obregón, de quien todos sabían que ya durante las guerras contra Huerta había echado las bases de su monopolio de garbanzo en la cuenca del Yaqui. Villa, en cambio, podía presentarse como un testigo ideal. Víctima de la arbitrariedad de un hacendado, del que había defendido a su hermana menor, vivió perseguido por la policía hasta el comienzo de la Revolución. Desde el primer día combatió al lado de Madero, y también le fue leal durante el levantamiento de Pascual Orozco. Además, fue condenado a muerte por Victoriano Huerta y estuvo a punto de ser fusilado. Más aún: Villa no se enriqueció de la Revolución.

Por todo ello, los hechos de su vida se prestaban para esbozar un cuadro de la Revolución, correspondiente a los ideales que trataba de difundir la burguesía nacional. Esta circunstancia contribuyó a que las *Memorias de Pancho Villa*, de Guzmán, tuvieran un gran éxito.[9] No puede saberse con certeza si la larga interrupción de las *Memorias* —que sólo llegaban a la deposición de Carranza— se relaciona de una manera u otra con el contenido ideológico mencionado. Sin embargo, es obvio que esta interrupción coincide precisamente con el punto culminante del desarrollo de Villa, y que Guzmán esperó largos años para darles continuación.

Los cuentos y las novelas de Rafael Felipe Muñoz

Rafael Felipe Muñoz nació en 1899, en Chihuahua. Fue hijo de un empleado y agricultor. Ya en 1910 conocía a Pancho Villa, quien produjo en él una impresión imborrable. Posteriormente acompañó a Villa como periodista, y de 1916 a 1920 vivió exilado en Estados Unidos. Vuelto a México, Muñoz trabajó como periodista y como empleado. En 1927 empezó a publicar historias cortas de la Revolución, en forma de folletines.[10]

Según declaración propia, todos esos cuentos cortos estaban basados en sucedidos reales. Cada uno representa una escena del poderoso drama de la Revolución, en el que los dos bandos dieron muestras de la mayor bravura y abnegación. Muñoz presenta principalmente este aspecto de la lucha. Sus héroes son los soldados anónimos, no los caudillos destacados. Ante la polaridad del cuadro y el retrato, Muñoz se pone del lado del cuadro. A diferencia de Azuela, durante mucho tiempo no pensó en formar una novela con sus cuadros. En el cuento encontró la forma apropiada para los temas: la escueta narración de hechos que hablan por sí mismos. Por ello, Muñoz representa un caso especial entre los novelistas de la Revolución, y es interesante que también él se viera impelido hacia la novela para lograr una representación más completa.

Según lo ha declarado, primero se le ocurrió entrelazar sus narraciones y pensó escribir la historia de un grupo de soldados revolucionarios. De allí nació una serie de relatos, en cada uno de las cuales moría uno de los soldados. Al caer el sexto de los siete protagonistas, el director del periódico interrumpió su publicación. Muñoz decidió entonces narrar más extensamente la historia del último, Tiburcio Maya. Así surgió la novela *¡Vámonos con Pancho Villa!*, publicada en 1931. Inmediatamente se nota un cambio en la composición de esta obra, explicable por las circunstancias arriba detalladas. Los primeros capítulos resumen hasta cierto punto las diversas posibilidades de morir con muerte violenta, características de una guerra civil. Los seis cuadros entrelazados son más que una simple recopilación de descripciones aisladas. Con la figura del único sobreviviente, el caudillo Tiburcio Maya, reanuda Muñoz la obra ya empezada. Para ello tiene que cambiar su método de generalización literaria. Lo terrible de la Revolución se mostrará por

345

lo que un hombre solo habrá de soportar. El autor hace que tras la muerte del sexto hombre, el protagonista se retire a su rancho y se dedique a pacíficas labores. Esto ocurre hasta que un día pasa por allí Villa, que ha sido derrotado por Obregón y no es ya más que un jefe de guerrillas a quien la gente mira con desconfianza. Maya aún está completamente bajo su hechizo, y se une a él una vez que Villa le facilita la separación de su familia mediante el sencillo procedimiento de suprimirla a tiros, incluyendo a su hijo. A continuación se narran las fatigas de Maya. Participa en las correrías de Villa, que alcanzan su punto culminante en el ataque a Columbus y encuentran prematuro final en una caverna donde Villa se reponía de sus heridas. Como lugarteniente de Villa, es hecho prisionero e interrogado por los americanos. Guarda silencio, aun mientras le arrancan las plantas de los pies. Entregado a las tropas de Carranza, finalmente es muerto con lujo de crueldad.

En *¡Vámonos con Pancho Villa!*, para la representación literaria de la Revolución, Muñoz se vale del simple relato de episodios reveladores por sí mismos y que expresan su mensaje mediante la intensidad de lo acontecido y vivido. La actividad creadora del autor se basa, ante todo, en la elección del tema. Sin embargo, la enorme importancia de la Revolución Mexicana hace que el autor no se limite a esta forma narrativa de novelística, sino que tome una posición más teórica. La complejidad del tema le obliga a tratar de presentar un cuadro completo en forma de novela. Se le ofrecen dos posibilidades para alcanzar este objetivo, y de ambas se vale Muñoz. Una es la simple yuxtaposición de narraciones, que une diversos aspectos en un todo y de la suma de los episodios hace surgir un mensaje profundo. (La recopilación y armonía de los episodios constituye en este caso parte esencial del trabajo creador.) La otra es la sucesión de episodios de la vida de una persona o de un grupo, que corren sincronizados con un concreto proceso histórico. Además de la elección y sincronización de los episodios, el autor debe concentrarse, sobre todo, en los procesos mentales del héroe y en su reacción ante los acontecimientos, para dar sentido a ciertos hechos en que se confunden los límites entre la literatura y la historia.

La segunda novela de Muñoz, *Se llevaron el cañón para Bachimba*, publicada en 1941, trata del levantamiento de Pascual Orozco. La forma de narración autobiográfica de un joven presta unidad a la composición, pero a veces hace que el autor se aparte del tema, o que la trama se ciña demasiado al curso de los acontecimientos históricos. Por ello, a pesar de varios trozos bien logrados, esta novela no resulta satisfactoria desde el punto de vista literario.[11]

Los relatos de Nellie Campobello

Emparentado con los relatos de Muñoz está el libro *Cartucho, Relatos de la lucha en el norte de México*, de Nellie Campobello (nacida en 1909), publicado en 1931. Los episodios relatados son recuerdos de infancia, que dejaron una imborrable impresión sobre la autora. Ello explica por qué presenta exclusivamente aquellos aspectos de la Revolución que, contemplados subjetivamente, parecen brutales y sin sentido. Esa impresión es mayor aún por la técnica surrealista-ultraísta de la autora.

Memorias de revolucionarios

Una especie diferente de trasposición literaria de vivencias personales la constituyen las Memorias de quienes tomaron parte en la Revolución. Sin embargo, sólo una parte ínfima de tales recuerdos personales puede considerarse dentro de la novela de la Revolución. El hecho de que todas las memorias consideradas como obras literarias tratan de las vísperas y la fase armada de la Revolución, da la clave para comprender el porqué del problema, pues durante ésta aún no se manifestaban las oposiciones entre las propias fuerzas revolucionarias. Esta relativa unidad de la Revolución, así como la profunda huella que dejó sobre la conciencia de quienes la vivieron, son las causas más importantes de que las memorias de la época de la lucha armada hayan tomado un carácter literario.

Como los relatos y novelas de los testigos presenciales, también las memorias de quienes lucharon pueden tener el carácter de novelas de la Revolución, si tratan el tema común desde la misma perspectiva de lo vivido. En realidad, el ejemplo de *El águila y la serpiente* muestra que es casi imposible hacer una dicotomía precisa.

Este problema puede aclararse tomando como ejemplo la obra más célebre de todas las memorias de la Revolución: la autobiografía de José Vasconcelos (1881-1959), publicada en cinco volúmenes: *Ulises criollo* (1936), *La tormenta* (1936), *El desastre* (1938), *El proconsulado* (1939) y *La llama* (1959, obra póstuma). El tema de cada volumen revela el nexo de tales memorias con la novela de la Revolución. *Ulises criollo* trata de la vida del autor desde su infancia hasta el asesinato de Madero. *La tormenta* comprende el periodo de la dictadura huertista, para terminar en el levantamiento contrarrevolucionario de De la Huerta. En el marco de este libro resulta innecesario analizar los tomos siguientes.

Inicialmente, Vasconcelos fue partidario de Madero, pero en 1924 se pasó al bando de De la Huerta; es decir, se separó de la Revolución. Por ello, sus memorias sólo tienen importancia histórica mientras presentan la Revolución desde la perspectiva de Vasconcelos como participante activo. Ésta es su primera limitación.

La segunda es que, ya en el comienzo de *La tormenta*,

el autor deja de ser testigo presencial de la Revolución, ya que después de huir de México vivió en Europa *como representante de Carranza*, aunque, según lo confiensa él mismo, pasó más tiempo con su amante en museos y círculos de artistas que al servicio de la Revolución. Evidentemente, las anécdotas privadas no pueden aspirar a formar parte de la literatura de la Revolución. La relación de las memorias con la novela revolucionaria depende, asimismo, del punto hasta el cual representan a su autor como participante y testigo presencial de la Revolución.

El Ulises criollo de Vasconcelos no es la única obra de su especie que suele contarse entre las novelas de la Revolución. Rand Morton menciona dentro de este marco las memorias de los generales Manuel W. González (nacido en 1889)[12] y Francisco L. Urquizo (nacido en 1891).[13] Este último asimismo, publicó, en 1943, la novela *Tropa vieja*. También deben mencionarse aquí *Las manos de Mamá*, de Nellie Campobello (1937), y *En la rosa de los vientos*, de Mancisidor. Julia Hernández enumera en su libro ocho autores que cultivaron esta forma literaria.[14] Naturalmente, la cantidad de memorias de la época de la Revolución es mucho mayor. Sin embargo, a nadie se le ocurriría contar como novelas revolucionarias las memorias de políticos de periodos posteriores, como los trabajos de Portes Gil, por ejemplo.

"Los cristeros" de José Guadalupe de Anda

José Guadalupe de Anda nació en 1880 en San Juan de los Lagos, Jalisco.[15] Su padre fue maestro y escritor. Trabajó inicialmente como empleado de los ferrocarriles y en 1914 se unió a la Revolución. Después de ser diputado durante años, publicó en 1937 la novela *Los cristeros*, a la que siguieron *Los bragados* (1942) y *Juan del riel* (1943).

Su primera novela relata la guerra cristera en su centro geográfico. Comienza al estallar las luchas, en 1926, y termina con la evacuación de todos los habitantes de la comarca, en 1927.

Aunque Pérez de Arreola asegura que el autor no toma ningún partido,[16] indiscutiblemente la novela condena al clero como incitador de la rebelión. Ello surge claramente de las figuras negativas de los padres Vega y Pedroza y sus bandas de fanáticos, del asesinato del héroe Policarpo Bermúdez por obra de Vega, del suplicio de los agraristas en Palo Blanco, así como de las observaciones finales de Felipe Bermúdez: "Esta maldita revolución, producto de la rapacidad y la perfidia de curas... hacendados y liguistas, que se han quedado muy tranquilos en sus casas, mientras esta gente bronca y generosa de los campos alteños se mata todos los días, va a acabar con todo..."[17] Pero tampoco se coloca Anda de parte del gobierno. Lo que trata de mostrar es que el pueblo es la única víctima de estas guerras.

Para un extranjero resulta muy difícil decidir cuándo se trata de invenciones literarias y cuándo de hechos reales. Los curas principales, a los que se pinta como ladrones, asesinos y explotadores, son auténticos, así como muchos de los acontecimientos narrados (por ejemplo, el ataque al tren rápido de Guadalajara y la evacuación). El autor incluye estos hechos y personas reales en un argumento urdido por él: las peripecias y la ruina de la familia ranchera Bermúdez. El padre, don Ramón, es un pacífico labrador, al que han arruinado las depredaciones de una banda de cristeros y la evacuación. Felipe, uno de sus dos hijos, fue pupilo en un seminario, hasta que ya no pudo soportar su atmósfera y huyó. En opinión del autor, éste es un caso típico.[18] Para espanto de su tradicionalista familia, lee libros radicales y se comporta como un jacobino. Este personaje representa las opiniones del autor. El protagonista es Policarpo Bermúdez, segundo hijo de don Ramón. Hombre temerario, es enemigo de toda autoridad y desde un principio considera como intrusos a los refuerzos de tropas que van llegando. Así, este típico ranchero jalisciense no necesita ningún motivo especial para reunir en una peregrinación a unos cuantos correligionarios e iniciar la guerra por sus propios medios. Su popularidad e independencia le ganan el odio del padre Vega, quien falsamente inculpa a Policarpo de traición y lo hace asesinar. Bajo la obvia influencia de otras novelas sobre los cristeros, el autor enreda a Policarpo en una historia de amor con una distinguida dama de Guadalajara, generala de la brigada *Juana de Arco*, quien, con peligro de su vida, provee municiones a los revoltosos. La inclusión de los "hechos de guerra" de los cristeros en la trama de la novela no siempre resulta feliz. Felipe, prisionero del padre Mendoza, presencia el aniquilamiento del poblado agrarista de Palo Blanco; y don Ramón, también casualmente, es testigo del ataque al tren rápido, mientras buscaba a Pedroza para comprar la libertad de Felipe.

La técnica de Anda se aproxima a la de las primeras obras de Azuela, en las cuales lo auténtico están tan intrincadamente entrelazado con lo imaginario que resulta prácticamente imposible separarlos. Sin duda, Guadalupe de Anda conocía *Los de abajo*, por lo menos; pero también es indudable que no podía estar mayormente informado de los procedimientos literarios de Azuela. Antes bien, debe verse en su tratamiento del material auténtico una típica variante de aquella arraigada tradición de la narrativa mexicana de la cual surgió, asimismo, gran parte de las primeras obras de Azuela.

Los cristeros causó sensación al aparecer, y fue muy elogiada por la crítica. Raúl Valladares ha analizado extensamente a los personajes. (Es éste un aspecto de la novela que interesa a los críticos cada vez más desde 1937.) Escribe: "Los personajes están descritos de modo directo y el autor no sigue jamás el monólogo interior ni los conflictos que puedan plantearse en ellos. Esto constituye, al mismo tiempo que el dinamismo de su relato, su falta de profundidad..."[19] Tal crítica es aguda, pero no toma en cuenta el hecho de que para la descripción de un ranchero de Jalisco, que desconoce la diferencia entre la esencia de las cosas y su apariencia, no debe procederse igual que si se presentaran los protagonistas intelectualizados de la literatura moderna. El monólogo interior hubiera sido absolutamente inadecuado, dada la absoluta simplicidad de estos personajes.

Las novelas de José Rubén Romero

Una de las más interesantes figuras representativas de la novela mexicana moderna es José Rubén Romero. Después de Azuela y de Guzmán, es el más importante creador de novelas de la Revolución.[20] También él procedía de una de las más viejas y típicas provincias de la cultura vernácula de México: el estado de Michoacán.[21] Nació en 1890, en Cotija de la Paz. Su padre era comerciante y empleado. Ya de niño leyó mucho, animado por su madre, que tenía aficiones literarias. En los años mozos escribía versos, que se leían principalmente en festividades públicas y dieron al joven autor cierta reputación de genio. Entre 1904 y 1909 publicó también una serie de obras en prosa, que van de un romanticismo epigónico a los arranques de una verdadera creación propia. Representan la vida de la provincia, y en ellas se revelan ya ciertas tendencias que habrán de manifestarse plenamente en sus obras posteriores.[22] La Revolución interrumpió la formación del joven autor. Su padre se puso a la cabeza de un levantamiento local. Más tarde, Romero fue secretario del gobernador maderista Silva, y con trabajos y sudores se libró de los esbirros de Huerta, durante cuyo régimen se dedicó al comercio. Enviado al Congreso de Querétaro, no participó en él. Posteriormente

352

trabajó en la ciudad de México, donde formó parte del círculo de amigos de Obregón.[23]

En la capital volvió a entrar en contacto con la literatura, especialmente con el Hai-kai, introducido por José Juan Tablada. Esta forma importada del Japón, surrealista y ultraísta, estaba muy de moda; para demostrar que la dominaba, Romero escribió los poemas unidos en el libro *Tacámbaro*. Su publicación, en 1922, provocó considerable revuelo.[24] En el Hai-kai pudo liberarse Romero de la forma provinciana de sus primeros poemas que, o estaban cargados de un sentimentalismo posromántico o mostraban el ya hueco pathos de las obras patrióticas habituales en los días de fiesta. En estos poemas expresó su tendencia típicamente mexicana, al mensaje agudo, un poco macabro, de orientación social, en una forma cuyas características surrealistas y ultraístas la hacían apropiada para expresar la esencia de un objeto o un pensamiento, de manera original e ingeniosa. La facultad así ejercitada lo ayudó mucho en sus novelas.

En 1930 Romero partió hacia Barcelona, en calidad de cónsul general. Poco después llegó a sus manos *Los de abajo* de Azuela. Según declaración propia, la lectura de esta novela fue una revelación para él, y lo decidió a escribir sus propios recuerdos de manera similar. Así surgieron sus *Apuntes de un lugareño*, publicados en 1932. En el libro se narran los recuerdos de infancia del autor. El título es interesante, pues Romero nunca abandonó los firmes nexos con su provincia, Michoacán.[25] El profundo amor a la patria y la capacidad de recordar, agudizada por la separación, lo movieron a escoger, entre la plétora de sus peripecias, aquellas que le resultaban esenciales en las circunstancias dadas: las vivencias de su niñez.

Las siguientes novelas de Romero también pueden considerarse de recuerdos personales: *Desbandada* (1934), *El pueblo inocente* (1934) y *Mi caballo, mi perro y mi rifle*

(1936). En 1938 publicó la obra que, después de *Los de abajo*, *El águila y la serpiente*, probablemente sea la más leída de la literatura mexicana moderna: *La vida inútil de Pito Pérez*. La siguió, en 1939, una ingeniosa sátira con el título de *Anticipación a la muerte*, y en 1942, *Una vez fui rico*, también novela autobiográfica. En 1945 apareció una continuación de Pito Pérez, con el título *Algunas cosillas de Pito Pérez que se me quedaron en el tintero*. Su última novela fue *Rosenda* (1946).

Las novelas autobiográficas de Romero se desarrollan, sin excepción, en los pueblos y ciudades de Michoacán, donde el autor vivió hasta 1917. Forman una sucesión de descripciones de ambiente y anécdotas unidas a lo largo de la vida del protagonista, a veces un tanto sueltas, cuyos mensajes señalan en dos direcciones aparentemente opuestas. Por una parte se trata de auténticos recuerdos de su niñez y su medio. Están impregnados de una atmósfera pura y tienen, como ya se ha notado, un marcado carácter lírico. Estas facetas presentan a Romero como el escritor provinciano por excelencia,[26] que, con su arte, ha logrado elevar la narración de una vida en el recogimiento de la provincia por encima de las limitaciones y la estrechez habituales en la poesía campirana. En crasa oposición con esta profundidad sentimental parece hallarse la otra característica esencial de las obras de Romero: sus libros están llenos de anécdotas en que, sin respeto ante nada, se burla de los hombres y las cosas. Este humor picaresco a menudo linda con un macabro cinismo, y corresponde a una posición ante la vida muy común en el pueblo mexicano.

Por todo ello, frecuentemente se ha tildado a Romero de soez, y a veces se ha dicho que no es sino un humorista superficial y un sibarita.[27] Parte de la culpa es de él mismo, por haberse calificado de *Rabelais criollo*.[28] Sin embargo, en la realidad, tras las bromas rudas y macabras de Romero no sólo hay meras bufonadas: prueba de ello son su obra más célebre, *La vida inútil de Pito Pérez*, así como *Anticipación a la muerte*. En ésta, el autor ha fallecido: desde el lecho mortuorio, y luego desde el féretro, observa a sus parientes y conocidos. Los unos empiezan a murmurar de él, los otros a hacer cálculos. Así, en lo privado, cada uno revela ser un egoísta y potencial enemigo del otro. En lo público, las cosas no van mucho mejor. Ante la tumba del protagonista, un orador político se equivoca y atribuye a "nuestro querido difunto" virtudes que nunca tuvo; así, obteniendo de un cadáver ventajas políticas, la explotación del hombre prosigue por encima de la muerte. Otros oradores se limitan a obedecer la consigna de "dejar en paz a los muertos", y sólo hablan bien de él; pero el protagonista se ríe de ellos, que en vida se mostraron menos nobles con él. Al mismo tiempo, tilda de capa de mentiras a todas las convenciones sociales, pues se maravilla de tanto bueno que ha oído decir de él, sabedor de que en vida no fue mejor que ésos que hoy rodean el féretro derramando lágrimas.

La *Anticipación a la muerte* es característica del sentido del humor de Romero. Su macabra falta de respeto no excluye ni lo más elevado ni los fines úlimos, y se burla de todo, sin eludirse a sí mismo. La narración está hecha como si el autor se encontrase en muy alegre compañía y como si una charla un tanto picante fuese la finalidad última que persigue.

Aunque las bromas, tomadas por separado, realmente no sean más que una conversación muy animada, en cambio la obra en conjunto lleva un mensaje profundo. En esencia, Romero critica nada menos que el contraste entre ser y parecer en su forma típica para el mundo burgués, y en un caso en que debe hablar con especial claridad. En cierta crítica incluye a su propia persona, del modo como ya en otras obras había atestiguado que mucho reflexionaba sobre sí mismo.

Así como *Anticipación a la muerte* es característica del

sentido del humor de Romero, *La vida inútil de Pito Pérez* muestra claramente sus fuentes populares. Romero simula en esta novela una conversación con Pito Pérez, que a cambio de una botella de licor le cuenta su vida. Pito Pérez fue un personaje auténtico. Su verdadero nombre era Jesús Gaona, y murió el 9 de noviembre de 1929.[29] Por todo Michoacán era conocido como vendedor ambulante, vagabundo y mendigo. La autenticidad del protagonista, desde luego, no significa que las aventuras narradas sean auténticas. Por el contrario, puede suponerse que Romero le atribuye peripecias de otro, así como episodios inventados por él: incluso llegó a mencionar este procedimiento en conversaciones personales.[30] Tal como lo ha señalado Ewart E. Philipps, Pito Pérez ya había desempeñado un papel secundario en cuatro novelas, antes de ascender a protagonista de la que lleva su nombre. Ello es prueba de que el autor se ocupó en sus problemas durante largo tiempo y de que *La vida inútil de Pito Pérez* es mucho más que una simple recopilación de divertidas anécdotas.[31]

Es imposible resumir las anécdotas, en parte verdaderas y en parte fingidas, de la vida de Pito Pérez. Decisiva es la motivación que el autor atribuye a esta vida de vagabundeo: Pito Pérez deambula por el mundo porque no tiene un lugar en la sociedad. Así, el héroe de la novela es un típico *pelado*, el pequeñoburgués provinciano desplazado. Esta capa social es bastante numerosa. En las provincias, sus miembros viven del vagabundeo, la mendicidad o ciertos trabajos ocasionales; en las grandes ciudades, frecuentemente intentan ganarse la vida dedicándose al comercio o prestando ciertos servicios, o van a parar al mundo del hampa. Así, arrojado de la sociedad, pero obligado a vivir en ella, Pito Pérez considera a todos como sus enemigos, y se considera a sí mismo enemigo de los demás. La amargura, la desconfianza y el odio al prójimo determinan en gran parte sus actos. Maltratado permanentemente por la vida, ha acabado por aceptar su actual existencia como un estado normal. Por ello, se desenvuelve prácticamente en un mundo de valores invertidos: abrirse paso a expensas de los demás es lo normal; en cambio, la bondad y la amistad son excepcionales y más bien parecen ingenuidad o estupidez, o una forma excesiva de la mentira. Así, Pito Pérez se cree un hombre que ve al mundo tal como es en realidad y no cubriendo las cosas con cristales de color de rosa. Claro está, no hay nada por lo que Pito Pérez pueda tener el menor respeto: no lo tiene siquiera por sí mismo. Todo ello corresponde a un tipo muy común. Debe añadirse que las características de Pito Pérez son, principalmente, las del *pelado*, pero también pueden aplicarse a muchos miembros de las clases trabajadoras de la provincia que, en perpetuo peligro de desplazamiento, hostilizados y amenazados por todos, y con un carácter formado de antemano en el aislamiento social, sienten ante los hombres y la sociedad una hostilidad y una desconfianza que en mucho coinciden con las del *pelado*.

Por eso, la figura de Pito Pérez es, absolutamente, la de un personaje popular. Ello puede decirse también de las anécdotas de su vida. Tomadas por sí mismas, serían —exactamente como en el caso de *Anticipación a la muerte*— tan sólo bromas groseras, a veces brutales y cínicas, en que no se respeta nada. Sin embargo, en la estructura lograda por Romero, se desarrollan hasta ser una aguda acusación a la sociedad, la cual ha hecho de Pito Pérez —por naturaleza tan pacífico y bueno como cualquier hombre— el *pelado* que es hoy. La crítica de Romero va más lejos aún: al mostrar a su héroe como el típico producto de la sociedad, lo señala como su fuerza activa, como encarnación de sus anhelos, lo que da a su crítica una insuperable mordacidad. Romero no ve ninguna solución al estado social que critica. Por ello, su humor es amargo y resulta melancólico, hasta lindar en partes con el pesimismo.

La crítica generalmente ha opinado que *Pito Pérez* es una continuación de la novela picaresca a la Lizardi.[32] Esta afirmación se justifica, pero pasa por alto el contenido del libro y, al poner de manifiesto analogías de forma, no hace justicia a la originalidad de la obra.[33]

La última novela de Romero, *Rosenda* (1946), revela una concepción muy pesimista del mundo. En ella se narra la historia de una muchacha que es pedida en noviazgo por el narrador a sus padres, en nombre de un amigo. El padre envía con él a la joven, y cuando llegan al sitio en que el novio debía esperarla, éste ha desaparecido. Movido por un sentimiento de responsabilidad, el protagonista se hace cargo de la muchacha. Cuida de ella y decide enseñarle a leer y escribir. Finalmente, se enamora de ella y la hace su amante. Sus relaciones duran hasta que el hombre se ve obligado a abandonar la localidad y desaparece sin informar a Rosenda. Ella se dirige después a la ciudad, donde se prostituye. Pero nunca olvida a su benefactor y amante, y al leer en un periódico la falsa noticia de su muerte, se desploma gritando: "¡Y para esto he aprendido a leer!"

El mensaje de la novela ha sido discutido. Una parte de la crítica opina que Rosenda es una alegoría de la patria del escritor.[34] Sin embargo, esta suposición no resulta convincente. El héroe no es un puro bienhechor ni un verdadero egoísta. Trata de ser comprensivo, pero al mismo tiempo, busca para sí la parte agradable de toda situación. Cuando las cosas se ponen peligrosas, piensa en sí mismo antes que en otro, sin contemplaciones para nadie. Mediante la instrucción, enseña este mundo a la inocente Rosenda, hija de campesinos; pero a fin de cuentas, ese mayor conocimiento sólo la hace más consciente de su desdicha.

El tono mesurado de *Rosenda* recuerda el lirismo de las primeras novelas de Romero. Resulta casi inconcebible que este tono lírico sea compatible con el humor rayano en el cinismo de otras obras. La respuesta, sin duda, es que en las primeras novelas el autor contempló su niñez pasada en la provincia, antes de la Revolución, como una especie de paraíso perdido, al cual se siente llamado una vez más. Las obras siguientes, en cambio, muestran un mundo despojado definitivamente de esa paradisíaca inocencia, no sólo porque el niño ha llegado a ser hombre, sino también porque sobre México pasó una revolución, que deshizo la idílica paz de las condiciones sociales del tiempo viejo y en su lugar ha impuesto la creciente enajenación del hombre, a consecuencia de la nueva capitalización.

Romero ha analizado esta parte de la Revolución directamente en muchas obras, pero sin prestar mucha atención a los problemas políticos propiamente dichos. Lo que le preocupaba era el problema de la transformación del hombre por medio de la Revolución. Generalmente, esta confrontación toma la forma de reflexiones sobre sí mismo. Las meditaciones oscilan entre dos polos: "Revolución es un noble afán de subir, y yo subiré; es esperanza de una vida más justa, y yo me aferro a ella",[35] y por el contrario: "Es una cosa mala volverse rico. Vives como si te hubieran amputado al corazón."[36] En esta antinomia se encuentran para él la dialéctica y también la tragedia de la Revolución Mexicana. Romero capta aquí el problema humano decisivo de la Revolución. En la tensión de esta dialéctica escribe su obra, y consciente de estar entregado a ella, critica a la sociedad... y a sí mismo, como parte integrante de ella.[37]

Con todo esto Romero llega a la cumbre y al mismo tiempo a la encrucijada de la literatura de la Revolución Mexicana. En el punto que alcanza su obra, sólo queda esta alternativa: apología de la triunfante burguesía nacional o ataque a ella desde el punto de vista del proletarizado pequeñoburgués. Una tercera posibilidad sería la neutralización social de la literatura, porque la apología no resultaba oportuna y la crítica revolucionaria carecía aún de ciertas condiciones indispensables.

NOTAS

[1] Cf. Vicente Blasco Ibáñez, *Obras Completas.* 3ª Ed., Madrid, 1958, pp. 1443, 1447, 1448.

[2] Cf. Jaime Torres Bodet, "Libros de la Revolución Mexicana". En: *Pr*, 30 de diciembre de 1928.

[3] Cf. *Ibid.*

[4] Cf. Jaime Torres Bodet, "Perspectiva de la literatura mexicana actual". En: *Co*, septiembre de 1928, p. 16. Por estos motivos, generalmente se considera a Guzmán el mejor literato entre los novelistas de la Revolución; entre otros, así lo llama José Luis Martínez. ("La obra de Martín Luis Guzmán". En: *Un*, año I, 8/1947, pp. 5 s.) y Antonio Magaña-Esquivel ("Martín Luis Guzmán. Maestro del relato". En: *Na*, 6 de noviembre de 1959, p. 3).

[5] Lo señala atinadamente Ruth Stanton ("Martín Luis Guzmán's Place in Modern Mexican Literature". En: *Hi*, año 26, 1943, p. 136.)

[6] Cf. Moore, "Novelists of the Mexican Revolution, Martín Luis Guzmán". En: *ML*, 8/1940, p. 24.

[7] Siguiendo el prólogo de las *Memorias de Pancho Villa*, Magaña-Esquivel describe prolijamente el proceso de la reproducción artística (Magaña Esquivel, *La novela de la Revolución*, p. 136).

[8] Cf. Phipps Honck, *Las obras novelescas de Martín Luis Guzmán*, p. 150.

[9] La explicación que da Petriconi de la popularidad de Villa no toca los hechos principales: "... la básica popularidad de Villa se fundaba en que también como general de división seguía siendo el "capitán de bandoleros", hijo de un jornalero y exladrón de ganado que no disimulaba su desprecio al derecho y a la moral; en su persona, todos aquellos que se consideraban privados de sus derechos se sentían vengados de sus gobernantes." (Hellmuth Petriconi, *Spanisch-amerikanische Romane der Gegenwart.* Hamburgo, 1936, p. 19).

[10] Información de Rafael Felipe Muñoz.

[11] Cf. la afirmación de José Luis Martínez, en: *LM*, 15 de julio de 1941.

[12] Manuel W. González, *Con Carranza.* 2 Tomos, México, 1933/34; Manuel W. González. *Contra Villa.* México, 1935.

[13] Francisco L. Urquizo, *México-Tlaxcalantongo*. México, 1932; Francisco L. Urquizo, *Recuerdo que*, México, 1934 y 1937.

[14] Cf. Hernández, *Novelistas y cuentistas de la Revolución*. pp. 194 s.

[15] Los datos biográficos proceden del prólogo de Octavio Gabino Barreda a: José Guadalupe de Anda, *Los Cristeros*, 2ª edición, México, 1941.

[16] Cf. M. L. Pérez de Arreola, "La novela cristera". En: *Na*, 9 de febrero de 1958, suplemento dominical, p. 5; González, *La trayectoria de la novela en México*, p. 302.

[17] José Guadalupe de Anda, *Los Cristeros*, 2ª. edición, México, 1941, p. 257.

[18] Cf. *Ibíd.*, p. 200.

[19] Raúl Valladares, "J. Guadalupe de Anda. Los Cristeros". En: *LM*, 15 de enero de 1937, p. 3.

[20] Cf. Alí Chumacero, "Un Libro de Rubén Romero". En: *LM*, 15 de octubre de 1942, p. 10.

[21] Luis Alberto Sánchez se equivoca al afirmar que en Romero reacciona el mestizo de Guadalajara (Sánchez, *Proceso y contenido de la novela hispano-americana*, p. 252).

[22] Cf. James McKegney, Crítica a: "William O. Cord, José Rubén Romero: estudio y bibliografía selecta con cuentos y poemas inéditos". Edición privada, México, 1963, 111 páginas. En: *Hi*, año 47, 1/1964, p. 203.

[23] Los datos biográficos son de: Rand Morton. *Los novelistas de la Revolución mexicana*, pp. 71 ss.; Salvador Bueno, "Hondura y Picardía de José Rubén Romero". En: *Bueno, La Letra como Testigo*. Santa Clara, 1957, pp. 61 ss.

[24] Romero informa que Obregón se había aprendido de memoria esta poesía, intercalándole chistes subidos de color (José Rubén Romero, "Fechas y fichas de un pobre diablo". En: *CA*, año 4, 4/1945, pp. 244 ss.)

[25] Cf. Gastón Lafarga, *La evolución literaria de Rubén Romero*: México 1939, p. 62.

[26] Manuel Pedro González llama a Romero el "más excelso novelista de ambiente provinciano que México ha producido" (González, "Luis Spota, Gran Novelista en Potencia". En: *RHM*, año 26, 1-2/1960, p. 104).

[27] Acerca del humorismo Mexicano Cf. Raúl Arreola Cortés, "José Rubén Romero. Vida y obra". En: *RHM*, año 12, 1-2/1946, p. 33.

[28] Cf. Octavio Gabino Barreda. "José Rubén Romero. Anticipación a la Muerte". En: *LM*, 15 de noviembre de 1939, p. 4.

[29] Cf. Raúl Arreola Cortés, "Lo popular. Esencia de José Rubén Romero". En: *Na*, 14 de diciembre de 1952, suplemento dominical, p. 9.

[30] Cf. Alí Chumacero, "Un libro de Rubén Romero", en: *LM*, 15 de octubre de 1942.

[31] Cf. Ewart E. Philipps, "The Genesis of Pito Pérez". En: *Hi*, año 47, 4/1964, pp. 698-702.

[32] Debe mencionarse aquí a Andrés Iduarte, quien terminantemente afirma: "Toda la (obra) de Rubén es una continuación de la novela picaresca clásica, de la España y nuestro Periquillo". (Andrés Iduarte, "José Rubén Romero. Retrato". En: *RHM*, año 12, 1-2/1946, p. 4.)

[33] En la voluminosa literatura sobre Romero, sólo excepcionalmente se toca este problema; pero sí lo hace Raúl Arreola Cortés, "José Rubén Romero, Vida y Obra", en *RHM*, 1-2/1946, p. 11, y Salvador Bueno, "Honradez y picardía de José Rubén Romero". En: Bueno, *La letra como testigo*, p. 78.

[34] Cf. Alegría, *Breve historia de la novela hispanoamericana*, p. 157.

[35] Romero, "Desbandada", en: Romero, *Obras Completas*, pp. 151 ss.

[36] Citado según David N. Arce, "José Rubén Romero. Conflicto y Logro de un Romanticismo". En: *BBN*, 3/1952, p. 38.

[37] Por ello resultan excesivamente simplistas opiniones como ésta: "Ruben Romero thus emerges as an ideologically undeveloped hedonist for whom the writing of novels is a vital compliment to the expression of his deep egocentricy or egolatria". (Raúl Castagnaro, "Rubén Romero and the Novel of the Mexican Revolution". En: *Hi*, año 36, 1953, p. 302).

LA OBRA DE AZUELA EN LA ERA CARDENISTA

ENTRE 1934 y 1940 Azuela publicó las novelas *El camarada Pantoja* (1937), *San Gabriel de Valdivias* (1938), *Regina Landa* (1939) y *Avanzada* (1940). En 1941 apareció *Nueva burguesía*.

San Gabriel de Valdivias fue impreso en Santiago de Chile, y pasó casi inadvertido en México. *El camarada Pantoja*, en cambio, provocó considerable revuelo al ser publicado por Botas.

Algunos escritores progresistas se han mostrado sorprendidos de que Azuela sólo exhibiera los aspectos negativos de la Revolución, produciendo la impresión de que ésta no fue sino una suma de horrores. Abreu Gómez escribe: "Y todo esto que con pluma ágil... presenta el gran novelista, puede ser verdad. Pero no es, no puede ser, no debe de ser, toda la verdad. Es la mitad de la verdad. Y he aquí lo tremendo, lo increíble, lo censurable, porque la mitad de la verdad es más peligrosa que la mentira absoluta... La mitad de la verdad es hermana... de la calumnia, de la difamación." [1] Para el otro bando, el de los críticos reaccionarios, la novela representa el *non plus ultra* de la veracidad. J. L. de Guevara no vacila en verter sobre ella sus más cálidos elogios: "No cabe duda que don Mariano Azuela es un maestro... ya podemos respirar en medio del mediocrismo ambiente y del literatoidismo militante; don Mariano Azuela nos reconcilió con las letras nacionales." [2] Valenzuela Rodarte aprovecha *El camarada Pantoja* para pintar a Azuela como escritor católico: "El camarada Pantoja podría ser todo él... rubricado por un católico." [3]

"Regina Landa"

Regina Landa es hija de un general fiel a la Revolución desde la época de Madero. Al morir su padre, se encuentra en la indigencia y debe trabajar como empleada de un ministerio. Allí entra en contacto con la corrupción reinante. Asqueada, se retira del ministerio, y logra independizarse comprando una panadería. El autor se muestra tan interesado por la suerte de su heroína como por el medio de la burocracia.

En el desenvolvimiento de Regina Landa, Azuela expresa su opinión sobre el problema de la libertad y la independencia personales. Clara e inequívocamente dice: "...sólo por la propiedad se puede ser libre".[4] La tesis fundamental de la novela presenta el problema de la organización sindical de los trabajadores. Azuela pone a su heroína en contacto con los sindicatos y con personas a las que presenta como comunistas y de quienes dice: "Detrás de todo líder comunista se emboza un resentido o un fracasado..."[5] Uno de ellos, Villegas, es presentado por Azuela como miembro de la antigua casta de caciques y como foribundo antimaderista.[6] Los sindicatos no resultan mejor librados. A la pregunta de si está sindicalizada, responde la protagonista: "...no todos nacimos para borregos".[7]

El segundo problema que Azuela aborda en esta obra es el del destino de los empleados en una maquinaria estatal corrompida.[8] Con encono ataca una corrupción de la que considera que nadie se libra: su concepto de la libertad tiene no poco que ver en ello. Con estas presuposiciones no podía surgir una obra realista. También la trama resulta desorganizada y en parte no hace más que dar pretextos al autor para sus exabruptos.[9] En consecuencia, la mayor parte de los personajes son títeres sin vida.[10]

Valenzuela Rodarte elogia Regina Landa porque representa "el desgobierno de la época de Cárdenas", que para el autor clerical es lo mismo que la "rusificación de México".[11] En cambio, un especialista de la talla de Octavio Gabino Barreda afirmó que Azuela había llegado al final de su carrera artística.[12]

"Avanzada"

También en *Avanzada* se hace patente la disminución de toda sustancia artística. Llama la atención el hecho de que Azuela haya regresado a un tema campesino. Sobre el contenido del libro, dice: "Los antiguos ricos que trabajan, que han logrado superarse, constituyen una avanzada en el movimiento actual, pues que ahora son revolucionarios a su modo, levantan a la masa ideas humanas, llevan como aporte la superioridad de su instrucción y educación; se han puesto a luchar y propagan la cultura." [13] Como demostración de esta tesis Azuela muestra cómo un joven agricultor educado en Canadá y en Estados Unidos, contra la voluntad de un padre tradicionalista, introduce en una propiedad de medianas dimensiones nuevos métodos científicos. Cuando el experimento ha triunfado, sobreviene la expropiación de las tierras; y como los campesinos no saben emplear la maquinaria, muy pronto disminuye la producción. A la muerte de los padres del protagonista, éste se va a trabajar a una plantación de azúcar, en la costa tropical. Allí se levanta contra un jefe sindical "comunista" explotador de los trabajadores, quien demagógicamente trata de reavivar contra él el odio a los antiguos señores. Cuando el apóstol social le causa demasiadas molestias al nuevo amo, éste lo hace matar.

La novela se divide en dos partes. La primera termina con la expropiación de las tierras de Adolfo. Es presentado un problema auténtico, ya que la modernización de la agricultura efectivamente representa el fin de la "vieja" y tradicional vida provinciana. La segunda parte sólo se halla unida con la primera por tener al mismo protagonista, Adolfo. Por lo demás, está constituida principalmente por ataques a los "comunistas", cuyo peor espécimen es... ¡una trabajadora que aprendió su oficio en la Unión Soviética! Esta vez Azuela no se limita a hacer una pintura crítica: anuncia una nueva doctrina social,[14] escrita con vocabulario religioso y muy emparentada con la doctrina social cristiana, que el Partido Acción Nacional, fundado en 1939 —el año de la publicación de *Avanzada*— había adoptado como lema.

La crítica reaccionó como en los casos de *El camarada Pantoja* y de *Regina Landa*.[15] Jacobo Dalevuelta hizo notar muy seriamente que la actitud de Azuela podía condenar toda su obra a la esterilidad.[16]

"Nueva burguesía"

La última novela por analizar es *Nueva burguesía*. Ya el título indica que Azuela aborda un problema general. Fiel a su posición, no considera como algo objetivo, sino subjetivo, el afán de querer ser más de lo que en realidad se es. Y afirma que éste es el rasgo característico del burgués. Como el tema es de naturaleza ideológica, tiene que describir sus repercusiones sobre el comportamiento de la gente, y ello produce un completo desorden en la trama. Trata de presentar el comportamiento burgués como característico de un grupo de personas, los habitantes de una casa de vecindad. *Nueva burguesía* es, como dice Leal, un "álbum de almas burguesas".[17] Allí se encuentran, al mismo tiempo, la fuerza y la debilidad del libro: aunque la trama se desintegra, Azuela ha vuelto a su antiguo método de representación directa de lo que ha presenciado, y a ello se debe el acierto de algunos retratos de personajes.[18]

366

La trama se concentra, al principio, alrededor de la pugna electoral entre Ávila Camacho y Almazán (con éste, evidentemente, están la simpatías de Azuela). Luego se divide en varios capítulos sueltos, totalmente inconexos y en su mayor parte sin ningún contenido social. Esta disolución de la trama era inevitable, pues el autor se propone representar un medio en que, según él, nadie se diferencia esencialmente de los demás. Llega hasta a tratar este tema en sí y no mediante el destino de algún protagonista. Ninguno de los personajes, que se afanan por conquistar un falso brillo con sacrificio de su verdadera personalidad, alcanza la dicha. Solamente el zapatero Bartolo, quien como hace décadas sigue reparando zapatos y al margen de todo contempla la barahunda, conserva su paz interior y su independencia.

Las tres novelas, escritas durante la presidencia de Lázaro Cárdenas, rechazan el desarrollo progresista y sus formas de lucha social. En la búsqueda de una explicación metafísica de la sociedad y su porvenir, Azuela se acerca a la ideología de la contrarrevolución. Esto, manifiestamente, tiene como consecuencia una atrofia de la sustancia artística.

NOTAS

[1] Ermilo Abreu Gómez. "La mitad de la verdad". En: *LM*, 1º de diciembre de 1937.

[2] O. L. de Guevara, "El camarada Pantoja". En: *Pr*, 29 de noviembre de 1937.

[3] Valenzuela Rodarte, *Historia de la literatura en México*, p. 444.

[4] *OC* I, 962.

[5] *OC* I, 931.

[6] Cf. *Ibid.*

[7] *OC* I, 874.

[8] Azuela se sintió movido a representarlo porque él mismo durante algún tiempo había sido empleado del servicio de sanidad (Cf. *OC* III, 1175 *ss*).

[9] Ello lo señala la crítica casi unánimemente. (Cf. Bueno, *La letra como testigo*, p. 31; John E. Englekirk, *Introducción a: Mariano Azuela. Los de abajo.* Nueva-York, 1939, p. XXXII; González, *Apostillas en torno a dos novelas mexicanas recientes,* pp. 323, 325; Arturo Torres-Rioseco, crítica de: "Azuela, Regina Landa". En: *RI*, año I, 1939, pp. 406 *s.*

[10] Cf. González, "Apostillas en torno a dos novelas mexicanas recientes", en: *RI*, año I, 1939, p. 326.

[11] Valenzuela Rodarte, *Historia de la literatura en México*, pp. 444 *ss*.

[12] Cf. Octavio Gabino Barreda, "Mariano Azuela, Regina Landa". En: *LM*, 15 de julio de 1939, p. 4.

[13] Citado según: A. de León, "Una entrevista con el autor de *Los de abajo*". Don Mariano Azuela relata el argumento de su novela, *"Avanzada"*. En: *L*, 68/1940, Tomo 9, pp. 5 s.

[14] Cf. *OC* I, 1077.

[15] Cf., entre otros, John E. Englekirk, "Mariano Azuela. *Avanzada*". En: *RI*, año 3, 4/1941, pp. 212 *s*; J. L. de Guevara, *"Avanzada* por Mariano Azuela". En: *Pr*, 18 de marzo de 1940.

[16] Cf. Jacobo Dalevuelta, "Mariano Azuela, *Avanzada*". En: *U*, 28 de febrero de 1940, p. 3.

[17] Leal, *Mariano Azuela*, p. 70.

[18] Cf. González, *La trayectoria de la novela en México*, p. 187. R.

Hashimoto (*"La trayectoria literaria de Mariano Azuela"*, p. 147) percibe una contradicción entre una vasta representación de la superficie y una ausencia total de interpretación a través de la creación artística. Rand Morton (*Los novelistas de la Revolución mexicana*, p. 61) insiste en un retroceso a la anterior técnica narrativa de Azuela, en tanto que Spell (*Contemporary Spanish-American Fiction*, p. 99) exclusivamente censura lo erróneo de la trama.

LA ORIENTACIÓN DE LA NOVELA MEXICANA
HACIA LA TEMÁTICA ESPIRITUAL

POCO DESPUÉS de 1940, varios autores, en su mayoría jóvenes presentaron sus novelas, creando una situación literaria nueva. Casi todas estas obras conservaron la temática de la novela de la Revolución, pero el aspecto social quedaba en el fondo, y no era sino un pretexto para tratar problemas psicológicos. Había empezado la primera etapa de neutralización de la novela de la Revolución.

Una segunda etapa aporta cierto equilibrio. Según la ontología del ser mexicano, se intentó representarlo. En gran parte la conciencia es el tema literario de estas novelas, y el ser tan sólo es representado como su fondo. Pero se trata, desde luego, de una conciencia surgida de la realidad mexicana. Es decir, en última instancia, de un factor social, y no de la representación literaria de complejos interpretados desde el punto de vista psicoanalítico.

"Los muros de agua", de José Revueltas

José Revueltas, nacido en Durango en 1914, se dio a conocer en 1941 con su primera obra, *Los muros de agua*. Muy joven se había trasladado a la ciudad de México, donde no terminó sus estudios superiores. Antes de publicar la primera novela se había dedicado ya, durante largo tiempo, al periodismo y a la política.[1] Al aparecer su libro, Revueltas era miembro del Partido Comunista, del que después fue expulsado.

Los muros de agua narra las andanzas de algunos comunistas —entre ellos una mujer, Rosario— en la colonia penal de las Islas Marías. La permanencia de los comunistas en el lugar sirve de pretexto temático para presentar un mundo de delincuentes y psicópatas. Explícitamente dice el autor: "...como si... todo el mundo aquel, de hampones y criminales, no fuera... otra cosa que un mundo escondidamente monstruoso, subterráneamente anormal y desquiciado".[2] El desequilibrio psíquico de ese medio de delincuentes y presidiarios constituye la principal preocupación del autor. Al lado del psicoanálisis se encuentra una metafísica de la muerte de corte existencialista que se manifestará más ampliamente en obras posteriores del autor.[3] En *Los muros de agua* se describe el destino de incontables facinerosos. Ello da a la novela una estructura que, comparada con la de obras anteriores, parece sumamente complicada. No es de sorprender que en el libro de Revueltas frecuentemente aparezcan homosexuales. Vale la pena detallar un poco la historia de Soledad, la lesbiana. Ya en el barco que las conduce, conoce a Rosario, y empieza a respetarla por su integridad. Así crece en ella un sentimiento puro hacia la joven comunista, que la capacita poco a poco para liberarse de sus vicios, es decir, de sus perturbaciones mentales. En la colonia penal surgen nuevos problemas, pues el guardián Maciel acostumbra a dormir con las cautivas. Soledad considera los deseos del guardián como un ultraje a sus sentimientos, pero no puede negarse. Más que nada, teme que Rosario corra la misma suerte; y como "los celos, de cualquier clase que éstos sean, semejan un río de lava hirviendo, sin brújula ni señales, que todo lo arrasa y es capaz de llegar a los extremos más inconcebibles",[4] decide castigar a Maciel antes de que haya violado a Rosario. Llama a un prisionero, sifilítico grave para entregársele en un bosque. Contra lo ilógico de este proceder —pues, naturalmente, Rosario también se contagiaría—, Revueltas trata de defenderse de antemano en su párrafo sobre los celos. Tampoco debió de comprender muy bien que con este relato seguía dentro de un contexto nuevo, la larga tradición de las narraciones sentimentales sobre la "prostituta con corazón de oro".

La hisoria de Rosario también resulta característica. Había amado a un tal Damián, y esperaba un hijo de él. No podía ni pensarse en el matrimonio; pero la tía Clotilde, con quien ella vivía, deseosa de ahorrar a la familia semejante vergüenza, hace que durante una enfermedad de Rosario, y sin su consentimiento, le sea practicado un aborto.[5] Al enterarse ella, abandona a su familia burguesa. Así pues, Rosario es el tipo de "mujer frustrada", ingrediente de rigor en todas las novelas psicológicas inspiradas por las teorías de Freud. Revueltas presenta a dos de tales ejemplares, pues tampoco la tía Clotilde pudo realizarse plenamente: en un tiempo había esperado casarse con el padre de Rosario.

La figura de Rosario, la comunista, hace que el autor se aventure por nuevos problemas psicológicos. En el penal se acerca a Rosario uno de los reos, ascendido a guardián, y le ofrece diez pesos por una noche. Ella lo rechaza, pero "sin llegar a sentir halago..., experimentó, pese a todo, un cierto placer, como de caricias inconfesadas, a las cuales se hubiese abandonado mediante condiciones".[6] En un nuevo intento del guardián —el "Chato"—, la proximidad del delincuente la excita, y está a punto de entregársele.[7] Sin embargo, en el último momento triunfa la conciencia y vuelve a rechazarlo.[8]

A la cuestión de por qué Rosario se ha hecho comunista, se ofrece como única explicación el fracaso de su femineidad frente a las conveniencias sociales: es decir, un caso psíquico motivado por la sociedad. En consecuencia, ello significa que la presencia de una mujer en el Partido Comunista se debe a algo anormal. No se sabe si Revueltas conscientemente sostendría esta opinión. Lo que sí es evidente es que considera a los hombres comunistas de modo diferente que a la mujer comunista. Sobre el pasado de ellos se dice tan poco como sobre los problemas sexuales surgidos en el penal. Una comparación con *Mezclilla* muestra la diferencia entre la novela revolucionaria y el libro de Revueltas. Así como Sarquís los menciona de paso, en Revueltas son objeto de extensas descripciones los problemas psíquicos, que llegan a ser el verdadero tema de la novela. A la lucha del obrero comunista, que dominaba la trama de Sarquís, la deja Revueltas en el fondo, como mera pantalla para la exhibición de complejos psíquicos.

La figura del hombre se le ha transformado en su negación: lo decisivo no resulta ya el *ser* social, sino la situación de determinados complejos y factores psíquicos. Tal es, precisamente, la esencia de la neutralización social de la novela de la Revolución. A juzgar por esto, no resulta de mayor importancia saber cuál es el escritor norteamericano que mayor influencia ha ejercido sobre Revueltas.

El autor de *Los muros de agua* ostensiblemente se afana por lograr un lenguaje literario. Especialmente notable resulta su manejo de las imágenes. Cuando los reos, en el patio de la prisión, se encaminan hacia la deportación, el autor dice: "De súbito, las voces cesaron, separadas de lo orgánico por unas tijeras descomunales y carentes de ruido, por unas tijeras de goma. En seguida, sobre los charcos, el caminar de unas botas rompió pastosamente, igual que las pezuñas insomnes de las bestias nocturnas."[9] Con tales metáforas, tomadas de la lírica moderna, Revueltas trata de dar a su descripción una intensidad emocional. Pero, a diferencia de la poesía, en la novelística las metáforas intelectualizadas —que son del domino de la lírica pura— producen un efecto bien pobre, pues la novela suele representar una realidad mucho más concreta que el poema.

De manera similar, en las partes meramente narrativas se abandona la evocación plástica en favor de una forma de expresión intelectualizante y abstracta, que intenta captar la esencia de las cosas.[10] Con ello se pierde la plasticidad de la descripción épica, aun cuando el estilo deja ver el afán del autor por caracterizar figuras por medio de palabras.

"La negra Angustias", de Francisco Rojas González

En 1944 Francisco Rojas González recibió, por esta novela, el Premio Nacional de Literatura. Antonio Magaña Esquivel hace notar así la importancia del libro: "Sobre la pintura de escenas guerreras y el colorido del relato, esta novela ofrece la particularidad de un carácter original y dramático, el de la mujer que participó con las armas en la mano en el fenómeno de la Revolución."[11] Sin embargo, esta opinión ha sido muy rebatida.[12] Como en todas las obras basadas en el psicoanálisis, el carácter de la protagonista está a todas luces cargado de un complejo, es decir, anormal. Hija de un conocido asaltante de caminos, es criada por una vecina, de quien se dice que es bruja. Las tristes circunstancias de su niñez hacen de Angustias una muchacha tímida y sensitiva, que adora a los animales. Por razones inexplicables, al llevar a pastar sus cabras siempre había sentido cierta repulsión por los chivos; esto llega a convertirse en un enfermizo odio a todo lo masculino cuando una cabra, a la que Angustias había querido con predilección, muere al dar a luz dos crías. Sobre este complejo erótico se funda toda la trama. Angustias rechaza una seria petición de matrimonio, y cuando el pastor Laureano, en un desfiladero, se le acerca con inequívocas intenciones, sin pensarlo dos veces lo mata. Al huir del lugar, tropieza con una partida de jinetes, que la llevan como "trofeo" a su amo. Sin embargo, en el último minuto, con ayuda de un muchacho enamorado de ella, logra salvarse. Reforzado su odio hacia los hombres por tales acontecimientos, Angustias observa con interés a un joven que se le acerca con intenciones honorables, y empieza a jugar con los sentimientos de él y a atormentarlo. En camino se enteran de que ha estallado la revolución. Angustias siente crecer en ella el amor por la violencia, heredado de su padre, y se pone a la cabeza de un grupo de revoltosos. Poco tiempo después, ya tiene el grado de coronel. Según la concepción del autor, su mayor hazaña militar es mandar azotar a una joven por haber implorado la liberación de su hombre, afirmando que lo amaba más que a nada en el mundo (lo que para Angustias no es más que atracción animal).[13] Con el tiempo empieza a interesarse por la política, y decide aprender a leer y escribir. Su maestro es Manuel de la Reguera y Pérez Cacho, descendiente de una familia pequeñoburguesa. Al contacto con la civilización que éste representa, desaparece gradualmente el complejo de Angustias. Ante el asombro de sus compañeros, se arregla cuidadosamente antes de las lecciones, barre su cuarto y aun empieza a cambiar sus vestidos de hombre. Cuando las tropas de Zapata tienen que retirarse de Cuernavaca, Angustias no puede pasarse ya sin su maestro, y resueltamente lo obliga a acompañarla a su pueblo natal. Allí vence finalmente su femineidad, y se entrega a Manuel. Éste, asombrado, se encuentra unido a un destino que no tiene nada en común con el suyo; pero pronto reconoce sus posibilidades, pues Angustias está transformada y se le muestra muy sumisa. Así, se cambian los papeles, y ahora Manuel es el amo. A su manera, aprovecha la situación: Angustias debe acogerse a la amnistía decretada por el gobierno y su salario de coronela va a dar a su hombre, cuyo futuro queda así asegurado. Como Angustias, rendida a él, le resulta un estorbo en la ciudad de México, termina por separarse.

Como puede verse, también en *La negra Angustias* la Revolución no resulta más que el pintoresco fondo de un caso psicológico, al que Rojas González, como Revueltas, analiza según los métodos de Freud. No obstante, su solución se aparta de toda profunda teoría psicológica. En la transformación de Angustias, lo que resulta decisivo es el triunfo de la civilización sobre la barbarie, un tanto como en el mito representado en *Doña Bárbara*, de Gallegos. Sin embargo, en un punto importante se aparta la novela de Rojas González de este posible modelo: la desvergonzada explotación de la sumisa Angustias por su amante. En ello puede verse una crítica al curso seguido por la Revolución Mexicana. Este aspecto del tema presta al destino de Angustias cierta relación con los hechos sociales. Por ello, debe colocarse esta novela por encima de *Los muros de agua*, de Revueltas, que también en su desordenada recopilación de casos psicológicos resulta inferior en la forma a la novela de Rojas González.

"Nayar", de Miguel Ángel Menéndez

La novela *Nayar*, de Miguel Ángel Menéndez, apareció en 1941 y fue galardonada con el Premio Nacional de Literatura. En cierto sentido, la obra sigue la dirección señalada por *El indio*, de López y Fuentes. Pero el fundamento estético de *Nayar* es bien distinto. El mensaje político y la denuncia desempeñan un papel tan secundario como la representación costumbrista de las peculiares formas de vida de los indios.

En lo concerniente a problemática política, Menéndez hace que muera el comandante militar que engañaba y explotaba a los indios. Su sucesor se preocupa por el bien de los indígenas: por ejemplo, hace que los bandidos presos reconstruyan el pueblo que ellos mismos habían destruido. Así, el problema señalado por López y Fuentes está resuelto para Menéndez, y por ello no es posible convenir con Torres-Rioseco cuando asegura que *Nayar* es "una de las denuncias más serias de nuestra época".[14]

Tampoco se interesa Menéndez por la pintoresca superficie ni por los aspectos meramente objetivos de las costumbres indígenas. Las cuestiones de la vida cotidiana y del modo de ganarse la vida, de hecho apenas se mencionan. El verdadero tema de la novela no es el ser material de los indios, sino el espiritual, su carácter como pueblo. Sólo se incluyen detalles concretos cuando lo exige la presentación general del tema. En este sentido, Menéndez cumple con la exigencia de Solana de hacer un "documento humano", mejor que Revueltas y Rojas González, quienes habían motivado los complejos de sus personajes por causas ajenas a su verdadero ser. La diferencia fundamental entre él y los autores mencionados se encuentra, sin embargo, en otro dominio: Menéndez no hace que el centro de su obra sea una conciencia individual, sino un grupo social. Su personaje es la conciencia colectiva de los indios coras en la sierra del Nayar. Este tema es muy propicio para una representación que separe la conciencia del ser. En un prolongado desarrollo, terminado hace siglos e iniciado en una realidad ya desaparecida, que no fue superado por una etapa superior, se formó un sistema bien trabado de tradiciones espirituales, que —por lo menos desde el punto de vista del observador "civilizado"— prescinde de toda relación viva con la realidad del presente, y hasta llega a contradecirla.

La realidad mexicana es, pues, capaz de ofrecer un objeto ideal como demostración de las teorías sobre el papel de la conciencia que se impusieron desde 1938. Ese objeto también ejerció una gran fascinación sobre la escritora, e hizo por un tiempo de la novela indigenista de orientación psicológica una de las ramas principales de la novela mexicana moderna. En el principio de este proceso debe colocarse la novela publicada en 1941 por Miguel Ángel Menéndez. Con una especie de costumbrismo espiritual, enfocó el mito de la Creación, el culto de los dioses y el simbolismo de todo un ceremonial. También muestra el ritual totémico, las ceremonias de compromiso y matrimonio, la superstición en sus diversas formas, sobre todo en el conjuro de las enfermedades y en el sortilegio de la lluvia, así como los procedimientos de la justicia. Resumiendo, puede decirse que Menéndez, observador liberal, se concentró en aquellos fenómenos que debían llamar su atención porque eran los que más se apartaban de sus conceptos de hombre "ilustrado", y a menudo contrastaban con ellos. De manera especial lo fascinaron las ideas y costumbres relacionadas con el matrimonio, a las que trata en tres capítulos consecutivos.[15] Desde luego, debía representar la ceremonia del cortejo amoroso, aunque el hecho de que antes del requerimiento erótico oficial sea "amaestrada" la novia, tenía que entrar en conflicto con las ideas del autor sobre la dignidad humana. Si se quisiera presuponer otro criterio de selección, sería imposible explicarse por qué son narrados dos juicios por adulterio. (En uno de ellos, el culpable, como castigo, tiene que entregar dos vacas; en el otro, la mujer, que sería considerada inocente, de acuerdo con conceptos morales modernos, es sentenciada a pasar por la ceremonia de la "purificación" y debe recorrer el pueblo desnuda.)

Como ya se dijo, el contenido espiritual de estas costumbres interesó al autor de *Nayar*. Ello se manifiesta sobre todo en la representación del conjuro de la enfermedad, al que el autor describe hasta con el menor detalle, para penetrar en la técnica y la estructura espiritual de la superstición. En el momento culminante de la escena dice ". . .ninguno puede evitar que la incial curiosidad se transforme poco a poco en emoción. Estamos cogidos en la trampa de la superstición. El hechicero lleva y sojuzga nuestra ingenuidad en sus movimientos de ritmo pausado que paulatinamente acelera: nos ha sugestionado con sus plumas y sus flechas y su magia".[16] El final del libro es impresionante. El cabecilla Gervasio ha sido detenido por asesinato, pues, contra sus convicciones personales, pero obedeciendo la tradición, había condenado a muerte y hecho ejecutar a un presunto hechicero. Una comparación con la obra de López y Fuentes y su mera representación de la superficie, hará apreciar mejor los esfuerzos de Menéndez por captar la trabazón interna y lo espiritual de la tradición indígena.

Como lo muestra el párrafo citado, el aspecto lingüístico también está orientado hacia la esencia de las cosas. La prosa analítica, racional de Menéndez corresponde a la de Revueltas, aunque sea más elegante y estilizada en mayor grado. Ello puede decirse especialmente de las descripciones de paisajes en la primera parte del libro.[17] También los pasajes meramente informativos corresponden por completo a la nueva tendencia estilística: "...mató al juez del pueblo porque le sorprendió con su mujer, cuando volvía del monte. A ella no la pudo matar porque se le armó la mano. Pero la dejó renga, para siempre... y marcada en el rostro. Y tuvo que huir. Ni modo".[18] Más claramente que en la obra de Revueltas, puede verse aquí que esta nueva y aticista prosa corresponde al lenguaje literario que desarrolló e implantó la generación de la revista *Taller* —estilo que, con las correspondientes modificaciones, por encima de los *Contemporáneos* se remonta hasta el Ateneo—.

La composición de la novela muestra algunas debilidades. Por el tema escogido, el enlace entre los diversos capítulos debía ser bastante libre. Pero ello resulta menos grave que el hecho de que, para dar una motivación verosímil a su permanencia entre los coras, el autor inventa una trama sin relación con los hechos posteriores. La caminata que presenta al principio del libro le da oportunidad de hacer extensas descripciones de la naturaleza, algunas de las cuales revelan la posible influencia de José Eustasio Rivera. Luego, en mitad del libro, vuelve a violentar la composición para mostrar los efectos del levantamiento cristero sobre los coras. Al hacerlo, persigue dos objetivos: no hacer monótona la representación de sus vidas y ponerlos en contacto con los acontecimientos de la Revolución.

A pesar de todo, sus otras cualidades hacen de *Nayar* una de las más importantes novelas posrevolucionarias y una de las que se han señalado el camino por seguir. Abreu Gómez[19] y Chumacero,[20] dos de los más influyentes críticos mexicanos, así lo han señalado.

"El luto humano", de José Revueltas

En 1943 José Revueltas publicó su segunda novela, *El luto humano*. Salta a la vista la diferencia con *Los muros de agua*. El autor trata de profundizar en las subconscientes fuerzas psíquicas del pueblo mexicano, con ayuda de conceptos existencialistas. Y, a la luz de sus revelaciones, hace una interpretación de la historia de los treinta años anteriores.

La trama se desarrolla en una estéril comarca montañosa. Cárdenas había deseado construir allí una presa, pero una huelga obliga a suspender las obras. Mientras, se arruinan las instalaciones. De las cinco mil familias que acudieron al lugar quedan sólo cuatro, cuyos jefes son enemigos. Úrsulo había sido el cabecilla de una organización revolucionaria campesina. Su predecesor fue muerto por Adán, asesino a sueldo del gobierno, que también atentó contra su vida. Así, Úrsulo y Adán son enemigos mortales. Además de ellos ocupa un papel importante Calixto, un ex soldado de Pancho Villa. La trama es muy sencilla. Después de terribles aguaceros, el río, que era de muy pobre caudal, experimenta una enorme crecida y sus aguas se desbordan. Chonita, hija de Úrsulo, muere, y su padre corre en busca de un sacerdote. Ante la muerte de la inocente Chonita, se apaga el odio de Úrsulo y Adán. Ambos desafían el río y corren increíbles peligros para buscar al sacerdote. Éste —como viene a saberse después— durante el viaje de regreso arroja a las aguas a Adán, quien antes había sido partidario de los cristeros. Úrsulo encuentra en su choza a su mujer y a los vecinos, velando a la difunta. Según la tradición, han estado haciendo circular una botella de mezcal y ya se han embriagado bastante. Como la crecida del río aumenta, tratan de dirigirse a un lugar más elevado; pero se ven obligados a desistir, y regresan al techo de la casa. Allí van muriendo lentamente de hambre y de sed. Durante la vigilia, vuelve a reavivarse el profundo odio mutuo. Cuando dormitan, ven pasar ante ellos los recuerdos de sus vidas. Finalmente, sobre los hombres extenuados se abaten los zopilotes, y comienzan a devorarlos.

Esta trama sirve de base a la verdadera preocupación de Revueltas: la representación literaria de los elementos fundamentales del carácter nacional mexicano, así como de sus efectos sobre la reciente historia de México. Por encima de toda la novela planea la muerte, resolviendo los conflictos de la trama y motivando, en el fondo, los actos de los hombres. Así, todo el libro es la representación de una metafísica de la muerte, que estaría arraigada en el subconsciente del pueblo mexicano.

Desde el principio de la novela, Revueltas explica las fuerzas psíquicas de sus personajes a través de una combinación de factores prehistóricos y telúricos, al escribir: "Ellos eran dos ixcuintles sin voz, sin pelo, pardos y solitarios, precortesianamente inmóviles, anteriores al Descubrimiento. Descendían de la adoración por la muerte, de las viejas caminatas donde edades enteras iban muriendo por generaciones, en busca del águila y la serpiente. Eran dos pedernales, piedras capaces de luz y fuego, pero al fin piedras dolorosas, oyendo su antiguo entrechocar, desde las primitivas pisadas del hombre misterioso, del poblador primero, y sin orígenes."[21]

Después de atribuir así al carácter nacional mexicano de los tiempos indígenas una grandeza casi inconmovible, le agrega ciertas características de comportamiento del pueblo mexicano a las que otros autores, sobre todo Ramos, han considerado como manifestaciones de un complejo de inferioridad: "Adán estaba hecho de una liturgia compacta, sangrienta, cuyo rito era la negación por la negación misma; liturgia que había nacido de un acabamiento general donde la luz se extinguió por completo y sobre el que se edificaron, más tarde, tan sólo símbolos destructores, piedras en cuyos cimientos germinaba la impotencia tornándose voluntad, modo de ser, fisonomía. Adán era la impotencia llena de vigor, la indiferencia cálida, la apatía activa. Representaba a las víboras que se matan a sí mismas con prometeica cólera cuando se les vence. A todo lo que tiene veneno y es inmortal, humilladísimo y lento."[22] Esta actitud, que corresponde al "permanente naufragio en que se vivía",[23] también tiene raíces telúricas "... el paisaje parecía el mismo e interior paisaje que llevaba dentro: desesperanzado, contradictorio".[24] Sobre estos fundamentos, la muerte resulta indiferente al mexicano: "...todo era un sucederse de agonías; y el hombre, tan solo, un ser agónico, camino a la muerte".[25]

Sobre esta metafísica de la psique del mexicano, el autor edifica la trama de su novela. En las situaciones de inminente catástrofe y ante la muerte segura, descarga las energías latentes de sus personajes, que se transforman en fuerza motriz de la muerte. Bajo la doble amenaza de la muerte que se manifiesta en el subconsciente y en la realidad, las pasiones hasta entonces contenidas estallan, creando el caos. En tal situación, el hombre es instrumento de su propia destrucción; su vida se vuelve un camino hacia la muerte, un prolongado morir, y se pone a sí misma en duda. En este punto Revueltas combina el postulado existencialista de la falta del sentido de la vida con el problema de sentido de la vida colectiva del pueblo de México. La respuesta debe encontrarla el lector, y sobre la base del tema, ésta sólo puede ser negativa. Así, la novela tiende hacia una negación de todo sentido de la historia mexicana.

En este sentido, Revueltas da a su libro una nueva dimensión. Los recuerdos que, como visiones, pasan por los sueños de aquellos hombres aislados, se concentran exclusivamente en acontecimientos de la historia de México desde 1910, que de esa manera aparece como una gigantesca aberración motivada por las disposiciones psíquicas del pueblo mexicano, como un terrible desahogo de pasiones destructivas. Esto lo pinta el autor al narrar el destino del ex villista Calixto, y en la insensata barbarie de las guerras cristeras. La psicología de los villistas es analizada así: "He aquí que aquello mecánico e inteligente tan parecido a un sexo, la pistola, habíaseles incorporado al organismo, al corazón. Después de esto resultaba imposible que se considerasen inferiores, capaces ya, como eran, de matar. Como un sexo que eyaculase muerte."[26]

Al final de la novela, algunas observaciones hacen resaltar el fondo ideológico de la obra: "...la multitud es una suma negativa de los hombres, no llega a cobrar jamás una conciencia superior. Es animal, pero como los propios animales, pura, mejor entonces, peor también, que el hombre. Soy el contrapunto, el tema análogo y contradictorio. La multitud me rodea en mi soledad, en sus rincones, la multitud pura, la guerra, la multitud de México..."[27]

Ello pone de manifiesto que en la concepción de *El luto humano* se halla una profunda distinción entre el autor y las masas del pueblo. No se trata de la diferencia —formulada por Ramos y debida a la educación— entre el pueblo que vive en condiciones semifeudales y la burguesía interesada en una evolución, en una educación y una disciplina para las masas, sino de otra diferencia, motivada por la posición del intelectual anarquizante, que se considera fundamentalmente distinto de los otros.

Cuando salió *El luto humano*, causó cierta sensación, pues la discusión por el carácter al parecer tan hermético del pueblo mexicano desempeñó un papel de importancia en la vida intelectual de los cuarentas, y ya algunas novelas de la Revolución —entre ellas *Los de abajo*— habían buscado en las disposiciones psíquicas del pueblo mexicano una clave de las formas y el curso de la Revolución. Además, varios pasajes del libro muestran un indudable talento literario.[28]

A pesar de todo, el intento de Revueltas estaba destinado a no tener continuación. Para la mayoría de los novelistas, la fundamentación positiva del ser nacional estaba al orden del día. Por otro lado, debido a su nihilismo, Revueltas era incapaz de hacer una crítica revolucionaria de las condiciones imperantes en el país. Al lado de este factor determinante, sólo resulta secundario, en la obra de Revueltas, el aspecto nacional, que domina las obras de Rojas González y de Menéndez, y que en Agustín Yáñez llega a ser la base de un concepto novelístico que glorifica las realizaciones históricas de la Revolución Mexicana.

"Al filo del agua", de Agustín Yáñez

En 1947 se publicó la novela de Agustín Yáñez *Al filo del agua*. Es la obra que más claramente refleja la posición de la burguesía posrevolucionaria y que, al mismo tiempo, se destaca por sus cualidades artísticas. En general, se la considera la más importante novela mexicana moderna.[29] Manuel Pedro González ha llegado a llamarla "la novela más trabajada y artística que en América se ha producido".[30] Agustín Yáñez nació en Guadalajara, en 1904. Allí terminó, en 1929, sus estudios de abogado. Por esa época, se hizo notar con algunas obras literarias, que revelaban ciertas afinidades con los *Contemporáneos*. Durante los treintas ocupó puestos destacados en algunas instituciones culturales y como catedrático. En este periodo de florecimiento de la literatura revolucionaria, no tomó parte activa en ella; se dedicó a investigar las tradiciones de la literatura mexicana del siglo XIX. Sólo en 1940 volvió a publicar obras de creación, algunas de las cuales despertaron cierto interés.

Al filo del agua es una locución campesina para significar que algo está a punto de suceder. Yáñez explica así el título de su novela,[31] y al grito de "¡Estamos al filo del agua!", los habitantes de un pueblo jalisciense aguardan en noviembre de 1911, la entrada de los revolucionarios.[32] La trama se desarrolla entre 1908 y 1910, en un pueblo situado en la comarca que separa Jalisco y Zacatecas. El autor se propone mostrar indirectamente los efectos de la maduración de la Revolución sobre un lugar apartado, en el que casi no hay condiciones para un cambio del estado de cosas. Sus habitantes forman una sociedad siempre igual, desde generaciones, dispuesta a rechazar todo lo que no se adapte a su anquilosada estructura. La vida intelectual está dominada por un grupo de sacerdotes, que por todos los medios tratan de asegurar y aumentar su influencia sobre los lugareños, ya de por sí atados a una tradición estéril. Sin embargo, gradualmente van llegando elementos que empiezan a socavar el sistema que parecía tan inconmovible. Los más peligrosos son los norteños, gente de los distritos rurales, que ha pasado varios años en Estados Unidos y ha vuelto a la patria para gastarse el dinero, o radicarse definitivamente. Han vivido libres durante largo tiempo, han conocido otras condiciones de vida y han ganado bastante dinero. Por eso, no están dispuestos a soportar la asfixiante atmósfera y la tiranía moral de su pueblo.

Los estudiantes, que cada año van a pasar allí los dos meses de vacaciones, llevan una periódica invasión del espíritu, más libre, de las ciudades. Cada vez menos se ordenan como sacerdotes, cada vez más se observa en ellos una alegre despreocupación. Y hasta se les oye discutir sobre política. Finalmente, a veces aparece un misterioso grupo de forasteros que reparte propaganda y vende armas y municiones.

Las consecuencias de esta invasión del exterior al clima espiritual del pueblo son profundísimas, porque la atmósfera está cargada de pasiones largo tiempo contenidas. Seducciones de doncellas, tiroteos, derramamiento de sangre por cuestiones de honor, disputas de familia, avaricia, egoísmo y envidia: todo esto ha habido siempre en el pueblo. Por falta de desarrollo, eso servía para desahogar energías reprimidas, que en otras circunstancias hubiesen encontrado un campo más propicio y útil. En su celo apostólico, los curas han hecho todo lo posible por sofocar y contener estas pasiones. Por esto, el pueblo es una especie de polvorín, al que se disponen a prender fuego los emisarios de la crisis que se abate sobre la región.

El espíritu de rebelión encuentra también otros combustibles: María, ahijada del párroco, lee libros prohibidos, como *Los tres mosqueteros*, de Dumas, y *Los misterios de París*, de Sue. A veces consigue un periódico de la capital y se entera de los últimos escándalos. Micaela Rodríguez ha vivido con sus padres en la ciudad de México y en Guadalajara, y allí conoció las últimas modas, el lujo y el refinamiento. Al regresar, le cuesta trabajo adaptarse otra vez al vacío de su provincia. El seminarista Luis Gonzaga Pérez, con sus conocimientos de latín y algunas novedades científicas de las que se enteró en la ciudad, se cree más preparado que el vicario, y está en malas relaciones con él. En sí estos tres casos no tienen nada de excepcional, y normalmente todo volvería al orden al cabo de una temporada; pero los tres tienen un triste final, pues los tiempos han cambiado.

El revuelo comienza con la llegada de Victoria, joven y rica viuda muy apreciada por el clero de Guadalajara. En el empolvado rincón provinciano, esta mujer cae como un ser de otro planeta y apresura el latir de muchos corazones, entre ellos el de Luiz Gonzaga Pérez. Por ella abandona la casa paterna y se muestra dispuesto a enfrentarse con su

386

padre. Finalmente pierde la razón y es llevado a un manicomio de Guadalajara, causando en el pueblo la consiguiente sensación. La segunda víctima es Gabriel, el sacristán, de quien todos creen que ama a María. Victoria lo trastorna de tal manera que el cura se considera con derecho a despedirlo y prohibirle toda relación con María, aunque ello haga infeliz a la muchacha. Si la presencia de Victoria ya había inquietado a los lugareños, Damián Limón lleva a su clímax la excitación popular. Hijo del rico agricultor Timoteo Limón, había vivido largos años en Estados Unidos; su vuelta no hizo más que enfurecer a su familia, al punto de que su madre, ya enferma de gravedad, falleció entonces. Las relaciones de Damián con su padre son tirantes, pues le ha exigido inmediata entrega de su parte de herencia, a lo que el avaro don Timoteo se niega rotundamente. Varias muchachas del lugar están locas por él, entre ellas Micaela Rodríguez, a la que corteja Timoteo. La coqueta Micaela se deja galantear por ambos, e incluso los incita. Finalmente, un día ocurre la tragedia: después de un altercado con su hijo, Timoteo es encontrado muerto, y Damián asesina a Micaela al negarse ésta a huir con él. Al párroco le dice: "...a usted le echo la culpa de este aire imposible de respirar que hay en el pueblo".[33] Damián queda exonerado de culpa por la muerte de su padre, por falta de pruebas; el asesinato de Micaela se considera crimen pasional, por lo que sale del paso con una condena de seis años de cárcel e incluso logra fugarse.

Hasta este punto se desarrolla la trama a lo largo de diversos episodios. De los principales personajes quedan sólo el cura y María. Y aquí se efectúa cierto corte en la novela: en adelante, la trama se relacionará directamente con hechos históricos. Su relativa independencia es abandonada en favor de una extensión del panorama, que conserva su unidad interna cuando la aparición del cometa Halley hace presentir a todo el pueblo la inminencia de una gran catástrofe. En todo el país, como en el pueblo, se precipitan los acontecimientos. Verdaderamente escandaloso resulta el comportamiento de María: no está dispuesta, como su hermana Marta, a aceptar mansamente el destino de una vieja solterona. En especial, decide oponerse al medio cuando se entera de que el cura se ha interpuesto entre ella y Gabriel, y empieza a admirar a los hombres que se atreven a enfrentarse al corrompido Director Político. Una noche, Damián, disfrazado de arriero, toca a su ventana. María le niega la entrada, pero no lo delata; al día siguiente, ante testigos, le salva la vida y lo ayuda a escapar. Sin embargo, los escandalizados lugareños no tienen mucho tiempo para hacer comentarios, pues poco después los revolucionarios ocupan la ciudad. Exigen una contribución en dinero, se apoderan de víveres y caballos, y en la noche se van. María parte con ellos, ante el horror y las maldiciones del pueblo. El cura reconoce que se ha perdido la obra de toda su vida. Sin embargo, a la mañana siguiente, como siempre, vuelve a subir al púlpito, dispuesto a ser fiel a su destino.

Ya se indicó que la composición de la novela muestra un rompimiento, que debe manifestarse por entero desde el momento en que se sabe del estallido de la Revolución, pues a partir de entonces Yáñez entreteje la trama de su novela con el curso de los hechos históricos. Este momento casi coincide con el crimen y la captura de Damián, en agosto de 1909. Cuanto más se enreda el pueblo en la maraña de los acontecimientos, más pierde su calidad el tema de la obra, y tanto más deben convertirse los destinos de sus moradores —que al principio fueron meramente personales— en manifestaciones de los conflictos sociales. Como para el autor éstos sólo constituyen el fondo objetivo, los aleja del campo visual del lector, cuya atención es requerida por otros sucesos. El autor dice, ciertamente, que muchos hombres se unieron a la Revolución, pero no narra este proceso.

Con el crimen de Damián, quedan separados de la vida

de la comunidad todos los inadaptados a los que se estudió individualmente, con excepción de María. A partir de este punto se polariza el tema. Por una parte está el cura, verdadero responsable de la atmósfera del pueblo; por otra, María, su ahijada, sobre la cual se concentra la coacción moral ejercida por el sacerdote. En medio, como indiferente espectador, se encuentra la masa de los moradores del pueblo. Resulta natural que el sistema de coacción haga crisis donde más se concentraban sus efectos, y por ello la conclusión del libro encierra una profunda verdad.

El súbito cambio en la composición de *Al filo del agua*, que coincide con el cambio de una lenta acumulación de síntomas a una sucesión de acontecimientos que se precipitan, en su mayoría provocados desde el exterior, resulta de vital significado para la novela. En él se hace evidente la problemática literaria de la neutralización social de la novela mexicana.

Yáñez se interesa principalmente por lo subjetivo, no por lo objetivo. Esta actitud explica su técnica narrativa, que en lo esencial es idéntica a la de Menéndez.[34] También para él, la verdadera realidad del hombre es su conciencia, y por ello la novela trata exclusivamente de procesos psíquicos. Así, el contenido de *Al filo del agua* no está constituido por los acontecimientos desarrollados a lo largo del argumento, sino por su repercusión en la conciencia de los diversos personajes. La trama se refleja indirectamente; y si se quiere comprenderla bien, hay que reconstruirla mediante la suma de los procesos subjetivos narrados. Por ello afirma Rojas Garcidueñas: "...es probable que la novela de Agustín Yáñez sea difícil de apreciar plenamente y por quien no haya vivido o visto de cerca un medio social más o menos semejante".[35]

El medio provinciano jalisciense representado en *Al filo del agua* muestra diferencias cualitativas con el mundo indígena retratado en *Nayar*. Por ello hay entre las dos novelas considerables diferencias artísticas. La conciencia "hermética", caracterizada por su tradicionalismo y aislamiento provinciano es resultado de las circunstancias reinantes. Y cuanto más entran éstas en conflicto con un progreso que no deja de hacerse sentir, tanto más se independiza y actúa esa conciencia. Precisamente en este punto, para un observador liberal habituado a medir la civilización por su "espíritu", tal toma de conciencia resulta un objeto de estudio extraordinariamente atractivo. La sociedad, donde brota tal conciencia, sin duda no está diferenciada en muchos aspectos fundamentales; pero no por esto deja de mostrar cierta estratificación, y con ella variantes y contrastes en su manera de reflejar la realidad. Por tal motivo, es posible analizarla. El autor puede entretejer una trama, y su material no le obliga —como a Menéndez— a limitarse a una mera descripción. Además, la conciencia retratada en *Al filo del agua* tiene para el país una importancia mucho mayor que la del indio de *Nayar*, y que la espiritualidad del campesino —fundada sobre conceptos ontológicos— de *El luto humano*.

Volvamos a la ya citada contradicción principal de la novela de Yáñez, que no es sino consecuencia del método del autor: sin duda, los procesos espirituales son un importante fenómeno de la vida humana. Sin embargo, hay una diferencia entre considerarlos como la auténtica realidad de la vida o concebirlos como la manera en que el hombre experimenta su vida —no sólo meramente personal, sino también social— y según la cual dispone su existencia. Al criticar el método de Yáñez no nos referimos —hay que insistir en ello— a que se concentre en la reproducción de procesos espirituales, sino al papel que él atribuye a la conciencia. Aquí se debe observar que Yáñez principalmente percibe la conciencia en la dialéctica metafísica de coacción y libertad, examinándola así tan sólo desde su aspecto subjetivo: en principio, analiza la conciencia de la comunidad no como producto de las circunstancias sociales, sino como espiritua-

390

lidad de masas ignorantes y como obra de tres curas, que la aprovechan para explotarlas. Inadvertidamente, algunos de sus personajes entran en conflicto con esta conciencia colectiva, representada como una coacción, hasta que en María madura la decisión de liberarse y se une a la Revolución. A ésta se la representa así como la posibilidad ideal de liberación, y se le atribuye un significado correspondiente a la interpretación que desde los treintas viene divulgando la burguesía nacional. Según este concepto, la primera parte de la novela presenta a la conciencia como la única realidad del pueblo, y prescinde casi por completo de la representación de la realidad material.[36] Finalmente, típica de esta tendencia resulta la figura de María, para la cual, como ahijada del párroco, no existen problemas materiales y, por consiguiente, ve en la vida exclusivamente el problema de la libertad en sí y de la dignidad personal.

La contradicción que se manifiesta en la composición de *Al filo del agua* está estrechamente relacionada con su posición literaria. Como justificación de la Revolución, desde el punto de vista de la burguesía victoriosa (la cual ve el sentido de estos hechos en el establecimiento de una libertad concebida idealmente),[37] posterga la verdadera problemática social, y constituye, por su contenido, tanto el punto final —ya históricamente necesario— del desarrollo de la novela de la Revolución, como el giro a la novela mexicana contemporánea. En el momento en que la burguesía nacional pasa de la vía revolucionaria a la evolucionista, también la novela —con excepción de unos cuantos escritores revolucionarios— debe seguir este proceso. Y en adelante ya no se inspirará en un medio en transformación, sino en un cambiante estado de conciencia, en el sentido de Ramos, o de una ontología del carácter nacional. Así corresponderá, hasta en sus detalles, a la filosofía nacional creada por la burguesía ahora predominante y enseñada en las universidades, que incuestionablemente ha demostrado una considerable fuerza de atracción. En la línea divisoria entre estas dos épocas de la novela mexicana moderna se encuentra *Al filo del agua*.

En el aspecto técnico, la transformación ya se ha realizado. Con su presentación de una problemática espiritual, mediante la muy apropiada técnica indirecta de la novela psicológica moderna, *Al filo del agua* pasa a constituir el punto inicial del ulterior desarrollo de la corriente principal de la novela mexicana contemporánea.

La importancia de *Al filo del agua* ha sido explicada por Rosario Castellanos en los siguientes términos: "Agustín Yáñez aúna al mérito de ser el iniciador de una corriente (la del realismo crítico, en la que el escritor se sitúa desde una perspectiva para considerar la totalidad de los hechos y sustenta una ideología que le permite juzgar esos hechos y mostrar su relación con los fines buscados), el haber tenido siempre a su disposición una serie de elementos técnicos que van, desde las complejidades del monólogo interior, a la manera de Joyce, hasta la yuxtaposición de situaciones y tiempos, aprovechando las experiencias de Huxley, hasta el uso del lenguaje popular y de sus giros más característicos. Esta flexibilidad está respaldada por uno de los vocabularios más ricos y por una arquitectura idiomática impecable. Precursor y maestro de toda la generación actual de narradores, Agustín Yáñez lo es por su afán de interpretar la historia patria y de valorar las conquistas de la Revolución y de expresar sus hallazgos recurriendo a los procedimientos técnicos más novedosos y a símbolos tomados de tradiciones literarias ajenas a la nuestra, pero esforzándose por asimilarlos a nuestra idiosincrasia, y puede legar a sus discípulos todo, menos su optimismo."[38] En lo referente al cambio cualitativo, *Al filo del agua* cierra la serie de novelas de la Revolución, y al mismo tiempo inicia el periodo de la novela mexicana contemporánea.

NOTAS

[1] Cf. Salvador de la Cruz, "Novelistas iberoamericanos". En: *LP*, 5-6/1956, pp. 20 *ss.*

[2] José Revueltas, *Los muros de agua.* México, 1941, p. 57.

[3] Cf. *Ibid.*, p. 171.

[4] Cf. *Ibid.*, p. 170.

[5] Cf. *Ibid.*, pp. 29 *ss.*

[6] Cf. *Ibid.*, p. 125.

[7] Cf. *Ibid.*, p. 203.

[8] Cf. *Ibid.*, p. 204.

[9] Cf. *Ibid.*, p. 12.

[10] Cf. *Ibid.*, p. 13.

[11] Antonio Magaña-Esquivel, "Genio y figura. Francisco Rojas González". En: *Na*, 19 de diciembre de 1957, p. 3.

[12] Cf. José Mancisidor, "Francisco Rojas González". En: *Na*, 31 de diciembre de 1950, suplemento dominical, p. 1.

[13] Cf. Francisco Rojas González, *La negra Angustias.* México, 1955, p. 112.

[14] Arturo Torres-Rioseco, *Ensayos sobre la literatura iberoamericana*, p. 145.

[15] Cf. Miguel Ángel Menéndez, *Nayar.* México, 1941, capítulos XXIV-XXVI.

[16] *Ibid.*, p. 131.

[17] *Ibid.*, p. 19.

[18] *Ibid.*, p. 17.

[19] Cf. Ermilo Abreu Gómez, "Miguel Ángel Menéndez. Nayar". En: *RI*, año 4, 1942, p. 428.

[20] Cf. Alí Chumacero, "M. A. Menéndez. Nayar". En: *LM*, 15 de mayo de 1941, p. 7.

[21] José Revueltas, *El luto humano.* México, 1943, p. 23.

[22] *Ibid.*, p. 30.

[23] *Ibid.*, p. 37.

[24] *Ibid.*

[25] *Ibid.*, p. 60.

[26] *Ibid.*, p. 155.

[27] *Ibid.*, pp. 286 *s.*

toda moralidad. Comete adulterio, y Fernanda se separa de él. Desde entonces lleva la tienda ella sola, con cierto apoyo de un viejo amigo. Mientras tanto, Santiago vive de negocios turbios y mantiene a una bailarina. Cuando la policía lo busca, por deudas, acude a Fernanda en procura de ayuda y consejo, pero ella le enseña la puerta. Entonces, se suicida. Fernanda vende la tienda para volver a hacerse cargo de un puesto; es decir, regresa a su viejo medio. Y allí cría a su hija, que un día también será marchanta.

El tema y el mensaje de la novela siguen, esencialmente, la línea de *La luciérnaga*. Lo nuevo es la motivación de las ansias de ascender de Juan Cocoliso, por un complejo de inferioridad, y la teoría del desarrollo sostenida por la burguesía nacional. También la separación de Juan y Fernanda se explica parcialmente por un nuevo motivo: la temporal esterilidad de la mujer y la reacción psíquica que causa en ambos. Lo mismo puede decirse de la técnica narrativa.[2] Azuela abraza las innovaciones formales al cambiar de protagonista en cada parte de la novela, dándole así más perspectivas. Pero ésa es la única adopción de la nueva técnica, y Azuela no pasa de representar la realidad física, ni supera el estilo que ésta exige.

"La mujer domada"

La novela comienza con la viva descripción de un diálogo entre viajeros, sobre la igualdad de derechos de la mujer. Con ellos va una muchacha, quien toma parte en la discusión con algunas frases huecas, a las que un viajero rebate sin dificultad, señalando la dura realidad. Al descender, le susurra al oído: "Lo que le hace falta es un macho que la dome."[3] En los siguientes capítulos Azuela trata este problema. Tomás, padre de la joven Serafina, era jornalero en una hacienda, y la reforma agraria le dio tierras. Sin embargo, demasiado perezoso para el trabajo del campo, pronto abandona su posesión y se va a Morelia, donde pone un negocio de venta de huevos, con buenos resultados. Pero como no sabe leer ni escribir, comprende que no llegará mucho más lejos, lo que le ocasiona un complejo de inferioridad. Despierta entonces en su hija un insensato afán de ser en todo la primera y de sobrepasar en la escuela y en los estudios a todos sus compañeros. Azuela considera esto como una especie de complejo,[4] no meramente psicopatológico, sino más bien moral y social. La parte siguiente muestra la confrontación de Serafina, ya totalmente excéntrica y viviendo de ilusiones, con la realidad, y luego su curación. Después de fracasar en la Universidad de Morelia, decide probar su suerte en la ciudad de México. Nuevos y mayores fracasos tampoco le enseñan a ver al mundo y a sí misma como en realidad son. Pero finalmente lo aprende cuando, después de tres años de ausencia, vuelve a Morelia a pasar sus vacaciones. La tranquilidad de la vida de provincia la ayuda a encontrarse a sí misma. Además, ve que sus antiguos compañeros de estudios ya son respetadas personalidades. Finalmente, al encontrar a su antiguo pretendiente, Federico, quien ha llegado a ser un próspero comerciantes, toma una decisión firme: contra la voluntad de su padre, no volvería a la capital.[5]

La novela provocó una acalorada discusión política, porque se creyó ver en ella un ataque a la igualdad de derechos de la mujer.[6] El autor expresó lo siguiente: "No hubo tal tesis ni tal intención... Serafina era hija de padres provincianos e ignorantes, a la que el consentimiento y el excesivo amor del padre, llevó al fracaso de una carrera para la que no había nacido."[7] Realmente, la novela no se dirige contra los derechos de la mujer, sino contra los efectos que sobre la mujer tiene la tendencia de desconocer la propia personalidad.[8] El carácter reaccionario del libro se debe menos a las opiniones de Azuela sobre la mujer que a su concepción del hombre.

Atinadamente ha mostrado Chumacero que la personalidad de Serafina no está presentada con suficiente profundidad y que, dado el carácter que nos pinta Azuela, resulta sorprendente la ciega confianza de la heroína en los estudiantes de la capital. El final parece totalmente inmotivado.[9]

Con excepción de cierta variante de contenido, *La mujer domada* no aporta nada nuevo a la obra de Azuela. Como consecuencia de su tendenciosa intención, contiene una serie de defectos como obra de arte.

"Sendas perdidas"

Aún más problemática es *Sendas perdidas*. Aparentemente, la novela se desarrolla en la época de Cárdenas,[10] pero según declaración de Azuela se remite a un crimen cometido antes de la Revolución. El protagonista es el fogonero Gregorio, quien, junto con su hermano Gustavo —absolutamente distinto de él— fue educado por el viejo fogonero Federico. Después de cometer un asesinato durante una riña, Gustavo desaparece, y sólo ocasionalmente vuelve a presentarse, siempre con peticiones de dinero. En una fiesta de cumpleaños Gregorio conoce a Lucero, que no es una mujer digna de él. Al enamorarse de ella, entra en conflicto con todos los que lo rodean. Para obviar dificultades, pide su traslado a Oaxaca, donde se casa con Lucero. Pero su tranquilidad no dura mucho, pues pronto la asedian otros hombres, sin que ello desagrade a Lucero. Inesperadamente reaparece Gustavo, que resulta ser el antiguo amante de Lucero. Enfurecido, Gregorio dispara sobre ambos al encontrarlos juntos. Gustavo queda muerto instantáneamente, Lucero sólo sufre una herida leve. En el proceso correspondiente, Gregorio queda libre, al enterarse las autoridades de que su hermano era un delincuente, y echarse Lucero parte de la culpa. Gregorio está abrumado por los remordimientos, por haber dado muerte a su hermano. Sin embargo, Federico le dice que eran hijos de diferentes madres, y se da a conocer como su padre, lo que finalmente devuelve la tranquilidad a Gregorio. Con ello queda dicho todo sobre la novela. Con una trama que no sale de la esfera privada, remata la obra con un final digno de novela folletinesca.

"La maldición"

En *La maldición* Azuela vuelve al tema del provinciano que en la capital del país pierde su tranquilidad interior y se traiciona a sí mismo. Al morir el terrateniente Basilio, su mujer, Emilia, y sus hijos, Magdalena y Rodulfo, se van a vivir a la ciudad de México. Allí, como dice Rodulfo, piensan cobrarle al gobierno en pesos lo que en centavos les ha robado.[11] Interrumpen su viaje para despedirse del tío Carlos, quien también ha perdido mucho en la Revolución, pero que con las rentas de algunas casas aún puede vivir decorosamente. El tío Carlos trata de disuadir a la familia de su viaje y prevé su ruina.[12] Rodulfo empieza trabajando como barrendero, pero logra aprovechar la corrupción de la maquinaria gubernamental, y hacerse útil a su jefe, Salinas. Gracias a ello, sale adelante, y finalmente asciende a líder sindical, para servir bajo cuerda al gobierno. Su carrera termina como diputado del PNR. Se ve envuelto en un escándalo de malversación de fondos y va a parar a la cárcel, cuando unos políticos deciden librarse de un cómplice peligroso. Magdalena había sido hábilmente presentada a la sociedad por Rodulfo; Salinas se interesa por ella y finalmente la hace su amante. Con la caída de su hermano, también ella vuelve a quedar en la pobreza. Rodulfo logra ser puesto en libertad al amenazar a sus antiguos amigos con revelar ciertos hechos. Una vez libre, logra vengarse, y durante un tiempo vive bien de sus "revelaciones", hasta que sus enemigos lo arruinan en sus negocios. Cargado de deudas, vuelve a ponerse a las órdenes de los funcionarios prevaricadores. Así queda asegurado su mantenimiento, pero su salud y su moral están quebrantadas. En comparación con las anteriores novelas del autor, este final constituye la única novedad. En lugar de hacer morir al protagonista, como en obras anteriores, Azuela le permite "llegar" hasta cierto punto, pero a costa de su salud y de su integridad. El autor se inclina ante el poder de los hechos, y renuncia a toda interpretación metafísica.

Todo ello no representa, sin embargo, ningún progreso en su obra, pues la trama resulta una recapitulación, que se nutre del odio al desarrollo posrevolucionario. A ello se debe añadir cierta pérdida de fuerza literaria. Los personajes parecen títeres, carentes de vida. De la pintura negra que domina toda la obra sólo se destaca una figura: la del tío. La composición es poco armoniosa y carece de unidad interna. El esfuerzo último de Rodulfo y de su hermana produce la impresión de no ser sino la deshilvanada continuación de una trama ya cerrada.

"Esa sangre"

Algo similar puede decirse de la última novela de Azuela. *Esa sangre* es una especie de continuación de *Mala yerba*, y muestra el retorno de Julián Andrade, después de una ausencia de años, al México posrevolucionario. El tema obliga al autor a una confrontación y un balance de la Revolución, por lo que este punto final de la obra de Azuela resulta de especial interés.

Julián vuelve a San Francisquito decidido a recobrar su hacienda mediante un proceso. De incógnito va a inspeccionar su antigua propiedad, y encuentra todo cambiado. La casa solariega está en ruinas, y los antiguos peones son ahora los poseedores de la tierra. Un pariente de los de la Fuente, que lo hospeda durante la noche, le informa prolijamente de la situación. Marcela, la hija del anfitrión, hace acordar al viejo hacendado de la protagonista de *Mala yerba*. Al ponerse impertinente, recibe de ella una sonora bofetada, primera e inconfundible señal de que los tiempos han cambiado. El alcalde del lugar es un tal Gertrudis, descendiente de aquel rival al que Andrade asesinó. Algunos ancianos del pueblo aún recuerdan al antiguo patrón, pero a los jóvenes y a los muchos recién llegados no les dice nada el antes célebre apellido Andrade, y se burlan cruelmente del viejo.

Como lo muestra este planteamiento, Azuela ha dado con un verdadero problema. El material elegido le ofrecía la posibilidad de hacer un análisis de la Revolución tan profundo como el de *Pito Pérez*. El autor pone bien en claro que su actitud ante Julián es de crítica, antes como ahora. Pero, comparando su carácter —antipático, sin duda, pero de una sola pieza— con el de los nuevos amos, ve en él algo positivo. Los nuevos simplemente son elementos antisociales. El exponente de la Revolución, el Fruncido, delegado de una comisión del gobierno, no es sino una nueva edición del Saturnino Herrera de *San Gabriel de Valdivias*; pero mientras que el comportamiento de éste, por lo menos parcialmente, obedecía a motivos económicos, el Fruncido no es presentado más que como un personaje antisocial. Y como Azuela ha abrazado un estéril repudio de la revolución, resulta incapaz de agotar las posibilidades del tema. La sujeción de ciertos procesos sociales a un sistema de valores morales o subjetivos limita enormemente los recursos de una verdadera descripción. Se habla mucho y ocurre poco. La novela se arrastra penosamente, hasta el tiroteo con que acaba una disputa en una cantina: en él pierden la vida tanto el Fruncido como Julián y su hija, y constituye el final.

EL FINAL DE LA NOVELA DE LA REVOLUCIÓN

Con *Esa sangre*, de Azuela, y *Al filo del agua*, de Yáñez, se agota la novela de la Revolución como fenómeno literario. No es casual que ambas obras vuelvan al tema que inició la novela de la Revolución: la vida en el estado de Jalisco. De la provincia partió la Revolución, y los campesinos constituyeron su fuerza principal. En la solución —por parcial que fuera— del problema agrario se encuentra una de las principales aportaciones revolucionarias de la burguesía mexicana al desarrollo de un México nuevo, capitalista. Y los campesinos fueron su principal aliado durante el periodo revolucionario. Así, no fue difícil para Azuela retornar temáticamente al punto de partida de su obra y hacer el balance de la Revolución. Con idéntica consecuencia, se vuelven los representantes de la burguesía que ascendió durante la Revolución hacia aquella Mesa Central en la cual era más rancio el carácter nacional y donde hasta cierto punto había llegado a ser sustrato de una cultura, cuya superación por medio de la evolución había constituido una de las principales tareas de la burguesía después de su victoria. E igualmente fácil era relacionar este análisis del carácter mexicano con el retrato de las condiciones del país en el alba de la Revolución, para así legitimar históricamente tanto el levantamiento como los nuevos objetivos culturales. Considerado así, el regreso al punto de partida de la temática resulta absolutamente lógico. La literatura toma el antiguo material, pero la visión y la imagen se han modificado radicalmente. Debe diferenciarse aquí entre dos corrientes opuestas.

El balance de la Revolución hecho por Azuela significa, tanto en la forma como en el contenido, el final absoluto de la novela de la Revolución. Partiendo de un ideal humano pequeñoburgués, había criticado los resultados de la Revolución. En el aspecto humanitario, había tenido razón, pero no supo captar la dialéctica de un proceso —basado en el avance hacia la reproducción ampliada— y sus consecuencias sobre el desarrollo del hombre. En consecuencia, ideas reaccionarias comenzaron a invadir gradualmente sus concepciones. A juzgar por sus últimas obras, a fines de los cuarentas empezó a perder toda esperanza y a caer en una desesperación rayana en el nihilismo político. Esto cierra a sus obras el último resto de perspectiva, y necesariamente causa la decadencia de su forma literaria. En la obra de Azuela puede apreciarse inmediatamente lo que otros autores, como López y Fuentes y Ferretis, manifestaron al abstenerse de toda nueva actividad literaria.

De una especie absolutamente distinta es la modificación de la novela de la Revolución en Yáñez. El grupo literario al que representa empezó a dar señales de vida cuando la burguesía nacional comenzaba a deshacerse de su pasado revolucionario y ya podía preverse una reconciliación con las viejas capas de la burguesía mexicana, lo cual las condujo prácticamente a un terreno común en las cosas de la ideología nacional. Así Yáñez pudo remplazar la problemática social de la literatura revolucionaria por la ontología del ser mexicano, haciendo cambiar el interés literario del ser a la conciencia. Esto tuvo por consecuencia una transformación profunda de la novela mexicana, en su forma y en su fondo, y pasó a ser punto de partida de una nueva etapa de dicha novela.

NOTAS

[1] Cf. *OC* II, 153.

[2] Cf. J. L. de Guevara, "Funciones del lector en *La marchanta*". En: *Pr*, otoño de 1945 (en el Archivo Azuela); R. del Río, "Mariano Azuela reaparece". En: *LM*, 1º de mayo de 1944, p. 5.

[3] Cf. *OC* II, 234.

[4] Cf. *OC* II, 266.

[5] Cf. *OC* II, 303.

[6] Cf. Pedro Gringoire, "La mujer domada". En: *Ex*, 18 de diciembre de 1946; L. Ramos, "*La mujer domada*. Novela por Mariano Azuela". En: *RR*, agosto de 1946 (en el Archivo Azuela).

[7] Citado según M. E. Nájera, "Un coloquio con el Dr. Azuela". En: *M.*, 4 de febrero de 1950, p. 10.

[8] Cf. Francisco González Guerrero, "Autores y libros. *La mujer domada*". En: *U*, 13 de julio de 1946.

[9] Cf. Alí Chumacero, "Crítica de: Mariano Azuela, *La mujer domada*". En: *HP*, 40/1946, pp. 56 s; José Rojas Garcidueñas, "Notas sobre tres novelistas mexicanos". En: *AIIE*, 1948, pp. 8 ss.

[10] Cf. *OC* II, 371.

[11] Cf. *OC* II, 466.

[12] Cf. *OC* II, 468.

LA PROBLEMÁTICA LITERARIA EN LA NOVELA
DE LA REVOLUCIÓN MEXICANA

EL DESARROLLO DE LA REVOLUCIÓN Y SU REFLEJO
EN LA NOVELA

Hasta aquí, la investigación había tenido por objeto analizar el estrecho nexo existente entre las diversas formas de la novela de la Revolución y el proceso de desarrollo social. Toda la gama de las publicaciones estudiadas puede ordenarse según tres formas básicas de reflejar los hechos.

En primer lugar, está la trasposición literaria de recuerdos personales, como en las primeras obras de Azuela o en la representación de las luchas armadas que hacen otros autores. Este género se difundió especialmente a principios de la nueva fase del desarrollo revolucionario iniciada en 1927-1928. No obstante, Azuela escribió tales libros antes de esa época; también después de ella aparecieron obras aisladas que no eran sino la trasposición literaria de recuerdos personales.

En segundo lugar, debe mencionarse la reproducción e interpretación literaria de la Revolución. Comienza con Azuela, y en 1927-1928 llega a constituir la corriente principal de la novela de la Revolución. A este grupo pertenecen obras de las más diversas opiniones sociales. Sus autores son intelectuales relacionados con el Partido Comunista, revolucionarios pequeñoburgueses y burgueses, y aun enemigos de la Revolución, descendientes de la vieja burguesía de orientación liberal. Pese a las diferencias resultantes, las obras de este grupo tienen en común el esfuerzo por lograr una reproducción artística que tenga relevancia social. De distintas maneras se emplean los elementos de la citada forma narrativa.

La tercera forma básica de reflejar la realidad social es la reproducción literaria del carácter nacional mexicano captado ontológicamente. Es resultado de la consolidación de la Revolución por la burguesía nacional llegada al poder, y se diferencia de las otras formas de representación literaria porque no intenta ya representar la realidad sino su reflejo en la conciencia.

En cada una de estas tres formas es distinta la relación con la realidad social retratada. En la primera, es inmediata y directa; en la segunda, mediata y directa; y en la tercera, mediata e indirecta. Es decir, hay una complicación progresiva de la reproducción literaria. A continuación se examinarán las características de estas formas de reflejar la realidad, así como su importancia histórica.

NARRACIONES HISTÓRICO-AUTOBIOGRÁFICAS DEL PERIODO DE LAS LUCHAS ARMADAS

Una forma característica de la novela de la Revolución Mexicana es la narración directa de recuerdos personales. Deben mencionarse aquí ciertas obras de Mariano Azuela, Martín Luis Guzmán, Rafael Felipe Muñoz, José Rubén Romero y Nellie Campobello, así como recuerdos de algunos generales revolucionarios, como Urquizo y González y las memorias de Vasconcelos.

Casi todos estos autores provenían de las provincias. Es decir, con la posible excepción de Guzmán y Vasconcelos, crecieron en contacto inmediato con los trabajadores del México agrícola prerrevolucionario. Su posición social, en la mayoría de los casos, es bien definible: Azuela y Romero eran miembros de familias de comerciantes, con aspiraciones de desarrollo capitalista. Lo mismo puede decirse de Muñoz, cuyo padre era empleado, pero poseía un rancho.[1] Urquizo y González procedían de una comarca de floreciente explotación agrícola capitalista. Por todo ello, es lícito afirmar que la mayoría de esos autores se hallaban cerca de las fuerzas dinámicas de la primera fase de la Revolución, pero que en su posterior trayectoria profesional no siguieron el rumbo de su clase hacia la burguesía capitalista o, si acaso, lo hicieron de manera muy indirecta. También la preparación cultural de ellos fue análoga en lo esencial, sobre todo en el aspecto literario. En el curso de su preparación escolar o profesional entraron en contacto con la literatura, principalmente con la más difundida en la provincia, o sea la clásica española y los autores franceses de la primera mitad del siglo XIX. Algunos, como Azuela y Romero, formaron parte de las escuelas poéticas lugareñas, que en parte se habían quedado al nivel de mediados del siglo XIX, en parte mostraban los principios de un desarrollo independiente condicionado por la vida provinciana. Ciertamente, la posibilidad de entablar tales relaciones existía sólo en la vieja cultura de la Mesa Central; en Chihuahua era imposible. Guzmán, por sus relaciones con el Ateneo de la Juventud, conoció las corrientes más modernas de la literatura universal y los esfuerzos que se hacían por adaptarlas a las condiciones de México. Sin embargo, con excepción del aspecto estilístico, no recibió una formación literaria. Como ateneísta se encontró pronto en enconada oposición con las prácticas literarias habituales durante el porfiriato y esto lo impelió a seguir caminos propios. Aun puede decirse que todos los escritores mencionados fueron autodidactos.[2] Moore afirma, no sin razón, que "estos hombres no eran literatos...".[3] Este hecho los obligó a volverse hacia formas sencillas de narrativa, a menudo cercanas de lo coloquial.

El tema y su estructura

La estructura social del México agrícola prerrevolucionario estaba apenas desarrollada. Junto a la relación de explotación hacendado-peón había, tanto en el campo como en la ciudad, una pequeña producción individual, bastante desarrollada en algunas comarcas, así como un comercio en pequeño que daba sustento a un número relativamente crecido de personas. El grupo de quienes se dedicaban al comercio al mayoreo o con el extranjero era extraordinariamente pequeño. Toda la sociedad provinciana, con excepción de tales grupos, se movía dentro del ciclo de la reproducción simple. Sólo en el terreno de la circulación se apreciaban tendencias a pasar hacia la reproducción ampliada.

Esto debe tenerse en cuenta para obtener un cuadro de la situación ideológica. En el dominio del comercio y la producción en pequeño, por obra de los procesos individuales de producción y apropiación, y de tener que dominar directamente a la naturaleza, así como por los marcados contrastes sociales, se desarrolló una actitud que aunaba un agudo sentido individualista a la tendencia de afirmarse exclusivamente por medio de los logros de la propia personalidad. Las normas de conducta del individuo se fijaron en conformidad con esta actitud. A ello hay que agregar que la mínima división del trabajo no favorecía la formación de rasgos marcados de carácter individual. Por ello, la sociedad provinciana podía producir una impresión de profunda unidad que, en su falta de desenvolvimiento, debía de parecer barbarie al intelectual cultivado, pero que, por otra parte, lo atraía por la primitiva integridad y la ausencia de alienación del hombre.

Esta estructura social aún no desarrollada[4] comenzó a desaparecer con la Revolución, después de que ya una parte de la burguesía nacional había avanzado hacia la reproducción ampliada y, en algunos lugares del país (sobre todo en las zonas mineras de Sonora y de Chihuahua) se había iniciado una industrialización financiada por capitales extranjeros. Ambos procesos diferenciaron y socavaron la vieja sociedad, bajo su tranquila apariencia. La antigua forma social resquebrajada por la Revolución cedió el terreno a la extensión considerable de la reproducción ampliada. Ésta en parte se manifestó como una acumulación primaria sui géneris, cuyas formas inicialmente estaban determinadas por las viejas condiciones sociales en las que habían vivido y crecido casi todos los actores de la Revolución.

Sin embargo, debe pensarse que ya en la época de la lucha armada las masas comenzaron a cobrar conciencia de su situación. Así se anunció una nueva etapa del desarrollo ideológico: el conocimiento racional-analítico vino a sustituir al sensorial e ingenuo. La explosión revolucionaria de la vieja sociedad, a juzgar por su espectacular aparición, es producto de sus condiciones sociales y espirituales. Pero también, en su centro mismo, representa el fin de ellas, por lo menos potencialmente. En consecuencia, la fase de la lucha armada constituye una zona limítrofe entre el pasado y el futuro. Esto resulta fundamental para enjuiciar su producción literaria.

Realismo ingenuo.
La relación de tipo y carácter

Resulta natural que la Revolución, como cataclismo y trastorno social sin precedentes, haya causado en los mexicanos una impresión imborrable. También, que algunos sintieran el deseo de dar forma literaria a este acontecimiento, aunque ni en la literatura mexicana ni en la extranjera se encuentren precursores de semejante empresa. De acuerdo con las posibilidades ofrecidas por la naturaleza del tema, y según las intenciones y capacidad de los autores, debió desarrollarse una literatura absolutamente nueva.

La mayoría de la producción literaria de la fase de la lucha armada tiene el carácter de narración de experiencias, de crónicas autobiográficas. Castro Leal habla de una "novela de reflejos autobiográficos".[5] Ya en 1919 decía lo mismo Francisco Monterde a propósito de las obras de Azuela.[6] Hoy se admite la verdad de la afirmación de Berta Gamboa de Camino: "La novela de la Revolución Mexicana tiene un indudable valor como historia, ya que en ella casi nada es ficticio... Los periodistas han formado cuentos y narraciones a partir de episodios aislados, y han elaborado crónicas de sus propios recuerdos personales. En ambos casos, la imaginación ha desempeñado un papel insignificante..."[7] La primera intención de esta literatura es representar hechos

410

auténticos; ello determina el carácter especial de tales obras autobiográficas.[8]

Estos objetivos podrían considerarse poco literarios, pues dejan insignificante espacio a una creación consciente. En realidad, es indudable que no todas las narraciones de aventuras personales, escritas durante la Revolución, sin otro deseo que el de la veracidad, pueden considerarse novelas de la Revolución. Cuáles deban considerarse como tales es algo que depende de hasta qué grado la realidad representada sobre la base de vivencias —y por lo tanto subjetiva— coincide con la realidad objetiva, facilitando la creación de personas y circunstancias características. Este problema es obvio en *El águila y la serpiente*, de Guzmán. Cierta congruencia y justa identidad de lo particular y lo general así como la falta de interpretación de los fenómenos hecha posible por tal congruencia o identidad, hacen desaparecer las fronteras entre la historia y la literatura.

En el estudio de los métodos literarios de Azuela ya se analizó este problema. Vuelve a surgir en las descripciones de la fase armada, en *El águila y la serpiente*, de Guzmán. Obviamente, la identidad de lo general y lo particular presupone que dentro de la fuerza social representada por cierto tipo sólo existe una minúscula —o ninguna— diferenciación, y que por ello las personas y circunstancias aisladas son típicas por sí mismas. Al respecto, es interesante una observación de Romero. En el prólogo de su libro de poemas *Tacámbaro* escribe: "...Tipos y caras del rincón provinciano son idénticos en nuestros pueblos."[9]

La crítica mexicana y latinoamericana rara vez ha tomado en consideración estas circunstancias, y se ha limitado a verificar los hechos. En su prólogo a *Mala yerba*, publicado en 1937, dice González de Mendoza, refiriéndose al personaje de Marcela: "Es un tipo más bien que un carácter, como lo son, en general, los protagonistas de los primeros libros de Azuela... Tal generalización está en gran parte

411

determinada por la misma sencillez de los actores muy cercanos a la naturaleza..."[10] Esta relación forjada por la conjunción entre lo general y lo particular constituye el fundamento de las peculiaridades artísticas del grupo de novelas de la Revolución que aquí se analizan. Varios críticos de Europa occidental, que analizaron *Los de abajo*, después de su aparición en España y Francia, adoptaron métodos un tanto comparatistas para enjuiciar la obra. Hasta donde puede verse, los críticos españoles de manera unánime buscan analogías entre esta novela y la epopeya medieval.

Por ejemplo, Jiménez Caballero escribe: "*Los de abajo* es la cosa auroral, donde la novela se confunde con el poema épico, donde es más bien un poema épico devenido novela. *Los de abajo*, en su sentido íntegramente histórico (de doble significado), es un romance. Un género medioévico, infante, balbuceador, con ojos de niños..."[11] También una parte de la crítica francesa reconoce estas analogías, y toma posiciones ante ellas. Así, haciendo el comentario de la edición francesa de *Mala yerba*, Poupet se refiere a "estas costumbres, que en muchos puntos recuerdan las del feudalismo franco".[12] Otros críticos franceses comparan este libro con novelas de Merimée y con las *Crónicas italianas* de Stendhal,[13] o ven en él una novela de aventuras[14] o una obra en que el eterno tema "de la sangre, de la voluptuosidad y de la muerte" ha encontrado una asombrosa expresión.[15]

Las últimas observaciones indican que, en determinadas circunstancias, también en la época moderna puede brotar un comparable equilibrio entre lo general y lo particular. En Europa, asimismo hubo breves periodos durante los cuales la situación social y el sistema de vida de los hombres pudieron simplificarse radicalmente y de tal manera influir decisivamente sobre el desarrollo literario. Por ejemplo, en las trincheras de la primera Guerra Mundial, para el sencillo soldado perdieron importancia las diferenciaciones determinadas por la repartición del trabajo y por la estructura de clases. Es interesante observar que en una obra maestra como *Le feu*, de Barbusse, surgida por la misma época de *Los de abajo*, pueden encontrarse características análogas a las de la novela de Azuela.

En principio puede decirse algo similar sobre la Revolución de Octubre y las guerras que la siguieron contra las guardias blancas y los intervencionistas. También allí surgieron narraciones que muestran ciertas analogías con las novelas de la Revolución Mexicana y que —como *Caballería roja*, de Babel— pueden parcialmente haber constituido modelos para la literatura mexicana.

El ejemplo de Azuela, en cuyas obras es indudable que no había influjo de otras semejantes, debe, sin embargo, hacer que no se exagere la importancia de los modelos extranjeros. A pesar de todos los estímulos —a menudo difíciles de determinar, pero indudablemente poderosos en ciertos casos aislados—, las particularidades artísticas de la novela de la Revolución Mexicana se derivaron, en primer lugar, de la situación social de México. En el caso de algunos autores, las analogías con obras europeas podrían tener también otras causas. Por ejemplo, el contacto de Azuela con la literatura francesa moderna y con el modernismo, se muestra en que trataba de realizar ciertas descripciones con un estilo muy similar al de algunos autores europeos. También Martín Luis Guzmán y Romero conocían las tendencias estilísticas modernas de la literatura extranjera y, al presentar la realidad mexicana, las adaptaron en parte para crear formas más apropiadas a sus temas. Así, el roce de algunos escritores con la literatura extranjera moderna influye sobre todo en el estilo (en el manejo del idioma). Pero las características creadoras de la novela de la Revolución Mexicana, como representación de determinados acontecimientos y mediante la relación tipo-carácter, se remiten a las peculiaridades de la sociedad mexicana, como tema y —al mismo tiempo— como ambiente del escritor.

La relación de lo particular con lo general se ha revelado ya como el factor decisivo de la categoría literaria dentro de las narraciones histórico-autobiográficas de la Revolución; también depende de ella, naturalmente, la relación de dichas narraciones con la realidad. A este respecto, debe hablarse de un realismo ingenuo, no desarrollado, que aún desconoce la relación entre tipo y carácter, y que por ello también prescinde, en gran parte, de la variedad y de la riqueza de formas.

Estructura y estilo

Ya se han examinado importantes puntos de vista, al analizar las primeras obras de Azuela; aquí se tratará de completar dicho examen. La conjunción de tipo social y carácter individual en una unidad no desarrollada es la causa de que el autor no se vea obligado a crear un personaje ni una acción literaria, sino que en gran parte pueda contentarse con reproducir más o menos directamente la realidad. Al estancamiento social de la época prerrevolucionaria y a los fenómenos externos de la Revolución, corresponde ante todo un interesante y típico fragmento. una pintura. Estas narraciones se llaman muy frecuentemente cuadros, sucedidos, estampas, etcétera. En el marco de costumbres, cuentan con una tradición que se remonta muy lejos en la historia de la literatura.

La técnica de la novela de la Revolución confirma este aserto. *Los de abajo* y *El águila y la serpiente* constan de cuadros separados, pinturas y escenas. Las novelas de Romero en parte son verdaderas recopilaciones de anécdotas, y Muñoz comienza su labor literaria con episodios aislados, así como Campobello y los generales.

Por todo ello, estas escenas, cuadros y semblanzas, además de su carácter literario, tienen valor de documentos, especialmente en *El águila y la serpiente,* de Guzmán. Pero precisamente esta verdad objetiva presta a tales cuadros un carácter bastante particular. El tema sigue siendo local, y antes de la Revolución todas estas narraciones se caracterizan por cierto regionalismo. Aparte de ello, la posición del autor y la perspectiva que de ella depende ponen en juego algunos factores subjetivos. En una narración puramente costumbrista, libre de factores subjetivos, esta circunstancia produce cierta falta de tensión. Si el tema se complica, tiende al subjetivismo, que el propio Azuela ha entronizado.[16] La carencia de perspectiva histórica le ha sido ya censurada por muchos críticos [17] y es causa principal de la mengua de esencia artística en sus últimas obras.

En el caso de la Revolución, con sus condiciones especiales de vida, el regionalismo y los intereses locales se desvanecen en favor de una relevancia relativa a toda la nación. En cambio, el papel decisivo del enfoque del autor resulta perturbador, en el momento en que, tras los fenómenos homogéneos de la guerra civil se hace patente la acción de diferentes fuerzas sociales. Muestra de eso es el rompimiento estructural de *Los de abajo.* De ello también depende que la narración de vivencias propias durante la Revolución esencialmente se limite a la lucha armada, donde a menudo carece de importancia el bando en el que ocurren los sucesos narrados.

Esta clase de relato no requiere de una imaginación especialmente creadora. Esto y la dependencia que tiene el autor del medio descrito son causas de su insuficiencia en muchos casos. Toda consideración especulativa sobre el temperamento de los escritores mexicanos (por ejemplo, si son demasiado espontáneos para concebir una novela),[18] toda aseveración de que los horrores de la Revolución fueron el motor de meras representaciones objetivas,[19] tratan en primer lugar el aspecto subjetivo del asunto. Renunciar a la imaginación creadora naturalmente tiene sus consecuencias, pues al escritor le resulta imposible concebir otra forma de presentar las cosas. Agudamente observa Castagnaro: "Romero a menudo obtiene caóticos efectos literarios cuando seriamente trata de describir y comentar." [20] De ello dependen también otras características de los cuadros en que se describen peripecias de la época revolucionaria.

Börje Cederholm [21] y Guillermo Cotton-Thorner [22] han observado que la técnica narrativa de Azuela, en *Los de abajo*, está basada en la reproducción exacta de impresiones sensoriales: visuales (color y forma) y acústicas (sonido y habla). Y, refiriéndose a Romero, dice Carlos González Peña: "Tiene... retina vivaz; la facultad de percibir el rasgo saliente." [23] También en otros novelistas de la Revolución se manifiesta una marcada facilidad para captar vívidamente las impresiones visuales. Arreola Cortés apunta que se trata de un fenómeno general.[24] Antonio Aita analiza más de cerca este hecho, al que tiende a considerar como una manera hispanoamericana de aprehender las cosas: "Esas cualidades de penetrante observación que el extranjero advierte en el habitante de estas tierras, ¿no serán acaso la expresión de una facultad que desarrolla el clima, el ambiente social...? Lo cierto es que estos pueblos del nuevo mundo se caracterizan por raras facultades de observación." [25] La explicación de este fenómeno podría ser que representa la forma de conocimiento ingenua y sensorial, como corresponde a una sociedad que vive en las condiciones de la reproducción simple. También Abreu Gómez se inclina a considerarlo así cuando escribe: "Lo que en la provincia es movimiento medular, en la ciudad es vaivén circular... El primer movimiento radica en la sensibilidad: el segundo en la mente. Por eso en la primera es cosa de crecimiento creacional, y en el segundo es tema de repetición." [26]

416

Finalmente señalaremos una característica de la composición, que coloca a los cuadros muy cerca de la anécdota: su expresivo final, que contiene la esencia narrativa o la "moraleja". Esta dramatización del final es la exclusiva regla de composición para escribir un cuadro, y su realización es la única que pone a prueba la imaginación creadora del autor.

Si el cuadro, fundamentalmente, es la forma adecuada para la narración de las luchas armadas, queda por saberse por qué los escritores no se contentaron con él, sino que se esforzaron por escribir novelas con dicha técnica. Así como las fuerzas sociales se lanzaron contra el viejo orden en cuyo seno habían crecido, y realizaron su tarea con medios que eran producto de aquél, así ocurrió con la producción literaria de la sociedad en movimiento. También aquí se trataba de superar lo antiguo, con formas y medios creados por ese viejo orden.

Como ya se expresó en el ejemplo de Azuela, en las condiciones del proceso socioeconómico que conducía hacia la Revolución, los escritores entraron en relaciones tensas con su medio, las que habían de impelerlos a un enfrentamiento con él. Al darle forma literaria, no podían limitarse a una narración descriptiva, sino que debían interpretar lo narrado. Este deseo de interpretación es lo verdaderamente nuevo ante el viejo costumbrismo, y sólo en raras ocasiones pudo realizarse en un cuadro costumbrista más desarrollado. Se trata de lograr un marco más extenso, y por ello se aspira a la novela. Este esfuerzo se generaliza tras la vivencia revolucionaria. Acertadamente recalcan Magaña Esquivel y Castellanos el carácter constructivo de la novela de la Revolución, y afirman que ya no es costumbrismo.[27]

En la incipiente diferenciación de la vida social debe buscarse la directa causa social del surgimiento de la novela. El avance hacia esta forma literaria es consecuencia de la irrupción del capitalismo en sus formas más diversas, entre las que desempeña un papel especial la inversión extranjera. Sánchez analiza este proceso de la manera siguiente: "La novela —equivalente literario a la política en lo social— ha tardado en aparecer en América... El contacto con el capitalismo yanqui pretende actualizar a América... De ahí que nazcan leyes de limitación a la inmigración, leyes de represión violenta a la opinión pública, y... novelas."[28]

Los fenómenos de la Revolución ya descritos hicieron posible llevar un mensaje con medios muy sencillos, como la yuxtaposición de cuadros. Esto explica la falta de una trama bien urdida, como tantas veces se ha señalado.[29] Muy claramente se expresa al respecto Luis Alberto Sánchez: "Romero no inventa sino el modo de presentar las cosas y las exageraciones de los perfiles..."[30]

El mensaje literario también se expresa mediante una acentuación y una matización del cuadro, y sobre todo por la colocación de los cuadros de manera que formen una unidad literaria más comprehensiva, y de mayor fuerza de expresión. Para retratar la época anterior a 1910 y la fase armada, se desarrollaron inicialmente tres métodos.

1º La yuxtaposición de cuadros sigue el curso histórico de los acontecimientos, como por ejemplo en *Los de abajo*.

2º El acoplamiento de cuadros, hasta formar un vasto mosaico que, como en los relatos de Muñoz, surgen hasta cierto punto de la mera suma de las partes. A él conscientemente aspiró Guzmán en *El águila y la serpiente*.

3º La yuxtaposición de cuadros en forma de supuesta autobiografía, como en las primeras novelas de Romero.

En las tres variantes se remite la narración a las propias vivencias del autor. A este respecto, la novela tiene los mismos fundamentos del cuadro costumbrista. Las tres variantes surgieron una después de otra, y en su sucesión se halla el desarrollo hacia una técnica literaria más profunda.

La forma más sencilla es la yuxtaposición de cuadros en

el orden de los acontecimientos. La primera parte de *Los de abajo* prueba que esta forma ofrece posibilidades de realismo, mientras que el final de esta novela muestra que en una mayor diferenciación de procesos, este método está condenado al fracaso. Las otras dos formas —el mosaico y la supuesta autobiografía— surgieron a fines de los veintes y principios de los treintas, cuando ya había transcurrido cierto tiempo desde los acontecimientos. Empero, más importante que la distancia en el tiempo, es la distancia ideológica. Se debió al cambio —efectuado por Obregón y Calles— de una Revolución ganada por las masas, a un desarrollo capitalista, con todas sus contradicciones. Este cambio de la situación indujo a muchos a hacer una revisión de todo el proceso revolucionario; es decir, a escribir una valoración literaria de las luchas armadas o de las circunstancias prerrevolucionarias. En el desarrollo, desde el mero reflejo de un proceso histórico hasta su reproducción en el cuerpo de una autobiografía, ficticia, se manifiesta un paso esencial hacia la formulación de un mensaje literario, y con ello hacia el surgimiento de una novela nacional. Sin embargo, al principio todas las variantes, por su método histórico-autobiográfico aún están unidas directamente a sucedidos concretos. La liberación de ellos sobreviene cuando los autores se ven impelidos a hacer una interpretación del nuevo periodo que se inicia en 1927-1928. El mosaico y la autobiografía, real o ficticia, como mensajes indirectos, son su modelo, y representan junto con la descripción del proceso histórico, el nexo, entre éste y la auténtica novela nacional mexicana, surgido del cuadro de costumbres. Asimismo, hacen brotar una serie de novelas mexicanas hoy clásicas.

La tradición de la narrativa en México

Aún quedan por examinar algunos problemas artísticos del

paso de la combinación de cuadros a la novela. Ante todo, tienen que ver con la relación de esta técnica narrativa y la tradición literaria. En primer lugar, debe mencionarse el cruce de literatura e historia, a consecuencia del cual muchas de las obras analizadas son, a la vez, documentos históricos.[31]

Este hibridismo se expresa formalmente en el estilo autobiográfico. Pero, en esencia, se basa en una relación totalmente subjetiva con el exterior, característica de la época precapitalista. El individuo de quien se trata (que es, al mismo tiempo, quien escribe) vive con la convicción de que puede dominar la naturaleza (en la acepción más extensa de la palabra): por consiguiente, se considera el centro del universo. La combinación de autobiografía, historia y literatura se remonta a la tradición de las letras mexicanas. Rand Morton no está equivocado cuando compara, por ejemplo, *Memorias de Pancho Villa*, de Guzmán, con la crónica de Bernal Díaz del Castillo, y hasta con el *Cantar del Mío Cid*.[32]

La relación directa con el medio no sólo caracteriza las crónicas de la época de la Conquista, sino que se ha mantenido hasta la Revolución en la historia mexicana, la cual, como ya se dijo, a veces se mezcla con la literatura. Para citar sólo un ejemplo, el retrato de la Guerra de Independencia hecho por Bustamante en su *Cuadro histórico de la Revolución Mexicana*, es un nexo entre Bernal Díaz y Guzmán, o con los historiadores autobiográficos de la Revolución. De especial interés resulta la alusión de Rand Morton al *Cantar del Mío Cid*, cuyos estrechos nexos con la historia han sido revelados por Menéndez Pidal. Éste, como es sabido, considera el alto grado de historicidad como una de las características de la poesía épica española, y en sus análisis incluye, asimismo, obras del siglo XVI, como la *Araucana*, de Ercilla. En rigor, la relación directa con el medio, fundamental de la epopeya, tiene una larga tradición en

España. Mientras en Francia empezó a desmoronarse ya en el siglo XII, en la literatura española siguió viviendo hasta el XVI, y conoció un renacimiento con la conquista de América. Hasta el siglo XX, y en las condiciones del orden social creado por la Conquista, este fenómeno sigue reproduciéndose. En México existe, desde principios de la época colonial, una tradición que permite comprender las repercusiones de esta relación ingenua entre el mundo, la historiografía y la literatura, así como sus interrelaciones, como una constante, pese a las diferencias de situación y de posición ideológica. En los otros países hispano hablantes de América Latina existe tal tradición, pero mucho menos vigorosa. Sin embargo, su influencia es obvia en la novela moderna, que a menudo muestra las mismas características que la mexicana.

Un segundo problema es el de la relación del método histórico-autobiográfico con la tradición de la narrativa de México. Esta relación ha conocido desde hace mucho tiempo dos variantes dentro del cuadro costumbrista —elemento fundamental en la composición de toda narración histórico-autobiográfica que se puede encontrar desde antes de la Guerra de Independencia. Lizardi hace de él una piedra de toque de la novela mexicana, y en esta forma, constituye un reflejo literario —sin pretensiones— de la realidad. El cuadro de costumbres surge, asimismo, como cuadro individual que, desarrollado por Larra, en manos de la oposición liberal de la década de 1840, sobre todo en Guillermo Prieto, se convierte en arma política: para ello ha de tener un objetivo bien definido, un mensaje.

Las más importantes novelas populares del siglo XIX —*El Periquillo sarniento* de Lizardi, *Astucia* de Inclán y *Los bandidos de Río Frío* de Payno— tienen en común con las novelas histórico-biográficas de la Revolución, la estructura (basada en cuadros), el afán de totalidad y, en parte, la intención de contener un mensaje.

La composición de estas novelas refleja la estructura de la sociedad: se representa a una persona o un grupo que están al margen de aquella, la recorren y chocan contra ella, hasta conocerla íntegramente. Por ello, los protagonistas de estas obras son un tanto asociales: el Periquillo es un pequeñoburgués desplazado, Astucia es un hijo de campesinos metido a contrabandista, y los héroes de Payno son notorios bandidos, condenados en un célebre proceso.[33]

Esto causa una similitud de contenido, que el liberal Carleton Beals considera como tradición: "En todo caso, la novela mexicana ha establecido una tradición en el dominio del realismo, en su explotación de temas de militarismo rural, revolución y pillaje, sea en la obra de Lizardi, Frías, Azuela, Astucia [!] ... sea en ese interesante cuadro del sur de México en una época anterior, *Los Bandidos de Río Frío*, de Payno."[34]

Hay aquí una confusión: en la tradicional novela popular se representa a la sociedad mediante el destino de quien está fuera de ella, en tanto que la novela de la Revoluión representa directamente a la sociedad en las condiciones de la guerra civil. En 1928 Torres Bodet precisó las similitudes de Azuela con la tradicional novela popular, en las siguientes palabras: "...las cualidades de escritor de Mariano Azuela son las que hallamos frecuentemente en la buena novela tradicional: el sentido pintoresco de los tipos, la inteligencia práctica de las situaciones, y, sobre todo, el don de una psicología que no sufre el esquematismo en que se expresa".[35] Las diferencias, de acuerdo con la naturaleza de los temas, se hallan en la composición y en el mensaje de las novelas.

Con su fidelidad al detalle, los novelistas populares del siglo XIX fueron mucho menos dados a la composición autobiográfica —auténtica o supuesta—, porque contaban con un puesto seguro en el orden establecido, desde el cual no podía captarse la variedad de los fenómenos sociales, refiriéndose a la propia experiencia. Precisamente por ello necesitaron protagonistas libres de todo nexo con la sociedad. Con excepción de Lizardi, se veían impelidos a crear una trama que incluyera todos los ámbitos importantes en la vida del protagonista, especialmente el del amor. Los novelistas de la Revolución ya no tomaron la vida de los protagonistas como hilo conductor de sus novelas, pues en un periodo limitado tenían la posibilidad de captar desde su perspectiva la totalidad de los fenómenos sociales, dominados por la lucha armada, y de crear una obra mucho más autobiográfica que la de sus predecesores del siglo XIX. La consecuencia más importante de este hecho es el olvido de la trama "literaria", en primer lugar porque el protagonista ya resultaba superfluo, y en segundo, porque la vida en épocas de guerra excluía la mayor parte de los elementos de tal trama, sobre todo la historia de amor. Esta característica de muchas novelas de la Revolución a menudo ha sido analizada por la crítica, que por un lado la ha llamado conquista ultramoderna, mientras que por otro la consideró insuficiencia y retraso ante la novela moderna.[36]

También en la manera de trasmitir el mensaje hay diferencias entre la novela popular del siglo XIX y la de la Revolución. Lizardi, Inclán y Payno suelen crear en sus novelas el mensaje fuera de los acontecimientos de la trama: ponen directamente en boca de sus protagonistas —especialmente los de Lizardi— comentarios de una marcada tendencia moralizante, en lugar de llegar al mensaje por medio de la trama. Esto puede explicarse tanto por la pobre preparación literaria de los autores, como por el hecho de que no se encontraban en insalvable oposición a su medio. Tal oposición no surge hasta fines del siglo XIX, en la capital y en las comarcas industriales, cuando, a consecuencia del desarrollo del comercio exterior y de la industria propia, aparece el problema del inadaptado. Muchos escritores se sintieron movidos, por ello, a intercalar los habituales métodos costumbristas con elementos de la novela, especialmente de la naturalista.

En provincia, por el contrario, se formó una oposición de tendencia revolucionaria —como lo ilustra el ejemplo de Azuela— contra lo establecido. Al mismo tiempo se desarrolló entre los escritores cultos una especie de complejo de soledad, que los impelió menos a hacer una descripción que una confrontación con la realidad. A esta causa puede atribuirse el cambio de la simple descripción costumbrista por una forma más compleja de narrativa, cuyo mensaje brota del tratamiento del tema o de la acción.

En íntimo contacto con este problema se halla el del lenguaje literario mexicano. Es sabido que los citados novelistas de la Revolución Mexicana hicieron del lenguaje coloquial una de las bases de su vocabulario. Especialmente Romero fue elogiado por ello.[37] Sobre Azuela se ha hecho una serie de investigaciones filológicas, para analizar el empleo de coloquialismos en los diálogos y en las descripciones de sus novelas, y como elementos constitutivos de su estilo.[38] Por ello, Delgado no vacila en atribuir a la novela de la Revolución, además de su valor histórico, el de documento lingüístico.[39] Ésta es una apreciación meramente superficial de la problemática: de hecho, en el caso de los escritores citados, no sólo se trata de que emplean el lenguaje coloquial, sino de que hacen de éste la base de una creación idiomática. Los autores de la novela de la Revolución pisan, así, la tierra hollada ya por los autores populares del siglo XIX. Al mismo tiempo crean una unidad entre la reproducción literaria en cuadros de la vida cotidiana y su reflejo idiomático coloquial. Esto alcanza su punto culminante en las anécdotas de Romero.[40] Con tal procedimiento la novela se colocó en el terreno de la realidad lingüística, decisiva para las grandes masas, lo que tuvo bastante importancia en su efecto sobre el público.[41]

En Azuela y Romero este procedimiento remonta claramente a su origen,[42] en tanto que en Guzmán acaso desempeñe un papel importante cierto intento de caracterización.[43] También a este respecto debe observarse una secuencia cronológica, que difícilmente puede atribuirse a la casualidad. La tradición de la narrativa popular está tan cercana a Azuela que éste tiene en común con los novelistas del siglo XIX —especialmente con Inclán y Frías— una serie de irregularidades gramaticales;[44] en consecuencia, a ratos no se aleja del lenguaje coloquial. No ocurre lo mismo a Romero y a Guzmán. Por muy popular que sea el estilo del primero, nunca se le han señalado irregularidades gramaticales. Los juicios condenatorios de críticos academistas se dirigen contra su estilo y al mismo tiempo contra la dureza de sus juicios (basada en las ideas del pueblo, y que en ocasiones llega hasta el cinismo y la impiedad). Pero no se los puede considerar propiamente juicios sobre la calidad del idioma. Guzmán da un paso más allá de Romero: intenta desarrollar el a veces rudo lenguaje coloquial hasta hacerlo un lenguaje nacional, literario y cultural.[45] Por eso su obra, a este respecto, muestra el camino por seguir en lo futuro, en tanto que las novelas de Romero tienen que perder su repercusión si llega a refinarse el gusto del gran público. Con toda razón, es llamado Guzmán "...dueño del estilo narrativo más limpio, más consistente en nuestro idioma... maestro de la moderna novelística mexicana".[46]

En resumen: las novelas autobiográfico-históricas de la Revolución representan una continuación y un desarrollo de la novela popular del siglo XIX. Sin embargo, constituyen un rompimiento con la novelística del México porfirista, con la que se las compara a menudo. Ello puede decirse de la temática y de la forma. El sitio del escenario urbano es ocupado por el escenario rural, y en lugar de los problemas de protagonistas urbanos se tratan los de las predominantes masas campesinas. La composición, orientada al menos parcialmente por modelos europeos, así como la manera de expresarse según las normas de la Real Academia Española, características de la literatura porfiriana, no encuentran seguidores en la novela de la Revolución. Ésta rompe con el desarrollo de una literatura destinada sólo a una muy reducida parte del pueblo mexicano, por sus referencias y por su mensaje, y se remite a las formas más autóctonas de la narrativa. Las novelas autobiográfico-históricas de la Revolución son —por su tema, mensaje, construcción e idioma— la forma literaria nacional más adecuada a la fase armada de la Revolución.

NOTAS

[1] Información de Rafael Felipe Muñoz.

[2] Muñoz afirmó oralmente que a todos ellos les faltaba "oficio". Iduarte llama a Romero un "autodidacta" y "escritor nato" (Iduarte: "José Rubén Romero. Retrato". En: *RHM*, 1-2/1946, p. 4).

[3] "These men were not literati..." (Moore, "The Novel of the Mexican Revolution". En: *ML*, 7/1940, p. 20).

[4] Indicaciones fundamentales para la problemática de tal situación social, sobre todo en su aspecto económico, se encuentran en Karl Marx, *Grudrisse zur Kritik der politischen Ökonomie* (Berlín, 1953, en especial pp. 75 *ss.*, 387 *s.*).

[5] Antonio Castro Leal, "La novela de la Revolución mexicana". En: *La novela de la Revolución mexicana*, editada por Antonio Castro Leal. Tomo I, México, 1958, p. XIV.

[6] Cf. Francisco Monterde ("Retrato literario de Azuela"), En: *B*, año I, 21/1919, pp. 2 *s.*

[7] "The novel of the Mexican Revolution has an undeniable value as history, almost nothing in it being fiction... The journalists have made stories and narratives out of isolated episodes, and elaborated chronicles out of their own personal memories. In both cases, imagination has played an insignificant role..." ("Gamboa de Camino, The Novel of the Mexican Revolution". En: *Renascent Mexico*, ed. por Herring y Weinstock, p. 263). Cf. también Rand Morton, *Los novelistas de la Revolución mexicana*, p. 193.

[8] Cf. Arreola Cortés, "José Rubén Romero. Vida y obra". En: *RHM*, 1-2/1946, pp. 9 *s.*; Arqueles Vela, *Fundamentos de la literatura mexicana*. México 1953, p. 111.

[9] Según una conferencia anónima, En: *U*, 4 de enero de 1923, p. 9.

[10] González de Mendoza, Prólogo a *Mala yerba*", en: *Un*, año 4, 20/1937, p. 14.

[11] Jiménez Caballero, "Un gran romance mejicano". En: *GL*, 1º de septiembre de 1927.

[12] "...ces moeurs, qui ne sont pas sans rappeler par bien des points celles de la féodalité franque" (Georges Poupet, "Mauvaise graine. Meurtres Mexicains". En: *J*, 3 de septiembre de 1934).

[13] Cf. Henri Pourrat, "Mariano Azuela: Mauvaise Graine". En: *Vie*, 1º de septiembre de 1934.

[14] Cf. Un artículo anónimo con el título de "Mauvaise Graine, par Mariano Azuela", En: *Journal de Rouen*, 27 de marzo de 1934.

[15] "...du sang, de la volupté et de la mort" ("M. Azuela. Mauvaise Graine". En: *BL*, 25 de marzo de 1934).

[16] Cf. J. M. de Mora V., "Panorama de la Novela en México". Parte I. En: *Hoy*, 29 de junio de 1946, p. 47.

[17] Cf. J. L. de Guevara, "¿Pertenece don Mariano a los Toribios?" En: *Pr*, otoño de 1945 (Artículo sin fecha; en el archivo de Azuela).

[18] Cf. Jaime Delgado, "La novela mejicana de la Revolución". En: *CH*, 61/1955, p. 82.

[19] Cf. *ibid.*, p. 85.

[20] "...Romero often achieves chaotic literary effects when he seriously undertakes to describe and comment" (Castagnaro, "Rubén Romero and the Novel of the Mexican Revolution", en: *Hi*, año 36, 1953, p. 300).

[21] Cf. Cederholm, *Elementos de un estilo novelesco. Estudio estilístico-lingüístico de las novelas "Los de abajo" y "Sendas perdidas" de Mariano Azuela.*

[22] Cf. Cotton-Thorner, "Mariano Azuela. El poeta en el novelista", En: *ND*, 4/1951, pp. 76-83.

[23] Carlos González Peña, "Tres novelas michoacanas". En: *U*, 10 de enero de 1935.

[24] Cf. Arreola Cortés, "José Rubén Romero, Vida y Obra", En: *RHM*, 1-2/1946, p. 13.

[25] Antonio Aita, *Literatura y realidad americana*. Buenos Aires, 1931, p. 84.

[26] Ermilo Abreu Gómez, "El libro del Mes". En: *RR*, 9 de julio de 1933, p. 12.

[27] Cf. Magaña Esquivel, *La novela de la Revolución*, pp. 14, 16; Castellanos, "La novela mexicana contemporánea y su valor testimonial", En: *Hi*, 2/1964, p. 223.

[28] Sánchez, *América. Novela sin novelista*, p. 18.

[29] Cf. Hashimoto, *La trayectoria literaria de Mariano Azuela*, p. 202.

[30] Sánchez, *Escritores representativos de América*, tomo II, Madrid, 1957, p. 267.

[31] Cf. Delgado, "La novela mejicana de la Revolución", En: *CH*, 61/1955, p. 84.

[32] Cf. Rand Morton, *Los novelistas de la Revolución mexicana*, p. 138.

428

[33] Cf. Monterde/Díaz Plaja, *Historia de la literatura española y mexicana*, p. 526.

[34] "In any case, the Mexican novel has established a tradition in the realm of realism, in its exploitation of themes of rural militarismo, revolution, and banditry, be it Lizardi, Frías, Azuela, Astucia [!] ... or that interesting picture of southern Mexico of an earlier epoch, Payno's *Los bandidos de Río Frío...*" (Beals, *Mexican Maze*, p. 276).

[35] Torres Bodet, "Libros de la Revolución mexicana", En: *Pr*, 30 de diciembre de 1928.

[36] El propio Azuela vio en ello un defecto de forma y opinó que *Doña Bárbara*, de Gallegos, era "más novela" (Cf. Valle, "Don Mariano Azuela en su casa de cristal", En: *Revista de Revistas*, 16 de junio de 1935).

[37] Cf. Abreu Gómez, "El libro del Mes", En: *RR*, 9 de julio de 1933, p. 112; Arreola Cortés, "José Rubén Romero. Vida y obra", En: RHM, 1-2/1946, pp. 7-34; Alí Chumacero, "José Rubén Romero. *Desbandada.*" En: *BBM*, 1/1948, pp. 22, 24.

[38] Cf. Cederholm, *Elementos de un estilo novelesco. Estudio estilístico-lingüístico de las novelas "Los de abajo" y "Sendas perdidas" de Mariano Azuela.*

[39] Cf. Delgado. "La novela mejicana de la Revolución", en: *CH*, 61/1955, p. 81.

[40] Cf. Castagnaro. "Rubén Romero and the Novel of the Mexican Revolution", En: *Hi*, año 36, 1953, pp. 300, 304; Arreola Cortés, José Rubén Romero. Vida y obra", En: *RHM*, 1-2/1946, pp. 5, 12; Torres-Rioseco, *Ensayos sobre literatura iberoamericana*, p. 138.

[41] Acerca de Romero, Cf. G. Fernández MacGregor, "Por qué J. Rubén Romero es Académico". En: *LM*, 1º de noviembre de 1938, pp, 1 *ss*.

[42] Acerca de Azuela dice Moya: "...Don Mariano que en frases concisas y tremendamente gráficas exponía sus puntos de vista... o contaba divertidas anécdotas relacionadas con su vida." (Moya, *Mariano Azuela*, En: *Revista Arte*, 2 de marzo de 1952). Ello lo confirman los parientes de Azuela; también sobre Romero se cuentan muchas cosas por el estilo.

[43] Cf. entre otros, Ermilo Abreu Gómez, "Martín Luis Guzmán, Crítica y bibliografía". En: *Hi*, año 35, 1952, p. 70; Torres Bodet, "Libros de la Revolución Mexicana", en: *Pr*, 30 de diciembre de 1928.

[44] Cf. Cederholm, *Elementos de un estilo novelesco. Estudio estilístico-lingüístico de las novelas "Los de abajo" y "Sendas perdidas" de*

Mariano Azuela; de Mora V., "Panorama de la novela en México". 4ª parte. En: *Hoy*, 20 de julio de 1946.

45 Cf. Ermilo Abreu Gómez, "Del estilo de Martín Luis Guzmán". En: *Ru*, 10/1939, p. 41.

46 Magaña-Esquivel, "Martín Luis Guzmán, Maestro del Relato", En: *Na*, 6 de noviembre de 1958, p. 3 *Cf*. También de Mora, "Panorama de la novela en México", 4ª parte, en: *Hoy*, 20 de julio de 1946, p. 48.

EL MÉTODO ARTÍSTICO EN LA NOVELA
DE LOS TREINTAS

Los NOVELISTAS de la década de los treintas se encontraron ante una complicada situación, y consideraron indispensable adoptar una actitud. En lo político, había desde antiguos maderistas convertidos en enemigos de la Revolución, y miembros de la burguesía o pequeña burguesía revolucionarias, hasta autores estrechamente relacionados con el Partido Comunista.

Para representar sus complicados temas no encontraron ejemplos en la anterior literatura mexicana. Los autores relacionados con la tradición nacional se vieron así impelidos a desarrollar por su cuenta esas formas. Algo diferente ocurría con las literaturas extranjeras y su validez como ejemplo. En ciertos aspectos, podían dar impulso a la producción literaria de las nuevas confrontaciones sociales.

Entre los novelistas de los treintas se encuentran tres grupos, claramente distinguibles por los fundamentos de su método literario. El primero consta exclusivamente de autores de formación académica, como Carrancá y Trujillo, Icaza, Ortiz Hernán y Sarquís, que —con excepción de Icaza— sólo ocasionalmente se dedican a la creación literaria, y lo hacen siguiendo en parte los ejemplos de la literatura moderna. Al segundo grupo pertenecen, junto con Azuela, Guzmán y Romero, aquellos autores que hasta entonces habían escrito novelas histórico-autobiográficas y que, para poder retratar las nuevas luchas de clases, tuvieron que adaptar sus métodos a la nueva problemática y estructura sociales. Finalmente, el tercer grupo está formado por escritores autodidactos, de formación no académica. Entre ellos se cuentan Ferretis, López y Fuentes, Mancisidor y Othón Díaz.

Como ya se ha dicho, los autores de los tres grupos se vieron ante la tarea de interpretar y reproducir las confrontaciones sociales de los treintas. Este hecho ha sido observado por una serie de críticos, como Torres-Rioseco [1] y Martínez. El primero se contenta con mencionar una vuelta a la temática social. Martínez va más lejos y separa dos corrientes simultáneas: la novela de la Revolución y la literatura proletarista, a la que define así: "Acaso el rasgo peculiar de esa tendencia literaria en los años que siguieron a 1929... sea la improvisación que procede de escritores de toda especie. Como consecuencia de su anti-intelectualismo y aun su repudio de lo que podría llamarse literatura culta, créase, pues, el tipo de escritor espontáneo y extraño a la tradición. Todos los géneros literarios —novela, teatro, poesía— se trasmutan en manifiesto político, en que sólo importa la pureza ideológica. Si nuestros novelistas de la Revolución prescindían del espíritu de aquella lucha para sólo atenerse a sus peripecias, los escritores de esta especie, por lo contrario, abandonan los hechos revolucionarios para insistir sobre todo en las ideas o en los conflictos que esas ideas provocan." [2]

Las novelas revolucionarias

Las novelas de la Revolución escritas durante los treintas, o toman partido por la Revolución o bien la critican. La diferencia entre las posiciones de los autores revolucionarios se comprende más claramente con respecto al problema de cuál fuerza sería la dirigente en el proceso político. Ferretis y sobre todo López y Fuentes [3] propugnan la solución de los problemas nacionales mediante una Revolución guiada por un gobierno progresista. Los demás autores defienden independientemente, desde su punto de vista social, la idea de que todos los problemas deben resolverse por medio de acciones de las masas populares. Cada posición se expresa ya en la elección de los temas. Así, en López y Fuentes se manifiesta una confesada predilección por representar grandes acontecimientos, en tanto que los otros escritores narran sucesos aislados, y algunos, como Othón Díaz y Sarquís, se limitan casi exclusivamente a un material concreto, y de su narración sacan las conclusiones generales que desean comunicar a las masas. Esta diferencia tiene profundas repercusiones. Las obras totalizantes de Ferretis y de López y Fuentes reflejan mucho menos el desarrollo social que las que reproducen problemas aislados. Ello se debe a los conceptos de los autores. Cuando López y Fuentes y Ferretis se colocan en la posición de la burguesía que, en su propio interés, orienta el proceso revolucionario, tienen que adoptar la táctica de callar las contradicciones sociales existentes dentro de la misma coalición revolucionaria. Como, según sus conceptos, no podían representar tales conflictos, intentaron encontrar mayores síntesis un tanto fuera del terreno de la problemática socioeconómica y las contiendas sociales, y hacerlas fundamento de su interpretación. Lo que ocurrió a ambos autores fue que sus narraciones de la Revolución resultaron contradictorias: rechazaban en principio el desarrollo capitalista, lo que al mismo tiempo había de impedirles reconocer la tendencia general de la Revolución. Ello aclara por qué las novelas revolucionarias de una temática general parecen obras de tesis, abstractas y bastante artificiales.

En cierto sentido, puede afirmarse lo contrario de las otras novelas revolucionarias. Sobre todo *SFZ 33* es, por su objetividad, casi una crónica de sucedidos. Sólo la circunstancia de analizar el problema agrario y el papel político del maestro rural de una manera típica, presta al libro un carácter literario. Por lo demás, está muy cerca de la tradición popular de la narrativa mexicana —subyacente en las novelas histórico-autobiográficas—, y de su realismo ingenuo.

No puede decirse lo mismo de la producción literaria referida a la lucha de clases de los obreros. La naturaleza misma del tema hace casi imposible la mera narración, pues el tipo sencillo y el carácter individual en este terreno, por principio, quedan más diferenciados que en la descripción de las condiciones en el campo. Por ello, resulta indispensable una interpretación de los materiales que ofrece la realidad. *La ciudad roja,* de Mancisidor, es prueba de ello. El autor se limita a los contornos generales de un suceso concreto, para exhibir aquello que le parece más importante en el desarrollo de un líder obrero, y poner en sus labios las palabras que, según él, necesitan las masas para su orientación. Similar es la técnica en *Mezclilla,* de Sarquís. Obviamente, el autor se esfuerza por representar la totalidad de la lucha obrera por sus derechos, y sobre todo por una organización sindical independiente, desde la labor cultural hasta su confrontación con provocadores y las actividades clandestinas en prisión. Pero las novelas de tendencia proletaria, pese a la indudable labor creadora de sus autores, no alcanzan una gran profundidad literaria, y producen la impresión de dejar los conflictos sin resolver, sea porque lo que se proponían exponer los autores no estuvo al alcance de sus posibilidades, o porque, en favor del mensaje, exageran en su descripción del medio y de los personajes.

En consecuencia, las novelas revolucionarias de un grupo tienden a una representación abstracta, programática; y las del otro, que directamente describe las luchas sociales, tienden a reproducir la realidad de una manera a veces directa, y a veces esquemática. La presentación literaria de las luchas sociales de los treintas exigía superar la antigua tradición narrativa, pues acontecimientos tan complicados no pueden captarse sólo mediante una minuciosa descripción de los personajes y acontecimientos. Por ello, las novelas revolucionarias se esfuerzan por desarrollar una nueva narrativa que deje atrás al cuadro de costumbres. Tal avance no puede realizarse sin que el escritor haya comprendido claramente el proceso que se propone representar, con su dinámica y su tendencia. Como se expresó, el problema de la perspectiva constituye una de las mayores dificultades, pues no puede decirse que siquiera uno solo de los novelistas citados haya tenido una percepción absolutamente clara del carácter y las perspectivas de la Revolución.

Esta problemática es fundamental para la novela social, pues el hecho de que el autor sea capaz de reproducir literariamente la realidad, depende en gran medida del punto hasta el cual haya reconocido la perspectiva histórica. Cuanto más complicada sea la realidad que trata de representarse, tanto más las obras deberán perderse en lo ilusionario por falta de una clara perspectiva histórica. Cuanto más habían sido concebidas como media de agitación para un momento determinado, más fieles debían ser a la realidad. Sin embargo, al enfocar un hecho concreto tuvieron que sacrificar mucho de la perspectiva y, por ello, renunciar en buena parte a la profundidad literaria.[4]

Asimismo, debe tomarse en cuenta la relación de los autores con el estilo narrativo tradicional. La pugna por la igualdad de derechos de la mujer en *Mezclilla,* de Sarquís, y el capítulo introductorio de *Tierra caliente,* de Ferretis, así como la posición que ocupa *Mi general* en la obra de López y Fuentes, muestran que los autores revolucionarios conocen el estilo tradicional y ocasionalmente saben valerse de él. Esto no es sorprendente, pues habían crecido bajo el influjo de este estilo coloquial y carecían de una preparación literaria propiamente dicha. Sin preparación y calificación literarias, se vieron ante la tarea de crear un nuevo estilo, que les permitiera hacer de su tema un mensaje revolucionario destinado a agitar a las masas.

Los diferentes esfuerzos de López y Fuentes son característicos del enfrentamiento de estos novelistas con la realidad y de su intento de superar la antigua técnica del cuadro. *Campamento* aún está construido fundamentalmente según los antiguos métodos. No es sino un gran mosaico de cuadros aislados. No obstante, como el autor trata de profundizar en la esencia de las cosas y muestra sus imágenes de manera sintética y periodística, se pierde en parte la plasticidad de los cuadros de Azuela o de Guzmán. Mucho más complicada es la técnica de *Tierra*. La acción de esta novela cubre años enteros. López y Fuentes vuelve a crear cuadros en los que representa la época anterior a la Revolución y escenas de las luchas armadas. Pero como ello no esclarece la verdadera problemática social del proceso revolucionario, el autor se siente obligado a hacer crónicas y resúmenes, y aun a intercalar textos de las leyes. La misma técnica utiliza López y Fuentes en *El indio* y en *Huasteca*, lo que es causa de que la contradicción entre la técnica costumbrista y la dinámica de los procesos narrados sea mayor que en las obras antes citadas. López y Fuentes sólo utiliza otra técnica en la obra de crítica *Mi general*, presentada como autobiografía.

El material analizado muestra que la situación de los otros autores estudiados es, en principio, la misma (con excepción de Othón Díaz). En todas las obras de tales escritores se encuentra una técnica carente de unidad, llena de comentarios, conversaciones, etcétera, y, con excepción de Mancisidor, todos los autores demuestran ser capaces de crear escenas plenas de vida mediante la antigua técnica esencialmente costumbrista. Este aferrarse a la técnica del cuadro depende en parte, como ya se dijo, de la formación de los escritores. Tratan de superar esta técnica narrativa en favor de una mayor profundidad temática y psicológica, mas no logran renunciar a ella. Por eso tienen que alcanzar sus objetivos que varias veces resultan extraliterarios.

Un motivo importante de todo ello es la finalidad agitadora del arte revolucionario. Los autores desean enseñar al lector por medio de sus obras, y por ello deben tratar de compensar todas las deficiencias literarias de que adolece la técnica del cuadro, por medio de conversaciones, manifiestos y textos del código. Pese a la diversidad de posición de los autores, existen importantes analogías entre la temática general de las novelas revolucionarias y las de tendencias proletarias; estas últimas, precisamente por su intención agitadora, padecen de cierto esquematismo.

El caso de Othón Díaz es diferente. El tema agrario hace posible una concepción inequívoca, en primer lugar porque la situación puede abarcarse con relativa facilidad, y en segundo, porque en el campo también la burguesía realmente necesitaba una solución revolucionaria, y en parte la llevó a cabo. En ello se encuentra una diferencia sustancial con la situación de las ciudades, donde la burguesía simplemente coincidía temporariamente con la lucha de los obreros y de las masas urbanas, sin modificar en esencia la situación de los trabajadores. Así, Othón Díaz puede atenerse a un material concreto —en contraste con López y Fuentes y con Ferretis— en tanto que, a diferencia de Mancisidor y de Sarquís, no se ve obligado a limitarse a un episodio de relevancia general, sino que puede representar una cadena de victoriosas luchas campesinas, o sea un verdadero desarrollo. En consecuencia, rompe con la técnica del cuadro. Pero la relación entre tipo y carácter tampoco en él es muy marcada. En su caso esto se debe al tema. Sin embargo, también él se ve obligado a introducir fragmentos de cartas ficticias cuando se trata de interpretar el sentido general del proceso revolucionario.

También en el aspecto idiomático Othón Díaz ocupa una posición particular. Su novela es la única escrita íntegramente en lenguaje coloquial, y así reconoce también en su estilo sus nexos con la realidad concreta. En cambio, los otros autores, fieles a su tendencia generalizadora, tienden a liberarse del lenguaje coloquial. Se dejan seducir por su evidente intención propagandística para desarrollar un lenguaje análogo al de los periódicos. Tan sólo en López y Fuentes se encuentran principios de una estilización del habla coloquial, aunque no obstante, por momentos se asemeja a la retórica periodística.

La cuestión de la propaganda es inseparable de la de sus metas y del problema de la perspectiva. Debe precisarse ante todo que para fines de agitación directa hay otros géneros más apropiados, y que la novela sólo puede tener un efecto de este tipo cuando, dentro de su carácter estético, analiza las cuestiones fundamentales de toda una etapa de desarrollo, reproduce claramente sus complicados nexos y concentra sus intereses en el progreso y desenvolvimiento de los hombres. Pero en las novelas revolucionarias esto se dio tan sólo fragmentariamente porque sus autores no tenían una perspectiva clara del proceso social que estaban reproduciendo.

Las novelas críticas

Al lado de la novela revolucionaria surgió la de crítica social. Hace su aparición en dos variantes principales. Por una parte, la de crítica a la actividad política de la época callista y del periodo posrevolucionario. A esta corriente pertenecen obras como *El camarada Pantoja*, de Azuela, *La sombra del caudillo*, de Guzmán, y *Acomodaticio*, de López y Fuentes. En estos libros se critican las actividades políticas de los círculos dominantes, desde puntos de vista liberales.

La otra línea en cambio, entroniza al hombre del pueblo como piedra de toque de los acontecimientos sociales, y con él pone a prueba los resultados de la Revolución. A este tipo pertenecen las verdaderas obras maestras de esta especie de novelas de la Revolución, como *La vida inútil de Pito Pérez*, de Romero, *Mi general*, de López y Fuentes, *San Gabriel de Valdivias*, de Azuela, y *Resplandor*, de Magdaleno.

La crítica liberal, con sus normas abstractas, se había alejado de la relación con la vida, perdiendo así la perspectiva histórica. Especialmente *El camarada Pantoja* fue rudamente criticado por esta parcialidad y este abandono de la totalidad.[5] El aplauso del bando contrarrevolucionario a esta novela muestra que semejante crítica de la Revolución sólo favorece a sus enemigos, pero no a los ideales ni al hombre sencillo, a quien los autores liberales creyeron traicionado por la Revolución.

En cambio, la auténtica crítica parte del criterio decisivo para juzgar todo proceso histórico: sus consecuencias para el pueblo. Sobre estas bases, quienes escribían novela de crítica pudieron captar la esencia de la Revolución y representarla con bastante tino, aun antes de tocar a su fin. Su realismo crítico renuncia a toda intención primordialmente propagandística. Pero, por la profundidad de su análisis, resulta apropiado para dar al lector un extenso conocimiento de los problemas nacionales y de los suyos propios, logrando así una repercusión ideológica más duradera que la de las novelas revolucionarias en el sentido más directo de la palabra. El éxito de *Pito Pérez* es prueba suficiente.

La condición subjetiva de este realismo crítico es la simpatía de los autores por el pueblo. Tanto Romero como López y Fuentes, Azuela y Magdaleno surgieron de las provincias, y en las obras mencionadas trataron problemas y figuras típicas de la vida provinciana. Por ello, sus retratos fueron pertinentes para la situación de la abrumadora mayoría del pueblo mexicano. Además, en estos temas es procedente representar un tipo humano al que los autores, por su origen, conocían perfectamente, y con el que simpatizaban. Tales condiciones daban desde el principio una importancia nacional a esas novelas, independientemente de que ello se les reconociera o no.

Como los autores de novelas revolucionarias, también quienes cultivaban la novela crítica se encontraron ante la tarea de captar la esencia de la Revolución y retratar sus consecuencias sobre el hombre del pueblo. Al hacerlo, siguieron dos caminos diferentes: Romero y López y Fuentes hacen que un personaje ficticio hable de su propia vida, y así su punto de partida es una persona; en cambio, Azuela y Magdaleno ponen un acontecimiento en el centro de la acción, y de él parten. Entre estas dos técnicas se halla una diferencia de principio. La primera se aproxima más a la narrativa tradicional, en tanto que el camino abierto por Azuela corresponde a la objetivación de la vida. Los protagonistas de *Pito Pérez* y de *Mi general* son representativos del México antiguo, que han pasado por la Revolución y hacen un "balance", mientras que el "caso" de Azuela y Magdaleno consiste en la invasión del campo por el capitalismo, que se dispone ya a socavar los fundamentos del México anterior.

Una comparación entre *Mala yerba* y *San Gabriel de Valdivias* mostrará que el principio fundamental de la composición sigue siendo el mismo esencialmente, aunque haya sufrido algunas interesantes modificaciones. *Mala yerba* consta de veintiséis cuadros, cada uno de los cuales contiene un momento de la trama, que por su costumbrismo resulta bastante objetivo y descriptivo, y que en gran parte debe su impacto a la ya descrita técnica de los finales. *San Gabriel de Valdivias* consta de diecisiete capítulos, en general una cuarta parte más largos que los cuadros de *Mala yerba*. También cada parte revela importantes fragmentos de la trama. Sin embargo la técnica estructural de la novela anterior ha sido superada. En estos capítulos ocurre mucho más; aparecen personajes secundarios, y se desarrollan episodios subordinados. Por ello, los capítulos de *San Gabriel de Valdivias* no son ya cuadros, sino escenas. Este cambio de los elementos de la composición constituye la reacción del escritor ante el nuevo estado de cosas. No se trata ya de representar un medio invariable, sino un desarrollo social parecido a una corriente. Aun entre los campesinos pueden apreciarse diferencias. Por medio de gran cantidad de protagonistas y una nueva construcción de su novela, Azuela intenta valorar este profundo desarrollo. Y, como sólo varían las formas de representar, pero el material lingüístico sigue siendo el mismo, pese a todas las modificaciones de detalle, se conserva la continuidad de la tradición popular.

Asimismo, resulta interesante el desarrollo de las relaciones de tipo y carácter. Fácilmente puede apreciarse una disociación de la unidad anterior. Un campesino ya no es igual al otro. Además, los protagonistas, en el desarrollo de la trama, deben tomar graves decisiones, ya no actúan sólo en forma impulsiva y espontánea. Finalmente, debe citarse el desmembramiento del material concreto. Azuela analiza todos los aspectos de la reforma agraria de una manera tan concentrada, que la minuciosa descripción de un solo hecho, hasta donde las hay, debe quedar muy por debajo de la generalización creadora.

Resumiendo, en *San Gabriel de Valdivias* Azuela permaneció fiel a sus nexos con el pueblo, llegando así a una situación en la que podía llevar adelante la tradición narrativa popular de una manera adecuada al desarrollo social.

Romero y López y Fuentes siguen otro camino: colocan una persona en el centro de la obra, y le hacen contar su vida. Por lo que hace a composición, este procedimiento es indudablemente más sencillo que el de Azuela, pero presenta idénticos problemas literarios, si el autor desea hacer en esta forma una interpretación profunda de los hechos sociales. En consecuencia, *Mi general* y *La vida inútil de Pito Pérez* no son autobiografías auténticas, sino ficticias, y en ambas obras puede percibirse el intento de no narrar exclusivamente episodios típicos, sino, al mismo tiempo, de presentar la confrontación ideológica de su protagonista con el mundo que lo rodea.

Mi general presenta, en su principio, la carrera de un traficante en ganado, que llega a general revolucionario, y tiene muchas similitudes con *Los de abajo*. El protagonista llega finalmente a la ciudad de México y empieza a desempeñar un papel en la vida política. Poco a poco va dándose cuenta de su propia transformación. En la capital pierde su relación inmediata con el ambiente y empieza a observarlo con ojos críticos, así como a su propio desarrollo. Este proceso se acelera cuando el general, a consecuencia de una serie de intrigas políticas, se inclina por el bando equivocado y se arruina por completo. Esto le hace decidirse a romper con aquella vida y volver a sus campos.

En esta novela es interesante su relación entre tipo y "marginado", a la que debe gran parte de su resonancia. El héroe es el típico general de la Revolución. Interrumpida su carrera a consecuencia de especulaciones políticas, queda al margen de la sociedad. Obtiene así la posibilidad de valorarse a sí mismo con ojo crítico, lo que, teniendo en cuenta lo característico de su anterior evolución, constituye una evaluación de la Revolución. López y Fuentes logró reproducir las intrigas políticas con su efecto sobre el desarrollo de un hombre. Por ello, su novela constituye una de las mejores críticas literarias de la vida política en el México posrevolucionario.

La vida inútil de Pito Pérez trata desde un principio del destino de un "marginado". El protagonista ha llegado a vagabundo porque la sociedad nunca le dio la oportunidad de encontrar un lugar seguro. Este destino característico hace de él un enemigo de todos, y de cada uno, un enemigo suyo. Tal problema, decisivo en su vida, es tratado por Pito Pérez en muchas anécdotas.

Como las novelas analizadas fueron creadas al lado de

442

otras obras, la comparación con éstas permitirá descubrir cómo surgieron esas obras de crítica realista. En primer lugar debe mencionarse la simpatía por el hombre de pueblo, que es el índice del desarrollo político y social. En ningún caso se presenta al hombre de pueblo como algo abstracto, sino en la plenitud de sus diarias faenas, especialmente en su trabajo. En especial, esta profundidad de visión permite hacer una apreciación bastante clara de los problemas.

Ello también tiene importancia para rebasar los límites del tradicional realismo ingenuo. Muestra que autores como Azuela y Romero, que muchas veces declaraban describir casi exclusivamente sucesos y episodios auténticos, precisamente al transformar dichos materiales abrieron el camino para una nueva narrativa, adecuada a las renovadas condiciones sociales. Así, la toma de posición ante el hombre del pueblo condicionó la creación de nuevos métodos literarios. Ayudó a los autores a hacer una verdadera valoración de temas no sólo de los de la vida campesina o las provincias, sino también los de la vida política, en la que tantos autores fracasaron al contemplarla parcialmente y desde un punto de vista abstracto.

El nuevo tipo de novela, que toma forma en las obras del realismo crítico es, en diversos aspectos, consecuente con lo nacional. Representa un nuevo desenvolvimiento de la tradición narrativa popular mexicana y de su producto: la novela histórico-autobiográfica. Con tal tradición tiene en común el contacto subjetivo y objetivo de los autores con el pueblo, y el público al que va dirigido: las grandes masas (al menos potencialmente; en el caso de *Pito Pérez*, realmente llegó a ellas). Con esta tradición, toma el habla del pueblo mexicano como base de su narrativa. Parte de aquella tradición al adaptar la técnica del cuadro a las nuevas condiciones sociales. Y la deja atrás al abandonar la objetividad costumbrista del cuadro y suplirla por la narración de temas a los que trata de captar y dar forma dentro de sus propias leyes y perspectivas. Después —de acuerdo con el desenvolvimiento social— abandona la unidad originaria de tipo y carácter, colocando, en lugar de una relación ingenua con el mundo, una consciente confrontación con él. En resumen, puede decirse que la novela crítica de la Revolución reproduce problemas importantes de la vida nacional en aquellas formas que, de acuerdo con las nuevas condiciones sociales, se desarrollaron de las tradiciones nacionales. Y para ello se vale del español que se habla en México.

A este múltiple contacto con la tradición nacional, y a la circunstancia de que México entró en un proceso de desarrollo capitalista, debieron aquellas novelas su valor internacional. Su "universalidad" se basa en que cada cual, a su manera y agotando todos los recursos, narra cómo el hombre del pueblo, en las condiciones de México, es capaz de enfrentarse a su medio y de luchar por una vida mejor.

Por todo ello, mediante la novela crítica-realista de la Revolución, la renovación nacional de la novela mexicana, emprendida por Azuela antes de la Revolución, llega a su fin. Y nace una novela mexicana realista, en todo el sentido de la palabra.

NOTAS

[1] Cf. Torres-Rioseco, *Ensayos sobre literatura iberoamericana*, p. 136.

[2] Cf. Martínez, "Las Letras Patrias", En: *México y la Cultura*, pp. 418 s. Cf. también Castellanos, "La novela mexicana contemporánea y su valor testimonial, En: *Hi*, 2/1964, p. 223.

[3] Acerca de este problema en López y Fuentes, cf.: Torres-Rioseco, *Ensayos sobre literatura iberoamericana*, p. 135.

[4] Ello puede aclarar la solución del conflicto de *La ciudad roja*, criticada por I. A. Terteryán, tomando en cuenta el gran conjunto de la Revolución. I. A. Terteryan, "Put' José Mansisidora", en *Meksikanskiĭ realisticheskiĭ roman* XX *veka*, p. 141.

[5] Cf. Abreu Gómez, "La Mitad de la Verdad", En: *LM*, 1º de diciembre de 1937.

LA ONTOLOGÍA DEL MEXICANO EN LA NOVELA
DE LOS CUARENTAS

LA DIFERENCIA entre las novelas que se analizarán aquí y la
novela de la Revolución ya se manifiesta en el desarrollo
de sus representantes. Debemos mencionar a los autores de
las cinco novelas tratadas: Miguel Ángel Menéndez (nacido
en 1905, en Izamal, Yucatán), José Revueltas (nacido en
1914, en Durango), Francisco Rojas González (nacido
en 1904, en Guadalajara) y Agustín Yáñez (nacido en
1904, en Guadalajara). Pero no debe olvidarse a Rubén
Salazar Mallén (nacido en 1905, en Coatzacoalcos), Rafael
Solana (nacido en 1915, en Veracruz) y Xavier Villaurrutia (nacido en 1903, en la ciudad de México). No hay mucho que decir de la procedencia social de estos escritores;
sin embargo, las biografías muestran que —con excepción
de Revueltas— no tomaron parte en el movimiento de la
literatura revolucionaria con sus propias obras sino, a lo más,
con algunos trabajos de crítica, como los de Rojas González.

Algunos de los autores citados surgieron a la fama relativamente jóvenes, con sus propias obras. Villaurrutia, cuya
primera obra apareció en 1926 (según la bibliografía de
Martínez) y Salazar Mallén, que no publicó antes de 1932,
pertenecieron al grupo de los *Contemporáneos*; y Yáñez,
cuya primera obra apareció en 1923, participó en un movimiento similar en Guadalajara. Los tres autores, desde su
juventud, se mantuvieron alejados de la literatura revolucionaria. Rojas González empezó a publicar en 1932 ciertas
narraciones ambiciosas. Solana empezó a escribir en 1935,
y el primer libro de Revueltas es de 1941. Dichos escritores

eran de tendencias literarias de orientación universalista y estaban familiarizados con las nuevas literaturas extranjeras. Su posición fundamental fue analizada más extensamente en el capítulo sobre las bases literarias de la novela de la Revolución.

A partir de 1937, empezaron a aparecer en las revistas de México artículos en que se reprochaba a la novela mexicana no haber pasado de la superficie, de lo anecdótico y pintoresco. Como causa de ello, se mencionó un falso nacionalismo o una insuficiencia creadora de los artistas.[1] Tales afirmaciones no son nuevas. Ya Abreu Gómez y otros críticos revolucionarios habían exigido dejar atrás el costumbrismo superficial en favor de una creación que llegara a lo profundo de las cosas. Las novelas crítico-realistas de la Revolución han alcanzado esta meta aun antes de que la nueva tendencia obtuviera gran influjo. Ello es muy importante, pues demuestra la problemática de una serie de afirmaciones sobre la significación fundamental de la nueva novela psicológica y las perspectivas abiertas por ella.

Tampoco es nueva la teoría de Salazar Mallén sobre la radical separación del "hombre interior", al que debe representarse, y el medio. Se limita a repetir los argumentos de los *Contemporáneos*, que ya en 1930 había formulado Bernardo Ortiz de Montellano.[2]

Por lo tanto, la expresión de la ontología del ser mexicano en la novela se remonta en lo conceptual a los *Contemporáneos*, y aun hasta el Ateneo de la Juventud. Sin embargo, como punto de partida puede considerarse la obra de Samuel Ramos, publicada en 1934, *Perfil del hombre y la cultura en México*. Ramos ataca por igual el "europeísmo falso" desligado de la realidad mexicana y a los "nacionalistas radicales",[3] carentes de toda preparación que, víctimas de un complejo de inferioridad, rechazan todo influjo del extranjero, y ponen así límites provincianos a la cultura mexicana. Sin embargo, admite que la "literatura nacionalista" se destaca por un "contenido moral de indudable valor para México. Es la voz de nuestra más verdadera entraña que quiere hacerse oír por primera vez después de una larga era en que el mexicano ha sido sordo a su destino".[4] Ramos define de esta manera la cultura mexicana que propugna: "Entendemos por cultura mexicana la cultura universal hecha nuestra, que viva con nosotros, que sea capaz de expresar nuestra alma."[5] Así, el carácter nacional mexicano es el tema de la novela, y al mismo tiempo su fundamento subjetivo, pues —según la teoría— una manera específicamente mexicana de ver las cosas caracteriza el aspecto formal de la novela.[6]

Desde este punto de vista, la crítica y la actividad creadora modifican esencialmente el concepto de la novela mexicana. Solana y Villaurrutia se vuelven contra el psicologismo de Torres Bodet, que se aparta de la realidad nacional, y contra el costumbrismo superficial de la novela de la Revolución, excluyendo explícitamente las obras de Azuela, cuyo valor creativo reconocen.[7] Característica del nuevo concepto es la diferencia entre el relato apegado al tema y la novela de penetración psicológica. En Villaurrutia se encuentra la siguiente definición: "Los personajes del relato son. Los personajes de la novela están siendo. Los personajes de la novela viven construyéndose y destruyéndose, afirmándose y negándose ante nuestros ojos."[8] Ello significa que la nueva novela debe ser psicológica y renunciar en gran parte a representar las relaciones entre individuo y medio. Pero no debe representar al hombre en general sino al mexicano, para lo cual exige explícitamente Yáñez una "visión del cosmos" —pero una visión mexicana— como condición para el surgimiento de tales obras.[9]

Durante los cuarentas se elaboran teorías de esta especie, no sólo en México. Así, en 1943 el cubano Gilberto González Contreras estudia el carácter social de la novela latinoamericana y afirma que "la expresión existencial de lo colectivo" tiene preeminencia sobre la "expresión de clase".[10]

El tema de la novela surgida al consolidarse la Revolución es, en la mayoría de los casos, el "hombre mexicano", por el que generalmente se quiere indicar al indio o al habitante de ciertas provincias. Como ya el Ateneo de la Juventud se había interesado por tales temas, la generación joven de los escritores mexicanos encontró muchos puntos de contacto. A tal tradición hay que agregar el estímulo de las novelas de Faulkner, Huxley y otros autores, cuyas premisas, sin embargo, seguían pocos escritores. En general, se limitaron al tema de la ontología del carácter nacional.

La burguesía llegada al poder se interesaba por estos temas puesto que, en su lucha contra el predominio imperialista, necesitaba una ideología nacional sobre la cual fundar sus aspiraciones. Las obras meramente subjetivas, de psicoanálisis o existencialistas, satisfacían menos sus necesidades, y por ello no tuvieron ninguna sucesión obras como *Los muros de agua* y *La negra Angustias*.

Los autores que a partir de esta ideología nacional desearon representar la realidad, entraron en dificultades por la existencia de clases antagonistas. Si la novela deseaba superar las diferencias entre ellas, por fuerza tenía que esquivar una serie de problemas de la realidad social de la nación. Por este motivo, se refugia en dos terrenos sociales que han perdido importancia en el presente, pero no para la tradición nacional y su aceptación. Sus temas pasan a ser la vida de los indios y de las provincias agrícolas, especialmente Jalisco. Al apartarse así de los problemas fundamentales de los años cuarentas, renuncia a la posibilidad de iniciar un desarrollo literario orientado hacia las grandes masas populares. Esta objeción no va contra el hecho de tomar a la conciencia humana como tema literario. Por el contrario, la crítica a la mayoría de las novelas de la Revolución realmente toca sus puntos más débiles. Pero la conciencia del hombre no puede reproducirse en la literatura únicamente con los procedimientos del psicoanálisis ni mediante las angustias del existencialismo o la metafísica de un carácter nacional, puesto que, de acuerdo con su naturaleza, sólo se la puede representar en su relación dialéctica con la vida social. En las novelas crítico-realistas de la Revolución ya se había practicado —con éxito— este camino.

Dentro del marco aquí fijado, la novela mexicana de los cuarentas hace progresos, sobre todo en lo que se refiere a la forma. Rand Morton apunta que *Al filo del agua* es, desde Gamboa, "la más larga creación artística novelesca, que posee una unidad de trama".[11] En realidad, Yáñez presenta una urdimbre de temas sueltos bien entretejidos, logrando reflejar bastante bien grandes sucesos sociales en su repercusión sobre la conciencia de diversos grupos de personas. No obstante, sería un error suponer que este avance estilístico se debiera tan sólo al método literario de Yáñez. También en *San Gabriel de Valdivias* se ha logrado representar una totalidad diferenciada.

El propio Yáñez abordó en un artículo la cuestión de la maestría técnica, y afirmó que México necesitaba escritores de profesión, porque "menos que ninguna de las nobles artes, la novela no puede ser obra de inspiración momentánea, ni de casualidad o improvisación audaz".[12] Ya en 1939 había dicho Rafael Solana: "Estilistas de la prosa hay, sin duda, muy pocos en nuestro país."[13] Y Octavio Paz repitió una afirmación ya hecha en 1937 por Abreu Gómez: "La literatura mexicana sufre de esta contradicción: la novela sin novelista, el novelista sin novela."[14]

Resulta revelador que Paz también haya manifestado que, colocado ante el dilema, escogería la segunda solución. Con ello abre las puertas a la formalización de la novela, para críticos y escritores. La novela, y con ella una gran parte de la literatura, se distancia considerablemente de la vida social y se afirma en razón de procedimientos literarios. La consecuencia fue que la literatura perdió contacto con el pueblo y se convirtió en patrimonio de un público intelectual. Hasta una obra como *Al filo del agua* permanece, a fin de cuentas, en el marco exclusivo de este desarrollo. Consecuencia de ello fue una profunda crisis de la literatura mexicana, manifestada con la desaparición de grandes publicaciones como *El hijo pródigo* y *Letras de México*, y que en 1948 fue analizada por José Luis Martínez en un artículo que causó sensación.

NOTAS

[1] Cf. Salazar Mallén, "El miedo al hombre interior en la novela mexicana", En: *LM*, 18/1937, p. 6; "Illusions and Ideals in Mexican Letters". En: *ML*, 7/1937, p. 20; "The Truth about Mexican Fiction", en: *ML*, 2/1937, p. 26.

[2] Cf. Ortiz de Montellano, "Literatura de la Revolución y literatura revolucionaria", En: *Co*, 1/1930, p. 80; Claude Couffon, "Entrevista con Octavio Paz". En: *Cuadernos del Congreso por la Libertad de la Cultura*, en: *Nr*, 36 (1959), pp. 79-82.

[3] Cf. Ramos, *El perfil del hombre y la cultura en México*, p. 142; *Ibid.*, p. 157. "Nuestra vida debe huir igualmente de la cultura universal sin raíces en Méxiso, como también de un 'mexicanismo' pintoresco y sin universalidad".

[4] *Ibid.*, p. 143.

[5] *Ibid.*, p. 150.

[6] Cf. Salvador Reyes Nevares, "Hacia una literatura nacional". En: *Es*, año II, 1957, p. 47.

[7] Cf. Rafael Solana, "Los caciques". En: *Un*, año 3, 14/1937, pp. 4 s., Rafael Solana, "El dato humano", En: *Po*, 12 de junio de 1938, pp. 5, 8; Xavier Villaurrutia, crítica a: Rafael Solana, "El envenenado". En: *LM*, 15 de octubre de 1939, p. 4; Xavier Villaurrutia, "Sobre la novela, el relato y el novelista Mariano Azuela". En: *R*, año I, 5/1942, pp. 12 *ss*.

[8] *Ibid.*, p. 13.

[9] Cf. Agustín Yáñez, "La novela". En: *LP*, 11-12/1955, p. 45; Chumacero, "M. A. Menéndez, Nayar", En: *LM*, 15 de mayo de 1941, p. 7.

[10] "...la expresión existencial de lo colectivo frente a la expresión de la clase" (Gilberto González Contreras, "Aclaraciones a la Novela Social Americana". En: *RI*, año 4, 12/1943, p. 405).

[11] Rand Morton, *Los novelistas de la Revolución Mexicana*, p. 223.

[12] Yáñez, "La Novela", en: *LP*, 11-12/1955, p. 45.

[13] Rafael Solana, "En busca de la prosa". En: *Ta*, año I, 6/1939, p. 65.

[14] Paz, "Invitación a la novela". En: *Ta*, 6/1939, p. 68. Cf. Ermilo Abreu Gómez, "La tragedia de la literatura revolucionaria". En: *Na*, 4 de septiembre de 1937.

ACERCA DE LA DISCUSIÓN LITERARIA DE LOS CUARENTAS

Durante los cuarentas se consolidó en México el régimen de la burguesía. Lo mismo puede decirse de su superestructura. Así, en el terreno de la cultura también se creó una serie de importantes instituciones, y se inició un estudio bastante intenso de la herencia nacional. Ello no significa que en todos los terrenos esta actividad haya estado bajo el influjo de las instituciones creadas por el gobierno: al final de la década revolucionaria de los treintas se sintió la necesidad general de edificar un Estado y una cultura nacionales. Al respecto, se inició una viva discusión también sobre la novela mexicana que más bien constituyó una disputa de críticos y escritores, pero que superó en importancia a las de los treintas. El vivo interés de amplios círculos por el desarrollo de la novela mexicana se manifestó cuando la cuestión fue tratada en series de artículos aparecidos en las grandes revistas de la época. A principios de 1947 se inició en *Revista de Revistas* una serie de entrevistas de Luis Spota a conocidos escritores, a quienes preguntaba sus opiniones sobre la novela. Y en 1946, con el título *Panorama de la novela en México*, publicó Juan Miguel de Mora V. una serie de diez entrevistas en la revista *Hoy*. Críticos y literatos analizaban los aspectos básicos de la novela mexicana, y su futuro. En 1941 escribió Mauricio Magdaleno *Alrededor de la novela mexicana*; en 1946 publicó José Revueltas un estudio sobre *La novela*; y en 1947 apareció el libro de Mariano Azuela *Cien años de novela mexicana*, en que analiza su historia desde Lizardi hasta Gamboa. Una serie de obras de eruditos extranjeros se relaciona indirectamente con esta discusión alrededor de la novela mexicana. Debe mencionarse aquí a Ernest Richard Moore, con su estudio de 1940 sobre la novela de la Revolución; a Rand Morton, que en 1949 publicó un libro sobre los novelistas de la Revolución; y al cubano Manuel Pedro González con su obra *Trayectoria de la novela en México,* publicada en 1951. También los estudios de José Luis Martínez sobre la literatura del siglo XX siguen esta dirección.

Lo que el público necesita

Las entrevistas de Mora ponen de manifiesto un punto de vista interesante para la sociología de la novela mexicana y decisivo para su desarrollo ulterior. Verifica que en las "clases más humildes" las novelas mexicanas no tienen lectores.[1] Si se piensa en que "la mayor parte de los alumnos de la Facultad de Filosofía y Letras, no leen novela", queda en claro que tampoco el lector culto puede saber gran cosa de la novela mexicana.

El público siempre ha inquietado considerablemente a los escritores, en parte por razones económicas, en parte porque en realidad desean dirigirse al pueblo. Cuando Mora aduce como única causa de que las masas no lean su escasa capacidad adquisitiva, sólo tiene razón a medias.[2] Aparte de los factores artísticos e ideológicos, deben tomarse en cuenta, hasta cierto punto, problemas técnicos y comerciales. Las colecciones económicas, como los *Populibros de la Prensa* (ediciones de 25 000 ejemplares, a pocos pesos por libro) y la *Colección Popular* del Fondo de Cultura Económica (tiradas de 10 000 a 15 000 ejemplares), que pueden conseguirse en los puestos de periódicos y en las tiendas, no surgieron antes de los cincuentas. Las tiradas aún parecen reducidas en comparación con las ediciones europeas, pero son muy superiores a las que Mora tomó en cuenta, que en

454

el mejor caso no pasaban entonces de 2 000 a 3 000 ejemplares. En general, tal es hoy una edición normal.[3]

Los éxitos de librería que aún en época anterior constituyeron novelas como *Los de abajo* y *La vida inútil de Pito Pérez* muestran que el aspecto financiero no es la causa decisiva de lo reducido del círculo de lectores. Tampoco puede hablarse de falta de interés en la lectura, pues las ediciones en español, editadas en México, de *Life* y de *Selecciones del Reader's Digest* tienen en conjunto una tirada de cerca de 50 000 ejemplares.[4] Antes bien, debe suponerse que una gran parte de la obra literaria no se dirige a un público de masas, porque la posición y manera de expresarse de los autores deben serles ajenas. Torres-Rioseco se ha expresado claramente al respecto. Sin embargo, no es posible convenir por completo con su afirmación de que todo es efecto de la pobre cultura de las masas, que en la América Latina crea una brecha insalvable entre el gran arte y el público popular.[5] Los éxitos temporales de las Ferias del Libro en algunos países —por ejemplo en el Perú— son prueba de lo contrario.

Sin embargo, en un punto tiene razón Torres-Rioseco. Mientras la intelectualidad activa limite las cuestiones sociales a lo relacionado con la cultura, tendrá que estar aislada de las masas populares y, por muy grandes que sean sus esfuerzos personales, no encontrará en ellas gran eco.[6] Por eso, su público es la propia intelectualidad. Ello perdura en México desde 1940, pues con la presidencia de Ávila Camacho terminó un estancamiento económico de casi veinte años, y el ingreso nacional empezó a aumentar a razón de cerca de un seis por ciento anual. La base de este proceso es el desarrollo de la industria relativamente rápido, que desde la presidencia de Miguel Alemán cobró un acelerado impulso en el aspecto técnico.[7] Ello creó, dentro de ciertos límites, necesidades culturales, y representó, al menos potencialmente, un considerable público lector, entre el cual han tenido repercusión obras como *La región más transparente* (1958), de Carlos Fuentes. Así, el desarrollo de México desde 1940 ha abierto a la literatura la perspectiva de contar con un público más numeroso. No obstante, debe hacerse notar que este público no puede ser de masas en el sentido auténtico de la palabra.

Si se toma en cuenta este hecho, resultan interesantes las opiniones expresadas por Mora en 1946. La mayoría de sus entrevistados critica lo limitado del costumbrismo y regionalismo de la novela mexicana. Ello no debe sorprender mucho si lo dice Rubén Salazar Mallén; si lo expresa un estudiante, puede suponerse que lo oyó decir a su profesor. Sin embargo, es un abogado el que dice lo siguiente: "Lo que menos me gusta de la novela mexicana, considerada en general, es la exagerada insistencia vernácula, como si un personaje para resultar interesante, tuviera necesariamente que usar espuelas, pistola y sombrero ancho." [8] Ello no quiere decir que se esté exigiendo una representación del "dato humano" en el más estrecho sentido de la palabra. Más bien, resulta característico que, de las seis personas interrogadas, las cinco que hacen una enumeración de los literatos a quienes consideran los mejores, incluyen a José Revueltas. En su obra se pone en relieve la importancia social del tema, el rechazo del folklore, y la intención de penetrar en el alma del pueblo mexicano.[9] También se exige a la novela mexicana una comprensión más profunda de los problemas nacionales. Así queda de manifiesto en la opinión de un dibujante: "Me gustaría mucho leer un buen libro acerca de la clase media, más bien acercándose a la pobre que a la rica. De la Revolución ya no quiero leer nada... Pero sí me gustaría leer algo de las consecuencias de la Revolución sobre esa clase a que me refiero y que está olvidada por todos." [10]

Así como los lectores manifestaron en esta discusión deseos bastante claros, los escritores, por su parte, se preocuparon por problemas literarios. Azuela, por ejemplo, dice, acerca de la búsqueda de una apropiada narrativa nacional: "...lo que hemos venido haciendo han sido meros ensayos que aún no tienen cualidades de obra. Nos falta cuajarlos... aún no ha surgido el hombre capaz de comprender lo que es la novela mexicana".[11] El autor de *Los de abajo* señala dos motivos: el subjetivismo de los autores y la carencia de preparación literaria.

José Revueltas, que en un tiempo fue el más prometedor de los autores de la siguiente generación, subraya el papel decisivo de la ideología y del análisis, que debe ocupar el sitio de la espontaneidad ingenua: "Ninguna obra de arte —en este caso la novela— puede definirse por circunstancias fortuitas, esto es, por su ambiente, por sus tipos o por su anécdota. La obra de arte se define por la línea... con que están tratados sus materiales."[12]

Análisis de la tradición nacional y de la novela de la Revolución

El problema de la tradición novelística nacional desempeñó un papel importante en la discusión literaria de los cuarentas. Con ello continúan los estudios de la literatura del siglo XIX, que Yáñez[13] y Magdaleno[14] iniciaron durante los treintas. La obra más extensa es el libro de Azuela *Cien años de novela mexicana,* en que se examinan autores, desde Lizardi hasta Gamboa, tratando de determinar si realmente han representado la vida del pueblo mexicano, y por ello se los puede llamar nacionales; o si tan sólo, como dice Azuela, hacen "literatura". De acuerdo con este criterio nacionalista, Azuela representa —no sin errores de juicio sobre elementos aislados— los rasgos característicos del desarrollo, en su fondo y parcialmente en su forma, de la novela mexicana, hasta el momento en que él mismo surgió en pro de su renovación. Al publicarse en los cuarentas esta historia de la novela, las principales obras de Azuela ya formaban parte considerable de la tradición de la novela mexicana. Como la burguesía nacional y sus escritores se ocupaban mucho de la novela de la Revolución, también las obras de Azuela habían despertado vivo interés.

Ya en 1935 había escrito Mauricio Magdaleno, a propósito de Azuela, que éste seguía la línea de desarrollo iniciada por Lizardi, que conducía a Inclán, Cuéllar y Delgado.[15] En 1941, el mismo Magdaleno valoró así el desarrollo de la literatura: "La novela mexicana moderna es un organismo que cuenta, a la fecha, con pulmones propios y está en pleno desarrollo. Su función nacional, dentro de la constitución de una conciencia patria, es evidente." [16] Al respecto, Magdaleno atribuye a Azuela un papel primordial, cuando escribe: "En la novelística de Azuela nos asomamos, por primera vez, a respirar el aire nuestro."[17] La evaluación de Azuela por la burguesía posrevolucionaria deja un tanto en la sombra su crítica social, detrás de una actitud populista.[18] En sus análisis de la tradición, la burguesía posrevolucionaria desarrolla sus conceptos de herencia cultural. Sin embargo, no es el único grupo social que afirma representar la tradición nacional. Hasta qué punto tratan de hacerle la competencia las fuerzas conservadoras y clericales, lo revelan sus interpretaciones de la obra de Azuela. La siguiente noticia tomada de un periódico denuncia los métodos de que se valen: "En Lagos de Moreno, Jal., tierra natal del insigne novelista don Mariano Azuela, se instaló una gran biblioteca que lleva su nombre y en la que no se conserva ni un solo ejemplar de su extensa producción literaria, porque la Iglesia la tiene censurada." [19] Que no se trató de una pifia de funcionarios locales, sino de un caso sintomático, lo prueba el enconado ataque a la herencia de la literatura mexicana en la *Historia de la literatura en México* escrita por Valenzuela Rodarte, cuya actitud fundamental es la misma de los "conservadores de Azuela" en Lagos.

Al lado de los estudios de la tradición, se hacen esfuerzos por dar una explicación científica al desarrollo de la novela mexicana moderna. Rand Morton sigue en este caso a Samuel Ramos y afirma que la evolución, relativamente tardía, de la novela mexicana se debió a que los mestizos, por su posición intermedia entre los blancos y los indios, y por el complejo de inferioridad o de superioridad que les produce, durante siglos fueron incapaces de representarse a sí mismos.[20] Según él, esto sólo vino a cambiar con la Revolución.

Serios intentos de evaluación histórica se deben a críticos y escritores revolucionarios. Todos convienen en que el punto de partida de la novela moderna es la obra de Azuela. Por ejemplo, Mancisidor escribe: "Nosotros, los novelistas llamados 'de la Revolución', podemos decir que todos procedemos de *Los de abajo*, de Mariano Azuela."[21]

En 1946 José Revueltas intentó hacer una clasificación de la novela de la Revolución, según la actitud de sus autores ante el tema. Escribió: "Entre los novelistas de la Revolución hay... revolucionarios auténticos, no-revolucionarios y reaccionarios; es decir, realistas, no realistas y antirrealistas."[22] Acerca de *El camarada Pantoja* dice, en completo acuerdo con una crítica anterior de Abreu Gómez: "Don Mariano Azuela no ha sabido o querido ser lo suficientemente honesto en materia artística."[23] Guzmán y Muñoz son considerados como realistas por Revueltas; es interesante el hecho de que en Ferretis, Mancisidor y López y Fuentes, asegura no haber encontrado sino "...un idealismo sentimental y finalista que no tiene nada de común con el realismo".[24] Esta breve clasificación, no muy explícita, es al parecer la única tentativa de clasificar la novela de la Revolución a través de su actitud hacia el tema. En el mismo artículo se hallan también algunos principios de apreciación del desarrollo artístico. Revueltas afirma: "El costumbrismo no es otra cosa que un estadio inferior en el desarrollo literario."[25]

Los problemas de la narrativa son expuestos con la mayor claridad por Abreu Gómez: "...a partir de 1910, se empiezan a publicar trozos y bocetos tomados de la nueva vida mexicana. Estos cuadros carecen, por lo general, de perfil definido; se aproximan al objeto, pero no lo analizan; a veces ni lo entienden. Lo ven, pero no lo miran. Es la etapa del costumbrismo que precede al novelista. Ambas etapas han venido a ser, además, como una réplica al falso europeísmo que cultivaron las clases dominantes de la Dictadura... El espíritu y la carne de México, en amasijo impuro, pero responsable, empezó a fraguarse en las obras de aquellos autores. Vinieron después mejores definiciones... Pero este desenvolvimiento del arte mexicano se observa, tal vez con más ostensible expresión, en la novela. Los novelistas mexicanos han ido ascendiendo, en efecto, del cuadro de costumbres donde apenas hay novela a la novela donde apenas hay cuadro de costumbres. Es como ir de *Mala yerba* de Azuela, a *Nayar*, de Miguel Ángel Menéndez. Es así como puede decirse ya que los cuadros de costumbres tienen una especial significación en nuestro caso en la cuna del arte autóctono de México. Con el arte del dibujo y de la copia se desencarnan los huesos que sirven de cimiento y sostén al cuerpo del arte mayor de otras creaciones. Con los cuadros de costumbres se despierta el interés por lo nuestro... De ahí que sus autores prefieren la provincia como centro de su visión."[26]

Ya se citó el deseo del lector: "...me gustaría leer algo de las consecuencias de la Revolución sobre esa clase... que está olvidada por todos".[27] En el mismo sentido repite Abreu Gómez su opinión, ya expresada, de que "...la novela mexicana... ha de salir al mundo nuevo de la vida creada por nuestras conmociones sociales".[28]

Revueltas se explaya sobre las bases ideológicas del realismo al que preconiza: "En la literatura, como en el arte en general, el realismo —que podríamos llamar con mayor precisión realismo crítico— corresponde a lo que en Filosofía se llama materialismo dialéctico... Ser realista crítico en el arte... significa tan sólo aplicar al arte un método que se deriva de la propia naturaleza y características del movimiento de esa realidad."[29] Más claro e inequívoco es Abreu Gómez al mencionar el tema decisivo para el futuro de la novela mexicana: "La novela de la Revolución tiene que descansar en el conflicto de explotados y explotadores, sin hablar de criollos e indios."[30]

Como se ha visto, lectores, escritores y críticos aguardan una continuación de la tradición de la novela de la Revolución sobre las nuevas bases sociales, exigiendo la reproducción literaria de la concreta realidad social.

A pesar de todo, el desarrollo siguió otros caminos. Al consolidarse la Revolución, surgió una nueva definición del sentido de la vida nacional y de su expresión literaria. Se impuso la corriente que deseaba ver a la novela como "instrumento de construcción americana"[31] en el sentido de representar el ser espiritual y cultural nacional o latinoamericano. A ésta siguió la ya descrita neutralización social de la novela. Los clamores por una literatura revolucionaria que represente de manera realista los problemas sociales siguieron siendo voces en el desierto. Ya en 1948 José Luis Martínez habló de un estancamiento de la literatura mexicana.[32]

461

NOTAS

[1] Cf. de Mora V., "Panorama de la novela en México". 6ª parte. En: *Hoy*, 3 de agosto de 1946, p. 54.

[2] Cf. de Mora V., "Panorama de la novela en México". 7ª parte. En: *Hoy*, 10 de agosto de 1946, p. 47.

[3] Cf. José Luis Martínez, "Esquema de la cultura mexicana actual". En: *CA*, año 22, 3/1963, p. 22.

[4] Cf. *Ibid.*, pp. 30 *s.*

[5] Cf. Arturo Torres-Rioseco, "Situación del escritor en América Latina". En: *Cuadernos del Congreso por la Libertad de la Cultura*, Nº 63 (1962), p. 9

[6] Cf. *Ibid.*, p. 8.

[7] Cf. Víctor L. Urquidi, "Problemas fundamentales de la economía mexicana". En: *CA*, año 20, 1/1961, pp. 69-103.

[8] Cf. de Mora V., "Panorama de la novela en México". 6ª parte, en: *Hoy*, 3 de agosto de 1946, p. 55.

[9] Cf. de Mora V., "Panorama de la novela en México". 6ª y 7ª partes, en: *Hoy*, 3 y 10 de agosto de 1946.

[10] Cf. de Mora V., "Panorama de la novela en México". 6ª parte, en: *Hoy*, 3 de agosto de 1946, p. 55.

[11] Luis Spota Jr., "Habla Azuela de la novela". En: *RR*, 19 de abril de 1942.

[12] José Revueltas, "La novela. Tarea de México". En: *LM*, 15 de octubre de 1946, p. 348.

[13] Cf. entre otros, Agustín Yáñez, "Rutas e influencias, en 'El pensador'", En: *LP*, 5/1932, pp. 1-3; Agustín Yáñez, "Dos compases sobre 'El Pensador Mexicano'". En: *LP*, 5/1934, pp. 149-153.

[14] Cf. Entre otros, Mauricio Magdaleno, "El sentido de lo mexicano en "Micrós'", En: *LP*, 11/1933, pp. 404-410.

[15] Cf. Mauricio Magdaleno, "Las voces del tumulto". En: *Na*, 29 de abril de 1935.

[16] Cf. Magdaleno, "Alrededor de la Novela Mexicana Moderna", En: *LP*, 4/1941, p. 13.

[17] *Ibid.*, p. 5.

[18] Cf. Salvador Reyes Nevares, "Lo mexicano en Azuela". En: *Rama de escritores y periodistas del PRI. Acto...en Homenaje*

del Dr. Azuela. México, 1952; Salvador Novo, "Despidiendo al gran novelista". En: *Na*, 4 de marzo de 1952.

[19] "Biblos". En: *JE*, 12 de octubre de 1944, p. 1.

[20] Cf. Rand Morton, *Los novelistas de la Revolución Mexicana*, pp. 16 ss.

[21] Mancisidor, "Mi deuda con Azuela", en: *Na*, 25 de agosto de 1957, suplemento dominical, p. 3.

[22] Revueltas, "La novela. Tarea de México", En: *LM*, 15 de octubre de 1946, p. 338.

[23] *Ibid.*

[24] *Ibid.*

[25] *Ibid.*

[26] Ermilo Abreu Gómez, "Del valor de la provincia". En: *LM*, 15 de junio de 1941, p. 10.

[27] Cf. de Mora V., "Panorama de la Novela en México", 6ª parte, en: *Hoy*, 3 de agosto de 1946, p. 55.

[28] Ermilo Abreu Gómez, "Novela premiada. Francisco Rojas González, *La negra Angustias*". En: *LM*, 1º de enero de 1945, p. 5.

[29] José Revueltas, "La novela. Tarea de México", en: *LM*, 15 de octubre de 1946, p. 348.

[30] Citado según de Mora V., "Panorama de la novela en México", 4ª parte en: *Hoy*, 20 de julio de 1946, p. 48.

[31] Agustín Yáñez, *El contenido social de la literatura iberoamericana*. México, 1944, p. 9.

[32] Cf. Martínez, "Los problemas de nuestra cultura literaria", en: Martínez, *Problemas literarios*, p. 209.

RESUMEN

El problema

AL PRINCIPIO de este trabajo se halló un doble problema. En primer lugar, había que ver si la novela de la Revolución, en el sentido más limitado, y la llamada novela social, según la habitual denominación, deben considerarse como dos distintas formas de desarrollo de la novela mexicana o si se las puede catalogar en conjunto mediante la común denominación —al principio empleada hipotéticamente— de "Novela de la Revolución". En segundo lugar, había que analizar las múltiples relaciones entre el desarrollo de la Novela de la Revolución —así comprendida— y las circunstancias sociales del México moderno. En detalle, se trataba de las relaciones entre el surgimiento de la novela de la Revolución y el desarrollo social, ideológico y, en general, literario de México, así como de los nexos entre la novela de la Revolución y la tradición nacional de la narrativa y del idioma castellano que se habla en México.

Unidad interna de la novela de la Revolución

Se señaló que la novela de la Revolución en el sentido más limitado, y la llamada novela social, esencialmente se desarrollan una junto a la otra. Están condicionadas por los mismos fenómenos sociales, pero analizan dos diferentes etapas de la Revolución: la fase de la lucha armada y la época de las luchas de clase, así como del movimiento nacional y revolucionario de los treintas. Entre las obras de muchos

464

escritores se encuentran novelas de ambos grupos. Por lo tanto, no se justificaría hacer una diferenciación radical. Antes bien, ambas formas de la novela mexicana deben considerarse como variantes de un fenómeno literario más general: la novela de la Revolución, en el sentido que se le da en este trabajo. Una vez sentado esto, deben analizarse las causas de la diferenciación interna de la novela de la Revolución Mexicana.

Desarrollo de la novela de la Revolución Mexicana

Su base fue la situación social y literaria de México a fines de la dictadura de Porfirio Díaz. La mayoría de los autores provenían de la burguesía o pequeña burguesía provinciana, que en los últimos tiempos del porfirismo y sobre todo en la Revolución trataba de lograr un desenvolvimiento capitalista. Durante el siglo XIX no había desempeñado esta clase un papel apreciable, ni en la vida social ni en la literaria, y bajo la dictadura porfirista sus intentos habían resultado casi completamente frustrados. La literatura del porfiriato provenía de una burguesía liberal y de la pequeña burguesía que en algunas zonas del país ya empezaba a ser desplazada.

Esta literatura tenía que ser ajena a la pequeña y media burguesía de las provincias. Durante la dictadura, surgidos entre la oposición a las fuerzas dominantes, los autores provenientes de estos estratos, carentes de formación literaria, tuvieron que crear formas propias remitiéndose a una tradición narrativa popular. Ya a fines del porfiriato empezaron a hacer esfuerzos conscientes por una renovación literaria. Por una parte, el Ateneo de la Juventud —afín con la burguesía nacional surgida durante el porfiriato— luchaba por una renovación mediante el desarrollo, la investigación y la representación literaria, de un pretendido espíritu nacional. Por otra parte, los intelectuales que vivían en provincias

—cuyos diversos esfuerzos aún no han sido sistemáticamente estudiados— intentaban superar el contraste de su formación académica y el primitivismo de su medio, sometiéndose a sí mismos a la prueba del arte. Un estímulo para ellos fue especialmente la literatura francesa.

En el marco de este movimiento renovador iniciado en provincias surgió, en la primera década de este siglo, en Lagos de Moreno —uno de sus principales centros— la obra juvenil de Mariano Azuela. Su posición y las características de su literatura reflejan los principios de la disolución —que pronto culminaría en la Revolución— de la sociedad de las provincias mexicanas, basada en la reproducción simple. En las primeras obras de Azuela alcanza una nueva calidad literaria la forma narrativa de la antigua novela popular mexicana.

En el periodo de confrontaciones armadas alcanzan su clímax la vida y la obra de Azuela. Se une a la Revolución, pues espera que ella libere al hombre de toda opresión y explotación. Tras el desplome de la coalición revolucionaria, a fines de 1914, y el triunfo del ala burguesa, rechaza con repugnancia las prácticas de su propia clase, ahora llegada al poder, comienza una continua crítica —cada vez con menos perspectivas— de la Revolución, y se aleja por completo de las masas populares. La obra maestra de Azuela en la época de la Revolución, *Los de abajo,* sólo despertó atención cuando grandes partes de la intelectualidad se volvieron hacia los problemas de la Revolución, a mediados de los veintes, y cuando cobraron mayores proporciones los esfuerzos por crear una literatura revolucionaria.

A fines de 1927, el viraje de Calles provocó una situación crítica. Grandes círculos empezaron a oponerse a la fracción dominante de la burguesía. Los intentos revolucionarios o contrarrevolucionarios recibieron un mayor impulso, y se inició un análisis general de los problemas sociales, que de diversas maneras fue expuesto en forma de novelas.

Sin embargo, la reflexión —ya iniciada— sobre la fase bélica de la Revolución fue suplantada por la confrontación con los problemas políticos del momento. En el principio se encontró la protesta de antiguos maderistas contra la reelección de Obregón y el asesinato de los candidatos oposicionistas Gómez y Serrano, en 1927. Poco después toman la palabra autores que se colocan al lado de la clase obrera, que luchaba independientemente, o del PNR, creado por Calles como centro de la orientación burguesa del proceso revolucionario. Incluso, reconocidos contrarrevolucionarios participan en esta confrontación literaria. Este movimiento cesa alrededor de 1934. Luego, en nombre de la creación de un movimiento de masas unitario, revolucionario y orientado por la burguesía, se inicia una novelística más homogénea. Por este motivo no se lleva adelante lo que entre 1927 y 1934 se había comenzado en materia de literatura revolucionaria de tendencia proletarista.

Finalmente, con la consolidación de la Revolución, se efectúa una neutralización de la novela, que se manifiesta claramente al dejarse de lado la temática de la Revolución y estudiarse, en cambio, los problemas psicológicos. La novela de Yáñez *Al filo del agua*, publicada en 1947, puede considerarse la obra más artísticamente lograda de este género.

Carácter literario de la novela de la Revolución Mexicana

Dentro de la corriente misma de la novela de la Revolución pueden apreciarse diversas direcciones. Decisivas resultan las relaciones de los autores con el tema, así como éste mismo. A grandes rasgos, la novela de la Revolución se caracteriza por un sincretismo de literatura y ciencia enraizado en las relaciones precapitalistas que dependían del ciclo de la reproducción simple; autores y público dependían de estas

467

relaciones. La manera de conocer, ingenua y sensorial —de acuerdo con esta etapa de desarrollo— es, en principio, pre-rracional. Tan sólo la Revolución y el desarrollo capitalista que la siguió dieron al conocimiento racional una base más extensa. En consecuencia, gradualmente va cediendo el sincretismo entre literatura y ciencia. Sin embargo, en la novela de la Revolución aún se manifiesta de dos maneras: en la generalmente reconocida conjunción de literatura e historia, y en la tendencia a lo didáctico. La combinación de novela e historia cuenta con predecesores en la antigua literatura mexicana. La posibilidad de ofrecer una representación realista en el marco de esta unidad se basa en que la sociedad así representada aún desconoce el paso *del tipo simple* al *carácter típico* y la cambiante relación que de ello surge. Por ello, la producción literaria fiel a la realidad puede prescindir de toda generalización artística. Pero este realismo "ingenuo" debe ir perdiendo terreno ante el desarrollo de las condiciones sociales del país, pues no es capaz de representarla artísticamente. Lo didáctico de muchas novelas de la Revolución, la directa toma de posición de los autores ante los problemas nacionales, dan a los libros una de las formas más esenciales con que los diversos estratos de la sociedad mexicana pueden tomar conciencia de sus propios problemas.

Con el desarrollo de las treintas se deshace esta simbiosis. La ciencia pasa a ser una disciplina independiente, y la literatura recibe la oportunidad de orientarse hacia un objetivo estético. Esta separación se efectúa a fines de la era cardenista, de manera que la concentración de la literatura en su dominio específico coincidió con su neutralización social y su giro hacia la novela psicológica, concebida de manera un tanto formalista.

Dentro de los límites de la novela de la Revolución, las obras crítico-realistas pugnan por lograr un efecto específicamente literario. Estas obras prescinden de todo objetivo agitatorio-didáctico, y la posición de crítica de sus autores ante la Revolución corresponde a su carácter objetivo. En contraste con las anteriores, casi todas las novelas de tendencia revolucionaria representan las opiniones de sus autores, no tanto con recursos estéticos, sino mediante prolijos razonamientos. Una de las causas estriba en que el método del realismo ingenuo, no desarrollado, va siendo cada vez más insuficiente para dar cuenta de la nueva realidad. Los autores tratan de llevar su mensaje por medio de digresiones, que a veces contienen extensas parrafadas de leyes y obras teóricas. Además, la posición ideológica de algunos autores no les permite hacer un vasto retrato realista. Ello puede decirse especialmente de quienes creían que la Revolución democraticoburguesa resolvería hasta el último problema nacional.

La novela de la Revolución y la tradición de la literatura mexicana

El hecho de que la novela de la Revolución se haya entroncado con la tradición fue, en parte, consecuencia de la formación literaria de sus autores. Además, la fase armada aportó un fundamento objetivo para el resurgimiento de formas narrativas tradicionales, pues aunque el orden social del viejo México casi quedó deshecho en la Revolución, ello ocurrió en las formas creadas por dicho orden... Así, muchas novelas siguen la forma representativa del cuadro costumbrista inseparable de lo concreto, o la tradicional narrativa de carácter autobiográfico, y están escritas en el español que habla el pueblo de México. Sin embargo, la reproducción de una realidad que se modificaba tan rápida y radicalmente exigía un mayor desarrollo —que correspondiera a su tema— de este medio ofrecido por la tradición. El requisito indispensable consiste en que los autores se vuelvan hacia los hombres de pueblo, hacia temas relacionados con los problemas nacionales, y que creen una forma de narrativa popular que satisfaga las necesidades del público, especialmente en obras de realismo crítico. Así, Gregorio López y Fuentes, en *Mi general*, y sobre todo José Rubén Romero en *La vida inútil de Pito Pérez*, se entroncan con la vieja forma de la narración autobiográfica y la desarrollan hasta hacerla una ficticia autobiografía de crítica social, en la que entronizan al hombre de pueblo como medida de la Revolución. En cambio, Mariano Azuela en *San Gabriel de Valdivias* parte de los hechos y, de acuerdo con las circunstancias, desarrolla su vieja técnica del cuadro hasta hacer una novela. La realidad descrita, comprendida en todo su desarrollo, capacita al autor para concebir un tema novelístico muy amplio, que rebasa los límites del costumbrismo.

Las novelas revolucionarias representan otro desarrollo literario. En gran parte deben renunciar a una totalidad, pues ésta, considerada desde el punto de vista burgués, estaría condenada a resultar poco realista. También para el escritor proletario resulta casi imposible hacer un análisis completo de todos los aspectos sociales, pues la revolución proletaria aún no estaba en la orden del día, y la situación era complicada en extremo. Por lo tanto, el realismo de la novela revolucionaria dependía mucho de lo concreto y limitado de sus temas. Esto abrió nuevos caminos a la narración breve.

También está acorde con la tradición el nuevo impulso dado a la versión mexicana del español, es decir, la formación de un lenguaje literario propio. Prescindiendo de irregularidades gramaticales, Romero y Guzmán lo elevan a un nuevo nivel, sobre todo en vocabulario y estilo.

A este respecto, surge el problema de las relaciones entre tradición, renovación e impulso desde el extranjero. Debe decirse que los escritores revolucionarios más representativos conocían las corrientes modernas —en su época— de la literatura universal (y algunos también ciertas obras de la literatura soviética). Al conocimiento del desarrollo de la literatura internacional debieron ciertos impulsos para su obra. Pero lo principal es su confrontación con la realidad y la tradición literaria de su propio pueblo.

La novela de la Revolución Mexicana y la relación de literatura y revolución en Latinoamérica

La novela de la Revolución Mexicana constituyó uno de los movimientos más vastos y arrolladores en la historia de las literaturas latinoamericanas. Su importancia se basa en el íntimo contacto con la vida nacional y en la activa participación social. Fue la literatura de las capas sociales revolucionarias; y sus autores, casi sin excepción se mantuvieron cerca de los trabajadores. Eran innovadores radicales que rompieron con la literatura académica entonces preponderante, y se concentraron en reproducir la realidad de México en formas literarias e idiomáticas acordes con ella.

La novela de la Revolución Mexicana confirma lo dicho sobre el carácter de las literaturas latinoamericanas: Simultáneamente, es un ejemplo para las otras literaturas nacionales de América Latina. Por encima de todo, contiene innumerables enseñanzas. La más importante es que las literaturas nacionales latinoamericanas, como todas las otras literaturas, se desarrollarán por completo y obtendrán reconocimiento internacional cuando los escritores surgidos del pueblo se pongan al lado del hombre de pueblo, comprendan las leyes de la historia y representen los problemas de su país desde un punto de vista progresista, para que el pueblo los comprenda.

471

ÍNDICE DE ABREVIATURAS

ÍNDICE

Este libro se terminó de imprimir el día 24 de abril de 1986 en los talleres de Lito Ediciones Olimpia, S. A. Sevilla 109, y se encuadernó en Encuadernación Progreso, S. A. Municipio Libre 188, México 13, D. F. Se tiraron 15,000 ejemplares.